LONGE DE MANAUS

FRANCISCO JOSÉ VIEGAS

LONGE DE MANAUS

O romance da solidão portuguesa

GRANDE PRÊMIO DE ROMANCE DA
ASSOCIAÇÃO PORTUGUESA DE ESCRITORES

EDITORA RECORD
RIO DE JANEIRO • SÃO PAULO
2007

CIP-Brasil. Catalogação-na-fonte
Sindicato Nacional dos Editores de Livros, RJ.

Viegas, Francisco José, 1962-
V712L Longe de Manaus / Francisco José Viegas. – Rio de Janeiro: Record, 2007.

ISBN 978-85-01-07694-6

1. Romance português. I. Título.

CDD – 869.3
07-3358 CDU – 821.134.3-3

A editora optou por manter a ortografia do português de Portugal nos capítulos que foram originalmente escritos assim.

Edição apoiada pelo Instituto Português do Livro e das Bibliotecas

EDITORA RECORD LTDA.
Rua Argentina 171 – Rio de Janeiro, RJ – 20921-380 – Tel.: 2585-2000

Impresso no Brasil

ISBN 978-85-01-07694-6

PEDIDOS PELO REEMBOLSO POSTAL
Caixa Postal 23.052
Rio de Janeiro, RJ – 20922-970

Um romance policial, como se sabe,
tem as suas regras.
Este não tem.

"Um português pode fretar um navio para o Brasil com menos dificuldade do que lhe é preciso para ir a cavalo de Lisboa ao Porto."

JAMES MURPHY

1

HÁ UM VENTO DAQUELES, CARREGADO DE POEIRA, QUENte, tenso. Nada que a noite não desfaça à medida que as luzes dos carros desaparecem a caminho da Corimba ou numa curva ou atrás de uma pequena duna de vegetação. Não é uma questão de trânsito, de tráfego automóvel: basta que o tempo passe, que a noite avance, que o mar acalme. À meia-noite de 26 de maio de 1973, a Ilha de Luanda está às escuras depois de os últimos carros terem abandonado a estrada que vai até ao limite daquela língua de areia. Devagar, abandonaram a estrada. É uma quinta-feira de maio, a ilha é uma restinga cinzenta diante do mar, batida pelo vento, abrigando as cabanas da praia e as casas com coqueiros e um jardim nas traseiras. E há um silêncio de mar à volta, as janelas entreabertas. Meia-noite é muito tarde, demasiado tarde, uma luz frouxa que não chega à areia nem deixa identificar os risos que vêm de dentro, misturados com o tilintar de copos, um arrastar de cadeiras, cheiro de castanha de praia, folhas de coqueiro, relâmpagos que riscam o céu da baía e se reflectem por instantes nos vidros do carro azul-claro estacionado diante do bungalow, ao lado de uma Vespa encostada a um coqueiro. E um silêncio de mar. Mais tarde, quando alguém tentar reconstituir esta noite, falará de um silêncio de mar; há outros pormenores, outras formas, outros movimentos na noite e qualquer um deles aparecerá no retrato final, mas o silêncio do mar é a nota dominante e a mais estranha. Como se num relatório sobre as condições meteorológicas da ilha de Luanda (e apenas da ilha, não da cidade do outro lado da baía, onde uma mancha de nevoeiro cobre a marginal, como se fosse uma manhã de cacimba), nessa noite de maio de 1973 aparecesse de repente, ao lado da pressão atmosférica, esse dado inútil: um silêncio de mar.

É certo que ninguém escreverá esse relatório, mas há ainda uma garrafa de White Horse sobre a mesa, tombada — e quatro copos à volta, dois deles vazios. Os risos vêm de três homens e três mulheres sentados em redor da mesa quadrada, baixa, assente sobre um tapete castanho, meio sujo. Uma das mulheres descalça-se. Umas sandálias brancas. Caem no chão, ela ri. Depois, volta-se para a garrafa e, com o indicador apenas, roda-a sobre a mesa: o gargalo aponta para cada um dos seis, sucessivamente, rodando, rodando, todos reunidos à volta da mesa, rodando, rodando, até se imobilizar diante de um deles. Risos. Um riso nesta noite nunca se parece com um riso, longe de uma gargalhada, de um sinal de alegria.

— Não há que enganar. Calhou-te a ti — disse um dos homens.

— Eu sei — disse aquele para quem a garrafa apontava. Levantou-se, era alto, moreno, as marcas da camisa visíveis, uma tatuagem no pulso: imitou uma dançarina de strip-tease, ergueu os braços. Uma das mulheres pediu:

— Coragem, tira a camisa. Estamos à espera.

Ele desabotoou-a devagar, abriu-a, havia outra tatuagem no peito. Com o dedo indicador da mão direita segurou-a e fê-la rodar sobre a cabeça.

— Muito visto, Júlio. Muito visto — disse outra mulher. Júlio, então, atirou-a para cima de um sofá vazio, ao canto da sala. Duas das mulheres, as que estavam juntas, sentadas no mesmo cadeirão de vime, aplaudiram. Um dos homens ergueu um copo de White Horse com gelo:

— Artista, pá. Um artista. — Júlio sentou-se e apontou para a garrafa com o indicador. Aproximou-se da mesa e rodou-a. A garrafa rodopiou, veloz, o que deu tempo para que Júlio acendesse um cigarro, um CT, antes de ela se imobilizar diante da mulher de cabelo preto que estava sentada sozinha, no chão, e que lhe pedira coragem há instantes.

— Não escapas.

— Eu sei — disse ela, olhando para a garrafa vazia. — Eu sei. — Júlio tinha dito a mesma coisa havia pouco. — Vou tirar os sapatos, ainda tenho os sapatos calçados.

— Os sapatos não. Os sapatos são para o fim — disse uma das outras mulheres.

— Os sapatos são para o fim — confirmou Júlio, olhando para ela.

— Os sapatos são para o fim, Mara. — Mara levantou-se e olhou os outros, um a um. Tinha o sorriso aberto, as mãos desceram sobre a t-shirt, levantaram-na até ao umbigo, depois até ao peito. Houve risos à volta. Um assobio, depois outro, alguém batia palmas, alguém se lhe juntou, marcando o ritmo. Depois, eram já quatro batendo palmas, rindo.

— Tira, tira.

Dois dos homens estavam já em tronco nu, as outras mulheres estavam descalças, mas uma delas tinha despido a saia, amarrotada ao seu lado, mantendo a camisa amarela. A cabeça de Mara caiu para trás, ela ficou a olhar o tecto do bungalow, as vigas de madeira, a cobertura de capim e palma, enquanto ia levantando a t-shirt, despindo-a pelos ombros, ficando apenas com o *soutien* branco, os calções de caqui, os ténis de pano. Ouviu os assobios à sua volta. Sentou-se, com o mesmo sorriso, um pouco tonta — estivera com a cabeça deitada para trás, bebera daquele whisky com gelo e soda Schweppes, era tarde, tinha sono. Era a sua vez de mudar o destino à garrafa e notara a excitação geral dos outros cinco: quem despe uma peça de roupa tem de rodar a garrafa a seguir. Com o indicador e o polegar segurou-a pelo meio, sentiu-a a mexer-se devagar sobre a mesa, muito devagar, até se imobilizar à sua frente, com o gargalo apontado na sua direcção.

— O destino — disse um dos homens. — Aí está o destino.

— Regras são regras — Júlio sorria, encostado na poltrona esburacada. Mara levantou-se de novo, mas agora de um salto, teria de desembaraçar-se dos calções, ficaria apenas com o soutien e a calcinha do biquíni que vestira na praia. Nada demais. Soltou o botão dos calções, em Luanda dizia-se shorts ou bermudas, correu o fecho, deixou que caíssem ao longo das pernas nessa madrugada de 27 de maio de 1973, já era sexta-feira, pela janela do bungalow Mara viu os jardins arranjados das casas ao fundo da restinga, arbustos, capim, gerânios, mangueiras, figueiras, o relâmpago no céu da baía, e viu os papéis da parede, as manchas sobre eles, descolados em alguns pontos, os cadeirões de jacarandá, cadeiras desdobráveis de plástico, os calções caídos junto dos pés, o chão, o tapete castanho. Sabia que era perfeita, vista àquela luz que atravessava o fumo dos cigarros fumados uns a seguir aos outros, vista àqueles risos à sua volta.

Depois sentou-se no chão, rodou a garrafa sobre a mesa, viu-a cumprir uma, duas, três voltas e ficar no mesmo ponto, voltada para si própria, de novo. Os outros olharam-na rindo, aquele riso da noite levado pelo vento, nem alegre nem nervoso.

— Regras são regras — repetiu Júlio. Mas ela levantou-se e saiu para a praia.

2

QUASE COMO UMA MÚSICA. ERA MESMO UMA MÚSICA, o som do clarinete ao fim da tarde. Só depois disso choveu, ele diria "choveu tremendamente", mas não foi assim que se referiu à chuva que caiu quase sem parar, aos gritos das crianças nos pátios que se prolongavam até ao morro descolorido que dominava a pequena cidade, à passagem dos carros durante a noite, levantando a água dos charcos, deixando atrás de si um rasto de espuma e de lixo diluído pela rua que ia ficando esventrada à medida que os dias de chuva se prolongavam. Quase como uma música, como o voo de pequenos insectos, pernilongos, muriçocas, mosquitos que entram e saem pela janela lembrando a chuva, a ausência de vento, as vozes na rua, os passos que lembram a chuva outra vez, porque são passos molhados, o seu ruído é diferente, arrastando-se no asfalto, no saibro, nas escadas das casas.

É um espaço pequeno, exíguo, cabe apenas a cama, duas cadeiras, uma cómoda e um guarda-fatos ao lado da porta que dá para a casa de banho, um cubículo onde se movimenta com pouco à-vontade. A água do duche cai no chão, o cortinado de plástico está esfarrapado e mantém-se suspenso porque está preso por cordéis (retirados daqui e dali, um deles atava um embrulho, outro era velho demais e foi arrancado de um prego de uma parede) a um tubo de metal enferrujado que ameaça cair. Por isso, quando entra no duche, fá-lo com cuidado, não se encosta às paredes, a toalha colorida, de flores, cornucópias, borboletas, micos, animais dos trópicos, fica pendurada ao alcance na mão, junto de uma janela estreita que dá para o saguão colorido por vasos e uma mangueira.

Voltou a ouvir a música cinco dias depois, quando a chuva se afastou para norte. Da cama, olhou para o céu que ia abrindo manchas azuis rente ao mar do sul, o fim da tarde alaranjou de repente, ouviu os sapos que se juntam nas lagoas, ao fundo da linha de coqueiros, os periquitos de uma gaiola, e o som do clarinete. Faltava uma orquestra, sim, mas era um clarinete tocando, quase perfeito, uma melodia popular. Com a música esqueceu a febre, foi à janela do quarto, afastando os cortinados de tecido às ramagens. Ainda mal tinha reparado na rua desde que ali chegara: balcões de restaurantes e botecos, lojas de ferragens, um talho, uma padaria com o letreiro a dizer Bombonière Adonai, os carros que formam uma caravana a descer a rua que dá para o cruzamento onde param os autocarros. Foi aí que o táxi o deixou há seis dias, precisamente. Uma agência do banco Bradesco, uma esquadra da polícia, o restaurante O Point do Gaúcho, duas lojas de roupa, a rua que dá para o mercado, à direita. À esquerda, a rua sobe, há mais um banco, uma loja de disfarces para festas de criança, uma agência municipal de segurança, uma pizaria com mesas à porta, o letreiro de uma manicure & tratamento de beleza & depilação, um largo onde estão estacionados alguns táxis, a barraca de bebidas Fiel ao Senhor, a banca de jornais & revistas Jesus é Grande, as duas árvores apodrecendo no meio de um passeio que ninguém mais usa. Em frente, a rua atravessa uma ponte, segue na direcção da estrada federal, há edifícios de escritórios e o trânsito corre ao longo de um canal que encheu com as chuvas e que espera a primeira vaga de calor para secar e receber ondas de insectos, lixo que voa conforme os ventos do fim da tarde, garrafas atiradas de carros em movimento. Atrás, a rua vem de um largo onde há dois supermercados, a agência imobiliária Central de Macapá, uma loja de electrodomésticos Insinuante, carrinhas combis paradas, lojas de móveis, cheiro de comida, um polícia comandando o trânsito e ultrapassando as ordens do semáforo que se acende de verde só de cinco em cinco minutos.

Da janela do quarto ele vê mais além: uma linha de coqueiros pendurada sobre o mar que ficou amarelado com as chuvas. Mas, se vivesse muitos anos, seria o som do clarinete que recordaria, um som estridente que o levaria a recordar as grandes canções da sua vida, se recordasse as grandes canções e não apenas esse emaranhado de cores das capas dos discos, ou de coisas a preto e branco. E nenhum clarinete foi como aquele, também, o que se ouvia ao começo da noite, entre o cheiro de comida, os ruídos da rua, as gargalhadas do bar na esquina, onde se vendiam cerveja Kaiser e aguardente de cana. Nenhuma recordação foi como aquela, o que era bastante triste num homem obrigado a deixar tudo para trás.

3

O TRÂNSITO ACUMULARA-SE DURANTE O FIM DA MANHÃ de chuva. A rotunda de Santo Ovídio era uma ameaça para Isaltino de Jesus, que a anunciara quando desciam do Monte da Virgem. O céu e as paredes das casas eram da mesma cor, apenas com uma pequena variação de intensidade sob a persistência da chuva.

— É o inverno — anunciou Jaime Ramos, procurando os charutos no interior do carro.

— O inverno já passou, chefe. Estamos no fim de maio.

— É o inverno, Isaltino. Está tudo trocado, não duvides.

O subordinado acenou com a cabeça, confirmando. Ele conhecia Jaime Ramos havia muito tempo, tempo suficiente para saber que o anúncio da chegada do inverno em pleno mês de maio nem sequer podia chamar-se uma excentricidade.

— Desde que descobriram que Deus não existia, Isaltino, passaram a trazer o inverno quando lhes apetece.

Isaltino não respondia nunca. Murmurava qualquer coisa e acenava com a cabeça. Sim, chefe. Sim. Se lhe apetece dizer que o mundo está fodido, faça favor. Eu concordo, concordarei sempre consigo. Cabrão do velho.

— O chefe fica assim por quê?

Jaime Ramos olhou para ele:

— Assim, como?

— Fodido.

— Eu não estou fodido, Isaltino. O mundo está fodido.

— Eu sabia que ia dizer isso, chefe.

— O quê?

— Que o mundo estava fodido.

— E está?

— Não me parece, chefe. Há coisas. De vez em quando chove, às vezes o trânsito, vá, é esta desgraça, a vida em casa não corre bem, os miúdos fazem barulho quando um tipo está a precisar de silêncio, até que falte dinheiro, sim, até que falte dinheiro ao fim do mês, ou a meio do mês, que é quando falta. Isso acontece sempre. Mas são coisas que acontecem. E estamos em maio, não estamos em novembro, nem em dezembro. Estamos em maio, quase em junho, e hoje choveu, não é uma grande novidade. Em maio costuma chover.

— Há sítios onde não chove.

— É verdade. Mas no Porto chove sempre. Mesmo quando não chove parece que está a chover, deve ser porque a foz está cada vez mais perto da cidade, o mar vai entrando pela cidade, fica tudo húmido, admito. Mas não é caso.

— Isaltino, estava combinado que eu falava e que tu ouvias.

— Eu concordo consigo, chefe, descanse.

Jaime Ramos deu-lhe uma palmada no ombro e riu. Arranjaram um lugar para estacionar o carro, numa rua que subia para o Monte da Virgem, e andaram cinquenta metros a pé. Tinham uma tarefa para cumprir.

4

— IR-ME EMBORA, ISALTINO, IR-ME EMBORA. QUANTO TEMpo me falta para a reforma?

— Doze anos, talvez mais. Pelas novas leis, o chefe sabe como é, já se sabe que o pessoal passou uma semana a fazer contas de cabeça, faltam quinze anos. Quinze, chefe.

— Então já vês.

— Por isso não se pode ir embora já, é?

— Não. Por isso tenho de ir embora, Isaltino. Antes que venha a reforma.

— Ainda tem tempo, de qualquer modo, mas não compreendi muito bem.

— Nesse dia vêm os papéis, assino os papéis, fazem um jantar de despedida e esquecem-me. Não me importo que me esqueçam, está claro.

— Não esquecemos, chefe. O poster do Cubillas já não se consegue arrancar, a cola está mesmo agarrada à parede, vai ficar lá a lembrá-lo.

Jaime Ramos voltou-se e enfrentou a parede nua ao seu lado, como se fosse a mesma onde Teofilo Cubillas sorria havia muitos anos, e se não era nessa parede seria noutra, no seu antigo gabinete, mas ele lá estaria, Teofilo Cubillas, como uma memória dos anos que não regressam e das vezes em que mudou de gabinete e em que subiu na hierarquia. O poster foi perdendo as cores, era agora um mancha de azul, branco e cinza colada à parede, Cubillas erguendo os braços, sorrindo depois de marcar um golo. Podia recordar muitos outros golos, o inspector Jaime Ramos, mas aquele bastava-lhe, era o único que transportara consigo de gabinete em gabinete, de sala em sala, de inquérito em inquérito, de um verão para o começo de cada inverno, e durante muito tempo poderia murmurar-se, ah, ele sabia, sim, podia murmurar-se "ali vem o inspector Ramos com o seu golo de Cubillas". E houve mesmo uma noite em que, em Campo Alegre, para terminar uma discussão, foram comprar um jornal a um quiosque ainda aberto: separaram as folhas do jornal, o velho *O Primeiro de Janeiro*, amarrotaram-nas e ligaram-nas umas às outras de modo a imitar uma bola. E foi com ela que Jaime Ramos explicou o seu golo, o golo que foi marcado por Teofilo Cubillas mas que já lhe pertencia havia muito tempo, a bola recebida no ar, o pé mágico do peruano saltador, que era afinal o do inspector Jaime Ramos, cigarro ao canto da boca, e os farrapos de jornal a desfazerem-se no ar, como uma poeira: a bola desce dos céus, bate na parte interior do pé direito, avança ligeiramente no ar, aí um metro, e o pé esquerdo dispara, vindo de trás, empurra a bola definitivamente para a baliza, no tempo em que a sua equipa dançou com Cubillas no relvado: Bené, Marco Aurélio, Duda, Teixeira e Teixeirinha, Gabriel, Oliveira, Rolando — a segunda equipa de todas as suas memórias, que contracena com nomes de outros tempos: Monteiro da Costa, Pinga, Virgílio, Pedroto, Barrigana, Hernâni, Pavão, Seninho ou Siska e Américo. "Faz um passe à Pavão", pediu-lhe alguém nessa noite. E, talvez fosse pelo álcool, pelo fumo do cigarro ao canto da boca, entrando-lhe nos olhos, ou pela chuva que descia da Rotunda da Boavista, pareceu-lhe que poderia chorar de repente só de lembrar os braços abertos de Pavão, antes de morrer em pleno estádio, ah, ele recitava a lengalenga, sim, Fernando Pascoal das Neves, aliás Pavão, morreu ao décimo terceiro minuto da décima terceira jornada, em dezembro de 1973, Abel marcara o primeiro golo, Marco Aurélio o segundo, mas Pavão morrera em campo, desfeito como a poeira em que se transformariam as páginas do jornal amarrotado. "Ou marca um livre à Schuster, vá", dissera alguém. Isso ainda vá que não vá, um toque na bola, a bola nos pés de Miguel Arcanjo, de Acácio Mesquita, Morais ou Rui Filipe, Madjer ou Gomes, André ou Juary, Frasco ou Capucho, Branco ou, depois, indo parar às mãos de Mlyrnaczyk.

Isaltino de Jesus tocou-lhe no braço, para o acordar. Surpreendia-o muitas vezes a olhar para a parede no gabinete, ao inspector Jaime Ramos, mas não conhecia a profundidade a que tinha sido disparado o jornal transformado em bola, naquela noite em que quase chorava ao lembrar-se de Pavão.

— Não me importa que me esqueçam — repetiu então, olhando para a parede estranha de um apartamento estranho, em Santo Ovídio. — Isso é o menos. Eu nunca choraria por isso.

— O chefe não chora. Então, é por ter de ficar em casa?

— Talvez, sim. Ou não. Assusta-me muito é o jantar de despedida, aquela comida igual para todos, rissóis e croquetes, queijinhos em cima da mesa, pratinhos de presunto, as garrafas com um guardanapo à volta, as canetas que me vão oferecer, a cana de pesca, isso sim, assusta-me.

Jaime Ramos teria participado em mais de uma dezena de jantares de despedida, fizera dois discursos contra a vontade, contribuíra para pagar vários estojos de canetas Parker, gravatas, uma enciclopédia sobre caça em Portugal, uma máquina de cortar relva, vários romances de José Saramago, uma carteira em pele, um conjunto de garrafas de Porto e até uma colecção de cromos do Batman oferecidos a um agente que tinha essa alcunha. As canetas Parker intrigaram-no sempre como prenda a agentes da polícia que pouco escreviam, mas devia ser uma espécie de compensação por anos de ignorância e de analfabetismo gregário. Não se lembrava de muitas outras prendas de despedida, nem dos apertos de mão, palmadas nas costas, caixas de charutos, carteirinhas de preservativos, colecções da *Playboy*, placas com gravação em prata que iriam acabar penduradas numa sala acanhada, no meio de fotografias de família (o casamento de um filho ou de uma filha, vê-se pelo vestido de noiva e pelos fatos que nunca assentam bem), molduras com reproduções de um pintor vagamente holandês, vagamente flamengo, vagamente pintor, colecções de livros que tinham sido abertos uma vez, mais reproduções de naturezas-mortas, arranjos florais em cima de mesas protegidas por camilhas de renda, cheiro do almoço de domingo, suplementos de jornais de fim-de-semana, uma televisão — mas recordava-se das canetas Parker em estojos previsíveis, com uma gravação misericordiosa, uma espécie de cicatriz.

— Ainda falta muito tempo, chefe.

— Talvez. É capaz. Mas assusta-me o almoço de despedida, o discurso. Quem é que vai fazer o discurso?

— O director, com certeza. Mas é capaz de ser jantar, chefe.

— Sim, é jantar de certeza. Daqui até lá, de qualquer modo, vamos mudar de director várias vezes, a velocidade a que se muda de director é muito grande hoje em dia, Isaltino.

— Por isso não se preocupe, daqui até lá vai acontecer muita coisa, ainda vamos ganhar muitos campeonatos, o chefe é capaz de substituir o poster do Cubillas pelo do Deco, não se preocupe. É cedo para pensar nisso.

— Nunca é cedo. A nossa vida está cheia de más investigações, Isaltino, de processos disciplinares, de promoções. Até de promoções.

— O chefe devia ser promovido a director. Director.

— De facto. Ando com umas dores nas costas.

— O chefe não precisava de andar nisto, de um lado para o outro, podia fazer uma vida mais tranquila, mas acha-lhe graça.

5

SÓ ENTÃO JAIME RAMOS ABANDONOU AQUELA POSIÇÃO, quase ajoelhado no chão de alcatifa, diante da parede, e, de pé, perguntou a Isaltino de Jesus onde estavam os seus charutos.

— Viste os meus charutos?

— No bolso, chefe. Devem estar no bolso.

— Não estão.

— Então no carro. — Isaltino de Jesus olhou em volta, conferiu mentalmente os objectos da sala e perguntou, enquanto se levantava: — Já não precisa de mais nada?

— Acho que não. Nem precisávamos de ter vindo aqui.

— Assim já fica a saber como é Santo Ovídio.

Jaime Ramos sacudiu as pernas, estivera de joelhos um bom bocado. Procurou de novo a charuteira no bolso vazio do blusão:

— Eu já conheço Santo Ovídio, conhecia Santo Ovídio mesmo antes de vir cá. Tenho de fazer ginástica, Isaltino.

— O chefe?

— Eu mesmo. Passei anos da minha vida a ajoelhar-me ao pé de mortos e já não me levanto como devia ser, doem-me as articulações. Falta de treino.

— E onde é que vai fazer ginástica?

— Num ginásio qualquer, mas em segredo. Tapete, elevações, pesos, transpirar, encolher a barriga, sauna, natação, acho que preciso disso tudo. Mas isso tudo em segredo, Isaltino.

— Não sei.

— Hei-de sobreviver, Isaltino.

Pela janela, Jaime Ramos viu que começara a chover sobre os prédios de Santo Ovídio. Deu dois passos naquela direcção e encostou-se ao vidro. Ouviu passos no corredor, ao longe.

— Diz a eles que precisamos de mais uns minutos.

— Para quê?

— Para que eles não pensem que isto é vir cá e toca a andar. É preciso respeitar a ciência, Isaltino, temos uma profissão difícil, a concorrência é grande.

A porta do apartamento tinha sido encontrada aberta nessa manhã pela vizinha que morava mesmo em frente. Às oito da manhã, sensivelmente, porque só às nove telefonaram da polícia. "Eles costumam esperar uma hora, para ver se adivinham alguma coisa antes de nós", resmungara na altura. O corpo ainda estava no chão, passadas duas horas, Jaime Ramos chegou com Isaltino de Jesus depois de terem fugido do trânsito no centro de Gaia, ajoelhou-se junto dele, tapou-o outra vez, olhou em volta para as paredes vazias, para as nuvens cinzentas que se viam pela janela. Foi então que disse:

— Vai chover, Isaltino.

Isaltino estava à sua frente, mas do outro lado do corpo, ajoelhado:

— Choveu toda a noite, chefe, mais um pouco não faz diferença.

— Roubaram o quê?

— Não se sabe bem, mas faltam algumas coisas — disse Isaltino, procurando um papel no bolso da camisa. — As gavetas do quarto estavam todas abertas, é provável que tivessem roubado alguma coisa. A carteira estava em cima da mesa, ali na cozinha, mas não tem dinheiro nenhum, foram ver se tinham impressões, já a levaram. Não há telefone. Não há quase nada. O resto é como vê.

Jaime Ramos conferiu que a sala estava desarrumada, sim. O tapete desalinhado, uma pilha de revistas ruíra junto de uma televisão gigante, ecrã gigante, que não ficava bem naquela sala modesta de um apartamento de três divisões. Foi então que ouviu a chuva a bater nos vidros da janela e falou para Isaltino:

— Ir-me embora, Isaltino, ir-me embora. Quanto tempo me falta para a reforma?

Mas Jaime Ramos não saiu logo do apartamento. Deixou que Isaltino de Jesus se levantasse primeiro e encolhesse os ombros antes de ir pelo corredor fora, em busca do botão para chamar o elevador. Num último olhar para o interior tomou nota, mentalmente, daquele cheiro indecifrável e abafado, sombrio, que parecia desprender-se dos móveis, dos tapetes escuros, grenás, dos dois jarrões onde flores secas teriam vagamente apodrecido. Reparou nas molduras de estanho, casquinha, madeira de pinho, numa mesinha de pau-preto ao fundo do corredor, onde estacionara correspondência por abrir, contas de água e de electricidade, cartas de bancos, um jornal de há duas semanas. E sobretudo nessas molduras onde se albergavam paisagens alaranjadas com animais em fundo, uma cascata de água azulada, árvores a perder de vista, reproduções baratas e antigas, descoloridas algumas, berrantes outras. E reparou nos cortinados espessos que protegiam a porta que dava para a sala de estar, essa onde estivera ajoelhado junto do cadáver, deitado, de braços abertos, olhos fechados na direcção do tecto de onde pendia um candeeiro com pingentes de vidro, um dos dedos apontando para a parede azul-cinza.

6

— ESTE HOMEM NÃO É DESTE MUNDO, ISALTINO.

— Já não é, não, chefe. Foi-se.

— Não me refiro à morte. Refiro-me à vida. Ele não era deste mundo, não se dava com ninguém, não tinha família. Como teria vindo parar a Santo Ovídio, o pior cruzamento de Vila Nova de Gaia?

— Também penso nisso, chefe.

— Em Santo Ovídio?

— Não. Em como as coisas vêm cá parar, aqui. Tudo isto, chefe, tudo isto de que nos ocupamos na nossa profissão podia acontecer noutro lugar qualquer. Era mais seguro para toda a gente.

Jaime Ramos reacendeu finalmente o que lhe restava do charuto. Sabia que tinha de deixar de fumar charuto no carro, mas o facto de ser Isaltino a guiar deixava-lhe uma margem de tranquilidade suficiente para se sentir como se estivesse sentado na sua cadeira, diante da sua secretária.

— É um problema de mercado, Isaltino — ouviu-se dizer. — Se não houvesse crimes, não havia polícia, se não houvesse polícia não estávamos aqui. Se não estivéssemos aqui estávamos a trabalhar noutro lado qualquer.

— Em que é que o chefe gostava de trabalhar?

O fumo do charuto.

— Nunca pensei nisso — disse então. — Nunca pensei nisso desde que estou na polícia. Não queria voltar a um banco, o dinheiro é um problema para mim. Não queria voltar para a minha terra. As vacas no monte, o ruído das árvores, a chuva, não, não queria voltar para a minha terra.

— Aqui também chove. Olhe hoje.

— Esta chuva já vem com cloro, para não nos fazer mal. Podíamos bebê-la, Isaltino, recolhê-la em garrafinhas e bebê-la. E já vem purificada pelo chumbo, pelo monóxido do carbono, essas coisas, atravessa o buraco do ozono e enche-se de coisas úteis. Não é assim na minha terra: a chuva cai na terra e faz lama.

— Não brinque com coisas sérias, chefe.

— Não brinco, não.

E Jaime Ramos calou-se enquanto atravessavam a Ponte da Arrábida, olhando para a sua direita através da janela entreaberta para que o fumo do charuto saísse para se misturar ao vento húmido e tépido que subia e descia do rio. Olhando para o outro lado, enfrentou o brilho de um sol tímido na Foz, nas águas da Afurada, no cais da Cantareira, no miradouro de Santa Catarina. Aquele homem, deitado no chão do apartamento, iria ser a sua próxima obsessão, como eram quase todos os mortos que lhes eram entregues. Suicidas e vítimas de homicídio, corpos abandonados numa rua da cidade ou recolhidos da chuva em apartamentos de Santo Ovídio, tudo entrava no seu catálogo de ocorrências, homens e mulheres, velhos e novos ou, sobretudo, ricos e pobres.

O apartamento era cuidado, simples, branco. Nada de memórias. Nada de fotografias, retratos de família, agenda telefónica. Mentalmente, fechando os olhos quando o carro entrava na pequena rua que levava ao Campo Alegre, Jaime Ramos reconstituiu todas as fotografias do local: tapetes, sofás, quatro cadeiras alinhadas em redor de uma mesa, janelas sem cortinados e abertas sobre o arvoredo que sobe para o Monte da Virgem, uma cama de casal, apenas roupa de homem, com toda a probabilidade pertencente à vítima, cozinha com sinais de ser pouco utilizada, ele reparara que o frigorífico guardava apenas aquilo que um homem de meia-idade considera imprescindível para a sua sobrevivência: comida congelada, cervejas, água mineral em grande quantidade, um saco de gelo, um frasco de azeitonas, nada mais. Azeitonas espanholas, lembrou-se então.

— Ele ia e vinha, senhor inspector. É inspector, não é verdade? Polícia Judiciária, logo, inspectores — disse a vizinha, com quem tinham falado. — Eu tenho lido alguma coisa sobre o assunto, mas o meu preferido é Perry Mason, e a secretária dele, sim. De modo que o senhor dali do lado, é como lhe digo, esse homem ia e vinha, passava grandes temporadas fora de casa, semanas, um mês, dois ou três meses, sinceramente não sei explicar essas ausências. Enfim, não era propriamente um morador do prédio, não. Ruído estranho, ontem? Não, senhor inspector. Nada de ruído. Eu durmo cedo, pelas nove, dez da noite e pronto. Durmo. O chá de flor de laranjeira também ajuda, é claro, mas o meu marido costuma ficar até mais tarde e não ouviu nada, se tivesse ouvido tinha-me dito, nós tomamos o pequeno-almoço na cozinha logo de manhã. Ele não ouviu nada, não. Não, também não me lembro de grandes visitas. Esse seu colega, o mais novo, sim, ele perguntou-me com grande delicadeza, deve ter reparado na minha idade e pôs-se com atalhos, ele perguntou-me se era costume aparecerem mulheres ao apartamento. Não me parece. Eu teria ouvido. Pareceu-me sempre um homem sossegado. Mas, se tivesse vindo alguma, seria normal. Quantos anos ele tinha? Era o que eu pensava, isso mesmo. Então já vê, um homem de cinquenta e tal anos, que vive sozinho, pois tem as suas necessidades, o senhor compreende-me. Antigamente sabia-se tudo sobre os vizinhos, em quem votavam, como ia o casamento deles, o nome dos filhos. Como? Não, não me parece que ele tivesse filhos, não. Naquele apartamento é como lhe digo, senhor inspector, só me lembro de o ter visto a ele. Mais ninguém, e não era bem vê-lo, se me entende, era saber que ele estava ali. Ele passava muito tempo fora. Só me lembro que uma vez a caixa do correio estava cheia e ficou ali o correio preso ao pé da caixa da electricidade, cartas de bancos, contas, o costume. Nada de especial, senhor inspector. Bom, havia muitas cartas do estrangeiro, isso eu reparei, porque o meu marido faz colecção de selos, e reparámos nas cartas, mas hoje em dia já não se usam selos. Bom, tem razão, também já não se escrevem cartas, vêm todas dos bancos. Sim, tem razão, senhor inspector, também vêm de lado nenhum, sim.

A única coisa que Jaime Ramos, de olhos fechados, tinha ainda rondando essa galeria de retratos que teimava em flutuar nas suas recordações eram as gravuras penduradas na parede, uma espécie de arco-íris sem sentido, um fogo-de-artifício que lhe lembrava África, fazendas e extensões como as conhecia por descrições alheias, crepúsculos húmidos, ruídos que se suspeitavam ao longo de ravinas poeirentas. O seu conhecimento de África limitava-se à Guiné, ao solo alaranjado e vermelho de Bafatá (e de Gabu, e do Cachéu) e à linha de água do mar das ilhas, nos Bijagós. Mas aquele, aquele cadáver pertencia a um homem de África rodeado de coisas prescindíveis. De coisas que nem existiam. Excepto aquela gravura junto da porta de entrada indicando que Álvaro

Severiano Furtado sabia pronunciar a palavra Manaus, talvez soubesse onde ficava, e Jaime Ramos recordava-se da ilustração, reproduzindo uma aguarela triste: um rio escuro, uma canoa, dois homens pescando no meio do rio, árvores nas margens do rio, e uma cidade ao longe, cheia de cúpulas, colinas, casas descendo pelas colinas, vendedoras à beira do rio, barcos carregados de gente chegando a Manaus, mesmo ao lado de uma recordação de Luanda, onde um amanhecer infantil mostrava uma cidade dos anos setenta, desenhada a pena, colorida quase com poeira e humidade.

7

ISALTINO DOBROU OS PAPÉIS E ENTREGOU-OS A JAIME RAMOS. Se o tampo da secretária fizesse parte do corpo do inspector Jaime Ramos, Isaltino teria entregado os papéis a Jaime Ramos, sim, mas ele olhou-os apenas, curvou a cabeça e fez uma careta para agradecer a Isaltino de Jesus. Voltou-se na sua direcção, expectante, como se fosse óbvio que não iria ler o relatório e preferia que Isaltino falasse.

— O problema, chefe, é que não encontrámos nada. E, se não fosse o passaporte, nem sabíamos que ele se chamava Álvaro Severiano Furtado. Furtado. Severiano. Digamos que Álvaro.

— Cheio de ironias, inspector Isaltino.

— O caso não é para menos, chefe. Não encontrámos nada. O contrato de aluguer do apartamento está em nome de uma empresa, Rio Grande, Exportações. Há duas cartas para a Rio Grande e duas para o sujeito. Mais nada. Não há telefone. Não há retratos de família. Não há telemóvel. Não há um papel. Não há carro. E não há carta de condução. Só este passaporte, que o chefe está a ver, o resto desapareceu, não existe.

— Ou foi roubado.

— Ou foi roubado, é a mesma coisa. Desapareceu.

— Ou nunca existiu.

— Nisso eu não acredito. O nome existe. Está aí o que se pode conseguir. Álvaro Severiano Furtado, filho de fulano e de fulana, coisas que agora não interessam, natural de Sambade, concelho de Vila Flor, nascido a 30 de agosto de 1945, divorciado. Fizemos os cruzamentos de dados: não tem filhos.

— E em Vila Flor?

— Pedimos informações à GNR. Já chegaram. Severiano não é sobrenome. É nome. Álvaro Severiano. Furtado é que é sobrenome. Havia uma família Furtado, sim, Camilo Santos Furtado, Glória Mendes Furtado. Falecidos. Pedimos as certidões. Ele não é filho único, de resto. Tem uma irmã, Teresa Cremilde Furtado, ora aqui está, nascida a 22 de setembro de 1957.

— Onde está?

— Não está. Desapareceu. A 12 de março de 1983 foi presa em Lisboa, arguida num processo que o chefe conhece, passou-lhe pelas mãos, FP-25. Era procurada pela DCCB, esteve presa oito meses em Caxias, em casa encontraram armas, explosivos, mas foi com os outros. O processo já se sabe, encerrado e arquivado. E Teresa Cremilde desapareceu, não há sinais, não há impostos desde 1984, não há registo. Tenho uma idéia do que lhe aconteceu: foi para África. Angola ou Moçambique e pronto. Outro nome.

— Era casada?

— Naquela altura era solteira. Podemos pedir o processo e ver, mas acho que é tempo perdido, não parece haver ligação entre eles desde o último passaporte que tiraram. De resto, a situação fiscal de Álvaro Severiano é clara, legal e simples: declarações limpas, sem rendimentos. As últimas cinco declarações de IRS, que são as que temos, foram entregues no prazo, mas sem rendimentos. Desempregado, provavelmente, podemos vê-las depois. Digamos que o Álvaro Severiano não era procurado por nada, não tem uma multa por estacionamento proibido, excesso de velocidade, nada.

— E a Rio Grande, a empresa?

— Aí está uma coisa a estudar, chefe. Não existe nenhuma empresa chamada Rio Grande, não existe nenhum registo. O senhorio diz que fizeram um contrato, digamos, na base de um ano adiantado, o Álvaro Severiano pediu para lhe passarem um recibo numa folha branca, normal, lisa, em nome de Rio Grande, Exportações. O senhorio mora em Avintes, são um casal que nem vale a pena incomodar, recebeu o dinheiro, em notas de cem euros, passou o recibo, escrito à mão. Que depois lhe enviariam os dados para fazer o contrato. Mas ao fim de oito meses, nada. Apenas um telefonema do Severiano, a dizer que estava interessado em alugar a casa por mais um ano e que lhe enviaria o dinheiro adiantado. Enviou, sim senhor, desta vez em notas de cinquenta euros. E aí está como anda a vida dos contribuintes.

— Ele não era deste mundo, Isaltino. Aquele apartamento era um túmulo. Uma espécie de túmulo.

— Bem vistas as coisas, sim, chefe. Mas eu diria melhor, se me permite. Aquele apartamento era uma plataforma.

— Uma plataforma?

— Sem tirar nem pôr. Basta ver o passaporte, que está aí na sua mesa. Há dezasseis carimbos referentes a entradas no Brasil e dois vistos para Angola, com os respectivos carimbos de entrada e saída. E, se me permite ainda, chefe, há dois vistos para a Indonésia, quatro carimbos indonésios, em Dempasaar. E se me pergunta o que vai um português fazer a Dempasaar, eu respondo-lhe. Se for sozinho, vai divertir-se, só pode. Vai a Bali, mulheres baratas, não sei se há droga, mas mulheres há, tirando as praias, mas isso não me impressiona muito. Mas há outra coisa. Timor fica a duas ou três horas, já me informei. E há quatro carimbos de Díli, digamos República Democrática de Timor-Leste, RDTL, aí está, nessa folha que o chefe está a ver, duas entradas e duas saídas. De modo que o Álvaro Severiano, serviço militar cumprido em Angola, Luanda, 3.ª Companhia do Batalhão de Caçadores 4511, também numa coisa chamada Grupo Especial 201, no Alto Zaza, incorporado a partir da recruta feita no Batalhão de Caçadores 10, depois Regimento de Infantaria de Chaves, é um homem muito viajado. E ainda há um carimbo uruguaio no passaporte, mas parece-me de ida e vinda, dois dias.

Jaime Ramos poisou o passaporte sobre a secretária sem o devolver à pasta e encarou Isaltino:

— Ele não era deste mundo, Isaltino, mas tu és um biógrafo de primeira água. Quanto tempo demoraste a fazer isto tudo?

— Ontem e hoje de manhã. Há coisas que demoram tempo.

— Foste rápido. E ainda havia esta chuva.

— A chuva foi o menos, chefe. Só que esses dois carimbos, digamos que do Uruguai, aeroporto de Montevideu, como está aí, correspondem a uma entrada e a uma saída. E a uma entrada e a uma saída do Brasil, de Montevideu para Porto Alegre.

— Justamente.

— Porto Alegre fica no sul do Brasil. O voo entre Montevideu e Porto Alegre demora duas horas e pouco, isso não tem importância, mas é um dado. Só que Porto Alegre não fica só no sul do Brasil. Fica no Rio Grande do Sul, como está aí neste mapa. Este, dentro da pasta. Rio Grande. Ele alugou a casa em nome da Rio Grande, Exportações. Há coincidências.

— Dói-me a cabeça, Isaltino, isso são muitas viagens. E muitas revelações.

— Eu também achei muito, chefe. Há coisas de que uma pessoa desconfia. Mas o mais interessante é a conta bancária. Duas contas, pelo menos para já. Estavam lá cartas com extractos, o chefe reparou, um banco de Gaia, outro da Boavista.

— Rico, o nosso homem?

— Moderadamente. Numa conta, seis mil e tal euros. Noutra, doze mil. E uns trocos. Pedi para ver os movimentos esta manhã. Uma das contas teve já muito mais dinheiro, a da Boavista. A outra era usada com um cartão Multibanco. O cartão Multibanco desapareceu. Mas não houve nenhum movimento nessas contas nos últimos dois dias. E não me parece que venham a ter algum movimento agora, porque quem tem vinte mil euros à ordem deve ter mais algum guardado em outro lugar. Ou escondido em outro lugar, isso sim, se me faço entender, chefe.

8

A LIBERDADE DOS CIDADÃOS, ISALTINO. COISAS QUE TU não entendes, mas não se pode vigiar um homem só porque nos apetece, pormo-nos à porta de casa ou, melhor, entrar lá dentro, abrir as gavetas, tirar a roupa das camas, abrir os armários, espreitar pelas janelas, folhear os álbuns, entrar nas cozinhas, abrir o frigorífico, entrar nas despensas, cheirar os quartos. As coisas que se aprendem. Cheirando um quarto de dormir: o sono, aquele ar que se evapora quando se abre a janela, o perfume dos corpos das mulheres casadas, qualquer coisa que se levanta dos lençóis, pode ser cheiro de sexo, cheiro de suor, até mau cheiro, ou qualquer coisa doce, sim, cabelos deixados nas almofadas, uma pequena mancha na roupa, humidade, palavras que ficaram presas por toda a noite, uma respiração, uma coisa vaga, a roupa arrumada, a roupa desarrumada, roupa interior no chão, a idade dos ocupantes, a sua profissão, até, consegue adivinhar-se tudo ou quase tudo, os objectos deixados ao lado da cama, um copo de água, o relógio de pulso, um isqueiro, um maço de cigarros, uma pilha de livros, um só livro, um comando de televisão, o corpo dos solitários e das solitárias, há quem leve comida de noite para a cama, há quem fale ao telefone deitado na cama. E há quem use soutiens para aumentar o volume do peito, quem organize listas de coisas para mais tarde fazer e as deixe à solta, no meio de um livro. Há exames ginecológicos guardados nas gavetas, agendas telefónicas secretas, receitas médicas que revelam segredos pessoais ou problemas conjugais, ou doenças vergonhosas, estojos de cintos de ligas em cetim preto ou vermelho em casas de famílias estáveis, coisas que se arrastam desde a infância, de mudança de casa em mudança de casa: um isqueiro que já não funciona, um retrato do primeiro namorado, um postal do Algarve, uma madeixa de cabelo, um corta-unhas enferrujado, agendas onde se anotaram despesas pessoais de há vinte anos, recordações de tratamentos termais, horóscopos encomendados pelo correio, o cartão de associado de um clube de futebol de província, uma conta de restaurante de há muito tempo, um caderno escolar, uma fita de apanhar o cabelo, um par de óculos com dioptrias já ultrapassadas, uma fitinha do Senhor do Bonfim, uma nota de vinte escudos com a efígie de Santo António, um bilhete cortado ao meio e que lembra uma ida ao cinema, um papel com uma morada que já não existe.

A liberdade dos cidadãos, Isaltino. Entrando numa cozinha, enfrentando os cheiros, aromas, vapores, odores, os azulejos da cozinha junto do fogão, abrindo o frigorífico e verificando se há fruta fresca, se há um pacote de leite aberto recentemente, queijos, restos de comida em caixas de plástico, frascos com cebolinha em conserva, pickles, olhar em volta à procura de livros de receitas, e vendo onde se guarda o lixo, se o lixo foi recolhido ou não recentemente, identidade política e categoria social através da observação das cozinhas. Absurdo? Massa folhada no congelador, latas de milho na despensa, frascos de palmito, ou pacotinhos de molho bechamel instantâneo, massas italianas ou massas nacionais, arroz agulha ou basmati, vinho armazenado na despensa — no escuro, várias garrafas de cada marca, naturalmente, acabando-se uma, está ali a outra, o que implica não mudar de copo no jantar com convidados —, uma reserva de cerveja, comida para gatos devidamente protegida, latas de espargos, pipocas para microondas, cereais para o pequeno-almoço, chocolates, o que te parece? E latas de feijão, farinha, latas de atum de conserva, frutas em calda, arroz agulha ou carolino indiferentemente, avalanche de calorias, alimentação familiar, o que te parece? Os ricos comem e não engordam, também é verdade. Às vezes são enfastiados, que é outra forma de desumanidade, debicam. Quando eu era novo, o meu grupo de amigos mal comia — havia garrafas de vinho regional, Super Bocks abertas, comida do dia anterior, a revolução toda para fazer. Nós, os pequeno-burgueses, estragámos tudo. No meu caso, vim da guerra em 1972 disposto a não morrer mais, já tinha morrido o bastante, e não havia banho de água a ferver que tirasse o cheiro da terra alaranjada de Gabu ou de Bafatá, o cheiro da pólvora, o cheiro da creolina a desinfectar corredores de hospital, eu não queria morrer mais. Morre-se muito, hoje em dia, e por motivos cada vez mais comuns, e por isso, quando me falaram em morrer pela revolução, achei que as coisas tinham ido longe demais, comecei a cozinhar todos os dias, glória dos pequeno-burgueses.

Vê tu o cheiro das casas de banho, a maneira como se esqueceu de voltar a fechar a pasta dentífrica, medicamentos guardados no armário — tranquilizantes, laxantes, digestivos, aspirinas, já encontrei por vezes caixinhas de Viagra, antipiréticos, analgésicos —, as toalhas húmidas de um banho recente, a marca dos cosméticos, a tampa dos champôs, os sabonetes, as escovas de cabelo, absorventes íntimos, bolinhas de algodão desmaquilhante, perfume, água-de-colónia, after-shave, creme de barbear, escovas de banho para massagem, corta-unhas, lima de unhas, roupão de turco, cremes anti-rugas, esfoliante e creme hidratante, escovas de dentes penduradas ao lado da banheira, escovas de dentes junto do lavatório, revistas de actualidades e livros de banda desenhada numa pilha para leitura, os espelhos sujos das casas de banho salpicados de resíduos de pasta de dentes ou pêlos púbicos nas banheiras.

Isto é a liberdade dos cidadãos, Isaltino. Não podemos entrar nas suas salas e ver os retratos dos filhos, dos avós, dos netos, dos amigos, e ficarmos na mesma, como se estivéssemos a cumprir apenas uma tarefa que vem no nosso código genético, nem folhear os registos de conta-corrente dos bancos como se não estivéssemos a entrar em alguma coisa mais profunda.

Isto é a liberdade dos cidadãos, o que eles guardam e não podemos incluir nos bilhetes de identidade, no arquivo das cartas de condução, no registo dos passaportes, nas fitas magnéticas dos cartões da segurança social, na memória dos cartões de crédito, isto são coisas para guardar em silêncio, esta é a verdadeira liberdade dos cidadãos, o que eles têm a liberdade de guardar. Um homem sem liberdade não pode guardar nada. Uma mulher sem liberdade não pode esconder nada.

E o nosso trabalho é esse, humilhante, o de verificar os vestígios de um adultério através dos cabelos deixados numa cama de hotel, o de ver quem usou este cartão de crédito, quem deixou unhas cortadas num cinzeiro, quem se sentou nesta cadeira e há quantos dias e, se possível, que frases disse, que palavras ouviu, que silêncios guardou, o que viu desta janela, o que escondeu dos outros e o que os outros gostariam de saber, coisas ainda mais humilhantes do que o nosso trabalho de insectos que têm de passar sem serem identificados, sem deixar uma marca.

Passamos sobre a decoração das casas sem mudar seja o que for, sem ajeitar um quadro para o pôr direito, na horizontal, sem trocar a ordem dos discos geralmente tão desarrumados, sem ordem alfabética ou de género, o jazz ao lado de tudo, como se o jazz fosse igual ou semelhante a tudo, o rock ao pé da bossa nova, tangos ao lado de quartetos de Mozart, e Mozart ao pé de qualquer outro compositor, como se Mozart ficasse bem em qualquer lugar. A inspectora Celestina não resistiria a mexer naquele quadro, que está torto, não digo que despejasse o cinzeiro, não, mas talvez ajeitasse o tapete, que tem a ponta dobrada, ou pensasse que era preciso dar umas palmadas nas almofadas do sofá. Isto sem falar nos livros, onde a desarrumação é ainda maior, José Cardoso Pires junto com livrinhos de literatura portuguesa e Tolstói em dois volumes ao lado de *Os lusíadas*, romances de há vinte anos, Michener, *Papillon*, que tem quarenta, *Memorial do convento*, a *Odisseia contada às crianças*, O Malhadinhas, poemas de amor de Vinicius de Moraes, uma enciclopédia comprada em prestações e que os miúdos nunca abriram, Dale Carnegie e um Dicionário da Língua Portuguesa de há sessenta anos, *A nossa vida sexual*, do dr. Fritz Kahn, os romances completos de Fernando Namora junto com *Olhai os lírios do campo*, uma monografia do Peso da Régua ou da Gafanha da Nazaré encostada a uma jarrinha de flores secas que diz "Recordação de Sernancelhe", ao *Sexus*, de Henry Miller, ou à colecção das Selecções do Reader's Digest de 1971 a 1995, as coisas que apetecia mudar nas casas das pessoas, nas casas dos outros, levar um pouco de bom gosto, de ciência e de sensatez, mas há a liberdade dos cidadãos, inviolável, que contém o direito a desordenar o mundo.

Só nos filmes é que os polícias são tão bons e tão evidentemente bons, nos filmes e nos livros em que há assassinos inteligentes, maduros, experientes, treinados em não deixar vestígios, cuidadosos a planear um crime com dois anos de antecedência, testando cada pormenor, cada detalhe perdido, cada sombra que possa ficar de uma biografia, de um telefonema, de uma impressão digital. País subdesenvolvido, o nosso, com crimes menores, fáceis de resolver, assassinos medíocres que armazenam impressões digitais ou matam nos descampados, escadas escuras onde toda a gente se esconde, parques de estacionamento abertos até à meia-noite, estações ferroviárias que cheiram a mijo, cervejarias que vendem caracóis e servem amêijoas, peixarias de peixe congelado, lojas de telemóveis, há demasiadas lojas de telemóveis em todas as praças, ruas, becos, centros comerciais, shoppings de bairro, travessas, largos abertos ao sol, incêndios nas florestas, eucaliptos nos quintais, tijolos de obras inacabadas, couves-galegas plantadas ao longo das estradas, jardins fechados às cinco da tarde, chafarizes que não funcionam, carros que transportam famílias ao domingo, funcionários da administração pública que vestem fato de treino, armazenistas de pneus recauchutados, vendedoras de tupperwares, sim, nem todos podem trabalhar em agências de viagem ou ser investigadores de biologia, nem todos podem ser jogadores de futebol ou presidentes de câmara, licenciados em teologia ou filosofia, porteiros de discotecas de verão, proprietários de cortiça no Alentejo, donos de empresas de jardinagem. Felizmente que existe a liberdade dos cidadãos.

Não se pode meter esta gente toda na ordem, os bêbados, as meninas que mastigam pastilha elástica atrás dos balcões das lojas, os estudantes de relações internacionais, os críticos de cinema, os que escrevem cartas para os jornais, as jovens que nos querem fazer perguntas para um estudo sobre a frequência de famílias disfuncionais nos aeroportos, os donos de pedreiras de mármore, os instaladores de televisão por cabo, taxistas que se enganam nos trocos. Existe a liberdade dos cidadãos, Isaltino.

9

FOI A PRIMEIRA VEZ, EM MUITOS ANOS, QUE ROSA ABRIU A porta do seu apartamento sem esperar que ele respondesse lá de dentro. Geralmente, quando ela descia as escadas do prédio, batia à porta e não tocava à campainha. Jaime Ramos respondia com um berro:

— Entra.

Rosa servia-se da chave que tinha consigo desde há cerca de dez ou onze anos, guardada junto com as do seu próprio apartamento. Mas dessa vez ela entrou logo, fechou a porta e olhou para Jaime Ramos, que estava nu, semi-enrolado à volta de uma toalha, deitado no sofá maior. Abriu a boca, olhou para Rosa e disse:

— Ela foi embora.

— Quem?

— Minha amante. Escapou agora mesmo.

Rosa não sorriu nem se sentou. Ficou de pé, com a chave pendurada no dedo indicador:

— Uma amante imaginária, sim.

— Imaginária por quê?

— Porque a vida é assim mesmo, só podias ter uma amante imaginária. E que estás a fazer despido, em cima deste sofá?

— Tive preguiça de me vestir.

— Já não era sem tempo. Um bocadinho de preguiça faz bem. — Rosa sentou-se finalmente, enquanto Jaime Ramos se tapava melhor, escondendo a barriga, o pénis murcho e reparava que os seus pêlos, ao longo do corpo, estavam mais brancos. Também reparou nos olhos de Rosa, mas só por um instante demasiado curto. Precisava de fazer ginástica, sim. Devia ter começado há dez anos, aos quarenta, juntamente com o primeiro exame à próstata, o controle aplicado do colesterol, uma dieta mais cuidada, mais ferro, mais fibras, menos gorduras, menos carnes vermelhas, um check-up geral, menos álcool, ou seja, menos cerveja. Deixara de fumar cigarros em 1990, em pleno verão, quando o Café Nova Sintra inaugurou uma máquina automática que vendia cigarros; Jaime Ramos nunca tinha dinheiro trocado (essa primeira máquina não dava trocos), e passou a fumar charutos enviados regularmente dos Açores por Filipe Castanheira, ou comprados em Espanha, em Vigo. Rosa passara a vigiar a qualidade dos seus charutos, como antes vigiava a quantidade dos cigarros que ele fumava.

— Não quero que o meu homem fume maus charutos.

Mas Jaime Ramos gostava de charutos demasiado húmidos, maduros, de tabaco amargo e com capa escura. Fumava apenas três ou quatro habanos por mês, depois de um jantar especial. A sua reserva de Ramon Allones variava bastante ao longo do ano, e quando havia menos de dez churchill na caixa habitual, guardada na despensa, sem luz, um humidificador artesanal que trouxera do México, inventava um motivo para ir a Vigo, à El Mundo del Puro, Ultramarinos SA. Escolhia-os com cuidado, mas sem prolongar muito o acontecimento. Todas as caixas novas regressaram ao Porto com menos um charuto — à saída de Vigo havia um restaurante onde Rosa gostava de comer marisco e de beber *viño de ribeiro*. Jaime acompanhava-a mas sonhava frequentemente com *lacón cocido con grelos* ou um assado. E fumava o seu primeiro Ramon Allones da nova caixa com o café. Rosa, que não fumava, gostava daquele aroma, procurava a mão de Jaime sobre a mesa. Ele largava o isqueiro e deixava-se prender pelos dedos daquela mulher que começou por ser sua vizinha e passou depois a ser sua namorada. Gostava dos seus dedos sem anéis, do cabelo pintado, da roupa, da voz, outra vez dos dedos sem anéis, e dos olhos. Rosa pedia-lhe a mão enquanto ele saboreava o primeiro fumo do Ramon Allones e ela esperava a sobremesa, as *natillas en creme de leche y dibujo de caramelo*, porque Jaime Ramos não comia doces, ou comia doces muito raramente. Durante aqueles instantes, Jaime Ramos sentia uma paz reconfortante, burguesa, afectuosa, pacificada pela comida e pelos aromas que vinham da cozinha do restaurante, pelos dedos de uma mulher que procurava os seus, e por aquele fumo maduro e perfeito, amarelado, que contrastava com o sabor amargo e belicoso dos seus charutos comuns, de capa negra, cinquenta e oito euros a caixa de vinte e cinco robustos Estrela.

— Nem uma amante imaginária — interrompeu Rosa, sentada no sofá à sua frente, de lado, os pés baloiçando.

— Estou para velho.

— Livra-te. Nesse dia vou-me embora.

— Então não. Vou aprender a dançar.

— Os velhos é que dançam. Vais ficar velho quando me levares para a cama sem saber para quê.

— Às vezes não sei.

— Sabes. Sabes, sim.

Depois se fez um silêncio entre os dois. Jaime Ramos voltou a ajeitar a toalha.

— Quantos livros leste neste último ano — perguntou Rosa.

— Alguns. Mais do que no ano passado. O inverno foi longo.

— Eu li bastantes e já não tenho onde arrumá-los.

— Podes guardá-los aqui, se quiseres.

— Os livros têm de estar sempre connosco, ao pé da mão. E alguns se apagam quando estão ao pé de pessoas que não gostam deles. Tu não gostas de muitos livros.

— Também podes mandar fazer mais estantes.

— Não tenho mais espaço, não há mais paredes.

Ela trincou uma unha e ficou a olhar para o tecto. Jaime Ramos sabia que este momento iria chegar, e por isso não estranhou que Rosa entrasse no apartamento sem esperar que ele respondesse, de dentro:

— Entra.

Ela bateu, meteu a chave à porta e entrou. Encontrou-o nu, deitado no sofá, enrolado numa toalha, mas ele podia estar fechado na casa de banho, sentado a ler um dos jornais da pilha que se juntara sobre a mesa da cozinha, ou podia estar simplesmente na cozinha, a abrir uma cerveja fora de horas. Ou podia não estar em casa. Mas Rosa sabia que ele estava em casa, sim.

— Tenho quarenta anos, Jaime. Não preciso de nada em especial. Não preciso de casar, nem de ganhar dinheiro, nem de uma operação plástica para aumentar as maminhas ou cortar.

— Não cortes na bunda, eu gosto assim.

— Não preciso nada disso — Rosa não ligou ao que ele disse, ele dizia isso várias vezes. — Posso dormir sozinha, ler os meus livros, ir ao cinema, comer iogurte magro só para não cozinhar, ter os meus amigos. Mas há quanto tempo somos vizinhos?

Silêncio.

— Dez, onze anos?

— Catorze — respondeu Jaime Ramos finalmente.

— Isso. E há doze que tenho a chave da tua casa, há doze anos que tens a minha. Dois andares não é nada, eu sei, e faz-te bem subir e descer as escadas, nem que seja a meio da noite.

— Eu parei de ressonar.

Ela riu e voltou o rosto para a janela, como se procurasse alguma coisa nos fios de chuva que brilhavam à luz dos candeeiros.

— Não. Eu é que disse que já não ressonas. Mas ressonas na mesma, e a tua cama faz os mesmos ruídos de sempre.

— Tu também já ressonas de vez em quando.

— Eu sei. Mas é uma novidade em doze anos. E então pensei que esta rua já me cansa há muitos anos, mesmo antes de te conhecer os vizinhos também me cansam. O lixo na rua, o café, a caixa do correio. E tenho quarenta anos, Jaime, e gostava de ter uma gata com nome japonês.

— Tens trinta e oito.

— Trinta e oito e quarenta é a mesma coisa.

— Não é. A mulher de trinta anos de Balzac hoje teria quarenta. Até aos trinta as mulheres são adolescentes.

— Quando é que leste Balzac?

— Nunca li. Mas toda a gente sabe como é. De qualquer modo, a mulher de trinta anos tem agora quarenta, para ficarmos pela literatura.

— Eu estou a acabar a adolescência, então.

— Os homens só ficam adultos aos cinquenta. Têm menos tempo para viver, hoje se morre mais cedo.

— Portanto estou a acabar a adolescência. E preciso de mudar de casa. Acho que devíamos pensar nisso os dois. E que podíamos mudar de casa.

— Ir-me embora — disse Jaime Ramos, como se recordasse uma frase dita noutro tempo, noutro lugar. Uma frase sem importância, vulgar, um desejo inútil, como se dissesse: estou gordo, preciso de fazer dieta, mas o mundo inteiro está preocupado com isso, a opulência incomoda, o preço da opulência é um pecado que lembra a penúria. Mas ele tinha dito outra coisa: "Ir-me embora." E Rosa ficou a olhar para ele, surpreendida e muda, porque esperava que ele protestasse, e então olhou outra vez para a janela e viu outra vez a chuva arrastada pela noite, mas ela não tinha falado de ir embora. Só Jaime Ramos tinha dito: "Ir-me embora." Mas não era isso.

— Não é isso — disse Rosa. — Não disse para irmos embora, para ires embora. Podíamos arranjar uma casa maior só para os dois. Podíamos ter dois quartos, se quisesses. E eu não entro na cozinha. Só vou ao frigorífico buscar iogurtes.

Jaime Ramos olhou para o que restava do seu próprio corpo, aquilo que a toalha não conseguia tapar. Os pêlos nas pernas, uma pequena tatuagem no braço esquerdo (estivera na Guiné, sim), duas cicatrizes no abdómen e uma na coxa esquerda (uma luta com faquistas), uma pequena mancha vermelha no antebraço que lhe aparecera havia dias e que não tinha explicação, uma unha negra num dos dedos do pé direito, o dedo indicador ligeiramente amarelado (o tabaco). Havia uma vizinha que tocava piano sempre a esta hora, e os seus exercícios diários misturavam-se com o som de uma televisão que vinha de outro apartamento qualquer. E havia uma colecção de vídeos que foram sendo ultrapassados e substituídos por DVD, *Forte Apache, Rio Bravo*, uma colecção de discos que só eram escutados algumas vezes por ano, Augustín Lara, José Alfredo Jiménez, Ary Barroso, Ruben Blades, livros que resistiram a todas as tentativas de suicídio, quase nada se comparados com os milhares arrastados pela biblioteca de Rosa. E havia aquele sofá que já vivera invernos melhores, uma reprodução de Hopper, uma mulher sentada nas escadas de uma casa diante das pradarias.

— E como seria essa casa? — ouviu-se a si mesmo perguntar.

— Como tu quiseres — mentiu Rosa, os pés baloiçando, sentada de lado no sofá onde ele muitas vezes adormecia diante da televisão. E acrescentou: — Como nós quiséssemos.

Ele olhou-a de lado, sério. O cabelo de Rosa era comprido, entre o castanho e o ruivo, hoje apanhado atrás, em rabo-de-cavalo, os olhos fundos, o rosto moreno, um dos pés baloiçando na mesma, mas já descalço. Era bonita. Tinha trinta e oito anos, raramente tinha gripe e queria fazer dieta duas vezes por ano — em janeiro, para se livrar de toda a comida do Natal, ingerida em refeições com a sua família em Vila Flor, no Norte, e depois em maio, para compensar a dieta de que desistira em janeiro e para preparar os primeiros dias de praia. No começo da dieta, Rosa e Jaime mal se falavam. Ao fim de quatro dias, ele telefonava-lhe da polícia a convidá-la para jantares perigosos, convites para violar a ditadura alimentar. Ela desligava-lhe o telefone, mas acabava por aparecer no restaurante; então, nessa noite, jantavam no Bonaparte para comer um bife e beber cerveja; nos dias seguintes, se fosse fim-de-semana, quase nada restava da dieta inicial. E ele expunha, como um advogado triunfante, no final do julgamento, a sua teoria sobre o horror à opulência, o ódio às formas generosas como um problema de carácter; ela sorria, bebia cerveja, encolhia os ombros.

— Não estou a pedir-te em casamento — disse ela.

— Já percebi.

— Uma casa na Boavista. Um duplex na Boavista. Vendíamos estes apartamentos, o dinheiro não chega mas aproxima-se. Um empréstimo pequeno não é problema. E eu arrumava os meus livros. Tu tinhas uma cozinha maior, com um forno maior, uma mesa no meio da cozinha.

Jaime Ramos levantou-se, segurando a toalha com a mão esquerda. Saiu da sala depois de dizer "já volto".

Na casa de banho olhou-se ao espelho, passou a mão pela barba feita nessa manhã, tentou sorrir como se quisesse dar a si próprio uma imagem feliz ou, pelo menos, simpática. Molhou a cara com água fria e voltou à sala. Rosa estava no mesmo sítio, mas os pés já não baloiçavam.

— Eu só acho uma coisa mal — disse Jaime Ramos, procurando um charuto no humidificador da sala, usado para tabaco mais corrente e de onde escolheu uma cigarrilha curta, Joya de Nicaragua. Acendeu a joyita e sentou-se no chão, aos pés de Rosa, como se fosse falar durante muito tempo:

— Eu tenho esta vida e não consigo separar-me dela nunca mais. Hoje estive a fazer contas e só consigo reformar-me daqui a quinze anos. Aos sessenta e cinco. Daqui a cinco anos começam a distribuir-me menos trabalho e mandam-me dar apoio à formação de agentes. Vou ter mais tempo para ler jornais e para treinar a assinatura em relatórios dos outros. Eu não vou gostar. Nessa altura vou ter mais gripes e faço exames médicos, mas não quero deixar de ter esta vida, só a deixo se puder, não gosto dela nem a odeio.

— Eu não pedi para mudares de vida.

— Eu sei, ouvi. Mas é isso que acho mal.

— O quê?

— Se vamos viver numa casa, os dois, acho que devíamos casar.

Rosa estendeu-lhe a mão. Não disse mais nada. Nem ele.

10

— TEMOS, SALVO ERRO, UM CORPO QUE NINGUÉM QUER — murmurou Jaime Ramos. Essa não é a verdade toda e esse não é o tom certo, acrescentou mentalmente à frase. Havia aquela cadeira, aquela mesa, aquele poster de Teofilo Cubillas, cheio de vincos por ter sido dobrado várias vezes, e lá estava o olhar do peruano sorridente, Teofilo Cubillas, FC Porto, oferta do jornal *O Norte Desportivo*, as cores em processo de desaparecimento, uma mancha de tinta escura no canto inferior direito, e alguns retratos, Jaime Ramos coleccionara-os durante os dias de preguiça e de indolência de que fora capaz, dias de trovoada, relâmpagos abertos sobre o céu, a torre dos Clérigos recortada como um pára-raios apontado às nuvens negras, ao granito negro, ao chão negro da praça que entretanto fora revolvida e redecorada, e por isso esses retratos, recortados das páginas do *Jornal de Notícias*, colados com fita-cola nas paredes por onde passara, transitaram também para este gabinete de paredes limpas onde nenhuma escuridão era possível. Ele sabia. Ele sabia que a idéia de pintarem de branco absolutamente branco estas paredes não era despropositada nem absurda; o crime cabia ali como um acontecimento a ser analisado à maneira de um objecto visível, sem sombras. O computador, o próprio computador, a ligação à internet onde se buscavam dados, lugares, nomes, referências desencontradas, tudo isso tinha uma intenção clara que ele conhecia e sobre a qual ministrara cursos a novos agentes que em breve seriam chamados inspectores, título que, no seu tempo, era uma designação austera, cheia de coletes e gravatas escuras, colarinhos hirtos, desapertados ao fim da tarde, quando um cheiro de tabaco, suor e papéis poeirentos se soltava de todas as salas do velho edifício.

— O inspector Ramos, e não leve a mal a pergunta, tem, por acaso, uma gravata? — perguntara-lhe o homem, vestido de escuro, do outro lado da secretária, de pé, fumando cachimbo.

— Várias, senhor director — dissera ele, erguendo-se, curvando a cabeça, misturando a frase com um vago —, bom dia, senhor director.

Estávamos em 1983, o novo director fumava cachimbo, usava fatos escuros, os sapatos brilhavam no chão escorregadio do corredor, onde se alinhavam bancos de madeira em que cidadãos circunspectos esperavam para serem ouvidos num processo, numa inquirição. Eles faziam-nos esperar um pouco, sempre fora assim. 1983.

— Várias, senhor director.

— Então faça-nos o favor de nos mostrar uma apenas, só uma, um dia destes. Se não lhe causar incómodo, inspector.

— Um dia destes, senhor director. Não me vou esquecer.

Mas nunca trouxe a gravata durante esses anos. Nem durante esses anos, de oitenta, nem nos seguintes. Usara essa gravata imaginária no funeral do próprio director, num dia de sol em janeiro, quando até as árvores da Cordoaria puseram gravata para ver passar o cortejo. Usara-a, sim, dobrada no bolso do blusão — não a pusera ao pescoço. E, quando o caixão deixara para trás a porta do cemitério, Jaime Ramos, num gesto involuntário, metera a mão no bolso e apalpara o volume da gravata de lã numa homenagem silenciosa e que ninguém poderia suspeitar. Depois, vieram outros directores, outros agentes, agentes que se tornaram subinspectores e inspectores, mas a gravata ficaria guardada numa gaveta.

— Se por acaso acontecer alguma coisa, Isaltino — justificara-se um dia. — Devemos estar preparados.

Nunca aconteceu alguma coisa. Aconteceram outras: muitas fichas que lhe vinham parar à secretária, noites de verão cheias de mosquitos que quase tratava pelo nome, tardes sem crepúsculo, telefones tinindo permanentemente ao longo dos corredores, charutos baratos fumados durante insónias que pouco se suspeitavam, viagens aqui e ali, visitas à medicina legal, fins-de-semana com Rosa, manhãs de pesca na ria de Aveiro, a estrada de Esmoriz cheia de eucaliptos e pinheiros escuros, muitas coisas aconteceram entretanto. Mas essa gravata nunca foi precisa, nem essa nem outra qualquer, todos se habituaram aos blusões de tecido de gabardina azul ou creme, de inverno ou de verão, com os bolsos transformados em humidificadores de charutos, pendurados atrás da porta ou nas costas de uma cadeira ao canto da sala. Aconteceram várias coisas e várias mortes. Perdeu-lhes a conta, inspector Jaime Ramos. Aconteceram reformas no edifício, mudanças de mobiliário, teve de dobrar de novo o poster de Teofilo Cubillas, o peruano sorridente, e de arrancar os retratos que recortara do *Jornal de Notícias*. Aconteceram viagens ao México, a Cuba, à Austrália, a Espanha, mas nunca foi preciso usar gravata.

— Tens uma gravata, Isaltino? — perguntou então pelo telefone.

Fez-se um silêncio do outro lado, como se fosse uma interrogação muda diante da pergunta inesperada:

— Uma gravata, chefe?

— Uma gravata. Dessas que se põem ao pescoço.

— Posso ir buscá-la a Valongo, a casa. À hora de almoço.

— Não. Pede alguma aí fora. E traz-ma. E vem cá dar o nó à gravata.

Isaltino veio meia hora depois e trazia uma gravata embrulhada num papel de presente.

— O chefe tinha pedido uma gravata e o pessoal decidiu oferecer-lhe uma. Considere-a uma prenda de aniversário. Fomos ali abaixo, ao pronto-a-vestir, era um caso excepcional. Passa-se alguma coisa?

— Faço anos no mês que vem, já fica o problema resolvido. Como é que se dá o nó numa gravata, Isaltino?

— É fácil, eu ajudo. Posso dar primeiro o nó e depois o chefe é só apertá-la no pescoço.

— Faz como quiseres.

Isaltino pôs a gravata ao pescoço, era azul escura com motivos náuticos, âncoras, rodas de leme, golfinhos, duas gaivotas coloridas, desenhos em miniatura. Deu o nó. Alargou-o depois, retirando-a do pescoço, e entregou-a a Jaime Ramos, que estendia o braço na sua direcção, já com o colarinho levantado.

— Fica-lhe bem, chefe. Se não leva a mal que se diga, claro.

— À vontade, Isaltino.

— E pode saber-se o que é que aconteceu?

— Um telefonema.

— E um telefonema pedia gravata?

— Não. Eu é que pedi uma gravata. Um advogado. Não um desses advogados importantes, dos jornais, nem um advogado de província, mas um advogado famoso. Pediu para ser recebido.

— O chefe nunca pôs gravata nem para receber um ministro.

— Eu nunca recebi um ministro.

— Não que não merecesse.

Jaime Ramos sorriu, de gravata apertada em redor do pescoço. Deu dois passos atrás e pegou no casaco, um blazer de bombazina que usava de vez em quando com os jeans, vestiu-o, ajeitou-o nos ombros e à frente.

— Estou bem, Isaltino?

— Para o género está muito bem, chefe. Não se preocupe. E o advogado é coisa séria? Pessoal?

— Não. O advogado é a coisa mais importante dos últimos seis dias, agente Isaltino de Jesus, aliás inspector Isaltino de Jesus. Até aqui tínhamos um corpo que ninguém queria. A partir daqui temos um corpo que levou um advogado famoso a telefonar-nos e a pedir para ser recebido, porque tinha um recado de Álvaro Severiano Furtado. Para nós. Um recado do morto, Isaltino. Não é todos os dias.

— Isso é verdade — murmurou o outro, sentando-se. — Um recado do Furtado?

— Um recado do Furtado. Do homem sem nome. Sem nada. E deve estar a chegar. É um velho conhecido.

11

AO MEIO-DIA E UM QUARTO, O HOMEM ENTROU NO GABI-nete, escoltado por Isaltino, que saiu de seguida. O cabelo rareava, mas ainda era claro e liso como há trinta e dois anos. Sorriu a Jaime Ramos e estendeu-lhe a mão, largando a pasta sobre a cadeira:

— Há trinta anos que não nos vemos, inspector Ramos.

— Eu era alferes, doutor.

— Alferes Ramos.

— Capitão.

— Guiné. Ainda joga dominó, inspector Ramos?

— Vejo mal, doutor. Não distingo as peças, mas gostava de jogar outra vez.

— O que as coisas são. Eu queixo-me do reumatismo. Mal vem o outono.

Jaime Ramos abriu as mãos, estendendo-as na direcção da cadeira, pedindo que o advogado se sentasse. Ele sentou-se e puxou a pasta de cabedal preto para si, colocando-a em posição de ser aberta.

— Vamos ao assunto, inspector. Temos os nossos afazeres. Trata-se de Álvaro Furtado. Ele não era propriamente meu cliente, só o represento porque tenho um documento em meu poder instruindo-me para, digamos, uma determinada operação. Trata-se de uma coisa mais ou menos delicada mas, dadas as circunstâncias, só me resta agir em conformidade com as instruções que recebi. Não há muitos pormenores, de resto.

— Esteja à vontade, doutor.

— É rápido. Há dois anos, o senhor Álvaro Furtado telefonou para o meu escritório e pediu para ser recebido. Foi recebido por um dos meus assistentes, o assunto era pessoal e legal. Cada macaco no seu galho, se me permite. Desde que não seja um daqueles macacos que víamos na Guiné, alferes Ramos, que fugiam pelo capim dentro. Voltou à Guiné, inspector?

— Nunca mais.

— Eu voltei. Está igual, tudo parado no tempo, mas com mais mortos e mais fome e mais casas caídas que nunca mais vão reconstruir-se. Mas enfim. É a Guiné, já não se bebia Cuca, havia outra cerveja, uma tal Pampa, de rótulo azul, não como no nosso tempo. Vamos ao nosso assunto. O meu assistente, o doutor João Alencar Ribeiro, deve conhecer ou ter ouvido falar, era meu assistente apenas há cinco anos, hoje é sócio do escritório, uma promessa como jurista, o meu assistente tomou nota de tudo e pareceu-lhe simples. Era uma espécie de testamento, coisa simples, disposições gerais. Metade dos seus bens iriam para uma irmã, deixe-me ver aqui nos papéis, Teresa Cremilde Furtado, isso mesmo. A outra metade deveria ser entregue a um filho, Salim Furtado. E é isto.

Jaime Ramos aproveitou a pausa e terminou de rolar entre os dedos o primeiro charuto que iria fumar nesse dia. Acendeu-o como se fosse um cigarro, mas com o fósforo na horizontal, de uma só vez:

— Isso parece-me simples. Mesmo que ele se chame Salim Furtado.

— Demasiado simples. Temos tudo registado, documentado, reconhecido, assinado. Enfim, legal. Mas os problemas surgiram depois.

— Depois?

— Nos últimos quatro dias, inspector. Vou fumar um cigarro. O primeiro problema é que Teresa Cremilde Furtado já não existe.

— Morreu?

— De facto, isso é uma boa pergunta. Não existe. Trocou de nome, desapareceu, não existe. Há um pormenor importante, como já deve saber. A irmã do senhor Furtado participou do processo das FP-25. Julgamento em Monsanto, Lisboa, como se recorda. Uma série de arguidos foi à vida. Alguns deles mudaram de nome e saíram do país, quase todos para África, a maior parte deles para Angola ou para Moçambique, onde se dedicaram a negócios banais, abrindo lojas, empresários de espectáculos, comércio de armas, de marisco ou de artesanato, tanto faz, enfim, mudaram de vida. Sobretudo para Moçambique. Alguns se tornaram professores, muitos deles foram recebidos como amigos que queriam ser angolanos ou moçambicanos. Não faço juízos a esse propósito, inspector, sou um agente da lei. Não da polícia, nem da justiça, mas da lei. E a lei é essa. Os tribunais é que decidiram, não me julgue mal. Teresa Cremilde Furtado, a irmã do senhor Furtado, mudou de nome. Mudou de nome e ninguém sabe qual o novo nome que usava. Anteontem, ontem e hoje mesmo, dois jornais de Angola e dois jornais de Moçambique publicaram anúncios, digamos, de grande dimensão, meia página cada, pedindo que Teresa Cremilde Furtado contacte o nosso escritório. Não o nosso escritório, está claro, mas um telefone ou um endereço de e-mail.

— Podem ter alguma resposta.

— Podemos, sim. Mas eu duvido. A irmã do senhor Furtado não só desapareceu como temos praticamente a certeza de que morreu em Angola, há cerca de dois anos.

— Ele não sabia?

— Ele não sabia, nunca soube mais nada da irmã desde que ela desapareceu. Ou seja, desde que saiu do tribunal Monsanto e tratou dos papéis para ir para Angola.

— E como sabem que morreu?

— Ontem chegou um e-mail, inspector. E depois um telefonema. Parece que Teresa Cremilde Furtado, a irmã do senhor Furtado, para todos os efeitos, embora tivesse outro nome, morreu de overdose há dois anos, em Benguela, ou no Lobito, não se sabe bem, a distância é pouca e para alguns é quase a mesma coisa. Heroína. É tudo o que sabemos. O e-mail foi enviado por um amigo que leu o anúncio e se lembrava do nome verdadeiro de Glória Oliveira. Oliveira não sei de onde veio. Glória era o nome da mãe. Isso deve saber. Isso aconteceu, refiro-me à morte da irmã do senhor Furtado, há dois anos exactamente, em julho. Esse problema ficaria resolvido. O anúncio que mandámos publicar tem, assim, uma eficácia puramente legal, uma formalidade. O outro é o filho.

— Salim Furtado.

— Salim Furtado. Ainda tem boa memória para nomes, inspector Ramos.

— É o vício, doutor. Capitão.

— Compreendo. Salim Furtado não vive em Portugal, mas no Brasil. Mandámos tirar certidões, registos, tudo isso em dois dias. Um amigo nosso no consulado do Brasil em Lisboa pediu urgência e seguiu pedido para Brasília. Salim Furtado.

Com um nome desses deveria ser fácil, não era inspector? Pois aguardamos notícias. Talvez nos próximos dias.

Jaime Ramos fumava o seu Beldina escuro, olhando o advogado, que esmagava o seu cigarro no cinzeiro:

— Um dia desses não se pode fumar em lado nenhum. No meu escritório só se pode fumar na minha sala. Há clientes que se importam.

— Salim Furtado.

— Exactamente — repetiu o outro. — Mas há aqui um problema. As instruções do senhor Furtado, como se vê por este documento, são claras e precisas. Ele deve ser cremado. E, depois de cremado, as cinzas respectivas devem ser entregues ao seu filho, que não fará o que entender, pura e simplesmente, porque há instruções precisas sobre essa matéria. Estão connosco e em documento autenticado. Isto se quiser receber a sua parte da herança, dos bens. Digamos que é um valor importante, em dinheiro, está visto.

— Não encontrámos registo nenhum em bancos, doutor.

— Nem encontrarão. O senhor Furtado tem todos os seus valores em contas bancárias no estrangeiro, ou quase. Não estamos autorizados a divulgar nada sobre o assunto. Digamos que os nossos honorários foram pagos antecipadamente, inspector, e, como sabe, os nossos honorários são elevados. Altos. Consideráveis. Para mais tratando-se de uma história que envolve muito dinheiro. O senhor quer saber de quanto se trata?

— Quanto tenho de pagar por essa informação?

— Oh, inspector, pouca coisa.

— Não acredito. A primeira jogada foi sua, e fui derrotado.

— Não compreendo. Não estou a ver.

— Ora, doutor. O senhor só se levanta da cadeira quando é pago para isso, e compreendo-o, hoje é tudo muito caro.

Os meus charutos vão ficando mais caros. Os seus muito mais, suponho.

— Não fumo charutos, inspector.

— O senhor não mandou o seu assistente, veio em pessoa.

— A si, eu conheço-o da Guiné.

— Eu era um alferes. O senhor lembra-se de mim vagamente, doutor. O alferes Ramos, capitão, não valia grande coisa na altura, e não vale grande coisa hoje em dia.

— Como lhe disse, inspector, está muito dinheiro envolvido. Bastante.

— Mesmo tendo em conta o dinheiro envolvido, foi o senhor que veio até aqui.

— Tenha em conta o gesto, se quiser. Uma cortesia. Um gesto de colaboração, dadas as circunstâncias. Mas trata-se de consideração pessoal, não tenha dúvida. E, além do dinheiro, há o melindre.

— Há outro melindre, doutor. Álvaro Furtado, o senhor Furtado, seu cliente, eu vi-o deitado no chão de casa, um apartamento como o meu, um apartamento quase vazio, quase deserto. Um homem com dinheiro não vive naquele apartamento, de frigorífico vazio, sem documentos, sem nada. Vive noutro lugar, como se sabe, eu sei e o senhor sabe. O dinheiro é um grande bem para os vivos, mas os mortos devem deixar algum sinal. Ele não deixou nenhum sinal.

— Deixou sim, inspector. Garanto-lhe eu que deixou. E é por isso que estou aqui.

— Como soube que ele tinha morrido?

— Como se sabe que as pessoas morrem. Por ouvir dizer.

— A morte do seu Álvaro Furtado não apareceu por aí. Não apareceu nada nos jornais.

— Apareceu uma pequena notícia, sim, e nós fomos informados, inspector. Por telefone. Mas não tem muita importância saber como isso aconteceu. Eu sou advogado de Álvaro Severiano Furtado. E aquilo que me interessa mesmo é saber quando podemos, nós, representantes legais, obter o corpo e proceder à cremação.

— E enviá-lo para o filho.

— Salim Furtado. Quando Salim Furtado aparecer, sim. Nessa altura enviaremos as cinzas, com certeza.

— De quem é filho esse Salim?

— De alguém será, inspector, para além do senhor Furtado, segundo o próprio afirmou e deixou escrito. O resto não sabemos, para nós é uma minudência. Faz parte, se quiser, das singularidades da vida sexual do senhor Furtado, se quer saber. Pedimos todas as informações ao consulado do Brasil. Movemos algumas influências no próprio Brasil, temos os nossos representantes, escritórios de advogados em Brasília, São Paulo e Rio. Mas a verdade é que foi o senhor Furtado que nos deu essa indicação. Que as cinzas deviam ser entregues ao filho. E deixou uma verba substancial para que o fizéssemos, de qualquer modo. É isso que eu gostava de lhe ter dito. E disse. Vou-me embora, inspector. O seu tempo é precioso, imagino, e o meu também tem algum valor.

O advogado levantou-se. Jaime Ramos lembrava-se do seu apelido, na Guiné. Lembrava-se do trajecto entre o quartel e os cafés na praça do Governador, lembrava-se de Henrique Praia Portocarrero, e lembrava-se da camisa branca que o tornava igual a todos os outros frequentadores das esplanadas — talvez a ele as baratas e os mosquitos não tocassem enquanto bebia cerveja ou descascava amendoins, e o nome, Praia Portocarrero, ajudava bastante. Por isso levantou-se também.

— Inspector — disse o advogado, estendendo-lhe a mão. — Foi um prazer revê-lo. Estamos ambos mais velhos.

— Doutor — respondeu Jaime Ramos, apertando-lhe a mão.

— Fiquei com a impressão de que o inspector tem uma ideia errada de Álvaro Furtado. O nosso escritório é cuidadoso nesses negócios, ou nesses trabalhos, se quiser. O senhor Furtado deu todas as garantias. E nós investigámos: nada constava no registo criminal. Limpo.

— Como uma folha branca.

— Talvez seja a expressão mais adequada, sim. Mas, particularmente, inspector, o nosso cliente, cliente do nosso escritório, pareceu-me um homem decente. É natural que o surpreenda que não tenha muitos registos a que recorrer.

— Só os do SEF. Muitas viagens para o estrangeiro. Brasil, Angola, Timor, Indonésia, Moçambique, Uruguai, muitos lugares. O resto não existe. É como se tivesse vindo de Marte.

— Não veio de Marte. Veio de uma boa loja de roupa, pelo menos nas vezes em que esteve no escritório. E tinha uma coisa rara, inspector: tinha boa gramática. Isso espanta-me muito hoje em dia. Aparecer alguém que diga uma frase com sujeito, predicado e complemento directo já é uma sorte, mas o senhor Furtado, como lhe digo, tinha mais do que isso. Era um homem com advérbios. Era sorte demais. Para nós, ele existe. Existiu. Temos documentos assinados por ele, reconhecidos com a sua assinatura. E temos ordens a cumprir. E vamos cumpri-las.

— Acredito. Se aparecer alguém, vai telefonar-me?

— De certeza.

— Mais uma coisa, doutor Portocarrero — disse Jaime Ramos, pronunciando pela primeira vez o nome do advogado. — O senhor disse, pelo telefone, que tinha um recado do seu cliente.

— É uma maneira de dizer, inspector. O único recado do senhor Furtado chegou-me por um telefonema a dizer que tinha morrido.

— Nesse caso não temos dados suficientes. Portanto, podemos considerar que qualquer informação retida é uma falta grave.

— Compreendo perfeitamente. Mas as cinzas são minhas. Mal terminem o vosso trabalho, coisa que, na verdade, já deve ter acontecido.

— Um morto, hoje em dia, trata-se em dois dias.

— Ai de nós. Ai de nós, inspector.

12

HELENA NÃO PRECISOU PEGAR O ÔNIBUS PARA PERCORRER as duas quadras, às sete e meia. Tinha tempo de sobra nessa manhã porque dormira na casa da amiga. Era uma vantagem ficar na casa de Daniela: o trajeto era mais curto, todo no interior de Higienópolis, perto do banco, na rua Alagoas. Levantava-se, tomava uma ducha, bebia café (Daniela levantava-se cedo e tratava do café), a toalha enrolada em volta do corpo, havia um rádio ligado no fundo da cozinha, próximo aos vasos, "eu preciso de você agora, por favor não vá embora, o tempo vai passando nos relógios, encontro seus beijos a toda hora", o ruído do elevador. Então, vestia-se no quarto de Daniela, enquanto a ouvia no banheiro, rodopiando no boxe, acordando definitivamente com a água fria. Mas ela, Helena, não gostava de água fria, nem de verão, nem quando o calor, em épocas secas e espessas, tomava conta do bairro vindo das filas do tráfego, dos ônibus descendo a Consolação.

Então, atravessou a rua e entrou no café, pediu um suco de laranja, o empregado ainda sugeriu manga, mas ela insistiu. Pediu um misto quente. Tinha comprado duas revistas e poderia tomar o café-da-manhã quase com a tranqüilidade das manhãs de sábado. Numa delas leu coisas sobre as celebridades da televisão, resumos de novela, casamentos desfeitos, um bebê que nasceu, o show de Jô Soares que regressava a São Paulo, folheou-a apenas, ao acaso, sem ordem nenhuma. Quanto à outra, voltou a capa para que ninguém soubesse que estava lendo a *Placar*, e lembrou-se de que estava perto do Pacaembu, e que ainda havia lixo da noite anterior, porque houvera jogo no estádio. Ah, sim, ela preferia o Morumbi cheio de gente quando o São Paulo jogava e, sobretudo, quando o São Paulo ganhava. Seu pai a levara muitas vezes ao estádio, e nessas noites se vestia com a camiseta branca do São Paulo como uma simples torcedora vinda do subúrbio. Apaixonara-se por Raí, a quem o pai chamava de "o garoto francês", e ela seguia suas jogadas, levantava-se quando ele engatava uma corrida, gritava quando seguia com a bola pela direita do campo (Salve o tricolor paulista, amado clube brasileiro, tu és forte, tu és grande, dentre os grandes és o primeiro...), ela entoou muitas vezes o hino na abertura dos jogos (São Paulo clube querido, tu tens o nosso amor, teu nome e tuas glórias têm honra e resplendor...). Mas Raí já não jogava, era agora apenas um garoto-propaganda. Um belo retrato esse Raí.

Na verdade, no banco pouca gente sabia que ela gostava de futebol, tirando Edilson, o caixa baiano, que também era do São Paulo e que enfrentava corintianos e palmeirenses com a coragem de um cavaleiro solitário. O trabalho de Helena era diferente do de Edilson. Na maior parte do tempo estava na seção de abertura de contas correntes. No final olhava para os clientes que tinham terminado de abrir as suas contas, assinaturas conferidas, documentos arquivados, e perguntava: "A senhora conhece nossos planos de seguros?". Invocava os filhos, as famílias, a insegurança nas ruas, o emprego precário, muitas vezes o destino da condição humana. Hoje substituiria Edilson na caixa central, ele adoecera, e por isso viera mais cedo. Por telefone, Edilson explicara quase tudo o que era necessário fazer durante o dia de hoje, nada de especial, tinham apenas recebido ordem de um cliente avisando que queria fazer um levantamento anormal, mas isso só aconteceria às nove e meia da manhã.

Levantou-se, pagou no caixa, pôs a sacola com as revistas ao ombro e saiu para a rua. Teria ainda tempo de fumar um cigarro enquanto percorria o caminho para o banco, onde entrou antes da hora. E começou o dia. Caderneta de poupança. Conta corrente. Depósito. Saque. Às nove e vinte chegou o cliente que pedira o levantamento especial. Era português e queria fazer um saque de um milhão e meio de reais. O dinheiro estava guardado no cofre da gerência e Helena foi encarregada de acompanhar o homem ao gabinete no fundo do corredor.

— É uma grande quantia, doutor Furtado.

— Urgência é assim mesmo.

— O dinheiro está disponível. Terá de me acompanhar à sala do gerente.

O gerente cumprimentou Álvaro Severiano Furtado. Ele tirou os óculos escuros e Helena viu que seus olhos eram verdes e que ficavam bem naquele rosto que mal parecia português, português como o vizinho dos pais, Pedreira, português como os padeiros das piadas que se contam por todo lado, gordos, mal barbeados, que se chamavam Manuel e viviam no centro velho e tinham um apartamento em Santos. E gostou do terno do português, escuro, negro, gravata azul, camisa rigorosamente branca. Poderia ter-lhe dito "o senhor não parece português, um português de piada". Ele teria sorrido? Não. Não iria sorrir, doutor Furtado. O pai podia ter sido dono de uma padaria ou de um açougue antes de ter enriquecido, ela se lembrou de uma piada que ouvira recentemente: o português do açougue vai fazer a entrega de carne na casa de dona Geodete quando vê um cão com aspecto feroz junto do portão. "Pode entrar", grita dona Geodete, de dentro, "pode entrar que ele não faz mal, está castrado", e o português responde: "Castrado? Ó dona, eu tenho medo é que ele me morda, não que ele me foda." Helena deu uma risadinha, o português olhou para ela, o gerente franziu as sobrancelhas. O português sorriu, como se tivesse ouvido a piada. Não, o pai dele não era um padeiro das piadas, caso contrário não se chamaria Severiano Furtado, e também não teria um apartamento em Santos e sim no Rio, talvez perto da Lagoa. E andaria na ponte aérea, teria carro importado, talvez vivesse mesmo em Higienópolis e talvez fosse divorciado, solteiro, disponível. Ah, ela sempre gostou de homens mais velhos, homens que respiravam suave, que sabiam escolher um vinho, recomendar um prato do cardápio. Ele tinha aquele tom de cabelo grisalho, não sabia explicar.

— Verifiquei que o senhor, doutor Furtado, só tem um seguro de saúde do nosso banco. Um seguro de família era bom, patrimônio, automóvel...

— Não tenho filhos — disse Severiano Furtado.

Ela acenou com a cabeça, como se tivesse ouvido outra coisa: "Não tenho família, sou livre."

Ela ajeitou o cabelo loiro, os caracóis ficavam-lhe bem, tinha dito Daniela no dia anterior: "Cachinhos dourados", chamara-lhe ela, rindo, lembrando a história infantil, a menina que desarruma a casinha dos ursos no meio da floresta. Helena sabia que Daniela estava apaixonada por ela. De uns tempos para cá, Daniela a convidava para saírem juntas, ir ao cinema, jantar num japonês, foram mesmo passar dois dias no Rio. Mas, mesmo apaixonada, ela era discreta, bem discreta. As duas foram ao futebol, ver o São Paulo, e comeram yakissoba na rua, com pauzinhos. Helena soube que Daniela estava apaixonada muito antes de a amiga lhe ter proposto que dormissem juntas na cama de casal. Ela não ligara, dormiriam juntas. Mas Daniela continuava a fechar-se sozinha no banheiro quando podia dizer-lhe para irem juntas para o chuveiro. Bom, Daniela a beijara uma vez, um beijo muito demorado, era um beijo apenas. Mas demorado, ela sentira os lábios da amiga, quentes, ficarem pegados na pele, tremerem junto do queixo, descerem para o pescoço, pararem, mais nada, nada mais.

— Da próxima vez faço um seguro. Fica combinado — sorriu o português.

O sorriso dele era bonito, dentes muito brancos, a caneta com que assinara os papéis era uma Montblanc que retirara de um estojo preto, de couro, como poderia o pai dele ter sido dono de açougue?

— Fica combinado, tá? Da próxima. — Ela sorriu. Sorriso lindo, tinha dito Daniela uma vez. Ela estava apaixonada, sim. Agora tinha a certeza, ao recordar a frase.

— Isso mesmo, da próxima.

— Quer conferir o dinheiro, doutor Furtado?

— Não é preciso, o banco não se enganaria. Ou enganaria?

— Não. Claro que não. Imagine.

— Se preferir, nós podemos providenciar uma entrega segura, em sua casa — acrescentou o gerente, ajeitando o nó da gravata, o colarinho muito apertado, censurando o tom de voz de Helena, o sorriso muito aberto na direção do português. O colarinho do doutor Furtado assenta muito bem, pensou Helena. O sotaque português não é tão ridículo assim.

— Não vale a pena, estou viajando — disse ele.

— Para o exterior, doutor Furtado?

— Ah, não, Porto Alegre. Para o sul. Tenho avião em seguida. Daqui para Guarulhos e de lá para Porto Alegre. Agradeço a gentileza. E a rapidez.

Ele levantou-se. Quantos anos teria? Quarenta e quatro, quarenta e seis, quarenta e oito, quarenta? Helena gostava de números pares.

— Prazer, doutor Furtado — disse ela, estendendo a mão para a mão de Severiano Furtado. Ele sorriu outra vez, baixou levemente a cabeça, gesto bonito, ele olhou bem nos seus olhos, voltou-se e dirigiu-se para a porta levando a mala escura com o dinheiro. Ao atravessar a porta, na companhia do gerente, voltou-se para trás, para Helena, viu a plaquinha preta com letras brancas: Helena M. Gomes.

— Eu não esqueci. Volto na próxima semana para fazer o seguro, dona Helena. Prometi.

13

DANIELA HAVIA TELEFONADO NO MEIO DA TARDE E A CONvidara para sair com Lúcia e um amigo que chegara da Europa. Ela concordara, embora já não fosse em casa havia dois dias e precisasse regar as plantas que mantinha em vasos vermelhos, na varanda. Mas o frio de maio ou junho, em São Paulo, não deixava que a terra secasse tão cedo, pensou ela.

— Tem uma roupinha para mim?

— Tem. Você sabe que tem sempre roupa, tontinha. Tem tudo. Se quiser ir antes, peça a chave na portaria do prédio, eu aviso.

— Eu passo lá no fim da tarde.

Daniela sairia da universidade às cinco e só estaria em casa uma hora depois, se tivesse sorte com o trânsito. A tese já não lhe ocupava muito tempo, mas Helena não percebia como tinha conservado a amizade de Daniela pelos anos afora, desde que ambas eram alunas de um colégio de padres jesuítas e sentavam lado a lado no ônibus para casa. Moravam no mesmo bairro, mas Daniela numa das pontas da rua, onde havia casas rodeadas de jardim, e ela nos blocos de apartamentos. Conheciam-se e se davam havia vinte anos, embora só recentemente a relação entre as duas tivesse se estreitado e se tornasse mais íntima. Daniela tivera uma depressão há dois anos, uma onda de tristeza, meses seguidos de reclusão — primeiro, a morte do pai; depois, um caso mal resolvido com um colega da universidade, depois de uma temporada de paixão. Helena tratara dela: levara-a a passear, iam às compras ao sábado, convenceu-a a ir ao futebol (comprara-lhe uma camisa do São Paulo, com o número de Raí nas costas — ela gostava de Raí, sim), foram à Europa nas férias. Daniela regressou com vontade de completar a tese e de mudar a mobília da casa, chegou mesmo a convidá-la para viver no apartamento de Higienópolis. Nos últimos tempos, sim, estava convencida de que Daniela se apaixonara por ela, mas isso passaria. Ela não era gay, não era lésbica. Não gostaria de pensar nisso.

Helena não tinha pressa. Saiu do banco e desceu a rua, havia ainda a luz tênue do entardecer de junho, uma luz fria, uma névoa no céu — a eterna névoa de São Paulo, o ruído que não chegava ali, os carros parados nas ruas, os pequenos bares, os copos de chope sobre as mesas, os jornais dobrados, os meninos que regressam a casa com os uniformes dos colégios amarrotados, as compras nas pequenas lojas de bairro, a luz bonita de Higienópolis, a fachada semi-encoberta da sinagoga Beit Yaacov, na Veiga Filho. Quem vivia ali não ligaria a mínima para a luz do fim da tarde no coração do bairro, mas ela gostava, sim, gostava da luz dos bairros ricos, cheios de árvores, da luz da casa de Daniela, ela gostava, sim, era um pouco caipira, dobrava até os erres quando falava, tentava corrigir, mas gostava das roseiras no prédio de tijolo amarelo de Daniela, do jacarandá — ela não sabia que era um jacarandá, foi a amiga que lhe disse — no meio do jardim da praça Buenos Aires. Lá estava ela, a árvore, bem no meio do jardim ainda freqüentado pelas crianças do bairro e pelas babás que aguardavam sentadas nos bancos de madeira, pelos namorados que passavam a caminho do centro. Em outubro se notariam os colibris, o resto de umidade no meio do cimento e dos prédios.

Entrou no jardim, se sentaria um pouco, à espera da hora em que Daniela chegaria em casa, aproveitaria para fumar um cigarro (só fumara dois cigarros durante todo o dia, estava doida por um), folhearia uma das revistas que comprara nessa manhã. Por que ela não tinha um namorado fixo? Poderiam encontrar-se a essa hora, a melhor hora do dia, tomariam chope num barzinho, poderiam cozinhar em casa. Poderia ser Cirilo, talvez o Fábio, mas não tinha acontecido. A dedicação a Daniela a tinha impedido de pensar muito no assunto, pelo menos no último ano, tirando o caso de Fábio, o diretor de filmes publicitários, sim, mas um casamento era a coisa menos conveniente. Um casamento e um marido, ou, pior ainda, a idéia de ter filhos. O que lhe convinha era o fim da tarde, cinco e meia, um pouco depois de cinco e meia, mas amanhã era sábado, podia dormir até mais tarde, podia deitar-se mais tarde, podia acordar diante da biblioteca de Daniela e tirar livros ao acaso para folhear deitada no sofá. Tudo isso lhe convinha, isso e a copa do jacarandá, um vulto contra o céu da cidade, agora quase cinzento. O cigarro terminou e ela se levantou, já não vinha ao jardim da praça Buenos Aires fazia meses.

Foi só quando retomou a caminhada, pelo passeio da praça, preparando-se para atravessar a rua, que viu aquele rosto que não lhe era estranho e que já não estava acompanhado de um terno, de uma gravata azul, nem de uma pasta. O português. Era o português, sim, ao volante de um carro, aliás, entrando num carro estacionado do outro lado da rua: já não vestia o terno escuro e mais ou menos formal, mas ela o reconhecera pela testa alta, pelo cabelo penteado para trás, aquele tom grisalho nos lados, bem por cima das orelhas. Estava vestido como se fosse começar um fim de semana, era sexta-feira, bem vistas as coisas, tênis, jeans, um pulôver marrom. O carro arrancara aproveitando o sinal vermelho do cruzamento, era um carro importado, como ela imaginara que ele teria. Mas, provavelmente, tinha perdido o avião ou adiado a viagem. Não fora para Porto Alegre quando saiu do banco.

14

INFORMAÇÕES MILITARES, QUASE NADA. DESLOCAÇÕES NO interior do território, exercícios em combate, experiência de fogo real, nenhum registo médico invulgar, uma bala de raspão, passagem à disponibilidade, nenhuma informação especial registada em nome de Álvaro Severiano Furtado tirando a idéia de que esteve em Angola, Luanda, 3.ª Companhia do Batalhão de Caçadores 4511, também numa coisa chamada Grupo Especial 201, no Alto Zaza. Quartel-general durante uma pequena parte da comissão de serviço. Um apartamento dividido com outros soldados na baixa da cidade, útil aos fins-de-semana e em noites de tempestade. Feliz Natal e um Ano Novo cheio de prosperidade. Para os meus pais e toda a minha família. Solteiro. Pai de Salim Furtado, cidadão brasileiro, ignorado nos registos até agora comunicados pelos consulados do Brasil em Lisboa e no Porto. Posto: primeiro-sargento. Uma viagem de reconhecimento ao Cassanje, duas a Nova Lisboa, Vila Teixeira da Silva. Quem seria Salim Furtado? Quem seria a mãe de Salim Furtado? De onde viria o nome de Salim? Paquete *Infante Dom Henrique* na viagem entre Lisboa e Luanda, paquete *Vera Cruz* no regresso a Lisboa, vindo de Luanda com escalas nas Canárias e na Madeira, noites de Luanda, ruído das cervejarias.

Tudo muito diferente da Guiné onde o agora inspector Jaime Ramos e o agora advogado Henrique Praia Portocarrero andavam, em finais de 1971, de camisa branca ao domingo, nas esplanadas diante do quartel-general, bebendo cerveja aqui, cerveja ali, Cuca e Sagres. Os pelotões chegavam de Bafatá de quinze em quinze dias, ou de mês a mês, havia o ruído dos helicópteros ao domingo de manhã à volta do porto. Havia barcaças quase desfeitas que pareciam vir de longe, dos Bijagós. Baratas voando com asas luminosas e metálicas, ruidosas. As pretas passavam muito juntas, rindo, a caminho da igreja e do mercado, vestidas de panos coloridos. Eles embebedavam-se muito, alferes Ramos e capitão Portocarrero, mas em separado. Encontraram-se a bordo de um navio-patrulha que pernoitava em Bubaque, o capitão Portocarrero encostado à popa, vomitando restos de cerveja, berrando coisas incompreensíveis na direcção da água. Jaime Ramos aproximou-se, o meu capitão está mal? Estou bêbado, meu alferes. Bêbados todos ficamos, mais tarde ou mais cedo, uma Cuca a mais, e é assim, meu capitão. Bêbado, meu alferes. E bêbado por quê, meu capitão? Porque, meu alferes, estou a beber-lhe desde há três dias. Fez bem, capitão, fez bem, beba-lhe antes que um tiro lhe desfaça os cornos, murmurou Jaime Ramos, voltando-lhe as costas. O dia caía redondo sobre a praia, lá iam as pretas muito juntas, rindo à beira da água, o capitão Henrique Praia Portocarrero dependurado sobre as águas do império, lembrando que o ranger é autodisciplinado e de pronta obediência, resiste à fome, à sede, ao cansaço e à incomodidade, está sempre pronto porque a sua razão o impõe e a sua preparação o permite, pondera conscientemente todas as suas decisões não voltando nunca a cara ao perigo, tem confiança nos chefes, respeita-os e faz-se amar pelos subordinados, é generoso na vitória e paciente na adversidade, regula o seu procedimento segundo os ditames da honra e do dever, orgulha-se da dignidade da sua missão devotando-se a ela com entusiasmo e abnegação, é leal e tem no patriotismo a mais nobre das suas virtudes, supera-se constantemente pela sua firme vontade e pelo seu indómito valor.

Trinta e dois anos depois, às sete da manhã, o inspector Jaime Ramos encostou o carro ao muro e saiu para respirar o vento no molhe, antes de seguir por duzentos metros ao longo da ria, regulando o seu procedimento segundo os ditames da honra e do dever, orgulhando-se da dignidade da sua missão e devotando-se a ela com certo entusiasmo e alguma abnegação diante dos dois moliceiros estacionados ao longe. Desceu os degraus junto do muro e parou para verificar se tinha consigo os charutos no bolso do blusão. Depois continuou a andar pelo molhe e, como se alguém lhe dissesse que vinha aí o vento do Sul, olhou para o céu trinta e dois anos depois daquele instante em que o capitão Henrique Praia Portocarrero lhe dissera:

— Vem aí vento do sul, meu alferes, cheio de chuva e de mortos.

— Os mortos estão enterrados, meu capitão.

— Não estão, alferes Ramos, não estão. Ninguém enterra estes rapazes todos. O camião vinha com dois, um sobre o outro, saltando com os solavancos da estrada, no meio das Panhards que deixaram no capim, fechados em sacos plásticos, e vinha um Unimog atrás com mais quatro, tirando os cinco feridos evacuados por helicóptero para Bissau. Vem aí o vento do sul, meu alferes.

— Mesmo que venha, capitão, mesmo que venha. A esta hora estão enterrados, já passou uma semana.

Cada coisa tem uma recordação colada como a legenda de uma fotografia de jornal. Capitão Henrique Jorge Praia Neves Portocarrero na amurada do navio-patrulha *Diogo Cão*. Alferes Jaime da Fonseca Ramos dando as costas ao capitão e encaminhando-se para a proa do *Diogo Cão* com saudades da terra, não as mesmas que tem agora, quando caminha pelo molhe e pára para tirar o charuto do seu bolso direito. Fica assim durante dois minutos, parado, cheio da sua firme vontade e do seu indómito valor, encolhido diante a água da ria. Viu muitas vezes esta água, muitas vezes andou de barco pela ria e algumas rente ao mar, do outro lado, em S. Jacinto, e sabe como é diferente do de Bissau, do de Bubaque. Águas calmas, inspector, águas calmas, águas que saem do interior do nevoeiro, um rumor qualquer, o inspector Jaime Ramos senta-se ao lado do saco com as duas canas de pesca extensíveis, o estojo de anzóis, o isco, e do outro que tem um farnel, quatro cervejas geladas, os óculos escuros, um chapéu de caqui, o jornal dessa manhã. Ramiro chegaria daí a pouco, arrancado da cama por um telefonema nocturno.

— Amanhã é domingo — suplicou ele.

— Preciso de ajuda — justificou o polícia. — É urgente, Ramiro. Vamos pescar.

— Eu não pesco.

— Tu pescas. Mas não apanhas peixe.

— Ainda se houvesse peixes suicidas.

— Traz tudo o que souberes sobre aquele advogado, Portocarrero.

Ramiro fora polícia durante seis anos antes de completar o curso de direito e tornar-se advogado em Aveiro, juntando as duas coisas como se fossem uma, encontrando-se com Jaime Ramos uma vez ou outra, para irem ao futebol, à pesca ou trocarem informações quando precisavam. Ele era muito mais alto do que Jaime Ramos, e era mais forte, mas da mesma idade embora não parecesse, grisalho demais. Sete e meia da manhã. A luz da ria, canaviais, a mancha castanha da Torreira e de S. Jacinto na outra margem, quase indistintas, a estrada deserta rente à água, as dunas entre pinhais.

— Um lugar do caraças, se queres que te diga — ouviu uma voz atrás de si.

— Para aproveitar a primavera — explicou Jaime Ramos ao homem de óculos que se pôs ao seu lado, descalço, vestindo apenas as calças e uma t-shirt azul. — Onde deixaste os sapatos?

— Até a primavera está atrasada. O verão ainda não começou realmente, com esta chuva não começa tão cedo. E ao que vamos?

— Vamos a um homem chamado Henrique Praia Portocarrero.

O outro homem sacudiu uma poeira invisível do ombro, que se teria já soltado com a ventania, e depois tirou os óculos:

— O sal. Ficam sujos com o sal.

— Isto não é sal, doutor Ramiro. Isto é humidade.

— Humidade salgada, que eu bem a conheço. Portocarrero, hã? Advogado ilustre, como se diz no meio. Com um nome desses nem devíamos dizer advogado, ficava melhor causídico. Um ilustre causídico que só honra a cidade. Clientes institucionais, representações, grandes heranças, administração geral. De certeza que não queres ir para outro lugar?

— Não tenho tempo para experiências. Este ar faz-nos bem.

— Todos os românticos gostavam do iodo. Mesmo a medicina romântica continua a recomendar o iodo, o ar do mar, a humidade. A Sissi na Madeira, Júlio Dinis em Leça, Ramalho no Estoril, Antero em Vila do Conde. E Portocarrero no teu caminho.

— No meu caminho, trinta anos depois. Esteve na tropa comigo, na Guiné, em 71, 72. Um tipo foi encontrado morto em Santo Ovídio. Podia ser na Trofa ou na Boavista, mas foi em Santo Ovídio. Nenhum documento, não há família, não há nada, só o tipo, deitado no chão. Nos nossos registos apenas uma irmã desaparecida, nenhum filho, nada. Dois dias de investigação para descobrir que não havia grande coisa salvo uma ficha militar, registos no SEF, impostos em dia com declarações correctas e sem dinheiro visível. Imagina um homem sem nome. É a mesma coisa. Nenhuma visita. Não havia telefone. Não havia comida no frigorífico. Só um passaporte para mostrar que o homem andou em todo o lado.

Ramiro mordiscou um fósforo já usado que tirou do bolso, dando tempo para Jaime Ramos continuar, mas o polícia olhou para um bando de pássaros que levantara voo da proa de um barco:

— Antero em Vila do Conde é uma armadilha. Ele não apanhava iodo em Vila do Conde, nem humidade. Matou-se em Vila do Conde.

— Teste à rapidez de raciocínio às sete e meia da manhã, senhor inspector. Não há morte que lhe escape, senhor inspector. E como lhe apareceu o Portocarrero, inspector Ramos?

Jaime Ramos levantou-se para armar a sua primeira cana de pesca. Segurou-a com a mão direita e sacudiu-a para que se abrissem todos os elementos ao mesmo tempo. Depois alinhou-os, um a um, começou a preparar o fio. Um sol tímido de amanhecer. Uma chata, duas traineiras vazias e paradas, um barco de madeira, o ruído de remos na água.

— Uma semana depois, como representante do tipo morto. Dizendo que quer cremá-lo e que as cinzas devem ser entregues ao filho do tal homem. Furtado. Ele chama-se Furtado.

— Mas não havia filho nenhum.

— Não temos nenhum filho registado. Mas parece que, afinal, há um filho no Brasil. Chama-se Salim.

— Sempre foi fácil fazer filhos. Salim é o género de nome que um português não daria a um filho, portanto tens aí um filho ocasional, uma dessas viagens ao Brasil. Salim é nome árabe.

— E há um testamento que deixa dinheiro à irmã e ao filho. A irmã morreu em Angola com outro nome. Era das FP-25, saiu, foi para Angola, morreu com heroína a mais, eu não sabia. Mas Portocarrero sabia. E sabia onde ela tinha morrido e com que nome. E quando. E sabia que havia um filho. Não estou habituado a que saibam mais do que eu, Ramiro.

— Mais tarde ou mais cedo, acontece. Devias ir aos tribunais, onde há sempre surpresas na manga.

— Mas o mais importante é que Portocarrero sabia que o tal Furtado tinha aparecido morto. Quem o avisou? Como é que foi avisado? A notícia do jornal tinha doze linhas e não havia um nome. Só aparecia a morada, e por aproximação, Santo Ovídio.

— É uma espécie de inside information, ele não tem de te dizer. Soube. Calhou. Ia a passar e disseram-lhe. Coincidência dos diabos.

— Eu sei, o mundo está cheio de encontros e de coincidências. Mas eu gostava de saber como é que isso lhe foi parar às mãos.

Ramiro também se levantou, finalmente, mas não abriu a sua única cana.

— Portocarrero é sabido e experimentado. Não é suspeito de crime, só por saber que um cliente seu tinha morrido. Pode argumentar, dizer que tem acesso aos vossos boletins. Alguém de um jornal lhe disse. A empregada de limpeza do escritório mora no prédio em frente.

— Lucra bastante com ele. Com o Furtado. Honorários, serviços, as cinzas entregues ao suposto filho do Furtado. Posso mandá-lo apresentar-se.

— Podes. Daqui a umas horas ele está lá, sim. E daqui a dois dias tens de lhe pedir desculpa. Portocarrero raramente sai do escritório e desta vez ele foi ter contigo. Normalmente mandava um assistente ou um estagiário, ou um fax, que seria o mais normal. Ficavas com o fax na mão e não podias rever o teu camarada da tropa, para matar saudades da Guiné. Ele teve uma fase má, Portocarrero. Casou com uma prima, em tempos, provavelmente na altura em que estava contigo na tropa. Talvez depois. Foi depois, em Luanda. Ele esteve um ano em Luanda, com ela, mas não correu muito bem. Tinha colapsos de moral. Lapsos temporários de razão, como se dizia. A primeira mulher acabou por morrer há uns anos, mas podia ter morrido nessa altura quando ele tinha crises que foram ficando famosas. Digamos que ela se dava muito bem com a rapaziada, dizia-se. Diziam-se muitas coisas dessa mulher dele, da prima. Um dia ela apareceu-lhe à frente, atada à cama, nua — alguém a tinha deixado assim, no quarto, à mulher do capitão Portocarrero. Ela nunca disse quem foi. E ele nunca perguntou quem tinha invadido a privacidade do leito conjugal para a deixar assim, mas parece que ela gostava. Ele próprio prendia a mulher na parede, com algemas e tudo, pegava na pistola do exército e disparava à volta, um dia fez isso num hotel, foi quando se descobriu e ele foi preso por umas horas. Detido para declarações e aconselhado a pagar as obras no quarto, esburacado a tiros de revólver. Dava-lhe tiros. Nunca a atingiu. Mas são coisas que se contam. A vida sexual dos portugueses do império tem muitas surpresas para ti, inspector Jaime Ramos. O capitão Portocarrero foi aconselhado a sair do exército em princípios de 1973, por razões, digamos, emocionais, mas a solução foi ainda mais simples. Em setembro de 1974 abandonou oficialmente o exército sem ruído e com uma mensagem de louvor do Estado-Maior, o que era bastante fácil na altura, e ainda teve uma medalha dois anos depois. A infantaria inteira agradeceu. No regimento dele era o único oficial não comunista. A mulher encornou-o em Angola e ele não suportava ver o exército inteiro cheio de suspeitos, desde soldado raso a general. Porque podia ser qualquer um. Separaram-se e vieram para o Porto em setembro de 1973, mas cada um por seu lado e em dias e aviões diferentes. Ele começou a carreira de advogado, ela recolheu à casa de família, ficou como uma espécie de Florbela Espanca da família, mesmo sem ter publicado um livro. Promissora na altura, ainda fresca, cobiçada, cortejada, mas não ia a festas, tinha uma quinta em Amarante. Generosa depois, quando passou a andar com homens mais novos, miúdos da faculdade que ia conhecendo quando vinha ao Porto de vez em quando. É conhecido. Vai aos arquivos, a polícia foi à quinta dela, a de Amarante, fazer uma busca por causa de drogas, que não deu em nada. Ele agora é o que se sabe.

— O que se sabe?

— Escritório. Amantes ocasionais, segundo se fala: uma estagiária do escritório, uma outra amiguinha de família. A mulher não se importa e também actua no mesmo ramo. Casa na Foz.

— E a primeira mulher?

— A Ritinha? Coitada. Morreu há uns anos. Em Amarante. Cancro. Rita Pereira Gomes. Quarenta e cinco anos. Paz à sua alma, que a terra lhe seja leve, enfim, o costume. Portocarrero sobreviveu-lhe com dificuldade, mas há quem diga que com muito gozo. Ele enriqueceu subitamente em Angola, de resto. Em 1972, Luanda era o sítio em que mais se fodia em todo o império lusitano. Havia muitas mulheres, muitos homens sozinhos, muita impressão de que estava tudo a acabar e que o melhor era aproveitar. Nesse capítulo, sim, Luanda era a capital da pátria inteira. Muito se fodia em Angola, mas alguma coisa teria de bom o império, senhor inspector, nem tudo era como na Guiné, baratas, mosquitos, febre-amarela, malária, cólera e chuvas tropicais.

— Como é que ele enriqueceu?

— Porque a Lurdinhas Nogueira de Castro foi para lá. Ela estava doente e foi para casa de uns tios que a tratavam muito bem. Era rica, filha de gente da indústria, amnésica e muito rica. A tia dele era conhecida por vestir Yves Saint-Laurent em Luanda, era a única que vestia Yves Saint-Laurent em Luanda, no meio do calor, da poeirada e dos pretos.

15

LURDES NOGUEIRA DE CASTRO DESCEU AS ESCADAS DO avião e pisou pela primeira vez a pista do aeroporto de Luanda em fevereiro de 1973, quatro meses e meio depois de Henrique Praia Portocarrero e Rita se terem separado. Nessa altura, desde a separação, e até setembro, Portocarrero e Rita viviam em apartamentos separados, ele mais perto do quartel-general, onde se apresentava todos os dias, excepto domingos e segundas-feiras, ela na baixa de Luanda, de onde pudesse descer para a rua e percorrer com facilidade a distância que a separava dos armazéns, dos supermercados e dos cafés onde se serviam mazagrãs e chá de limão — no seu apartamento havia roupa, garrafas de whisky, malas vazias, uma máquina fotográfica. Não se viram durante quatro meses e meio. Não há indicações meteorológicas sobre esse dia em que Lurdes Nogueira de Castro arrastou pela pista do aeroporto a sua mala de rodinhas, de chapéu branco, magra, pálida e aguardada pela família. Jaime Ramos ia ao volante e gostava de imaginar o calor de Luanda dobrando os ramos das acácias, tingindo a ferrugem das placas das ruas, entrando pelas portas das lojas, banhando a baía da cidade em vez de se perder na água do mar. Ao sair da auto-estrada, diante do Marão, Jaime Ramos levou o carro pela estrada que descia para Mesão Frio. Passados alguns quilómetros tomou um caminho de terra entre ciprestes e amoreiras, transformando a luz da tarde numa penumbra azulada sobre o vale de aldeias escondidas.

Quando Rita Pereira Gomes regressou a Portugal, em setembro de 1973, trazia várias malas e era esperada no aeroporto, em Lisboa, pelo tio paterno e por um empregado da quinta da família, em Amarante. Vinha morena, uma loira de pele queimada na província portuguesa de 1973. O pai, de Luanda, exigiu que ela se recolhesse a Amarante, ele pagaria todas as despesas e daria uma mesada; depois dos boatos sobre as suas infidelidades conjugais, não queria que o Porto inteiro comentasse o desaire. Durante alguns meses, até junho de 1974, quando os pais vieram e se instalaram no Porto, Rita Pereira Gomes saiu algumas vezes para fazer compras em Amarante, para ir a um advogado em Vila Real, e para um fim-de-semana em Vidago.

Jaime Ramos coleccionara esses dados com a minúcia de um investigador — mas ele não era um investigador, propriamente dito, e esses dados não o interessavam. E se vinha, de longe, ver como era a Quinta das Almas, tratava-se mais de completar um cenário do que de cumprir um plano em especial, porque não tinha nenhum. Quando parou o carro, finalmente, numa espécie de miradouro de onde se podiam ver o casarão branco abandonado, os braços de hera trepando pelas paredes, o relvado diante da porta principal onde dois cães tinham adormecido, a poeira que vinha das traseiras em nuvens esparsas, empurradas pelo vento que descia do alto da serra, Jaime Ramos semicerrou também os olhos e preparou-se para sonhar com Rita Pereira Gomes, a ex-mulher adúltera de Henrique Praia Portocarrero, e por instantes pensou que ela sobreviveria, pelo menos no seu sonho, a essa doença que lhe consumiu primeiro o estômago, depois o fígado e os rins, a prostrara em silêncio na quinta, longe de Luanda, longe do Mussulo, longe dos tiros que Henrique Praia Portocarrero disparava na sua direcção enquanto, algemada à cama, nua, ou presa à parede por uma corda de sisal, uma espécie de loucura se apoderara de tudo o que dizia, de tudo o que fazia e, provavelmente, de tudo o que pensava — mas isso pertencia a outro mundo completamente diferente, e ele não era investigador, Jaime Ramos era um homem comum que trabalhava na polícia, o próprio mundo o ultrapassava, enchendo-o das penumbras da tarde, isolando-o da finíssima luz das montanhas do Marão, quente e frio como um corpo imóvel diante da Quinta das Almas.

Lurdes Nogueira de Castro era filha de gente da indústria e tinha amnésias repentinas. Ficava muito parada, magra, hirta, passava uma mão pelo cabelo negro, penteado em ondas, forte, e abria muito os olhos — durante cinco ou dez minutos olhava em frente como se não visse nada. A tia, que era a única mulher a usar Yves Saint-Laurent em Luanda, onde era proprietária de dois colégios e de um laboratório farmacêutico, esperava-a sentada no passeio diante de casa, debaixo de uma acácia que a protegia da luz dos candeeiros, com as mãos transformadas num novelo. D. Laura mandava que os dois empregados ficassem um em cada extremo da rua, para a avisarem no caso de Lurdinhas aparecer — magra, hirta, olhando em frente como se não se lembrasse de nada. E a verdade é que, durante esses minutos, Lurdes Nogueira de Castro não se lembrava de nada. Limitava-se a ficar hirta. D. Laura esperava-a para lhe indicar o caminho de casa, metendo-a no elevador, muito direita no seu tailleur Yves Saint-Laurent creme, rodeada de criados pretos e empurrando-a com palmadinhas, investigando-lhe os cheiros, tentando encontrar sinais de homem, a saia amarrotada, um botão solto.

Mas Henrique Praia Portocarrero só viria a conhecê-la numa festa de casamento de amigos comuns, em abril num restaurante da ilha de Luanda, onde Lurdinhas comeu moamba de galinha pela primeira vez, e vomitou, logo antes de o capitão lhe ensinar a comer kizaka e a levar a beber Nocal gelada na varanda sobre a areia da restinga. No dia seguinte, à tarde, ele telefonou a perguntar como estava, porque se lembrou do seu ar afastado de tudo, doente, pálido, abandonado, plástico como um mural a duas cores, onde só os olhos brilharam ao fim da noite.

— Quem é você? — perguntou ela.

— Henrique, sou o Henrique.

— Não me lembro.

Mas lembrava. Durante semanas, Lurdes Nogueira de Castro lembrar-se-ia de Henrique e de lhe terem dito que a mulher dele o traíra com vários oficiais de um regimento de infantaria, o que não era verdade — apenas dois, falando verdade. Por isso, ela lembrava-se. O tio julgava que, à força de brutalidades, ela poria termo aos seus lapsos de memória, à amnésia: pregava-lhe sustos e berrava-lhe ao ouvido quando ela começava a fixar um objecto de forma insistente, mas a verdade é que Lurdinhas se curou quando encontrou Henrique Praia Portocarrero e este a levou, já em maio, num voo de avioneta sobre os prédios de Luanda, sobre as águas azuis da baía, sobre os coqueiros do Mussulo, sobre as ondas do mar, sobre as chaminés das fábricas na estrada para o sul, rasando as horas da tarde. O piloto, um tenente aviador que devia dinheiro a Portocarrero, esmerou-se no voo: navegou suavemente naquele céu de cartolina azul, desceu algumas vezes sobre a linha do mar, passou ao largo da cidade para que os dois, atrás, pudessem apreciar a altura dos prédios, o verde dos parques, o alaranjado das estradas que vinham de todos os pontos cardeais até ao coração de Luanda. Ela gostou e começou a engordar. Passeava com Portocarrero aos fins-de-semana, de jipe ou num descapotável emprestado ao capitão, iam ao cinema, comiam camarão fresco, ela dormiu três noites seguidas fora de casa e voltou sorridente, a roupa amarrotada, o corpo pegajoso de areia, um hálito de gim que alegrou a tia porque a pressentiu devolvida à existência naquela Luanda de 1973. Nunca mais teve aqueles momentos de paralisia, fixando o olhar no vazio, e precisou de comprar roupa nova, mais larga e colorida. Acordava tarde e almoçava. Em finais de novembro despediu-se da tia, foi para o aeroporto e seguiu para Portugal, onde ajudou na administração das duas fábricas depois de o pai ter sofrido uma trombose. Lurdes Nogueira de Castro tinha vinte e quatro anos, era filha única e casaria com Henrique Praia Portocarrero em novembro de 1975, no Minho, em Vila Praia de Âncora. Nunca mais teve amnésia e Henrique Praia Portocarrero nunca mais foi traído pela mulher.

Mas Rita Pereira Gomes só morreria alguns anos depois, em 1986. Portocarrero foi visitá-la por duas vezes ao hospital, Instituto de Oncologia do Porto, e acompanhou-a a uma sessão de quimioterapia nos últimos meses de vida. Mas nunca se aproximou desta quinta, e nunca quis saber do que se passava com Rita nos anos depois do divórcio. Ele tinha uma carreira, uma família, dois filhos que seriam altos, morenos e advogados. Com toda a probabilidade seriam advogados, sim. África seria um aspecto da história do império colonial, talvez Lurdes Nogueira de Castro recordasse a primeira cerveja bebida na restinga, uma Nocal, ou uma Skol, ou uma Cuca, não se lembrava, ou talvez recordasse o voo da avioneta sobre os prédios cinzentos e descoloridos de Luanda — mas tudo isso era apenas um aspecto da história do império colonial que ficaria perdido entre recordações de famílias desfeitas, adultérios, traições, aventuras, tentações. Nenhum dos dois voltaria jamais à cidade onde se tinham conhecido. Nem eles, nem Rita. Rita, aliás, não voltaria jamais a nenhum lugar.

16

HELENA GOSTOU DA NOITE, GOSTOU DOS AMIGOS QUE Daniela convidara, gostou do restaurante mineiro, gostou das caipirinhas, ela ficava meio tonta, ria, corava um pouco, Daniela olhava sorridente. E gostou de voltar para casa com Daniela e de caminharem, entre a praça e a rua Piauí, quase duzentos metros, sem medo de assalto, de mãos dadas, gostou de dormir enrolada nas almofadas, Daniela pousara uma mão no seu ombro, uma mão distraída que também adormecera tarde.

Uma paz profunda, coisa muito antiga, coisa muito estranha, tomou conta dela por saber que era sábado de manhã e que, mesmo tendo acordado tarde, pelas nove e meia (quando Daniela saiu e bateu a porta do apartamento), podia continuar deitada no sofá por mais algum tempo ouvindo os discos que a amiga tinha deixado em cima da mesa, o jornal recém-entregue, juntamente com o pãozinho francês ainda quente, podia lê-lo daí a uma hora ou duas, sentada à mesa da cozinha, de onde se viam as árvores de Higienópolis, podia ver as árvores da rua da Consolação, podia tomar café, entrar no chuveiro e demorar-se mais um pouco do que o costume, lavar a cabeça. E, quando Daniela regressasse da academia, onde cumpria duas horas de ginástica todos os sábados de manhã, poderiam sair ou poderiam não sair, ficar em casa assistindo televisão, cochilando, ouvindo os ônibus passar ao longe, ou poderiam ir no cinema, poderiam ir comer massa no pequeno restaurante da praça, levariam as revistas do fim de semana.

Quase adormecera de novo depois de Daniela ter saído e de ter escutado o elevador chegando até o oitavo andar, depois a porta abriu. Daniela desceu. Levantou-se e pôs para tocar um CD de Bebel Gilberto, abriu a mochila para tirar uma escova de cabelo antes de ir para o banheiro. Entrou no banheiro, olhou no espelho aquela figurinha pálida, a sua, gostou dos lábios, gostou do pescoço, nem pequeno nem grande, viu o nariz miúdo, os olhos verdes, escuros ou claros conforme se movimentasse, o cabelo em cachos ("cachinhos dourados", como na história, sim), abriu a boca para olhar os dentes antes de escová-los. Tinha essas coisas na casa de Daniela, numa maleta Versace, de imitação, comprada na Liberdade: xampu, pasta de dentes, escova de dentes, creme para o rosto, um perfume, loção, absorvente, pílula, além de roupa que raramente usava, um par de sandálias, um chapéu e um relógio Boss, também falsificado. Daniela tinha sempre uma toalha extra pendurada no banheiro. Quando ela voltasse, suada, de maiô úmido, cabelo puxado para trás, já estaria vestida e teria feito café novo. Depois abriu a água quente para a ducha, pensou na manhã de sábado, havia crianças gritando no meio da praça, entre as árvores, os bancos de jardim, no meio da areia do pequeno parque com balanços. Pensou nos pais, no almoço de domingo na casa dos pais, teria que telefonar-lhes. A mãe: "Você não vem almoçar? O almoço está esperando por você." Sotaque. Sotaque caipira, dobrando os erres, subindo e descendo como uma pauta de sinfonia, notas musicais sorridentes. Hoje não vou, mamãe. O pai: "Na quarta tem o tricolor no Morumbi. Conto com você." Poucas palavras, essenciais. Vamos na quarta, pai, não podemos faltar, resquícios de provinciana, generosidade familiar, sentido gregário, ter um time, uma camiseta do São Paulo, conservar os brinquedos de adolescente no quarto da casa dos pais, comparecer aos almoços de família, abraçar o pai, continuar sendo sua menininha.

Depois sentou à mesa da cozinha, lendo a *Folha* enquanto passava café, um fio de água castanha caindo do filtro para a cafeteira de vidro, Café Melitta, o sabor verdadeiro do café, e Daniela entrou em casa, bateu a porta, soltou o suéter que tinha em volta da cintura.

— Cheiro bom, cara. — Daniela apareceu à porta da cozinha. — Uma chuveirada rápida e logo estou aí, cachinhos dourados.

— Café novo. Feito agora — disse ela, voltando à primeira página da "Ilustrada". Um escritor publicou novo livro, ela gostaria de saber, diria a Daniela. Tem um livro novo, Daniela, tem um romance novo do Bernardo Carvalho, uma história oriental, tem um livro novo do Verissimo. E tem Caetano, novo show em São Paulo. Os quatrocentos anos da cidade, Sampa, espetáculos, polêmicas literárias. Descobertos mais quadros de Lasar Segall. Lembrou a canção de Caetano enquanto Bebel cantava na sala, o CD estava no meio. E Adoniran Barbosa, Paulo Vanzolini, o pai gostava dos sambinhas de Vanzolini, do humor safado e ingênuo de Adoniran, seu tom choroso de quem ria por dentro, de "Trem das onze", ele assobiava "Trem das onze" quando saía para ir buscar o jornal, comprar pão, assobiava ao entrar no elevador, regressava assobiando outra canção de Adoniran caso tivesse passado pelo boteco para sentir o cheiro do chope (ele não bebia havia anos), fumava um cigarro ao canto, encostado ao balcão, bem lá ao fundo. E também gostava de Lupicínio, nervos de aço, seus sambas desesperados, canções de Cartola, melodias sem idade.

— Enormes atributos da alma — disse Daniela, sentando-se.

— Quem?

— Você. Bebel. A manhã de sábado. Eu sei em que você está pensando — ela se serviu do café, do adoçante, pegou a *Folha*, primeiro caderno, passou pela página dos editoriais, conferiu de alto a baixo por mais duas páginas e repetiu: — Atributos da alma.

Helena encostou-se atrás, a cadeira inclinou-se um pouco.

— Foi boa, a ginástica?

— Mal fiz — disse ela, distraída. — A noite foi longa. Você fica bonita, mesmo depois dessa noite toda.

— Não bebi muito.

— Biscoito. Quer biscoito? — perguntou, levantando-se.

— Se você for pegar.

Ela foi, o vestido verde-claro, verde-água, cintura trabalhada por manhãs de academia, biscoitos de centeio com gergelim, sol de verão, sentiu-a atrás de si, abrindo as portas dos armários, procurando biscoitos. Passou o pacote por cima do ombro, deixou ficar a mão, próxima do pescoço, abandonada. Daniela baixou a cabeça, encostou-a à sua, rodou, sem tirar a mão.

— Você ficou toda a noite olhando aquele italiano safado. Todo italiano é safado, fascinante, filho-da-mãe. Todo italiano engana, não sabe senão enganar, italiano é assim mesmo. As mulheres gostam de italianos, os italianos não gostam de ninguém, só gostam deles mesmos.

A mão dela lhe tocou no rosto.

— Mulher gosta muito de cafajeste, tome cuidado — quase em surdina.

A mão dela lhe tocou no rosto, ela gostaria de ver seus olhos, os lábios tremendo, encostados ao seu ouvido, sentia o perfume, gotas sobre a pele limpa, loção fresca, cabelo molhado.

— Era loiro. Não gosto — ela lembrou-se de Vítor, um dos amigos da noite anterior.

Daniela lhe beijou o pescoço, de leve, muito junto da orelha. Uma vez. Outra. Lábios secos, lábios úmidos, redondos, cheios de cor, lisos, limpos, uma leve penugem debaixo do lábio inferior, lembrou.

— Eu te amo — disse ela baixinho. E depois, passado um instante: — Não diga nada. — Passou seu dedo indicador pelo queixo de Helena, subiu pelos lábios, pelo nariz, nariz pequeno, se imobilizou na fronte por instantes, passou para o cabelo. — Cachinhos dourados. Não diga nada. Eu vou sentar bem na sua frente, vou ler um pedacinho deste jornal, não diga nada.

— Não digo — disse ela, e teve vontade de rir, Helena apenas sorriu no entanto. Sabia reconhecer um momento de felicidade. Delicadeza, um raio de luz, a manhã numa casa tranqüila. Levantou o braço esquerdo, cingiu a cintura de Daniela, puxou-a para o lado, para o seu lado, com a mão direita obrigou Daniela a rodar a cabeça na sua direção, viu seus olhos fechados, as pálpebras tremendo, tremendo, dois sinaizinhos na pele, uma gota de suor, pequena, descendo pela fronte, solitária como um cristal de vitrine. — Vamos ler este jornal e sair. Estou com fome.

— Coma um biscoito — pediu Daniela enquanto sentava. — Não é bom beber café com o estômago vazio. Me conte como era esse português de que você falou ontem.

— Bonito. Rico — ela riu.

— Ficou amarrada nele — Daniela fez uma careta.

— Alto. Cheio de músculo. Meia-idade.

— Gordo?

— Não. Terno Armani.

— Como sabe que era Armani?

— Terno preto, camisa Armani com certeza, eu conheço. Terno com muita probabilidade de ser Armani. Muito dinheiro na conta.

— Quanto é muito dinheiro?

— Milhões. Não sei bem.

— Velho, portanto.

— Não. Quarenta e seis, quarenta e oito.

— Como você sabe? Não viu a ficha dele, não sabe distinguir cinqüenta e seis de quarenta e oito. E supõe que seja um terno Armani. Você supõe. Imagina. Gostaria que fosse assim, menina tonta. E preferia que ele fosse italiano e não português. E preferia que ele fosse mais novo, confesse.

— As unhas muito limpas, camisa branca, botão de punho, caneta Montblanc, o terno era Armani, de manhã. Homem mais velho é bom. À tarde, tênis, pulôver marrom, cabelo despenteado. Atributos da alma.

— Enormes atributos da alma — Daniela piscou-lhe o olho, sorrindo. — Vamos almoçar num lugarzinho, e depois você precisa dar um jeito nessa roupa. Lembra-se daqueles pássaros no beiral dos telhados do Bexiga, horrorosos? Há um restaurante perto, com mesas na rua, bom chope, prato de frios, massa feita na hora. Precisamos engordar um pouco. O mundo está ficando cheio de gente magra, triste.

Depois, daí a pouco, enquanto se levantava para lavar a xícara do café, Helena notou uma pontinha de inveja no olhar da amiga, um pouco de ciúme bom. Ela não ia trair Daniela. Ela também amava Daniela, sim. Atributos da alma.

17

TODO O FIM DE SEMANA CORREU CONFORME ESPERADO, incluindo o almoço com os pais no domingo. Depois, o sono reparador no princípio da noite de domingo. Helena sonhou com pássaros, café fumegante e balas de hortelã, laranjas douradas, gotas de água escorrendo em superfícies de seda.

Criptogramas e relâmpagos e estrelas rodopiando em algum lado, em papéis incolores se soltando do teto do quarto, uma música. Tinha pouco jeito para interpretar sonhos e criptogramas, amendoeiras largando folha em pleno inverno paulistano, o ruído dos carros subindo ou descendo a Barata Ribeiro, a Frei Caneca, a Augusta ou a Consolação, correndo para a Paulista, pessoas atravessando as calçadas, lojas de libaneses que fecham as portas de alumínio para lá do fim da noite, há aquela poeira varrida para os passeios, papéis espalhados no chão. Chineses, bolivianos, baianos, pernambucanos e maranhenses vendendo relógios falsificados na rua, quinze reais, camisetas a cinco reais, um nadinha de maconha a oitenta, sucos de acerola e laranja, roupa de inverno, guarda-chuvas comprados na Liberdade, mesmo em cima do viaduto, na Galvão Bueno, livros roubados de bibliotecas paternas e desbaratados por três, quatro reais cada um, Tolstói, Euclides da Cunha, versos de Tomás Antônio Gonzaga, compêndios de geometria descritiva, postais ilustrados de Vitória, Anchieta, Marataízes, Peruíbe, Paraty, Bertioga, praias vazias num domingo de inverno, paisagens de Saquarema ou cascatas no Juquitiba, cavalos passeando nos prados de Cotia, à beira da rodovia Raposo Tavares, a calçada da marginal de Santos, os prédios comprados por portugueses que enriqueceram vendendo pão e mercearias, a praia da ilha Comprida vista de um mirante em Iguape, a estrada Rio—Santos cheia de fuscas verdes e enferrujados, albatrozes no canal de São Sebastião correndo com o vento, o rosto de Daniela perto do seu, cantando "estive a fim de você tanto tempo/ e só fui percebida no final", quase beijos, o braço rodeando a cintura, um milímetro onde cabiam muitas coisas, o decote de seu suéter de lã rosa pálido, o vinco de suas coxas no vestido, o perfume que Daniela lhe oferecera, ela dissera "cheiro de flores ingênuas", as saliências através da roupa, as curvas, os dedos, o anel que Daniela usava, as marcas de biquíni, as mercearias do Mercado Municipal, a casa de Lasar Segall onde as duas se perdiam entre quadros, desenhos, gravuras e fotografias, as pizzarias e cantinas do Bixiga, coisas triviais, a tarde em que Daniela a levou ao bar do Fasano e ela segurou, tremendo, uma xícara de porcelana branca com café, os rabiscos num caderninho Oxford, a exposição de pintura expressionista no Museu de Arte de São Paulo, visitas à Pinacoteca para ver *O homem que anda sobre uma coluna*, de Rodin, e as cores de Tarsila do Amaral, os seus quadros, Daniela dizia que um diabo andava por ali à solta, inventaram mesmo um fantasma de Tarsila do Amaral, um corpo dourado no meio do inverno, dançando entre os quadros do museu. E havia a chuva nos becos em redor da estação Júlio Prestes, os papéis sujos que voavam com o vento do entardecer, junto com mais lixo, propaganda esquecida no chão, folhetos do McDonald's, pontas de cigarros, folhas das árvores mais altas dos parques. Também havia recordações voando nesse céu que era só das duas, varandas fechadas por telas de plástico, mesas vazias num restaurante, um fusca verde de pára-lamas enferrujado à porta da faculdade quando cursava a faculdade e dava passeios em volta da Biblioteca Mário de Andrade com um namorado que estudava engenharia química. Ele queria fazê-la feliz e prometia férias na Bolívia ou no Peru, iriam no *tren de la muerte*, se o *tren de la muerte* fosse até Machu Pichu, iriam de mochila e chapéus, uma esplanada de um café no Arouche, a biblioteca Mário de Andrade rodeada de sol e de chuva e de gente, frutas e flores, a máscara de oxigênio que o pai usava de vez em quando, mangas-espada sem fiapos, o entardecer entre árvores sujas do Ibirapuera, junto ao viveiro, a areia artificial das vitrines dos shoppings, aquele ruído de ônibus rompendo a madrugada, acordando-a finalmente às seis da manhã.

No banco, Helena ainda pensava no rosto de Daniela junto do seu, e naquele beijo quase por acaso, sem preparação, enquanto ia buscar biscoitos ao armário da cozinha, "eu te amo". Operações triviais, depósitos e poupança, conta corrente e telefonemas pedindo uma transferência, uma informação. Na hora de almoço, Helena foi com Edilson até a loja de sanduíches, ele estava melhor, "uma indisposição, você sabe".

— Ou antecipar o fim de semana? — Helena sacaninha.

— Não dessa vez, paulista. Três dias de gripe forte. Resfriado assim.

— Aquele português veio fazer o saque, tudo correu bem.

— Beleza.

— Já é cliente há muito tempo?

— Faz tempo, sim. Vem muito, muito raramente, acho que não o vejo faz um ano. A maior parte das entregas ele faz em outras agências, sempre achei curioso, quase sempre diferentes. A maior parte das vezes em Manaus. Ele vive em Manaus, eu acho.

— E Porto Alegre?

— Não estou me lembrando de Porto Alegre, não — Edilson com sotaque baiano. — Mas trata ele bem.

— Eu trato. É seu amigo.

— Amigo? Não. Acho que só o vi umas duas vezes. Seguros. Isso mesmo, seguros, seguro de saúde, você não estava, eu recomendei para o gerente. Seu Padilha tratou disso depois, pelo telefone. Doutor Padilha tem ciúme, sabe? Ele não conhece o português, não tratou do dossiê do português, queria conhecê-lo, cumprimentá-lo. "Esse seu cliente", ele costuma dizer.

Edilson teria percebido que ela se interessara demais pelo português? Talvez não, mudou de conversa, mordeu o sanduíche.

— Não esqueça, amigão, esta quarta-feira tem jogo importante. Jogo decisivo.

— Ah, você vai?

— Com meu pai, menino. Não seja abusado, vou com meu pai — ela riu.

— Jogo decisivo no Morumbi. A gente tem sorte quando vem o Cruzeiro, pode descansar.

— Está ganho, Edilson, está ganho — menina bonita com conversa de futebol, dizia o pai.

De volta ao banco, entre os ônibus, as filas de táxis ocupados junto do shopping, os grupos de velhinhas que saíam para o passeio da tarde, as babás que levavam as crianças ao parque, Helena teve vontade de encontrar-se com Daniela, de repetirem o chope no restaurante de sábado, no bairro do Bixiga, de escutarem de novo a mistura de sotaques, o italiano e o caipira do interior, de sair para comprar roupa barata nas lojas de meninas cheias de maquiagem. Ao chegar à sua mesa, rodeada de pôsteres de promoções para planos de seguro e de aposentadoria, brincou com os lápis no meio daquele silêncio entrecortado pelo ruído das fitas de papel saindo das impressoras, murmúrios de clientes que escondem as suas entregas de dinheiro, pagamentos de despesas com telefone e televisão a cabo, e foi então que começou a teclar no seu computador, tinha conservado a senha de Edilson, e começou por buscar o nome de Álvaro Severiano Furtado, como se fosse uma tábua de salvação e o seu nome a impedisse de telefonar a Daniela. Álvaro Severiano Furtado, o terno Armani, provavelmente não era um Armani, ela tinha mentido para Daniela, mas gostou. E também gostaria de saber mais coisas sobre Álvaro Severiano Furtado, o português de provável terno Armani. O nome apareceu em letras azuis sobre o fundo negro do monitor. Número de conta. CPF. Contas subsidiárias. Data de abertura de conta: 14 de abril de 1991, balcão da agência Bradesco Higienópolis, rua Alagoas. Conta associada aberta a 16 de abril de 1991 em Manaus, na agência Noel Nutels. Conta associada, conjunta, aberta a 16 de abril de 1991 em Manaus, mesma agência, em nome de Álvaro Furtado e de Salim Furtado. Outros bancos, vários, não mencionados. Crédito: nenhum solicitado. Seguro de saúde. Nacionalidade, portuguesa. Endereço para envio de correspondência: avenida Valdemar Pedrosa, Manaus. Telefones. Um celular de São Paulo. Um celular de Manaus. Um telefone português.

Helena retornou à página do seguro de saúde, a princípio uma leve curiosidade tomou conta dos seus movimentos, mas depois crescera e era uma curiosidade devoradora diante dos números revelados pelas contas de Álvaro Severiano Furtado e dos milhões guardados pelo banco. Naturalidade: Vila Flor, Portugal. Data de nascimento. 30 de agosto de 1945. Helena retrocedeu na página e voltou a entrar. 30 de agosto de 1945. Álvaro Severiano Furtado não tinha quarenta e seis ou quarenta e sete anos, mas cinqüenta e seis. Saiu do programa de arquivo de clientes, largou o computador como se ele lhe queimasse de repente os dedos, e ficou a tamborilar com o lápis sobre os papéis espalhados na sua secretária. Mas o que passou a preocupá-la, de repente, não foi a idade do português de terno Armani, e ela voltou de repente às paredes da agência bancária, às regras do banco, formulários, protocolos, procedimentos. O que a preocupava agora não era a idade de um homem bonito e rico, mas a identidade de Álvaro Severiano Furtado, o português de cinqüenta e nove anos, ou cinqüenta e oito, ou sessenta, e que não era, definitivamente, aquele português alto, de cabelo claro, de terno escuro, negro. Alguém, que não o português nascido em 1945, tinha sido Álvaro Severiano Furtado na manhã de sexta-feira anterior. E o banco teria de saber.

18

HELENA FOI INVADIDA POR UMA SÚBITA TIMIDEZ: COMO poderia justificar junto do dr. Padilha a utilização do computador do banco para obter informações sobre Álvaro Severiano Furtado? Era uma pergunta ridícula, mas ela sentia o olhar do dr. Padilha pousando sobre ela, por trás dos óculos presos na ponta do nariz.

— Que razões, digamos, a levaram a consultar a ficha do cliente? Como desconfiou?

— Alguma coisa não estava bem, doutor. Senti que alguma coisa não estava bem — ela podia justificar. Um olhar, a mentira sobre a ida para Porto Alegre, um acaso, uma intromissão do destino, às vezes um pressentimento vem ter conosco, é uma sorte. É uma seqüência de alarmes soando na cabeça.

Esperaria pelo dr. Padilha, ele saíra, uma reunião, viria mais tarde nesse dia ainda, antes do fim do expediente. Lá pelas quatro horas ele estaria na agência e ela trataria do assunto, Severiano era um cliente especial, uma conta graúda — e se o português que apareceu no banco fosse um parente? E se tivesse uma autorização especial para movimentar a conta, ela vira o nome de Salim Furtado numa das contas, podia ser um parente, sim. Com certeza era um parente, mas, para confirmar, era necessário abrir de novo o arquivo de clientes, teria de fornecer explicações no mesmo. E se aquele que apareceu fosse o tal Salim? Salim Furtado devia ser parente, um libanês de Manaus, ela o tratou sempre como dr. Furtado, não como dr. Álvaro Furtado. Ele respondeu pelo nome de Furtado, não o de Álvaro Severiano Furtado. Se publicasse um anúncio procurando namorado, escolheria um homem rico, "situação financeira definida", mas a verdade é que os homens nunca dizem com todas as letras o que realmente querem de uma mulher. Álvaro Furtado seria um homem rico, ela lembrava a voz amável, o tom grave, displicente, com que pegou na mala onde tinha guardado o dinheiro. "Vou para Porto Alegre." Não foi. Safadinho.

Certo que ela podia telefonar, tinha anotado os celulares, um de São Paulo, outro de Manaus, invocar uma desculpa quase inocente, casual, "como está, dr. Furtado?", podia querer relembrar o seguro que ele prometera fazer, nosso banco se preocupa com seus clientes, é atento em relação a clientes tão especiais como o senhor, não se esqueça de nós. Talvez fosse o mais acertado, sim, ela telefonaria, com certeza se tratava de um engano, um lapso. Ela telefonaria, e quanto mais cedo, melhor.

Anotou o número do celular de São Paulo. Se fosse apenas um equívoco, o dr. Padilha não precisava saber que ela se interessara subitamente pelo português — e ele notara, claro que notara, o olhar sorridente de Helena, notara e censurara, Padilha é um nome que confere com um tom de censura, uma pessoa diz "Padilha" e logo sente que é um nome antigo, carregado de moral, de bons costumes, história de São Paulo, colégio de jesuítas, literatura do século XIX, uma personagem de uma novela romântica que trabalha num cartório, a traição de Capitu, ou um médico especial, um ginecologista, alguém que sabe de cor versos de Olavo Bilac, e que vai aos centenários da Faculdade de Direito. Padilha lhe lembrava os bigodes de Rui Barbosa ou os óculos de um padre de colégio. O telefone chamava.

— Alô?

Era a voz do português.

— Dr. Furtado?

— Furtado, sim.

— Boa tarde, dr. Furtado. Aqui é do banco, meu nome é Helena, eu atendi o senhor na sexta-feira passada...

— Na sexta-feira...

— Isso. Na sexta-feira. Aqui em São Paulo, Higienópolis. Não sei se o doutor está em São Paulo.

— Claro, eu não ia me esquecer. Helena, claro. Como vai? — a voz fez lembrar o sorriso de dentes brancos, o colarinho que assentava tão bem, o cabelo claro, ligeiramente grisalho.

— Ora, dr. Furtado, tudo bem. Eu estava vendo seus papéis, sua ficha cadastral. Me lembrei, temos agora um seguro especial para o senhor. Lembra-se da sua promessa? Pois estou cobrando — ela riu.

— Não esqueci, Helena, não esqueci. Mas não acha muito rápido? Nem sequer estou em São Paulo, Helena, estou dirigindo — havia um tom de censura por trás do sorriso.

— Eu sei, dr. Furtado, me desculpe, mas o senhor compreenda, são regras do banco, às segundas-feiras temos de fazer os nossos contatos com os clientes. Me desculpe o incômodo.

— Eu compreendo. Não tem importância, mas agora estou, digamos, ocupado. Na próxima semana falamos, ou talvez ainda nesta.

— Certamente, dr. Furtado. Me desculpe, só mais uma informação, eu estive vendo sua ficha, o senhor é um cliente preferencial, evidentemente, mas seu nome é Álvaro ou Salim?

— Salim? — perguntou ele, o sorriso tinha desaparecido depois de uma pausa, ela via, sim, ela viu, ela soube ver. E como se tivesse se lembrado de repente: — Não, Salim é outra pessoa. Não tem importância, Helena.

Ela também fez um silêncio. Errado, Helena, errado. Devia responder logo. Respondeu:

— Claro, dr. Furtado. Bom, prazer em escutá-lo. Eu ligo depois.

Agora era ele fazendo silêncio.

— Helena. Eu estou perto. Estou perto de São Paulo, daqui a meia hora estarei livre, vou para casa e posso fazer uma visita, assinamos os papéis.

— Não precisa, não tem pressa, dr. Furtado — mentiu ela. — Eu ligo para o senhor depois e, quando estiver mais disponível, vem na agência.

— Eu vou, Helena, eu vou. Não esqueça que eu prometi.

Ela desligou e se sentiu invadida por uma pressão enorme, vinda de todas as paredes da agência, a suspeita de um engano fatal. Rodou a cadeira, arrumou papéis, abriu gavetas, mas não era isso que queria fazer e sim conferir os acontecimentos de sexta-feira. Pedira CPF, identidade, cartão de débito para tomar nota da conta — não faltara nada. Três dias depois, agora, faltava apenas esperar o dr. Padilha e dar conta do seu receio. Alguém podia estar substituindo Álvaro Severiano Furtado. Ou talvez fosse uma tolice que só existia na sua cabeça tonta.

Ficou sentada durante uns minutos, muito sentada e muito calada, voltada para o vidro da rua, vendo os carros passarem, as luzes do semáforo acenderem, mudando de cor, apagando, gente que atravessava de um passeio a outro, o movimento dos motoboys, a porta do banco abrindo e fechando, o segurança trancando a porta às quatro horas, alguém que chega depois e faz um ar de decepção. O telefone tocando.

19

DANIELA LIGOU PARA HELENA NO MEIO DA TARDE. ELA atendeu com aquele jeito simples, lembrava a primeira vez que ela atendera o telefone lá no banco.

— Alô, quem tá falando? — jeito simples, menina simples, interjeições populares, roupa que se vê na televisão, conselhos de saúde da *Marie Claire*, cuidado com os carboidratos, Daniela, eu li sobre isso. Mesmo aquele interesse por futebol, uma frase caipira de vez em quando, o gosto pelo picadinho, caipirinhas com vodca, Coca Light, os tempos da faculdade, as brincadeiras na rua, a saia curta no começo do verão. Daniela detestava caipirinhas com vodca, caipiroscas, a mania carioca de praticar luta de classes em nome dos novos-ricos; mesmo assim servia caipiroscas a Helena, muito a contragosto. Tem que aprender, menina tonta, tem que aprender que caipiroscas é meio de patricinha, uma traição carioca. A princípio lhe emprestara livros, a formação intelectual das classes médias era importante. Menininha de banco. Como fora se apaixonar por Helena? Gostou dela desde o princípio, desde o princípio de tudo, desde a primeira vez que viu Helena de saia xadrez, blusa branca, fita azul no cabelo, tinha meninas tão idiotas no ginásio, meninas que ouviam discos idiotas e diziam coisas idiotas e ficavam esperando os garotos chegarem no corredor da primeira aula, e então falavam coisas ainda mais idiotas, falavam alto, falavam para serem escutadas. Helena calada, Helena de saia xadrez e blusa branca, aquela cara de quem gosta de açúcar, um eclipse da razão, o céu do inferno da sua vida, sobretudo desde que o pai morreu. Então, mudou de casa, foi para Higienópolis, vendeu o carro que o pai deixara, desfez-se da casa, Helena ajudou com planos de poupança bancária, dinheiro no exterior, férias na Itália, França, França muito depressa porque não gostou da França nem da primeira vez que lá estivera, com o pai, a mãe ainda era viva. Nessa altura, quando era adolescente e estudava literatura, Paris vinha em todos os seus livros, tinha escritores, universidades, gente, mas a viagem à Itália assassinara Paris, Paris deixara de interessá-la com seus museus gigantescos e porteiros severos, os palácios de que detestara o cheiro, os franceses no metrô e nos táxis, as saudades do pai, as saudades da mãe. Helena viajara sozinha até Roma, onde ela a esperou. Veneza, Veneza, Veneza, onde passou a desprezar Thomas Mann por causa de *Morte em Veneza*, que se transformou num livro de sacrilégios, narcísico, misógino, usurpador de uma beleza que já não encontrava em nenhuma rua da cidade, nem em Santa Maria della Salute nem naquele interior fantástico de San Nicolò dei Mendicoli, nem nos canais que devoravam turistas e fotógrafos que ficavam presos aos pombos horrorosos das suas praças, e não mais os devolviam à vida. E lembrava-se de Florença e do cheiro de lodo, as banalidades que ficam bem na memória de uma brasileirinha de classe média paulista, Santa Maria dei Fiori, o Palazzo Vecchio, os retratos da Academia, a imitação da estátua de David com os seus músculos de mármore expostos na Piazza della Signoria, a maneira como Helena pronunciava o nome de Michelangelo, os corpos das Sabinas, a maneira como ela ouviu a história de Girolamo Savonarola. E aquele passeio de mãos dadas na pequena Piazza di Santo Spirito com a fonte coberta de geada, Helena ouvindo falar pela primeira vez de Brunelleschi enquanto aguardavam a partida do trem noturno em Santa Maria Novella depois de um jantar bom, jantar tranqüilo. Tinham chegado muito cedo ao restaurante, o Cafaggi, Daniela queria comer involtini, os famosos involtini do Cafaggi. E depois a viu levantar-se, ir no banheiro, lembrou o zíper, a calcinha. "Eu sempre fui louca por mamilos, Helena", disse depois, no meio da sobremesa, tinham comido involtini, saladas e bolo de chocolate com creme de leite. Helena surpreendida, boquiaberta, aquele gesto de proteger os seios, de esconder o decote da blusa, mas Daniela sorriu, "eu já vi você nua, lembra?", ela não era uma surpresa. Aquele pudor safado. E houve a passagem por Paris, sim, Helena gostou de Paris como todos os brasileiros que sonham com a Europa, como as brasileiras que sonham com homens que falam em voz baixa, que beijam suavemente, que ouvem música e cozinham no fim de semana coisas delicadas e perfumadas. Helena gostou do Louvre, gostou dos Halles, dos restaurantes do Marais, das pequenas livrarias de judeus que sorriem quando uma mulher abre um livro, provou vinho pela primeira vez, ela gostou de ver os seus olhos brilhantes depois de beber vinho, as gordurinhas das suas coxas, e de lhe perguntar se tesão tem tamanho, forma, limite, porque ela gostava de pensar que mulheres gordinhas, com barriguinha, pequenas pregas e outros desvios àquela lógica das mulheres perfeitas, das fotografias de moda, modelos desenhados em computador, também são tesudas. E Helena era um modelo de aquarela, um desenho no meio da neblina de Florença, no meio da fumaça de Paris. Ah, Helena sonhava com Paris desde adolescente. Sonhava com a Europa, uma terra onde refrigerante não era bebida para a hora da refeição, com castelos, jardins cheios de tulipas e de roseiras, onde se fumava nos restaurantes e havia ópera ao ar livre. Depois vaguearam até a Espanha e pararam em Madri para poderem viajar até Toledo, porque na universidade tinha se apaixonado pela pintura de El Greco. E entraram em Portugal, Lisboa, Coimbra, Évora, Lisboa de novo, onde tomaram o avião de regresso para São Paulo. Guarulhos pareceu tão desinteressante como antes da partida, mas alguma coisa tinha se soltado definitivamente lá de dentro, e foi quando reparou, de novo, porém mais intensamente do que no tempo em que ambas eram colegiais tristes e melancólicas, que Helena tinha aquela cara de quem gostava de açúcar, de quem sorria de felicidade por ir ao futebol, e não sabia como fora apaixonar-se por Helena, como fora querer abraçá-la, tê-la perto para ouvir música, beber chope, comer morangos. Não, ela não pedira alguém "inteligente", alguém com uma história emocionante, ou memórias tão fortes que atrapalhassem as suas. Alguém que tivesse vivido uma vida inteira antes. Às vezes só pedia carne rosada e dura de tesão, um rosto, uma voz, a pele, espuma escorregadia, joelhos dobrados, risada solta, alguém que fizesse uma pergunta, suavemente, "você já leu Clarice Lispector?", e adormecesse ao seu lado, sua escrava preferida, Helena, a blusa branca de colegial, a saia xadrez, os lápis baratos, os cadernos lisos preenchidos por uma letra muito redonda, muito arrumada.

Por isso pediu que ela fosse dormir na sua casa, hoje. Por favor, vá hoje, eu levo alguma coisa para comer. Ela explicou que estava à espera de Padilha, dr. Padilha, o diretor da agência, mas Padilha telefonara, um atraso, a reunião se prolongara, clientes importantes, empresários do interior, viria só no dia seguinte, logo pela manhã falaria com ele. E estaria na agência antes das oito, esperando que o gerente chegasse.

— Hoje estou tão triste — ouviu a própria voz, olhando para sua pequena sala na universidade. Sei mentir e enganar por amor, pensou Daniela.

— Eu vou. Amanhã tenho de estar bem cedo aqui — Helena em tom de advertência. Preocupada, havia um problema. Grave? Não, depois contaria.

— Vai, então? — perguntou de novo.

— Vou, sim — Helena, aquele sorriso de dentes muito brancos, sem nicotina, cheios de saúde, sobre os lábios vermelhos, rosados, o cabelo loiro.

— Obrigada.

— Espero você lá.

— Seu Vítor tem a chave. O zelador. Ele abre a porta para você entrar, telefono para avisar.

— Eu ainda vou esperar um pouco aqui na agência, chegarei lá às sete e meia.

— Chego depois. Reunião até as sete, chego uma hora depois.

Daniela seguiu de carro para casa, atravessando o tráfego da pior hora. Não levava comida, como prometera, mas poderiam rachar uma pizza no restaurante da pracinha, havia o ruído das árvores, o inverno paulista ainda manso, o ponto de táxi iluminado do outro lado do parque infantil, falaria com Helena depois da sobremesa, precisava falar com Helena, dizer-lhe que não era lésbica como as lésbicas que ambas conheciam, que um dia a tinha visto passar rente ao muro, quando vinham do ginásio, e poderia dizer "você passava e eu sonhava em ter uma namorada". Sim, tinha dito "eu te amo", mas não queria agredi-la, que isso fosse uma violência, uma imposição, "eu te amo". Na verdade, bem no fundo não se importava de ver Helena como a sua pequena conquista, trabalhada como uma escultura, melhorada nos ângulos, a quem jamais maltrataria, para quem gostava de comprar roupa, de ver sentada junto dos gerânios da varanda, claro que sentia desejo por Helena, gostava da suas pernas lisas, carnudas em cima, nas coxas, gostava do seu peito cheio, dos seios redondos, ligeiramente maiores do que o tronco, mas isso seria normal, normal, normal, e gostava de vê-la sair do banho, espiara algumas vezes esse momento, servindo-se da toalha que ela depois ia cheirar, imaginando por onde passara aquele tecido, usara o sutiã de Helena para que um resto daquela pele tocasse a sua, mesmo um dia depois, espiara Helena adormecida no sofá, tranqüila, de barriga para baixo, diante da televisão, e imaginara como seria o calor do seu sono, o perfume, a voz, ela gostava de barriga, imaginava o umbigo convidativo, uma cintura quase indecente, tentadora, um pecado de pele branca, denunciada. Sei espiar por amor, sei olhar de um ângulo desconhecido, disse Daniela em silêncio, no interior do carro. Tudo para te ver adormecida, de calcinha e camiseta em cima do sofá numa provocação meio inocente, e daria tudo para te ver fumar maconha, fumar maconha com uma certa falta de pudor, com aquela cara indecente ficando meio tonta, cheia de nuvens na cabeça, ligeiramente despenteada, olhar você no banheiro às escondidas, do corredor, lavando xícaras de café com aquele detergente que cheira a coco, tomando comprimidos de maracujá, passiflora incarnata para chamar o sono, folheando os livros, perguntando quem é William Carlos Williams, quem é Djuna Barnes, que nome com graça, quem é Isaak Dinesen? As mulheres casam porque querem se casar, julgam que ficariam sozinhas, e muitas se arrependem quando passam os fins de tarde, depois do emprego, limpando merda de criança, limpando a geladeira, gritando para filhos que não param de engordar ou que se recusam a comer, ou são alérgicos a verduras, e aprendem palavras cheias de garras, conhecem o ódio mais cedo, uma primeira doença que se descobre quando se sobem as escadinhas do ônibus, uma dor no peito, uma hemorragia repentina, escondida de toda a gente, sonhando que terá sempre o amor dos filhos, a piedade de toda a família, as férias de verão, o poder de decidir, o medo de ficar viúva, o prazer de ouvir o café descendo sobre o filtro da cafeteira, de ler Virginia Woolf, Hilda Hilst, de ouvir musiquinhas no rádio, de assistir a filmes na televisão. Até amar pela primeira vez, quando a gente pergunta o que é uma bússola, o que é um mapa, o que é verdadeiramente amor sem sexo, o que é sexo sem amor, até essa altura uma pessoa pensa que tem de aprender a amar, e então desenha corações no tronco de uma amendoeira, descobre palavras cheias de claridade, anêmona, manga, laranja, falésias, azul-marinho, goiaba, papel-arroz, pérolas, água gelada, gardênia, prata, coração desenhado no tronco de uma amendoeira, calçada de basalto. Tudo antes da doença, tudo antes de desaparecer a chuva de verão, ela lembrava a chuva de verão no Jardim Botânico, os vôos dos insetos desaparecendo entre as colunas, anêmonas, anêmonas e algas nas praias, entre os rochedos. E lembrava os livros que as meninas liam no parque Trianon, às escondidas, fumando o primeiro cigarro, tossindo muito, esperando o frio embrulhadas em lã, e havia aquela ventania varrendo os bancos de madeira, os papéis esvoaçando, restos de um sanduíche, de uma presença.

Às oito e meia encontrou um lugar para o carro bem do outro lado da rua, em frente ao prédio, não iria descer para a garagem. Deu boa-noite na portaria, entrou no elevador, contou um a um os andares até chegar ao oitavo, quando já tinha as chaves na mão e a proposta de um jantar rápido, ela precisava falar, sim, precisava de ser ouvida, precisava de tudo isso. Tocou a campainha para anunciar que tinha chegado e abriu a porta: Helena tinha adormecido no sofá, com aquele rosto pequeno e assustado, exatamente como ela lembrava, naquela posição que revelava todo o contorno das suas pernas dobradas como quando ela se escondia sob a manta de quadrados com que ela se tinha tapado para proteger-se de um frio imaginário. Mas dessa vez estava apenas deitada sob a luz do abajur. Chegou devagar para não acordá-la logo, e só então viu o sangue que, como nos mapas antigos, desenhara o leito de um rio, um rio vermelho que nascia junto do pescoço de Helena, e que fora correndo até o tapete castanho onde formara uma espécie de lago, uma mancha que se alastrara quase até os seus pés, como se os esperasse naquele lugar, exatamente naquele lugar.

20

Jaime Ramos sabia que Portocarrero era o único elo visível com o passado de Álvaro Severiano Furtado, e a situação era estranha. Portocarrero, habituado a negociar em situações mais graves e mais complexas, sabia também dessa estranheza. Se o inspector o obrigasse a revelar o modo como obteve essa informação — a de que tinha sido encontrado o cadáver de Furtado —, não teria mais nada em troca, nem colaboração, nem documentos, nem informações sobre o que teria levado à morte daquele homem ignorado por todos, solteiro, de que todos tinham perdido o rasto. Se o advogado não fosse obrigado a revelar essa fonte de informação (e até que ponto ela tinha sido importante), Jaime Ramos teria o caminho aberto, mas pouparia Portocarrero à humilhação de ser um advogado como os outros — podendo ser interrogado, ouvido nos autos, indicado como suspeito, ter de atender os telefonemas de agentes da polícia, cheios de má gramática e de ignorância sobre a lista de advogados de sucesso no país inteiro. Não sabia qual das coisas lhe retiraria mais prazer ou qual lhe acrescentaria mais trabalho.

Decidiu-se por um telefonema simples, cordial, a meio da tarde de segunda-feira. Uma telefonista murmurou qualquer coisa sobre uma agenda complicada, reuniões demoradas, mas Jaime Ramos tossicou, e disse apenas "eu sei", explicando-lhe o que são as coisas do mundo:

— Mas eu não posso esperar. O dr. Portocarrero vai compreender.

Ele compreendeu daí a instantes com um sorriso disponível, coisa que se percebia mesmo falando ao telefone:

— Inspector. Que prazer. Novidades no seu trabalho? Podemos proceder às cerimónias?

O inspector imaginou, com inocência, o que significava a palavra "cerimónias", umas horas de trabalho numa agência funerária, as necessárias licenças para a cremação, dois estagiários conversando sobre ninharias enquanto os funcionários vão e vêm, e regressam finalmente com uma pequena caixa contendo as cinzas de Álvaro Severiano Furtado, o homem desconhecido. Dois estagiários do escritório bastariam para prestar as últimas homenagens, uma cerimónia íntima e familiar, um deles segura a caixa com uma repulsa que pode facilmente dissimular, uma caixa é uma caixa, caberiam num pequeno saco plástico, ali estaria uma biografia inteira, perdida para sempre, ela também dissimulada em poeira esbranquiçada, misturada com madeira envernizada, carbonizada em minutos.

— As cerimónias podem esperar, doutor.

Breve silêncio. O sorriso de Henrique Praia Portocarrero desfeito, do outro lado. Mas Jaime Ramos abreviou-lhe a agonia.

— Nós teremos o relatório de autópsia amanhã de manhã. O definitivo. Se não houver problemas, impedimentos, pode marcar as suas cerimónias.

— Nós telefonaremos amanhã à tarde, inspector — a confiança recuperada do outro lado.

— Eu imagino. Mas tenho duas dúvidas, doutor. A primeira é saber como vão encontrar o filho, lá no Brasil.

— Esperamos a todo o momento informações sobre o seu paradeiro. Imagino que já procedeu da mesma maneira, que já efectuou diligências.

Diligências, procedeu da mesma maneira, paradeiro. Jaime Ramos admirava profundamente os advogados que falavam com uma gramática no cérebro, dispondo as palavras em camadas, organizadas por grau de dificuldade em função do fio da navalha em que se encontravam.

— Inspector — Portocarrero chamava-o, talvez.

— Estou a ouvi-lo. Já mandámos saber onde está esse Salim Furtado, sim. E como vão entregar-lhe as cinzas, cumprir as instruções do testamento?

— Facilmente. Vamos de avião ao Brasil. Não eu, mas alguém irá, não é difícil de resolver. Localizado o sr. Salim Furtado, trataremos de entregar-lhe aquilo que temos de entregar, prestaremos contas da forma mais clara. Até a si, inspector. Mas disse-me que tinha outra dúvida.

— Metódica. Nada de importância. Como é que o seu cliente chegou ao seu escritório?

— Não faço a mínima idéia, inspector. Provavelmente pela lista telefónica. Está cada vez maior, só contando as páginas de advogados.

21

DANIELA ACORDOU DOIS DIAS DEPOIS, DISSE A ENFERMEIra que entrou no quarto para abrir as cortinas, uma persiana silenciosa de onde se viam as copas das árvores. Sonhara com pêssegos em calda, café recém-feito, superfícies de esmalte branco, liso, brilhante, sandálias na areia, água do mar. Talvez fosse água do rio, não podia ter certeza. Não sonhou com Helena. E evitava se lembrar de Helena. O porteiro subira pelo elevador, respondendo ao telefonema, e a encontrara sentada na poltrona lilás, olhando para Helena, para o sangue no tapete, o braço pendendo, uma mancha de sangue descendo do peito de Helena, descendo da garganta, descendo para o tapete, que absorvera o sangue e que ela mandaria queimar logo, logo. O delegado, um homem alto, muito moreno, que cheirava a tabaco e tinha uma voz rouca, lhe disse que teriam de esperar, que podiam levar o tapete, mas que teriam de esperar, teriam de analisar o tapete, verificar um fio de cabelo estranho, uma partícula de pele, uma marca, mas que poderiam levá-lo depois, sim, que poderiam levar o tapete manchado de sangue.

— Eu quero queimar esse tapete, não quero vê-lo de novo.

Ela recordou isso aos poucos. O único som de que lembrava era o de portas que abriam e fechavam, passos no corredor, vozes ao longe, alguém que falava baixo, três homens vestidos de branco que entraram com uma maca onde deitaram Helena — ela viu do quarto, pela porta entreaberta. O médico lhe dera comprimidos, teria de dormir. Em seguida, avisaram, seria levada para um hospital. "Tem plano de saúde?" Como se lhe estendessem um cardápio de hospitais por onde teria de escolher o alojamento mais cômodo e mais favorável.

Delegado Walmir.

— Meu nome é Walmir, senhorita. — Cheiro de tabaco. Um rosto tranqüilo, um paletó azul, camisa branca, barba por fazer. — Meu nome é Walmir, pode responder a algumas perguntas? Posso fumar? — Hollywood vermelho. Walmir é fácil de dizer, ela tinha a voz empastelada, custava a falar. Ela acenou. Não tinha nada para dizer. Entrara e vira o corpo de Helena.

— Compreendo. Alguém tinha a chave de seu apartamento? Um amigo, um conhecido?

Ninguém. Acenou. Não.

— Quantas chaves havia?

Um gesto com três dedos na mão direita. Três chaves. Uma chave na sua bolsa, a que estava ainda na fechadura da porta. Outra na portaria. Outra guardada numa gaveta do quarto, caso fosse preciso. Um resto de disciplina herdada da mãe. Dona Vera. Onde está Dona Vera? Mãe. Sem pai nem mãe. Só Helena, os homens de bata branca a tinham levado. Quero mais um comprimido. O telefone tocando. Cinco vezes, depois o delegado Walmir atendeu.

— Alô? — Silêncio. — Dona Daniela não pode atender. Posso saber quem está falando? — Silêncio. Um homem debruçado sobre a mesa, procurando impressões digitais, pensou ela. — Sei. No momento não pode. Ela vai ligar, sim, mas mais tarde. Não, não aconteceu nada de grave. Eu digo. Pode deixar que eu digo. Na universidade, sim, pode deixar. Obrigado. Não, não é o namorado. Um amigo, sim. Boa noite.

O delegado Walmir retomou o lugar na cadeira, sorriu, apagou o cigarro.

— Pedem para ligar, da universidade, um tal de professor Adalberto. Tem alguma idéia de quem pode ter feito isso?

Aceno. Não.

— Algum problema, ultimamente?

— Não. — Daniela ouviu a própria voz, ao longe, a língua pesava na boca, viu os objetos em cima da mesa ao lado da poltrona, revelados pela luminária, anel, relógio, pulseira, caneta, agenda telefônica, livros, cinzeiro vazio, outro cinzeiro com uma ponta de cigarro Hollywood. — Não, nenhum problema. Não compreendo. Não compreendo. Não entendo nada. Morreu.

— Alguma discussão com alguém?

Aceno. Não.

— O zelador diz que ela costumava dormir aqui muitas vezes, era visita permanente. Mais alguém costumava dormir no apartamento?

— Não — a sua voz regressara. — Ela era minha amiga — a frase saiu, um resto de surpresa. — Ela morreu.

— Dona Daniela, eu compreendo seus sentimentos, sua decepção, sua dor. Alguém fez isso, alguém entrou em seu apartamento e matou sua amiga — delegado Walmir tentando ser delicado, voz baixa, camisa branca, barba por fazer. — Tem alguma idéia de quem possa ser?

Nenhuma. Tenho sono, nenhuma idéia. Nenhuma hipótese. Alguém abriu uma janela ao fundo do corredor, junto do banheiro, entrou um pouco de ar que refrescou o ambiente, sumiu um pouco do fumo do cigarro Hollywood.

— Durante apenas dez minutos o zelador não esteve na portaria, compreende? Foi abrir a porta da garagem e ajudar uma moradora a trazer as compras de supermercado para cima, para o décimo andar, só esse tempo. Dez minutos. Em dez minutos, entre as sete e dez e as sete e vinte, aproximadamente, alguém entrou no prédio, alguém entrou no apartamento, e fez o que fez. Pode ter sido alguém que a senhora conheça?

Daniela acenou. Não.

— Algum conhecido recente?

Encolheu os ombros.

— Todas as informações são importantes, um detalhe, uma pequena lembrança, dona Daniela, qualquer coisa pode ser importante — o delegado acendendo novo cigarro.

— Quem sabia que dona Helena estava aqui, no seu apartamento?

— Os pais dela, sim. Os pais dela sabiam. Eu não disse a ninguém. Ela só decidiu hoje à tarde que vinha para cá, fui eu que pedi para ela ficar. Ninguém sabia, eu acho. Talvez os pais. Já falaram com os pais? A mãe tem problemas cardíacos.

— Tudo sob controle, tudo. Alguém vai falar, sim, não tem problema. Alguém vai ter esse cuidado.

Esmalte branco. Também sonhou com batom, com uns dedos finos que tocavam os seus, o único ruído era o de passos no corredor, foi esse o único ruído que recordou quando a enfermeira entrou no quarto, abrindo devagar a persiana silenciosa, e pôde ver a copa das árvores, os prédios de São Paulo, o entardecer que começava, alaranjado e distante. Na mesinha ao lado da cama havia um ramo de flores com um cartão da universidade, os colegas do departamento desejavam melhoras, mandavam beijos, força, coragem, ouviu ruído de carrinhos que passavam, cheios de medicamentos e empurrados por mulheres que deviam estar vestidas de branco, calçando sapatos brancos, caminhando por corredores brancos. Lembrou-se dos amigos, os que mandaram o ramo de flores. E havia um cartão do delegado Walmir, um número de telefone.

— Quer que abra um pouco a janela? — a enfermeira sorrindo. — Vai ver está precisando desse ar. Tem um pouquinho de vento. Dormiu quase dois dias, querida. Vou chamar o médico. Doutor Bonner pediu para vê-la. Tem fome?

22

ISALTINO DE JESUS ENTROU NO GABINETE DE JAIME RAMOS, afastou meia-dúzia de papéis espalhados sobre a secretária do chefe, dois relatórios, um processo, restos de notas — e substituiu tudo isso por um dossier de capa castanha com fotocópias de documentos. Jaime Ramos viu que eram fotocópias porque Isaltino abriu o dossier mostrando as folhas soltas ou presas com clipes, os rabiscos a vermelho:

— Há dados que não conferem, chefe.

— As coisas geralmente não conferem, Isaltino. É preciso que nos convençamos disso. As coisas, geralmente, andam à solta, espalhadas, dispersas.

— É uma boa imagem, mas eu refiro-me a isto — Isaltino aponta para o dossier.

— Não conferem — sintetizou Jaime Ramos, encostando-se atrás, à cadeira almofadada, ergonómica. "Uma cadeira a rigor", dissera o encarregado do edifício quando entrou no gabinete empurrando a cadeira de pele, preta, armações em inox, almofadada. "Várias posições, sobe e desce, inclina-se, pode-se dormir à vontade." É disso que eu preciso, disse o polícia, admirando a nova peça do mobiliário moderno. Uma polícia que se moderniza dessa maneira tem meio caminho para o trabalho melhorar. O crime está com os dias contados.

Mas o crime continuou. Donas-de-casa agredidas por maridos violentos e alcoólicos, roubos em casas abandonadas durante as férias de verão, assaltos a lojas na Baixa ou nos subúrbios, violações em estradas secundárias, no meio de pinhais, um corpo que aparece a flutuar na margem do Douro, na Ribeira ou em Peso da Régua, manchas de sangue no sofá, um exame de DNA que demora semanas a ser pedido e outras tantas semanas a ser realizado, escutas ilegais, telefonemas ilegais, segredo de justiça, ladrões em fuga, um guarda florestal assassinado por caçadores furtivos, documentos que desaparecem da secretária de uma câmara municipal, uma mulher roubada no meio da rua, ocorrências policiais, a imprensa pergunta, pergunta, pergunta, uma discoteca que alberga prostitutas brasileiras ou ucranianas no primeiro andar, empresários da noite que negoceiam pela fronteira, vinganças, o costume, tudo o que não conferia com a cadeira ergonómica. Jaime Ramos pergunta então:

— E é grave, isso que não confere?

— Pelas minhas contas, sim, chefe.

— Faz lá as contas à minha frente. Que contas são?

— Álvaro Severiano Furtado fez serviço militar em Angola entre 1969 e 1973. Isso não conferia. São quatro anos, duas comissões de dois anos, salvo erro, empurrado para a frente de combate. Informações militares, o chefe não me pergunte como lá cheguei.

— E se ele fez duas comissões, isso é importante?

— De certa maneira. Ninguém faz duas comissões de dois anos sem ter, digamos, alguma coisa a ganhar com isso. Sem ser oficial. Sem ter uma promoção, mas ele não teve promoções, entrou como soldado, passou por alferes, não chegou mais além. Problemas de escolaridade, talvez, mas há este papel aqui. A tropa negou-lhe uma promoção, negou-lhe um louvor por bravura em combate. Grupo Especial número 201, no Alto Zaza. Combates mortais, segundo li. Havia, digamos, má vontade por parte da tropa. A tropa não gostava do nosso Furtado.

— Acontece. A tropa também não gostou muito de mim.

— Acho mau, porque o chefe devia ter sido um bom militar.

— Não fui, Isaltino, não fui. Fui ferido em combate, fiquei quase surdo, mas acabou. Nunca mais me meti em aventuras. A Guiné acabou para mim há muito, em 72.

— Mas o caso do Furtado é mais sério, chefe. Ele foi castigado.

— Castigado. Ninguém é castigado com duas comissões em Angola. Só a pedido.

— Ele pediu. Como vingança. E foi-lhe concedida a segunda comissão. Como uma reabilitação, vá.

— Explica-te, Isaltino.

— Furtado foi desertor do exército. Devia ter seguido para a Guiné em 66. Não foi. Fugiu. Entregou-se em 1968, em fevereiro de 68. Esteve preso durante alguns meses, num quartel, mas alguém falou por ele, alguém o safou, se me faço entender. Um advogado de Vila Flor, pessoa de influência, que aparece referido aqui nos autos. Que se ofereceu para responder por ele, é o que vem escrito. Garantiu que ele se ia portar bem e pediu para ele cumprir o serviço militar em qualquer província, como é que é?, em qualquer província ultramarina. Ernesto da Silva Lavrador, advogado, deputado, uma espécie de padrinho.

— Desertor?

— Desertor.

— Tu fizeste a tropa, Isaltino?

— Claro, chefe. Mafra e Caldas da Rainha. Recruta completa. Mas a África já tinha acabado.

— Não conheceste África.

— Uma pena, chefe. Mas já não tínhamos África nem havia desertores. Alguns amigos de escola conseguiram passar à reserva antes de fazerem a recruta, eu não tive essa sorte, mas lá me safei. E aqui me tem, casado em Valongo, dois filhos, polícia. Dezoito quilómetros a pé à volta de Mafra, mochila às costas, sei desmontar uma G3 às escuras e guiar um Unimog.

— Já não há G3, Isaltino.

— Já ouvi dizer. Ratatatatata. Ratatatatata.

— O ruído de uma G3 em Mafra não é o mesmo de uma G3 na Guiné.

— Acredito, mas não me deixaram ir, chefe. Já tinham acabado com a Guiné. Com a Guiné, com Angola e com Moçambique. Também sei limpar uma Walther, é claro. Das do exército.

— Eras do exército, Isaltino?

— Infantaria. Tal como Álvaro Severiano Furtado. Mas ele foi da infantaria em Angola e não esteve em Mafra. Esteve em Chaves, nos Caçadores, BC10.

— Que rico batalhão.

Isaltino encolheu os ombros. Ele sabia que Jaime Ramos era céptico e gostava de dizer mal da tropa.

— O chefe não está a ver onde é que isto ajuda?

— Sinceramente, não estou a ver.

— Pois eu acho que ajuda. Salvo erro. Ernesto da Silva Lavrador já morreu, esse advogado que o ajudou, mas eram da mesma terra. Ele devia ser um advogado importante, foi deputado, gente importante da terra, deu o nome por ele. Conhecia-o. Alguém o conhecerá mais, lá, em Vila Flor.

— A Rosa é de Vila Flor.

— Eu sei, chefe. Mas o Furtado era de uma aldeia perto de Vila Flor, não de Vila Flor mesmo. A terra dele era Sambade. Alguém mais se lembrará de um desertor de há quase quarenta anos. É uma coisa que fica.

23

LEMBRO-ME DOS NEGRILHOS ALTÍSSIMOS, DE INVERNO, EN-costados aos muros (e das árvores suas contrárias: as cerejeiras e as amoreiras, que eram o esplendor do verão), escuros, nas estradas em redor da aldeia, por exemplo, sobretudo na que seguia para o alto da serra. Vejo também Vila Flor, pensou Jaime Ramos, Rosa adormecida ao lado, dormindo desde que atravessaram o rio Sabor na direcção de Foz Côa. Não é uma terra de negrilhos, acrescentou ele, é já terra quente, mas aquele vale sempre fora espantoso, uma espécie de terra sem vida e sem explicação, cheio de amendoeiras, eucaliptos e giestas, oliveiras, albufeiras isoladas, presas às colinas. Havia a quinta dos Zimbros, no caminho para Moncorvo, no que era o antigo vale da Vilariça, confinando com o Sabor e o Douro; e havia aquele céu azul-forte, cheirando a terra e árvores de fruto, quente; e havia pontes e pequenos aquedutos que de repente apareciam na estrada sobre rios e ribeiros invisíveis (tinham secado ou sido consumidos e desviados); e havia o xisto com riscos amarelados, muros, pombais no alto da serra (entre zimbros, sim, ciprestes e cedros sem classificação), aparições, bruxarias, histórias de infância, igrejas abandonadas nas colinas da Adeganha, casas de ombreiras raspadas, portas de madeira que tinham perdido a cor, dobradiças enferrujadas, restos de vassouras feitas com giesta e carqueja, bancos de pedra à porta das casas, calçadas poeirentas, cantarias minuciosas. Antigamente, acrescentou o polícia, olhando para Rosa, adormecida, o mundo começava quando via o primeiro castanheiro à beira da estrada, deixando o Douro para trás, entregue à sua descida. Seria uma sorte ver negrilhos. Ali não havia negrilhos, só amendoeiras, giestas, zimbro, vinhas, olivais, pomares ao longo do rio, rochas erguidas sobre a água, carros que passam pelas estradas secundárias, ao longe, condutores sonolentos seguindo devagar na direcção de Alfândega da Fé, Macedo, Bragança, atravessando o deserto. Ele gostava daquele deserto, da poeira que vinha do deserto, tanto quanto o deprimiam as aldeias vazias que o deserto tinha engolido, povoado de casas de emigrantes que vinham de França ou do Luxemburgo ou da Alemanha uma vez por ano, azulejos brilhantes, romarias ruidosas, maus restaurantes à beira da estrada, letreiros de plástico que se iluminavam ao cair da noite e que interrompiam uma curva na estrada, um troço de recta que se afunilava como um erro de perspectiva.

Rosa adormecera. Caíra o silêncio quando o carro cruzou a ponte sobre o Douro e atravessou a primeira aldeia, primeiro Foz do Sabor, depois o Pocinho, depois luzes erguidas nas falésias de xisto do outro lado, Lousa, Santo Amaro, Mós, depois Foz Côa. Um cheiro de vinha, doce, vindo do fundo dos vales, o adeus ao deserto, pombais nas colinas, restos de céu rosado, ondas de calor que sobravam do dia. Miradouros. Ermidas abandonadas, em ruínas. Portugal em ruínas, muros esventrados, paredes caiadas de dois em dois anos, lixo acumulado em reentrâncias que furavam as serras, varandas de alumínio cinzento, telhados de cor negra, buganvílias em jardins maltratados, cemitérios sem árvores, desertos, cheios de pó, garrafas de refrigerante e plásticos sujos nas valetas ao longo da estrada, grilos que começavam a inundar o crepúsculo, anúncios luminosos vindos do nada, queimadas fora de tempo, mais cemitérios que foram sendo abandonados por estarem cheios. Os novos cemitérios eram instalados no exterior das vilas e das aldeias, afastando os mortos, entregando-os ao subúrbio onde iam nascendo discotecas e armazéns de materiais de construção, parques de carros amassados, oficinas de automóveis, cruzamentos para outras estradas desertas.

Rosa adormecera. Tinha bebido vinho fino à sobremesa, havia licores, biscoitos de amêndoa, queijo. Visitara os pais em Vila Flor, sol de domingo, domingo de tarde, domingo de almoço de domingo, Rosa rindo com os pais, uma tia comprara uma dentadura nova e fazia ruído a mastigar, ainda não estava habituada aos dentes novos, tia Ester, domingo em Vila Flor. A varanda tinha vasos com cravos, malvas, roseiras, sol do primeiro verão, cadeiras onde se sentava a família. Jaime Ramos acendeu um charuto, desculpou-se, trabalho a fazer, Rosa ainda sorriu, acenou, murmurou qualquer coisa simples: estou com os copos, meio bêbada. Ele desceu as escadas da varanda, passou pelo pátio, olhou o relógio, três e meia da tarde, entrou no carro. Foi a Sambade à procura de alguém que tivesse conhecido Álvaro Severiano Furtado. "Isaltino", dissera ele para o telemóvel, "desculpa telefonar ao domingo, mas é para te dar os parabéns. Encontrei o nosso Furtado."

— Estava escrito, chefe.

— Graças a ti.

— Foi só ler os papéis. E qual Furtado encontrou?

— Salvo erro, todos mortos, Isaltino. Mas há uma história, não te preocupes. Uma história.

O carro entrou em Sambade, havia uma taberna. Jaime Ramos lembrava-se dessas tabernas, rádio de domingo, relatos de futebol, um cheiro de vinho impregnado nas lajes, no cimento do chão, restos de lixo com muitos anos, calendários antigos pendurados nas paredes, moscas mortas espalhadas pelo balcão, um azedume triste, português, o mesmo azedume de muitas aldeias que ninguém visitava ao domingo.

— Lembra-se de um homem chamado Álvaro? Álvaro Furtado. Álvaro Severiano Furtado. Andou comigo na tropa — Jaime Ramos para o homem encostado ao lado de dentro do balcão, depois de pedir um café. Um bagaço.

— Bagaço gelado — disse o outro. Silêncio na taberna. Dois homens jogavam dominó. Ele serviu o bagaço, Jaime Ramos cheirou, piscou-lhe o olho fingindo cumplicidade.

— Lembras-te do Álvaro, o Álvaro Severiano? — o dono da taberna para um dos homens.

— Andou comigo na tropa — repetiu Jaime Ramos, o resto do charuto na boca. Tranquilo. — Em Angola. Venho de passagem, de Mirandela, e lembrei-me, ele falou de Sambade.

— Falou de Sambade? — o dono da taberna.

— Falou de Sambade — confirmou Jaime Ramos.

— Saiu daqui há quarenta anos. Nunca mais veio cá. Desapareceu toda a gente. França, Alemanha, Lisboa, Porto, Bragança.

Jaime Ramos levou o bagaço gelado à boca, misturando-o com o último travo de café. Cerejeiras do outro lado da rua, amendoeiras, cerejeiras, amendoeiras, cerejeiras, cães que passam.

— Lembras-te do Álvaro Severiano ou não? — insistiu o dono da taberna.

Os homens continuaram a jogar dominó.

— Deve ter morrido — disse um deles. — Deve ter morrido na guerra, em Angola.

— Em Angola não morreu, estive lá com ele — Jaime Ramos não desviou os olhos do cálice de bagaço. Não olhou para nenhum deles.

— Se não morreu, parece. Nunca mais cá veio. Nem a irmã — a voz do homem veio do fundo da sala, enquanto acrescentou mais uma peça ao dominó. — Doble de quina.

— Não sabia. Estive com ele em Luanda.

O dono da taberna começou a lavar copos, espalhou detergente em pó por cima deles, mergulhou-os na água, esfregou-os um a um. Quatro horas da tarde em Lisboa, três nos Açores, as notícias, o rádio ligado, em surdina. Recauchutagem Oliveira, uma mulher loira seminua a iluminar o calendário, sorridente, segurando um ramo de rosas desbotadas e mal impressas. Sport Lisboa e Benfica, campeão nacional, 1970. Festas de Nossa Senhora do Cabeço de Vila Flor. Amendoeiras em Flor, visite o Alto-Douro.

— Esse Álvaro já não vem cá há muito ano, senhor. Anda a procurá-lo?

— Não. Venho de passagem, Mirandela, Vila Flor. E parei em Sambade.

— Ele devia-lhe dinheiro, lá de Luanda?

— Não. Andámos no mato os dois.

— Quem diria, no mato. Ouviste, Amílcar? No mato.

Amílcar tinha ouvido, na mesa de dominó.

— No mato. Foda-se lá o mato — riu sem vontade, as mangas da camisa branca arregaçadas.

Jaime Ramos abriu a carteira. — Quero pagar.

— Andou mesmo com ele na tropa? — perguntou o dono da taberna.

— Na tropa, não. Na guerra. É diferente.

— Ele tinha a minha idade, mas eu fui para Angola primeiro, dois ou três anos antes. Sabe por quê?

— Sei. Ele tinha desertado.

— Isso mesmo. Pelos vistos não é segredo.

— Não. Não é segredo. Eles vingaram-se bem. Mandaram-no para tudo o que era lugar de combate. Onde é que ele morava?

— Já aí em frente, duas ruas abaixo, perto do adro. Eram amigos?

— Na guerra somos quase sempre amigos.

— A quem o diz — o homem limpando as mãos para fazer o troco de Jaime Ramos.

— Tem mais bagaço deste?

— Não é para venda. Fica só aqui para o negócio da casa. Eu sirvo-lhe outro.

— Pode ser.

— O Álvaro teve uma vida fodida, mas quando desertou foi o enterro dele. A irmã era miudita, também nunca mais se soube dela depois do 25 de abril. Quer dizer-me por que um homem se faz desertor? Por nada.

— Por nada.

— Se um homem tem medo não é homem. Mas isso é outra conversa. Teve uma vida fodida — repetiu ele.

— Só não soube por que é que se entregou, depois de ser dado como desertor durante quase dois anos — Jaime Ramos olhando para o cálice e para a porta, alternadamente.

— Isso, meu amigo, é fácil. O dr. Lavrador quis safá-lo. Foi o pai do Álvaro que lhe pediu, ele trabalhava na quinta do doutor, aquela lá em baixo, quando se vira para Santa Comba. E o dr. Lavrador livrou-o de problemas, caso ele se apresentasse em Chaves, no quartel. E a desgraça já tinha acontecido, não é verdade? Ele era da minha idade, lembro-me bem dessa altura porque eu tinha acabado de voltar de Angola e o dr. Lavrador chamou-me. Joaquim, vais a tal sítio e vais encontrar o Álvaro, e vais dizer-lhe que se apresente no quartel, e pelo caminho dizes-lhe que se deixe de paneleirices, que vá de noite para Chaves, amanhã mesmo. Isto era um domingo, o dr. Lavrador falava assim mesmo. Que se deixe de paneleirices. Eu não sabia onde ele estava. Foi o doutor que me contou tudo, o pai do Álvaro pediu-lhe para lhe fazer o favor, e ele fez-lho, tinha amizades e conhecimentos: escreveu para Lisboa a dizer que ele estava arrependido, que se sujeitava à pena que lhe aplicassem, mas que tinha de se apresentar. E apresentou-se. Foi de noite para Chaves, levei-o a Mirandela de carrinha, ele apanhou a camioneta para Chaves e nunca mais o vi, nem vivo nem morto.

— Só sabia uma parte disso — Jaime Ramos sacudindo a cinza do charuto. — A vida dá muitas voltas.

— Muitas. Ele teve uma vida fodida. E sabe o caso mais fodido ainda? Ele estava para casar quando se deu como desertor. Uma rapariga daí. Ela ainda lhe pediu para se apresentar, mas ele nada, desapareceu. Que não ia. Estava mesmo para casar.

— E ela?

— Ela? Ela casou passados dois anos, com outro rapaz. Um rapaz chamado Vitoriano, da Vilariça. Casou aqui, na aldeia, a Rosário.

— E essa Rosário ainda vive aqui?

— Não senhor. Nunca viveu aqui. Tem casa em Vila Flor, trabalha na Câmara.

O homem desencostara-se do balcão, como se terminasse a conversa.

— E a irmã?

— Desde o 25 de abril que desapareceu. O pai e a mãe morreram por essa altura, ela vendeu as propriedades, que eram pequenas, mas eram propriedades, e foi embora. A Teresa parece que foi para o Porto. Não ficou cá ninguém para se lembrar da história.

Um rapaz vestido de preto entrou na taberna e pediu um maço de cigarros. Joaquim deu-lho e recebeu o dinheiro, que guardou numa caixa de madeira debaixo do pequeno expositor de tabaco. O rapaz saiu, o cabelo comprido atado num rabo-de-cavalo. Depois ouviu-se o ruído de uma moto, os dois homens ao fundo a baralhar as peças do dominó, o rádio em surdina, Jaime Ramos empurrou o cálice de bagaço.

— Deve ter sentido a alma do avesso. Sabe onde ele esteve escondido? Durante quase dois anos?

— Não faço a mínima idéia.

O homem deu a volta ao balcão e saiu, arrastando os pés até à porta. Jaime Ramos aproximou-se.

— Está a ver o campanário da igreja?

— Sim.

— Do outro lado do adro era a casa deles. Ele esteve dois anos ali escondido, sem sair nem para mijar pelo Natal. No forro, encostado às telhas, uma refeição por dia. Dois anos no telhado. Eu não era capaz, mas ele esteve ali dois anos. E sabe qual foi o dia mais fodido desses dois anos? Vá, diga. Faça lá uma idéia.

— Quando saiu.

— Não — ele sorriu finalmente. — O dia em que saiu foi quando voltou à liberdade depois de dois anos ali em cima, a chover e a fazer calor. Quando fui buscá-lo às três da madrugada para o levar a Mirandela, ele abriu os braços e acendeu um cigarro. E depois mijou mesmo no adro, em frente da igreja. Ah, Joaquim, deixa-me mijar na rua, que eu já estou com a vida toda fodida. Isto passou-se há quarenta anos, quase.

Apontou com um dedo o telhado da igreja, o campanário silencioso, a folhagem de cerejeiras, dois grandes limoeiros, um chafariz:

— O pior dia foi quando, dali do telhado de casa, em frente da igreja, assistiu ao casamento da noiva. Ela agarrada ao novo marido, esse rapaz de Vila Flor, Vitorino, a saírem da igreja. E ele a ver, do telhado de casa, escondido. Foi nesse dia que decidiu pedir ajuda. E apresentar-se no quartel. Uns dias depois lá estava, à porta de Caçadores Dez. Perdido por cem, perdido por mil. E lá ia para o Vietname, se fosse preciso. Ou para a Lua. Isso foi há quarenta anos, quase.

24

O CAPITÃO PORTOCARRERO TINHA ESSE NOME MESMO NA estrada entre Nova Lamego e Burunduma, quando a planície se arredondava à saída de Piche naquela hora mais quente do meio-dia africano. O alferes Jaime Ramos fumava cigarros Porto ou Sagres distribuídos pelos soldados, o capitão recebia pacotes de Kart, quilómetros de prazer, como dizia a publicidade da altura, aquele K circulando em fundo azul e branco. Conhecera-o em Bissorá, a caminho de Olossato, num jipe que viria a afundar-se no rio Mansoa, em João Landim, crivado de balas e meio ardido, abandonado à corrente. Mas isso seria uma semana depois, a seguir a um tiroteio travado num chão alaranjado e seco, com a ajuda do Pelotão de Morteiros 2171. Jaime Ramos conhecia os dois cheiros, o da terra e o da pólvora, o da metralha, o dos tiros dispersos. Mas também conhecia o do silêncio, fatal, o das cobras escondidas no mato, entre ervas e arbustos, o da chuva amarela, o das tempestades de areia vindas do Senegal. Um major avançou pelo que fora o campo de batalha e mandou recolher o armamento apreendido, um morteiro de 120 mm, cinco metralhadoras Gorino, oito metralhadoras ligeiras Degtiarev, duas pistolas PPsH, um par de granadas arrancadas ao cinto de um homem caído de lado. Dois helicópteros aproximaram-se vindos de Norte, baixaram suavemente sobre o capim seco, branco, amarelo, ondulante, Jaime Ramos estava surdo. O filme decorria à sua frente, dois soldados recolhiam armas e munições abandonadas pela guerrilha — mas era um filme sem som, a sépia, uma nuvem atravessava-se-lhe à frente, também não via bem. Cegueira e surdez, pancadas na cabeça. Levou a mão direita ao bolso, procurando cigarros. Encontrou terra, terra, pó, os cigarros mergulhados na terra que tinha entrado por toda a roupa.

Agradecia aquela surdez que o impedia de escutar as ordens, os gemidos, os risos, o ruído dos helicópteros, os motores dos carros atolados nas bermas, e mesmo aquela nuvem nos olhos, aquela neblina, não o deixou perceber quem era arrumado nas macas que entravam nos helicópteros. Sentia apenas a ventania vinda das grandes hélices que não paravam de rodar, levantando poeira, capim, ramos soltos das árvores, uma camisa manchada de sangue. Alguém se sentara à sua frente e lhe falara, o rosto meio escondido por uma pasta de poeira e suor. Mas Jaime Ramos não ouvia nada, o cigarro ao canto da boca, apagado. O capitão Portocarrero tirou-lho da boca e acendeu-lho, depois o estendeu, Jaime Ramos não se moveu, então o outro levou-lho à boca e disse qualquer coisa. Jaime Ramos não ouvia, tentou explicar: estou surdo, meu capitão. O capitão acenou, compreensivo, sentado, encostado à árvore e pareceu dizer-lhe qualquer coisa: "Vida de fuzileiro". Não sou fuzileiro, meu capitão. Sou de infantaria. Companhia mista, caçadores e morteiros. Por isso é que fiquei surdo, os morteiros estavam mesmo atrás de mim. "Vou-me embora, alferes. Vou-me embora desta merda. Para a semana já estou em Luanda, quero que se foda a Guiné, quero que se fodam os fuzileiros, as companhias de caçadores e os pelotões de morteiros.

Mas não foi assim. Um mês depois, encontraram-se a bordo de um navio-patrulha em Bubaque, desmobilizados entre hipopótamos, nuvens de mosquitos, um rasto de malária, pretas devoradoras e de dentes grandes que corriam na praia, bandos de miúdos despidos que apanhavam caranguejos.

"Estou bêbado, meu alferes", disse o capitão Portocarrero. E bêbado por quê, meu capitão? "Porque, meu alferes, estou a beber-lhe desde há três dias." Faz bem, capitão, faz bem, beba-lhe antes que um tiro lhe desfaça os cornos, disse Jaime Ramos voltando-lhe as costas, encarando o pequeno recife diante da praia. Faz bem, meu capitão, o meu capitão regressará a Lisboa num avião da TAP, eu irei no *Angra do Heroísmo* ou, com sorte, no *Niassa*, no *Vera Cruz* ou no *Infante Dom Henrique* e enfrentarei aquela multidão na Rocha de Conde de Óbidos, em Alcântara, bandeirinhas, abraços, lágrimas, risos, bocas escancaradas, nomes gritados para o ar de um dia de primavera.

Trinta anos depois, o inspector Jaime Ramos recorda aquele mar de gente que entoa o seu nome num enorme coro representando a sua mãe já morta, as suas tias desaparecidas noutro combate, o da família contra o inverno permanente da aldeia de Trás-os-Montes, o tio arrastando o reumatismo. E é uma multidão que diz o seu nome enquanto vai descendo as escadas do paquete *Vera Cruz*, ou será do *Infante Dom Henrique*?, milhares de vozes dizendo o seu nome como o de um herói que transporta um saco de medalhas por feitos cometidos em combate, defrontando exércitos invisíveis, mosquitos carregados de malária, rasgando nuvens de poeira na estrada de Bafatá para Bambadinca, atravessando o rio Colufi como uma jangada passando rente aos campos de arroz mancarra, de cajueiros, de mangueiras e de pássaros que vivem de restos de peixe, de manchas de cereais despejados dos silos de Camamudo, do Biombo, ou nas bolanhas abandonadas do Pecixe. Faz bem, capitão, faz bem, beba-lhe antes que um tiro lhe corte o caminho.

Mas o capitão Henrique Praia Portocarrero não regressaria a Lisboa. Daí a quinze dias estaria em Luanda. Partiu de barco, bêbado e vestido de gala. Jaime Ramos, sentado num café do Bairro Sintra, a comer amendoim e a beber Cuca, viu-o passar de jipe, ligeiramente inclinado sobre o lado esquerdo, agarrado a uma mala, meio adormecido e bêbado, despedindo-se de Bissau e dos grilos da noite.

25

— COMO SE EXPLICA ENTÃO ESSA VIDA TODA DO TEU Furtado?

— Inexplicável — disse Jaime Ramos.

— Também me parece que é isso que deves escrever no processo — sorriu Ramiro. — Inexplicável. Talvez eles aceitem. O problema desse caso é que ninguém fica preocupado com a morte do Furtado. Duas notícias nos jornais. Um advogado pacífico, umas cinzas sem importância, um brasileiro de nome árabe que vai ficar mais rico.

— Pessoas sem importância.

— Pessoas sem importância e que vêm interromper um mês de merda, cheio de chuva. Se não tivesse morrido, tu não terias conhecimento da existência da Ritinha Pereira Gomes, mas podias passar sem isso. Comigo é diferente.

— Por quê?

— Porque a conheci. Vi-a várias vezes. Linda e desgraçada.

— Mas a mim interessam-me as pessoas sem importância.

— Isso também é inexplicável.

— Eu podia encerrar o caso, já não tenho idade para me incomodar. Mas a idéia de Portocarrero saber mais do que eu não me deixa em paz.

— Ele sabe mais do que tu.
— É provável.
— Ele tem mais armas do que tu.
— É verdade.
— Ele está dois passos à frente. E ele sabe aonde vai. Tu não sabes. Tens um morto, um endereço e uma autópsia.
— Acho que sim.
Assassinado com um tiro apenas, calibre .38, arma com silenciador, Álvaro Severiano Furtado tinha uma úlcera no estômago, seguia uma dieta pouco rigorosa, era o único dado a reter. A bala não foi encontrada no apartamento, coisa de profissional. O apartamento, de resto, seria devolvido aos donos, intacto e disponível. Restava a Jaime Ramos preocupar-se com outras coisas: o funeral providenciado por Portocarrero, a cremação, as cinzas reunidas que deviam ser entregues a um filho desconhecido.
— Tenho o relatório da autópsia, doutor. Pode tratar do seu morto.
— Muito obrigado, inspector.
— Já encontrou o filho?
— O filho do sr. Furtado — especificou o advogado, do outro lado da linha, mas Jaime Ramos imaginava-o endireitando-se na cadeira, simulando consultar o Código. — Ainda não. Esperamos que isso aconteça em breve, a qualquer momento. Nessa altura posso telefonar-lhe. Quer?
— Agradecia, doutor, agradecia.
Mas Jaime Ramos agradeceria outras coisas, certamente.
— Só uma pergunta, doutor.
— Esteja em sua casa.
— Em 1972 e em 1973, o senhor viveu em Luanda. Na mesma altura em que o seu cliente, cliente defunto, se me permite, também parece ter estado em Angola.

— Parece ser assim. Não tenho aqui a biografia do sr. Furtado.

— Não o conheceu nessa altura?

— Em Luanda?

— Em Luanda.

— Inspector, Luanda era um mundo, comparado com a nossa pequena província, com a metrópole. Nada que se compare com Bissau, inspector, a nossa Bissau, onde estivemos ambos. Luanda era a verdadeira capital do império, ou poderia ser. Infelizmente, não foi. Mas seria uma grande coincidência eu ter conhecido o sr. Furtado em Luanda, não acha?

— O destino é uma armadilha, doutor.

— Às vezes, parece. Mas não, não conheci o sr. Furtado em Luanda. Isso é importante? É a segunda vez que me pergunta isso.

— Eu sou um biógrafo meticuloso, dr. Portocarrero. Avise-me sobre Salim Furtado, quando souber o contacto dele.

Eu sou um biógrafo amaldiçoado, também — mas isso esqueceu-se de dizer, e não vinha a propósito. Um biógrafo de gente sem história, ele acrescentaria, mas isso poderia querer dizer que Jaime Ramos tinha alguma pena de si próprio, e isso não era verdade, não tinha pena de si, não tinha pena de nada, não tinha pena. O mundo era como era, cheio de coisas que detestava e de coisas que aconteciam sem que pudesse contrariá-las. Um biógrafo meticuloso aprende isso com o tempo. Portugal feito em merda e eu preocupado com uma biografia que ninguém encomendou.

Por exemplo: o que sentiria Álvaro Severiano Furtado nessa manhã de domingo durante o casamento de Rosário? Haveria uma fresta, uma brecha na imensa muralha protectora daquele telhado, e ele teria visto a sua antiga namorada sair da igreja, em pleno agosto, que é o mês dos casamentos, sorridente, agarrada ao braço de outro homem, esquecendo que existia ainda um Álvaro Severiano. Sim, ele teria espreitado por entre as telhas. Teria sentido vontade de descer as escadas e de interromper o casamento, de invadir a igreja, de interromper o seu cativeiro. Mas não revelou o esconderijo, apenas decidiu entregar-se aos perseguidores. Eles tinham aparecido várias vezes, a Guarda fora várias vezes a casa, vasculhara debaixo das camas, nos armários, nas sobrelojas, uma vez subiram ao sótão, estavam armados, dar-lhe-iam voz de prisão. Também é verdade que poderia ter saído de Portugal e ir refugiar-se noutro lugar qualquer, emigrar para França, Luxemburgo, Alemanha, ou trabalharia nas minas, nas Astúrias. Atravessaria a fronteira em Chaves, passaria o Tâmega, conhecia a estrada de Verín, mas ele era apenas um desertor, um homem com medo de ir à guerra, o pai dissera-lhe qualquer coisa sobre isso, és um bom maricas, não passas de um paneleiro, vê se aprendes a ser homem, vai à tropa, apresenta-te no quartel, são só dois anos, com um nadinha de sorte voltas logo, casas com a Rosário. Não quero. Não quero ir à tropa, não quero ir à guerra. Cambada de paneleiros, disse o pai. Escondeu-se no forro, suportou o frio, o calor, as vozes, esteve dois anos escondido no telhado da própria casa. Poderia ter saído, poderia ter saído por Verín, poderia ter atravessado o Tâmega, os ribeiros do vale, viveria nas Astúrias. Um dia voltaria, quando não houvesse guerra. Mas ficou quase dois anos escondido em casa. A Guarda passava nos dias de festa, a cavalo ou de jipe, ele via tudo do seu observatório, uma fresta entre as telhas e o musgo, via os enterros a passar, ouvia as rixas na taberna, os miúdos a jogar à bola, o casamento de Rosário, que já o tinha esquecido. Teria ouvido conversas sobre Rosário, comentários, coisas de aldeia. Ele era um covarde, sim, não queria ir à guerra. Olha a merda, disse ao pai. Põe-te a mexer daqui, não quero vergonhas em casa. Mas ele foi ficando. O pai nunca fez perguntas, ou teria ido vê-lo ao telhado? Perdi um filho, um covarde, o pai podia dizer isto na taberna. Teresa, Teresa Cremilde teria subido ao telhado alguma vez? Sim. De certeza. Ela estudava em Vila Flor, depois estudou em Mirandela, no Liceu. Depois do 25 de abril nunca mais foi vista na aldeia. Cambada de paneleiros, disse o pai. Ah, Joaquim, deixa-me mijar na rua, que eu já estou com a vida toda fodida, disse ele para o dono da taberna, às três da madrugada, quando foi apresentar-se a Chaves, ao quartel. Venho apresentar-me, sou um desertor. Fui um desertor, agora quero ir à guerra. Quero ir à guerra onde a guerra é mais guerra e onde se morre bastante, tenho a vida toda fodida. Portugal feito em merda e eu a inventar o passado de Álvaro Severiano Furtado, pensou o inspector Jaime Ramos.

— Nunca mais o vi — disse uma Rosário rouca, em surdina, à pergunta de Isaltino de Jesus. — Nunca mais. Sei que esteve sempre ali, no telhado, mas nunca mais o vi e é uma coisa que não me interessa.

— Ele nunca a visitou? Nunca lhe escreveu, quando estava na tropa?

— Nunca. E quero que ele se foda — disse a mulher à porta do emprego.

Álvaro Severiano Furtado nunca mais foi à aldeia. Cambada de paneleiros, disse o pai. Álvaro Severiano Furtado não foi ao enterro do pai. Não foi ao enterro da mãe. Não foi ao enterro da irmã, provavelmente. Não voltou a ver a pequena galeria de copas de cerejeiras do outro lado da rua, descendo pelo vale, não voltou para jogar dominó na taberna, não podia voltar. Cambada de paneleiros, dissera o pai, com toda a probabilidade. Morteiros, rajadas, tiros dispersos, minas que subiam no ar e rebentavam à altura do estômago, mais rajadas, ratatatatata, explosões, aviões Fiat rondando os campos de algodão, despejando bombas, ratatatatata, um velho Lockheed PV-2, os aviões de transporte Doiglas C-54, pára-quedistas voando no céu como pombos, pelotões incendiando palhotas e abrindo clareiras na floresta junto de Tembo Aluma, ele estava ali em baixo, ah, Joaquim, deixa-me mijar na rua, que eu já estou com a vida toda fodida, brancos, pretos e mestiços, ratatatatata, homens e mulheres, adultos e crianças, todos aos pedaços nas estradas que vão para o mato, explosões, bazucas, lança-chamas, pistolas de 9 mm, ratatatatata, um fim-de-semana em Luanda de três em três meses, o cheiro que vinha de Duque de Bragança, as estradas que levavam a Cahombo, o céu de Malanje. Cerveja, mulheres, aguardente e brandy, cerveja Cuca, cerveja Nocal, Macieira, feijoada numa messe cheia de soldados rindo alto.

— A partir de outubro de 1972 não há registos de Álvaro Severiano Furtado, inspector Ramos. Foi desmobilizado em 73. A guerra acabou para ele em 73. Não teve louvores nem distinções, nada registado, o que é estranho porque esteve em várias frentes de combate, nenhuma baixa por doença ou por ferimento em combate, nenhum pedido de licença. Mas não há nenhum louvor. Regressou à vida civil.

O funcionário do ministério da Defesa não podia dar mais informações.

— Posso ter um ou dois nomes da companhia dele? Desses que estiveram com ele, em combate.

— Se o senhor me apresentar uma autorização do Estado-Maior, sim. Ou do ministério, evidentemente.

— Isto é uma investigação policial.

— Os nossos arquivos são militares, inspector — o sargento Lourenço da Silva sussurrando.

O que Jaime Ramos não conseguiu obter foi reunido por Isaltino de Jesus, que conseguia entrar em todos os arquivos, tinha amigos em todos os arquivos, onde ele não entrasse ninguém poderia entrar, com aquela subtileza de um anónimo de Valongo, humilde fazendo-se ainda mais humilde, a voz baixa, o tom certo, desculpando-se de existir, sim, meu amigo, o casamento é mesmo assim, compreendo perfeitamente, o que interessa é a saúde da família, ah, o meu amigo também é do Benfica?, tive um carro desses, funcionava como uma andorinha, azul-escuro com cromados brilhantes, um tablier de madeira e couro, manetes de origem, cheguei a ir a Viana para comer esse arroz, meu bom amigo, dava uma digestão difícil mas os pecados são para serem cometidos, especialmente da gula, também temos casos desses por aqui, sim senhor, enfim, ao que andais andamos, como se costuma dizer, apnéia, problemas em dormir, insónia, isso mesmo, a quem o diz, os miúdos é que me dão sono, nos primeiros tempos, quando choravam a meio da noite, não havia insónia que viesse, mas agora, agora, agora que sonham com playstation e nintendo, agora que têm deveres para fazer em casa, ah, meu amigo, agora só insónias, ainda pensei que era um problema de saúde, ainda, mas não, era só inquietação, isso mesmo, é como diz, problemas, todos temos problemas, e agora que ninguém nos ouve, meu amigo, eu estou com um problema sério, não quero que o meu amigo viole nenhuma lei, nenhum procedimento, cada polícia tem as suas manias, como todos sabemos, e Isaltino conseguia a informação ao fim de meia hora, ao fim de cinco minutos, com aquela voz de quem pedia desculpa por ter voz.

— Quem temos nas informações militares, Isaltino?

E foi por isso que Jaime Ramos se sentou, ao fim da tarde, voltado para a janela do gabinete, de costas para o pôster de Cubillas, Teofilo Cubillas, o peruano sorridente.

26

ERA UMA CASA DE DOIS PISOS, MAIS UM CRAVADO NA ROcha, embaixo, de tijolo amarelo, várias varandas debruçadas sobre a ravina de onde um caminho estreito partia na direcção do vale, quente, abafado, verde daquele verde que daí a umas horas seria castanho cor da terra, queimado pelo calor. Não fosse a chuva dos dias anteriores, e a sensação de claustrofobia iria espalhar-se por todo o vale, aberto pelos canais de rega vindos de um açude no rio, dividido por hortas que iam desaparecendo à medida que a cidade avançava. Um ar irrespirável, ele lembrava-se, enquanto desviava o carro para o caminho de terra que ia dar à casa. Ruído de uma cascata, água correndo entre as pedras que ficavam atrás de si, marcando o começo da ravina.

Daí a um mês, no máximo mês e meio, a água secaria — quando regressasse, em outubro ou novembro, com as primeiras chuvas, se viessem, quando viessem, levaria consigo as plantas secas, ervas arrancadas pelo vento, e sobretudo o lixo entretanto acumulado, atirado de cima, do miradouro onde os carros paravam a meio da noite, alta noite, diante das luzes da cidade, lá ao fundo. Sexo no interior dos carros. Os bancos deitados, movimento, silêncio, vidros embaciados, um fumo de cigarro pelas janelas entreabertas, risos. Ele lembrava-se do lugar. Quando não havia tantos carros e a cidade tinha uma hora para dormir, aquele lugar era, digamos, um clássico. Grande taxa de ocupação dos bancos traseiros. A estrada passava a cinquenta metros, pouco tráfego, as luzes da cidade ao longe, como uma plateia cega ao grande espectáculo da noite no miradouro de São Lourenço. Mas isso tinha desaparecido. Uma grande indústria nascera pela cidade fora, antes nos bairros da periferia, no meio de descampados, à beira dos pinhais, rente ao rio, na encosta de um pedaço da serra, vivendas transformadas em pistas de dança, mulheres de todo o lado, Ucrânia, Brasil, República Dominicana, Haiti, Rússia, e mesmo da Galiza, da Venezuela, de todos os lugares onde houvesse uma saída — mas depois à beira das ruas principais, onde a noite caía para abrir as portas dos bares. A sua cidade transformara-se. Já não era a cidade da sua infância, da sua adolescência, vigiada e conhecida, catalogada, reunida em cafés, praças, jardins, pátios onde se jogava futebol, escadas no bairro velho transformadas em arquibancadas para fumar haxixe. Que se foda. Que se fodesse a cidade e a história da cidade. Desligou as luzes, rodou a chave da ignição, abriu a porta, saiu. Ficou parado durante dois ou três minutos, habituando-se à escuridão até conseguir distinguir todos os movimentos dos ramos das árvores, dois salgueiros sobreviventes, um castanheiro, uma figueira. O resto era silêncio, grilos, o ruído da água. A cabeça moveu-se ligeiramente para a esquerda e, depois, para a direita, até que os seus olhos tivessem coberto todo o espaço diante da casa. O corpo não se moveu, apenas a cabeça, movimento de um profissional, regras antigas interiorizadas e mantidas sem discussão. Nem um ruído dos pés no cascalho do pátio.

Abriu o porta-bagagens, de onde tirou um par de luvas de borracha, e olhou lá para dentro. Enfiou as luvas nos dedos, puxou-as para trás, testou-as cruzando os dedos de uma mão com a outra. Um saco de tecido castanho, áspero, no chão do porta-bagagens. Retirou-o e, com um impulso apenas, carregou-o ao ombro, fechou a mala do carro, ajeitou o volume, começou a andar, abriu o portão, subiu as escadas. De um dos bolsos das calças, tirou um molho de chaves, escolheu uma pelo tacto, a mais comprida, abriu a porta de casa num patamar que fora transformado em varanda por onde crescia uma hera que depois descia, em cachos, pelo gradeamento verde, até tocar o chão de poeira e brita. Encostou a porta sem fazer ruído, seguiu pelo corredor depois de usar uma pequena lanterna que apareceu na sua mão como uma extensão do braço, retirada do bolso da camisa. Camisa de caqui, dois bolsos, a lanterna veio de um deles. Subiu mais escadas, conhecia a casa, recordava-se de cada recanto, de cada corredor, conhecia aquele quarto. Pousou o saco sobre a cama, cuidadosamente, teria um metro e meio de comprimento, talvez mais. Com a luz da lanterna confirmou que as portadas de madeira estavam fechadas, acendeu a luz do candeeiro junto da cama, um candeeiro de pé, com abajur esverdeado. Guardou a lanterna no bolso das calças e a sua mão regressou de lá com uma navalha que abriu com um estalido, a lâmina apareceu à luz do candeeiro com um brilho pálido. Usou-a para abrir o saco no sentido do comprimento, desde o fundo até ao cordel que o prendia no topo. Puxou pelo saco e o corpo de uma mulher rodou, ficou de lado, ela usava apenas um vestido de uma só peça, amarelo, com desenhos minúsculos, coloridos, estava com as pernas à mostra, ele tapou-as descendo o vestido, segurou-lhe nos pulsos, atados por cordas, prendeu os pulsos à cabeceira da cama, deu dois nós fortes, o rosto voltou-se, ele viu os cabelos espalhados pelo rosto, escondendo uma das faces. Dobrou o saco até conseguir um pequeno quadrado que enfiou por dentro das suas próprias calças, de lado, alargando o cinto. A mulher cheirava a álcool, mistura de cerveja, vodka, não sabia ao certo, e havia um outro cheiro acre e impreciso, rondando o cabelo, o rosto, a roupa. Desabotoou-lhe o vestido, abriu-o no peito e, com a navalha, que voltou a tirar do bolso, cortou o soutien. Pôs os seios da mulher à mostra, eram redondos, pequenos, uma tatuagem ligeiramente abaixo da clavícula, cortou também a alça esquerda do vestido, do lado da tatuagem, uma rosa verde e azul com um laço vermelho na base, ombros morenos, cabelo escuro, liso. O lábio inferior da mulher estava inchado, um corte pequeno, uma mancha azulada que o batom manchara, um nadinha de sangue. Voltou a destapar as pernas, subiu o vestido, puxou as calcinhas, não conseguiu que elas descessem, com a navalha cortou-as, minúsculas, meteu-as também no bolso das calças, junto com a navalha, finalmente fechada, olhou para o sexo da mulher, a mancha de pêlos negros, o risco do sexo entre os pêlos, passou o dedo indicador por lá, mesmo através da pele da luva o seu dedo estremeceu. Tapou-lhe as pernas de novo, o vestido chegava aos joelhos, olhou em volta, nenhum objecto abandonado, ajeitou a colcha, alisou-a, ficou sem uma ruga, como se a mulher tivesse sido depositada ali, vinda do tecto, descendo do ar, lentamente, para não incomodar um único grão de poeira. Desligou a luz. Acendeu a lanterna, encaminhou-se para o corredor e para as escadas. Eram duas e meia, viu no relógio, antes de fechar a porta e de recuperar aquele som, o da água correndo da pequena cascata que em breve secaria, quando o verão chegasse realmente.

27

O ESCRITÓRIO ERA UMA ESPÉCIE DE ARMAZÉM ONDE SE amontoavam catálogos de tintas e materiais de construção, amostras de ladrilhos, de azulejos, de mosaicos e de lâmpadas fluorescentes, junto com fotografias de cães e de carros em segunda mão.

— Estes carros são meus — disse ele, com ar de advertência. — Antes que pense.

— Colecciona carros?

— Não. São meus, foram meus, não são de colecção nenhuma, comprei-os para recuperar. Enfim, estão ali atrás. Tenho catorze carros, fora os dois que andam a serviço, um comigo, outro com a minha mulher. Mas estes doze são carros para eu limpar, estudar, preparar a gosto. Digamos que por motivos decorativos. Há quem compre chafarizes de jardim e esculturas. Eu compro carros. Não estão à venda, ao contrário de tudo o resto que encontra aqui. Quer um parafuso? Eu tenho. Quer uma piscina em fibra? Também tenho. Lâmpadas, relva em tapete, dobradiças, arames, telefones, fornos e churrasqueiras de jardim, cestos de lixo e pregos de aço. Tudo. Entregue-me uma casa no osso e eu ponho-lhe tudo o que falta. Só tenho uma mania, uma coisa especial, gosto de carros vermelhos. Já comprei um que era preto, um Lancia Stratos, e pintei-o de vermelho. Tenho um Austin J2, um Simca Aronde de 1960, dois NSU, um NSU Prinz e um TT, um Opel Commodore Coupé, um Citroën Ami-8, um Renault Dauphine, um Saab de estimação, de 1957, um Vauxhall Viva GT, um Ford Puma, um Taunus 17M, que não é vermelho mas cinzento, um BMW 2002, um Opel Manta, mas o meu carro a sério, aquele em que nunca entro, é um Plymouth de 1934, comprado ali à beira da estrada, ao pé de Vila do Conde. Quando comecei a colecção, o carro da moda era o Datsun 1600 tri-ésse, e antes que me pergunte, digo-lhe já: não gosto de Alfa Romeo, que é o sonho da rapaziada. Nunca tive dinheiro para comprar um 911, mas gostava. Ninguém entrega um Porsche na sucata, essa é que é a verdade. É a minha mania, se me faço entender. Gosta de carros?

— Não faço idéia — respondeu Jaime Ramos. — Tenho um a acabar-se.

— Pode fumar.

— Daqui a pouco. Só fumo charutos.

— Ainda melhor. O médico proibiu-me de fumar, a minha mulher também. Quando um fumador vem aqui, peço-lhe para fumar. Já não fumo há três anos e tenho saudades. Antes só fumava Gauloises. E isso de um carro acabar, é mentira. Um carro nunca acaba. Um carro é uma vida inteira que ali está, muda-se-lhe o motor para outro ainda melhor, trata-se dele. Traga-mo cá um dia e logo se vê.

— Também trata de carros?

— Não. Por curiosidade. Vejo bastantes carros por ano, amigos que querem desfazer-se de um, conhecidos que gostavam de ter uma opinião. Pedro Luís, olha-me para isto. E eu olho, vejo se há ali uma hipótese. Pedro Luís, vê se há arranjo para isto. Há sempre.

Jaime Ramos e o homem estavam sentados junto de uma mesa sobre a qual pendia um candeeiro dourado. Ele aceitara conversar sobre Álvaro Severiano, depois de um telefonema de Isaltino.

— Portanto, quer saber coisas sobre o nosso homem. Ele meteu-se em alguma? Era duro, era teso. Fez alguma coisa? Era teso, o Álvaro.

— Não. Na verdade, o seu companheiro de tropa morreu. Foi encontrado morto.

O inspector notou no coleccionador de carros que não coleccionava carros uma espécie de nuvem a tocar-lhe o rosto, uma surpresa.

— Quando foi isso?

— Na semana passada.

— Ninguém está livre. Já não o vejo desde, deixe ver, desde há quinze anos.

— Esteve com ele em Angola?

— Estivemos em Angola. Combatemos na mesma companhia. Ele ia na segunda comissão, eu estava a acabar o meu tempo, mas andámos um ano na mesma companhia, sim. O meu sonho era a artilharia, mas acabei num grupo de infantaria, caçadores. Poucos sabiam que a situação dele era especial, tinha começado por desertar, enfim, avarias de um miúdo. Mas era teso. Teso e cheio de tesão, se me faço entender. Aqueles tempos de Luanda eram bons, foram bons. Conheceu Luanda?

— Não. Estive em Bissau.

— Não tem nada a ver. Bissau, sem ofensa, era um caixote de lixo. Luanda era a gala dos Óscares, pelo menos pelo que vejo na televisão. Prédios, restaurantes, a ilha, as cervejarias. E as gajas, sr. Ramos, as gajas. Gajas de todo o lado. Brancas, mulatas, até pretas. Um primo meu esteve lá no ano passado e falou-me daquela miséria. Prédios que deixámos a meio, pois a meio ficaram, a apodrecer. Hortas nas traseiras das casas, jardins, tudo, tudo desgraçado. Mas aqueles anos estava-se mesmo a ver. Esteve em combate, sr. Ramos? Eu estive em combate, eu e o Álvaro. Tzim, tzim, tzim, estou a ver aquela nuvem de poeira a levantar-se no mato, tzim, tzim, ratatatatata, mas nós ganhávamos aquilo, não que me interesse. Cada um na sua terra, não é verdade? Mas que eles ficaram a perder, lá isso ficaram. Eu não era de lá, mas tenho pena do pessoal que veio, uma mão à frente e outra atrás, tudo deixado naquela desgraça. Depois do serviço militar, ainda pensei em voltar, mas veio o 25 de abril. Tive outras coisas para fazer, ganhar a vida sem me sujar muito, criar filhos, aturar a mulher, acabar uma casa, coisas da vida.

— E o Álvaro Severiano? Que é que ele fez na vida civil?

— Negócios. Foi isso que me pareceu.

— E que negócios?

— Sr. Ramos. Um homem como o Álvaro, agora que ele está morto isso não tem importância nenhuma, mas um homem como o Álvaro não pertence à vida civil, não se habitua. Depois de Luanda deixei de saber dele. Murmurava-se que tinha ficado lá para África. É provável. Ele não ia trabalhar atrás de um balcão nem às ordens de ninguém. Ele tinha aquele vício, o cheiro da pólvora, se me entende. Um dedo treinado para o gatilho. Explosivos era com ele, embora não fosse de minas, nada disso, tudo aprendido no mato, em combate. Um dedo treinado para o gatilho, isso mesmo. Um dos melhores atiradores que conheci, sr. Ramos. Pim. A duzentos metros, a trezentos, a quinhentos metros, pim. Portanto, é como lhe digo, ele não se habituou. Suponho eu.

— Não se habituou. E foi para onde?

— Isso não sei, não lhe posso dizer. Só posso falar dos boatos. Se estamos a falar do mesmo Álvaro Severiano Furtado, eu acho que ele nunca deixou o mundo das armas. Se está a pensar em bombas no verão quente, tire daí o sentido. Ele não queria voltar, aqui não havia futuro para um militar como ele. A falar verdade, ele não era bem um militar, porque os militares dessa altura se meteram em coboiadas que só visto. Não. Ele era um soldado, sr. Ramos. E espero que tenha morrido como um soldado, sem pestanejar. Portanto, se quer a minha opinião, ele voltou para África. Acho que foi aí que enriqueceu, ou que ganhou algum dinheiro.

— Disse que o viu há quinze anos.

— Mais ou menos há quinze anos. Tinha a mesma idade de quando o conheci, no *Infante Dom Henrique*, o paquete. O mesmo aspecto. Mas um homem que anda em África não consegue esconder que anda em África. Sente-se. Cheira-se. Um homem que anda em África olha para isto tudo e acha uma miséria. Isto é pequeno, comparado com aquela distância entre uma cidade e outra, entre uma ponta e outra do mapa. Ele disse-me que tinha estado na África do Sul, mas de passagem, e que esteve em Angola outra vez. Esteve no Congo. Esteve em Zanzibar. Se calhar esteve nas Comores. A fazer o quê, não sei, não lhe posso dizer, mas talvez os senhores descubram, se tiverem falta disso. O meu negócio é construção civil. Casas no osso, como lhe disse. Os carros são uma diversão.

— Onde é que se encontraram, nessa altura?

— Por acaso, por simples acaso. Num banco. Eu ia tratar de um empréstimo, ele ia tratar da vida dele, olhei para o tipo, ali de pé, uma pastinha na mão, alto como ele era, da minha altura, olha lá, este não é o Álvaro?, era o Álvaro, sim senhor. Falámos durante um bocado, depois almoçámos na Boavista.

O banco era no Porto, não aqui em Braga. Foi um almoço rápido, o suficiente para falar dos velhos tempos, Luanda, as aventuras, coisas de soldado, as gajas.

— O senhor saiu da tropa e veio para aqui?

Pedro Luís abanou a cabeça, inclinando-a um pouco para trás. E riu:

— Sr. Ramos. A vida de uma pessoa é feita de altos e baixos. Um tipo anda a dar tiros em África e quer sempre ficar mais um pouco. Quando voltei a Portugal, em 72, não tinha grande futuro, tinha de ir para a construção civil, mas não a este nível. A trabalhar nas obras. Isso eu não quis. E pronto.

— E pronto.

— E pronto — disse ele, abandonando o sorriso, fumando um cigarro invisível, encarando-o. — Estive seis anos na Legião Estrangeira. Não era um mercenário. Era um soldado com salário, treino, hierarquia, chefes, disciplina. Não um mercenário. Ofereci-me, fiz exames. Aceitaram-me. Só depois é que vim para aqui.

— O Álvaro Severiano também esteve na Legião?

— A Legião era uma coisa muito parada para o gosto dele, sr. Ramos. Ele tinha um gatilho preso ao dedo. Não sei por onde andou. Mas andou por lá. O senhor procure, não sei se é difícil ou se é fácil. Mas não procure em Portugal, isto aqui era coisa pouca para um atirador como aquele.

Levantou-se. Como se tivesse uma cólica no estômago, dobrou-se para a frente e depois para trás. Mas não era no estômago.

— As costas. De vez em quando doem-me as costas. Desde que deixei de fumar fiquei com mais saúde, sim senhor, mas as costas, a concentração, isso tudo, meu amigo, foi-se. A idade. Eu levo-o lá fora mas descanse, já vi que não gosta de carros, não lhe mostro aquele parque de estacionamento.

Jaime Ramos seguiu-o pelo corredor depois de Pedro Luís ter fechado a porta do gabinete. Catálogos. Amostras de azulejos e pedras decorativas. A luz do dia chegou-lhe aos olhos, quente, branca e verde, descendo da serra e do santuário, estava em Braga, teria de ver o santuário ao longe. E viu-o, rondando a cidade como um pássaro negro, uma guarita no alto do monte verde e escuro, com as suas construções, os seus muros, as escadas.

— Eu não tenho muitas saudades da guerra, sr. Ramos — disse o homem, à saída, aguardando as despedidas. — Mas ele tinha. O Álvaro devia ter muitas saudades da guerra, tinha um gatilho preso ao dedo. Mas há uma coisa que me espanta, embora não tenha nada com isso. Ele tinha dinheiro, sr. Ramos, muito dinheiro. Não lhe vou dizer como é que soube isso, e também quase não me lembro, já foi há quinze anos ou assim, um pouco depois de nos termos visto no Porto. Tentei encontrar-me de novo com ele, precisava de um sócio para um negócio em Espanha, uma coisa que tinha aparecido, e ele era a pessoa ideal.

— Ele era ideal para quê?

— Para o negócio. Estávamos em 88, acho eu. E eu precisava de um sócio para a Galiza.

— Alguém que tivesse um gatilho preso ao dedo?

Pausa. Pedro Luís pesou bem as palavras.

— Não era bem isso. Era preciso alguém com tomates, se me faço entender. Nada de tiros. E então telefonei-lhe, um número que me deu, um número do Porto. Não consegui falar, o número não existia. Perguntei, lá no banco em que nos tínhamos encontrado. E foi aí que soube que ele tinha enriquecido e que viajava bastante. Em negócios, devia ser. Em férias ninguém enriquece. Não ia interessar-se pela minha proposta, de certeza. Ele não devia ligar a uns trocos, e não andava à procura de um emprego oferecido por um antigo camarada de armas. Não ia querer ser meu empregado. Ele pareceu-me muito mudado, inspector. Muito mudado, calado, reservado. Nesses anos depois da revolução, alguma coisa se passou na vida dele, inspector.

28

O CORPO DA MULHER TINHA SIDO ENCONTRADO, COMpletamente nu, os pulsos atados à cabeceira da cama por uma corda de marinheiro, um vestido amarelo no chão, rasgado, sobre um tapete, o cabelo preso por um elástico. O vestido amarelo. Foi a única peça de roupa que a polícia encontrou no chão do quarto — e que teria pertencido à mulher morta. Nem calcinha, nem soutien, nem sapatos. Mais nada, apenas o vestido amarelo com desenhos infantis de todas as cores, pontes, barcos, aviões, cornucópias azuis, âncoras, rodelas de limão ou de laranja, o polícia não percebeu quando o meteu num saco plástico e o entregou a outro homem. Este murmurou qualquer coisa sobre o estado do vestido, o primeiro polícia respondeu-lhe sem o olhar:

— Nunca se sabe.

Mas nem ele percebia por que tinha dito aquilo, porque a seguir disse “sei lá”. O resto era um quarto que não fora usado durante muito tempo, havia camadas de poeira espalhada pelos móveis, pelas duas mesas-de-cabeceira, pela cómoda, em cima do guarda-vestidos, no chão, atrás da porta. Havia também um cinzeiro com duas beatas, uma delas pertencera antes a um cigarro que ardera quase sem ser fumado, mas não foi encontrada nenhuma arma. Sobretudo não foi encontrada a arma que produzira aquilo, um corte no braço da mulher, o sangue correra para a colcha de linho creme, amarrotada, espalhara-se à volta do braço esquerdo, onde o golpe foi desferido, mas não foi isso que a matou, reparou um dos dois polícias, de pele escura, se ajoelhou, o rosto à altura da cama, observando o tamanho do golpe, a profundidade, a extensão:

— Não foi nenhuma veia. Só um golpe. Cinco centímetros e pouca profundidade.

Os tornozelos, inchados e com manchas azuis, estavam amarrados por cordas a cada um dos pés da cama, mantendo-lhe as pernas afastadas, imóvel, pés e mãos. Havia manchas escuras no corpo da mulher, especialmente nos braços e nas coxas, escoriações, os pulsos com cortes provocados pela corda, outro corte na coxa direita, uma espécie de arranhão com a ponta de uma faca. Novo risco na carne, junto de uma tatuagem à altura da clavícula esquerda. Também havia manchas, marcas de golpes, contusões no peito e no rosto, logo por baixo do olho direito, que estava mais inchado, notava-se que estava mais inchado, apesar de o próprio rosto estar deformado, num esgar provocado pela asfixia, daí aquele cabo eléctrico branco à volta do pescoço, ensanguentado, mas também os olhos fechados depois do último sopro de ar. Uma seringa na mesa-de-cabeceira da esquerda, do lado da janela, o polícia aproximou-se dela, olhou-a, com um lenço de papel segurou-a entre o polegar e o indicador:

— Não chegaram a usá-la — disse ele. — É nova, o plástico ainda está aqui.

— Alguém lhe fechou os olhos — disse o polícia voltado para a janela de onde se viam o vale, as hortas ao longo do vale, o rio, os choupos, a água do rio, azulada como um espelho onde a tarde abrandara. — E esse cheiro?

— Cerveja, whisky.

Um copo na mesa-de-cabeceira, o polícia foi até lá, cheirou-o:

— Não. O outro cheiro, havia esse cheiro aí, no vestido. Isto é água.

— Clorofórmio. Éter, qualquer coisa assim.

— Sono profundo.

O outro polícia, o que continuara ajoelhado, com o rosto à altura da cama:

— Sono profundo?

— Ela foi adormecida para a trazerem para aqui.

Para aqui: contusões na cabeça, arranhões na região sexual, sulcos de uma lâmina afiada, fria, hematomas, estrangulamento, corte na cartilagem da laringe, lesões no pescoço, golpes nas coxas e no braço, no peito, abaixo da clavícula, um golpe minúsculo no lábio inferior. Os olhos fechados. Ao lado: uma casa de banho cuja porta tinha sido aberta, alguém pusera a água a correr, lavar as mãos, encher o copo com água, levara-o até à mesa-de-cabeceira, dera de beber à mulher, havia uma mancha de água à volta do pescoço, na colcha da cama, molhara-lhe os lábios antes de segurar no cabo eléctrico, apertando-o à volta do pescoço, ou antes de riscar a pele da mulher com uma faca, uma lâmina fria.

— Já não há descanso na província — disse o homem que chegara entretanto, debruçando-se sobre o corpo deitado sobre a cama. Tocou a pele da mulher, passou o dedo indicador pelo braço direito, o que não estava sujo de sangue, juntou-lhe o indicador e apertou a carne, enquanto olhava o conjunto, as feridas, as marcas nas coxas, o corte de uma faca no peito, um arranhão apenas. — Quando é que chegaram?

— Há uma hora, doutor — disse o polícia mulato, o que estava ajoelhado, levantando-se.

— E isto? Vai para o Porto?

— Vai, já está a ambulância a caminho.

— Antigamente, o verão nas províncias era mais tranquilo. Havia romarias, foguetórios, incêndios nas eiras, mais bebida, mas não se matavam assim. E ainda não começou o verão. Talvez seja esse o problema, não ter começado o verão.

— Mas já chegou o calor.

— Uma coisa nunca vem sozinha — disse o doutor. — Esses cortes, aí, foram feitos para magoar. Provocar dor. Técnica militar.

— Uma lâmina fria — disse Jaime Ramos quando se ouviu um sino ao longe, o som do sino vindo do vale, atravessando o vale, subindo até às varandas da casa, as portadas tinham sido abertas pelo polícia mais velho. Um sino. Um camião passou na estrada, subindo, o motor roncando, passando devagar, afastando-se até se transformar num silvo, um ruído sem sentido.

— Três horas.

— Já está morta há muito tempo, provavelmente desde a madrugada. É melhor levarem-na daqui.

— Doutor?

— Eu sei, querem um papel. Por mim, não demoro nada. É toda vossa.

— Precisamos da autópsia rapidamente — disse o polícia mais velho. — Só estamos de passagem.

— Estamos todos, inspector, estamos todos. Pela amostra, aí em cima da cama, estamos todos de passagem, é o que eu digo sempre.

29

As cinzas de Álvaro Severiano Furtado podiam ser guardadas numa pequena caixa de cartão, mas Henrique Praia Portocarrero era minucioso com os detalhes e respeitador dos seus clientes, mesmo depois de mortos. Em vez do cartão, o escritório do advogado enviara uma estagiária vestida de estagiária, pasta, documentos, fotocópias autenticadas, "Cláudia Ventura da Costa, eu represento o escritório do dr. Portocarrero", e um vaso de porcelana embalado numa caixa forrada de espuma onde seriam guardados os restos mortais do cliente. A estagiária assinou um recibo e devolveu-o ao funcionário do crematório. Ele mencionou, com orgulho, os cuidados postos na embalagem.

— Precisamos de cuidar dos mortos — disse ele, depositando o vaso dentro da caixa, devagar, deixando que o vaso escorregasse. A caixa foi presa com elásticos, guardada num saco de papel pardo, entregue à estagiária. Era a sua função, cuidar das cinzas.

— E é assim, somos pó e ao pó voltaremos.

Jaime Ramos assistiu à transferência, sentado na sala espaçosa do crematório. Mármore, frio, escuro. Cinzas que mudam de mãos. Um corpo à procura de destino, mesmo depois de morto. Onde seriam espalhadas as cinzas? No meio das florestas, por exemplo: Salim Furtado ergueria o pequeno vaso de porcelana no alto de uma colina e deixaria que o vento arrastasse a poeira em que se tinha transformado o seu pai, poisando nas folhas das árvores, nas clareiras onde a erva cresce sem ordem, no meio da chuva. No mar: Salim Furtado poderia conduzir o seu carro até à beira do mar e abriria o vaso para que o vento devorasse o que restava do seu pai, finalmente engolido pelas ondas, submerso, entregue à solidão da grande noite do mar.

Chegado a este ponto, Jaime Ramos aproximou-se da estagiária, "eu represento o escritório do dr. Portocarrero", e sorriu naquele momento exacto em que a jovem advogada se preparava para sair da sala, "inspector Jaime Ramos, da Polícia Judiciária", ela tinha olhos tristes, fundos, um ar de desadaptada.

— Já descobriram o que vão fazer às cinzas?

— O dr. Portocarrero já deve ter entrado em contacto consigo.

— É verdade. Mas ainda não nos disse nada sobre o filho do vosso cliente.

— Ainda não temos notícias.

— Eu acompanho-a até à rua. Não lhe vou roubar nenhuma informação, esteja descansada.

Ela sorriu também. Jaime Ramos pensou que tinha o aspecto de um tio solteiro e mais velho, inofensivo e em quem uma estagiária de advocacia poderia confiar até certo limite. Nem a categoria profissional, "inspector da Polícia Judiciária, minha senhora", afastava as estagiárias. Isso não lhe agradava.

— É a primeira vez que trata de um trabalho destes?

— Nem sabia que as cinzas cabiam nesta jarrinha. Só tinha visto nos filmes.

— Mas disfarça bem, parece uma profissional. São só cinzas — Jaime Ramos abrindo a porta que dava para o parque de estacionamento.

— São só cinzas. Fez-me impressão a sala vazia.

— Quando se trata de um vasinho de cinzas, já não se fala de um morto.

Ela estremeceu, apertou a asa do saco de papel que guardava as cinzas de Álvaro Severiano Furtado. Cláudia Ventura da Costa segurava um morto sem companhia, um morto que só existia para um escritório de advogados e para um polícia que estava a envelhecer.

— Quer boleia? — Jaime Ramos apontou o carro.

— Obrigada. Apanho um táxi — afastou o cabelo do rosto, uma franja cobrindo a testa, olhos tristes, ele imaginou-a debruçada sobre os códigos, os livros, os processos, falando ao telefone, imaginou-a também através da blusa branca, translúcida, o soutien branco, algodão, mencionando a legislação, reunindo documentos para Henrique Praia Portocarrero, uma boneca de porcelana. Imaginou-a também saindo do escritório, ao fim do dia. Vinte e quatro anos, vinte e cinco, provavelmente. Jantar em casa dos pais, fotografias de família, um quarto arrumado, orgulho de pai, orgulho de mãe, curso concluído com facilidade, inteligência acima da média, "eu represento o escritório do dr. Portocarrero". Não era casada, uma advogada usaria aliança. O almoço numa pastelaria cheia de gente. O advogado convidá-la-ia para almoçar de quinze em quinze dias. Cinema. Um namorado paciente. Boneca de porcelana, cabelos escuros, olhos escuros, Jaime Ramos afastou a imagem, era tarde para sentir essa melancolia do fim da tarde, perfumes, labaredas, as coisas adolescentes já não o comoviam como antigamente. Imaginou-a a pedir uma bebida sem álcool. Noites de dança. Sexo no verão, os olhos fundos, tristes, olhando para Praia Portocarrero, pedindo autorização para faltar na véspera de feriado, uma ida ao Algarve com uma amiga, o regresso ao Porto num carro com roupa espalhada no banco de trás, noites em discotecas, suor acumulado em t-shirts que conservam aquele cheiro de cigarro, um blusão de ganga, música de CDs deste verão, um caso de divórcio litigioso para tratar, inventário de bens, papéis para preencher, um recurso e uma defesa no tribunal de Famalicão onde a juíza adia o julgamento para daí a duas semanas. Jaime Ramos fixou mais uma vez a blusa branca, os dois botões abertos, os brincos, a pasta preta, o saco onde seguia um morto para parte incerta, mas entrou no carro com um charuto por acender enquanto ela entrava num táxi que seguiu na direcção da Boavista. Pôs o motor em marcha, arrancou devagar, acenou para Isaltino de Jesus e para outro agente que estava ao volante do Opel Corsa do outro lado da rua, o carro que partiu atrás do táxi da advogada, conservando alguns metros de distância.

30

AQUELAS MESAS, JAIME RAMOS CONHECIA AQUELAS MEsas. E conhecia aquela luz. Mesas e luz, e inox, e instrumentos, e o cheiro. Tudo o que ele associava à morte, às noites de inquérito e às suas demoras, às conversas com quem esperava por ele até tarde para lhe contar um pormenor, à impaciência, à sede que chegava com o verão.

— Começamos cedo este ano, inspector.

A médica desabotoara a bata, atrás, e fizera-a descer um pouco enquanto escrevia num papel. Ele conhecia Luísa havia doze anos, desde que ela entrara para o Instituto e se defrontara com aquele homem calado, circunspecto, que raramente sorria e que trazia quase sempre um charuto a apagar-se entre os dedos — Jaime Ramos agradecia-lhe a rapidez nos exames, a resposta aos telefonemas, gostava daquela mulher bonita vestida como uma adolescente por baixo da bata verde clara, mas não sabia nada dela que pudesse ultrapassar as paredes do próprio Instituto, do bar onde costumavam ir depois de algum trabalho e de uns telefonemas profissionais. A falar verdade, para lá da cumplicidade, ele apreciava o contraste entre Luísa e a morte que era definitiva a partir daquele ponto, daquela sala, e daqueles relatórios.

— Começamos cedo com a miséria do verão, inspector.

Ele tocou-lhe na mão, ao de leve. O que teria acontecido se os dois tivessem prolongado uma certa noite, há alguns anos? Ele não era bom a pensar no que poderia ter acontecido, as coisas limitavam-se a acontecer, mas sabia que Luísa nunca deixara de pensar nisso. Ela levara-o a casa, de carro, tinham um morto entre eles, desses cuja autópsia tem de ser mais rápida para não parar as investigações, e a rua Barão de Nova Sintra não era propriamente um bairro romântico do Porto. Por isso ficaram dentro do carro, estacionado diante da porta — a mesma porta por onde Rosa entrava e saía todos os dias, naquele prédio cinzento e desbotado onde Jaime e Rosa se tinham conhecido. Por isso, também, tocou-lhe na mão. Ele também não esquecera o que podia ter acontecido e sabia que Luísa fora decente pelos dois. Sorriu, antes de lhe dizer boa-noite, de arrancar pela rua de empedrado. Jaime Ramos juraria, passados esses anos, que ficou parado no passeio a ver as luzes vermelhas desaparecerem ao fundo da rua, quando o carro voltou à direita e desceu para Campanhã, como se um perfume se tivesse colado à camisa, ao blusão, e um resto de pudor o obrigasse a ficar ali mais um pouco, à geada de fevereiro (era fevereiro), até que tudo tivesse desaparecido, o perfume, o som, o resto de álcool.

— O verão é um perigo, doutora.

— Entre vinte e vinte e cinco anos. Onde encontraram a rapariga?

— Amarante. Perto de Amarante. Sem identificação, nada. Só o que vês aí.

Amarante. Jaime Ramos ficava confundido com aqueles vales, oscilando entre o Tâmega e o Douro, estradas circulando à volta de aldeias que iriam desaparecer e de vilas que já tinham deixado de ser vilas para passarem a ser pontos no mapa. Ao saírem da casa onde tinham encontrado o corpo da mulher, ele olhara para a estrada que levava à Quinta das Almas, onde tinha vivido a primeira mulher de Henrique Praia Portocarrero: era um fio escuro a perder-se entre ciprestes e giestas que cresciam nas encostas de pedra, sombras do princípio da tarde, ruídos de camiões tristes e sujos, transportando tijolos, areia, materiais de construção, poeira das bermas, lixo, arrastando consigo os ruídos da estrada e o calor do princípio do verão. O pedido de ajuda viera de Amarante. "Podem chamar os de Vila Real", murmurou Jaime Ramos. "Já não está ninguém em Vila Real, chefe", Isaltino lembrando a orgânica da polícia, a reforma do pessoal, as limitações da casa. Mas tudo isso desaparecera quando entraram naquele quarto que cheirava a bafio numa casa que também estava tomada pela humidade e por sombras de granito e de onde se via Amarante ao fundo, o rio, as pontes sobre o rio, os edifícios que tinham transformado a velha Amarante num ponto de paragem de camionetas e num cruzamento de estradas que separavam o Douro do Minho. Videiras crescendo rente aos muros. As escadas de casa. O quarto abafado. A janela aberta por onde entravam a claridade e o som de um sino que tocava fora de horas, prolongando pelo vale badaladas de um mecanismo eléctrico e mal cronometrado, que tinha há muitos anos substituído o velho sino de verdade. E aquele corpo esticado na cama. Não encolhido, não em decúbito dorsal, não encolhido para proteger-se da morte ou dos golpes de uma navalha que o quisessem retalhar — mas estendido depois de um estrangulamento, como se tivesse chegado a um momento de descontracção total, aliviando-o de uma morte de que escapara para entregar-se nos braços de outra que o perseguia.

Luísa olhou para Jaime Ramos enquanto descia o pano branco que tapava o cadáver, como se lhe pedisse para estar atento — atento e preparado, ele sabia o que isso queria dizer.

— Este foi o primeiro golpe — Luísa apontou para o braço direito, o sulco de uma lâmina que passara na pele ao longo de sete centímetros. "O sangue corre mais neste ponto. O segundo golpe foi aqui", Luísa mostrando o braço direito. São golpes quase invisíveis, a olho nu. O sangue foi limpo nos dois braços depois de estancar a ferida. Deve ter estado assim durante algum tempo. O que está aí, restos de manchas, foi doloroso. Objecto metálico. No rosto, um murro, dois, três. Cortada em redor da tatuagem, esta tatuagem. Esmurrada no nariz. Pulsos. Presa com uma corda. Asfixia. Sofreu um pouco enquanto foi esmurrada. Sovada. O verão em Amarante é perigoso, senhor inspector, tem de tratar disso. Não houve sexo, não há sinais de sexo. Mas houve uma agressão anterior, esta aqui no lábio inferior. Foi adormecida com clorofórmio, um método antigo, ancestral, só vem nos livros policiais, já não se usa. Não há sinais de drogas, cocaína, picadas nos braços ou nos tornozelos, nada. Fez uma lipoaspiração, rabo e coxas. Estrangulada com um fio eléctrico, mas isso já deves saber. Quem fez isto tinha luvas calçadas, não há vestígios de pele ou de qualquer outro tipo de sangue ou de pele. E é tudo. Bom, quase tudo. O cabelo cheirava a whisky, o vestido tinha uma mancha de vodka, mas ela não tinha bebido álcool nenhum. Nem fumava.

A casa, pintada de castanho, cercada por um muro, estava numa espécie de promontório, no alto de um terreno cuja base era ocupada por uma vinha em socalco, degraus que desciam, irregulares, até ao fundo do vale, onde um rio quase secara. Fora construída havia mais de vinte anos por uma família de emigrantes portugueses em França, era aberta uma vez por mês, os donos vinham todos os anos, em agosto. Tirando isso, estava desocupada e disponível para a humidade do outono, para o frio do inverno, para as ervas daninhas que se apoderavam do jardim e para o musgo que já cercara o painel de azulejos à entrada, junto do portão. A estrada passava por cima, ruidosa de dia, silenciosa à noite, encaminhando-se para as sombras do Marão ou para a auto-estrada que seguia até ao Porto.

— Sofreu muito?

— Bastante, mas devia estar meio adormecida. Suponho que foi um só torturador, pelo menos os golpes de navalha têm o mesmo estilo: sulcos com a mesma profundidade, provavelmente da mesma lâmina. Nenhum mistério, daqueles que aparecem nos filmes, um desenho no rosto, um sinal gravado na perna. Nada. Tudo como está aí.

— A que horas morreu?

— O clorofórmio atrapalha as contas, mas suponho que por volta das quatro ou cinco da manhã. Entre as quatro e as cinco. O relatório segue amanhã à tarde, senhor inspector.

— E o saco que mandámos? Estava no quarto onde foi encontrada.

— Lona. Tinha sido usado antes para transportar roupa. Tem fios de toalhas de mesa, cheira a roupa suja. Roupa, álcool e comida. Pode ser de um restaurante.

— Ela não tinha roupa interior.

— Não.

— Nenhum sexo?

— Nenhum. Mas há um pormenor. O vestido pode ajudar-te, senhor inspector Jaime Ramos. A marca é Hering, algodão puro. Hering não é uma marca comum nem se vende em Portugal. Se vires bem a etiqueta, atrás, Hering é uma marca brasileira. Mas, se a rapariga é brasileira, não é do

Nordeste nem é a típica brasileira dos bares de alterne. Não conheço o género, mas ela é branca, digamos, parece-me europeia, caucasiana — concluiu Luísa tapando de novo o corpo, puxando o pano branco que tinha descido até aos joelhos da mulher. — Sabem alguma coisa do assunto?

— Nada. Não tinha identificação, nada. Só o vestido.

O vestido amarelo não estava amarrotado nem rasgado; simplesmente, tinha sido atirado para o chão, como um acessório inútil. Ele recordava-se de o ter visto, Isaltino apanhara-o, metera-o num saco plástico, fechara o saco — mas ele continuaria a exalar um cheiro noctívago, misturando álcoois, perfume, nódoas. A mulher mediria um metro e sessenta, o vestido era a única peça de vestuário que encontraram. Tudo o resto eram feridas, golpes, nódoas negras, sangue que tinha corrido e que alguém limpara. Nenhuma identidade, nenhum sinal, nenhum indício — mas Jaime Ramos vira, pelas unhas dos pés e das mãos, pintadas, bem tratadas, que poderia trabalhar num dos bares da zona, balcões que recebiam clientes nocturnos, homens que deixavam a identidade à porta, sexo por meia hora, bebidas falsificadas que azedavam no chão das pistas de dança, ao lado de mesinhas rodeadas de pufes grenás ou azul-escuros, imitando veludo, simulando a escuridão da própria noite. Teriam de procurar aí, teriam de começar a procurar aí, nesse enorme subúrbio do Porto que tinha crescido à sombra de empresários da noite e do negócio de mulheres importadas. Ele não queria reencontrar esse mundo.

Luísa despiu a bata, recuperando o ar de adolescente, desligou as luzes, fechou a porta, saíram para o corredor silencioso. Jaime Ramos seguiu-a.

— Demoro dez minutos — disse ela.

— Eu espero. Tenho sede.

— Também eu. E fome. Começou o verão.

Voltou cinco minutos depois, mochila ao ombro, Jaime Ramos tinha acendido um charuto e estava encostado à porta do átrio do instituto. Um pouco de fumo não faria mal a um edifício público, e o charuto era bom.

31

JOSÉ CORSÁRIO DAS NEVES TINHA SAUDADES DO MINDELO, e estas tardes de junho lembravam-lhe a sua terra e o seu mar do Mindelo. Mas, mais do que a terra e o mar, que não eram bem seus, bem vistas as coisas, lembravam-lhe as ruas da cidade — as duas acácias ao pé da Agência Internacional de Viagens, a Farmácia Leão, o restaurante Estrela, a Laginha, a estrada ventosa para o Monte Verde, a casa onde passava o mês de setembro. Por essa ordem, exactamente por essa ordem.

O charuto de Jaime Ramos interrompera-lhe essa enumeração, que era habitual nesses dias, ao fim da tarde, quando a noite se aproximava e teria de regressar a casa sozinho. Ele lembrava-se de muito mais coisas, havia outras ruas de que tinha saudades, como a humidade do Mindelo, o areal entre a baía das Gatas e Salamansa — mas o charuto de Jaime Ramos interrompera-o, com o seu odor acrescentado ao cansaço do fim da tarde. Ele gostava de Jaime Ramos, o homem que o fazia rir. Mas também não gostava de Jaime Ramos, o homem que raramente ria.

— Amigo Neves — pedira-lhe um dia —, hás-de trazer-me uns discos de mornas. Acordei a pensar nisso.

— Quando o chefe quiser.

— Eu quero quando tu puderes — virando-lhe as costas.

Mesmo assim, apesar do interesse do seu chefe pelas mornas de Cabo Verde, ele não gostava daqueles charutos. Jaime Ramos podia viver mais tempo se não os fumasse, talvez passasse a rir mais, e talvez se respirasse melhor naquela sala de paredes velhas ou envelhecidas e talvez ele, nessa tarde, tivesse podido prolongar o seu exercício cinematográfico. José Corsário servia-se da janela como ecrã desse filme invisível para o resto dos seus colegas, um ecrã onde passavam imagens que ninguém mais conhecia e que dificilmente podia explicar: o Mindelo corria, então, num traveling demorado, musical, crepuscular, como uma cidade que descobrira no final da adolescência, já adulto, e com um atraso de vários anos — o que nem assim justificava que um cabo-verdiano mulato, filho de dois cabo-verdianos mulatos que viviam em Lisboa na altura da independência, tivesse saudades. Partiria para o Mindelo daí a umas semanas, em julho. Este ano tinha conseguido trinta e oito dias de férias, juntando folgas em atraso e feriados não gozados — e trinta e oito dias deviam ser vividos no Mindelo, a beber cerveja e grogue, a comer peixe-serra e barriga de atum na grelha, a dançar funaná, batucadas, e, também, a dormir até tarde como um pirata em férias, abandonando o seu navio à ondulação, depois de o saque ser dado como completo. Nem isso justificava o seu nome, José Corsário. Podia ter sido Corsino, como o poeta, mas o seu pai quis homenagear um tio de Santo Antão que teve essa alcunha. José Arménio, o Corsário, morreu com uma hepatite crónica e deixou uma pequena fortuna que permitiu a aventura de uma vida na metrópole depois de conseguida a transferência da repartição de finanças de São Vicente para um bairro fiscal de Lisboa. Tudo isso aconteceu em 1972, e José Corsário tinha apenas dois anos. Nunca teve passaporte cabo-verdiano, e cantou sempre, como seu, aquele hino que falava de canhões, marchas, heróis do mar, ribombando como uma ameaça militar e patriótica que ninguém levava a sério. Fez o liceu em Lisboa, misturando-se com os colegas de pele branca e dizendo que era tão português como os outros. Quando falava dos avós que não conheceu, dos tios velhos de que sabia lendas, colecções de anedotas, nomes de família muito vagos e distantes, havia um vazio claro na sua genealogia, arrancada a São Vicente e a Santo Antão, uma ilha em frente da outra. Mas nem por isso achou absurdo que, em 1975, os seus pais optassem pelo bilhete de identidade português, garantindo reformas do Estado e os poucos privilégios de uma carreira na função pública. E ele ficou português porque aos oito anos trocou definitivamente a velha cédula pessoal de capa preta pelo Bilhete de Identidade com impressão do pequeno dedo indicador da mão direita e o retrato de um miúdo com pele de mulato cabo-verdiano. Quando morreu o pai, que tinha sido funcionário das Finanças durante quase toda a vida, a mãe murmurou qualquer coisa sobre regressar a Santo Antão, ao Paul, à Ribeira da Torre, às montanhas. Podiam ter uma casinha no alto da serra, de onde se visse o mar. José Corsário levou a mãe à ilha natal. Ela era de Santo Antão. Conhecera Cassiano das Neves quando foi a São Vicente, ao Mindelo, fazer o exame da sexta classe e um rapaz vestido como os poetas, de fato branco, gravata, sapatos muito brilhantes, tirou o chapéu à sua passagem e sorriu, com os dentes muito brancos, dando-lhe os bons dias. Ela contou-lhe muitas vezes esta história, e mencionava essa comparação que só mais tarde pudera compreender: "como os poetas". Nessa altura, em 1960, o pai tocava clarinete num grupo de fanáticos amadores de morna que durante esse verão foi duas vezes a Santo Antão tocar em festas e bailes em que o clarinetista mais alto de todos abandonou o seu instrumento e pediu para cantar em substituição do vocalista, que era conhecido como o verdadeiro cantor romântico do Mindelo e que tinha ficado rouco durante a travessia do canal, de uma ilha a outra. À experiência, nervoso, cantou uma morna muito dolente e triste, uns versos de Eugénio Tavares, queixas de amor e sofrimento, e toda a gente gostou. Helena, que passara no exame do Mindelo, também gostou. Amor é carga, amor é culpa, nunca esqueceu aqueles versos que Cassiano voltou a cantar na tarde do casamento, quatro anos depois, vestido "como os poetas", embora fosse apenas um funcionário da repartição da secção de finanças, de cujas janelas se viam o edifício do tribunal e a grande solidão das montanhas de São Vicente.

José Corsário também viu o pai cantar algumas vezes, com violão e, em havendo, rabeca a acompanhar, em festas de cabo-verdianos, aniversários e casamentos. Eram canções que mal tinham autor e que ouvira a Ildo Lobo ou a Bana, mas, sobretudo, eram canções de Cassiano das Neves, que — enquanto cantava — inclinava a cabeça ligeiramente para o lado esquerdo, o do coração.

Foi por isso que aceitou levar a mãe a Santo Antão, mas não deixou que ela regressasse à ilha, que era pobre demais e sem estradas, cheia de ravinas e de ventanias, poeira e falta de telefones. No Mindelo, sim, numa casa de primeiro andar na rua de Santo António, perto de primas, de uma irmã mais nova e do porto, de onde se podia ver o colosso de Santo Antão ao longe, em dias de céu azul muito limpo. Todos os anos, desde então, José Corsário das Neves cumpria a promessa de passar um mês no Mindelo. Em julho. Levando a mãe pelo braço, a almoçar fora e a passear em redor da praça Nova, aos domingos. Deitando-se depois de a noite se despedir. Acordando tarde, dormindo a sesta depois, para compensar. Bebendo demais. Sorrindo quando a mãe contava a história daquela noite em que Cassiano das Neves cantara pela primeira vez em público. A mãe perguntaria: "A tua namorada?" "Não tenho namorada, mama." "Tens namorada, deves ter. Não tens quase trinta anos? Tens de ter namorada. Queres arranjar uma namorada no Mindelo?" "Se houver uma, mama. Se houver uma, sim." "Nesse trabalho não arranjas nenhuma, meu filho." Ela tratava-o sempre assim. Meu filho. Desde que o pai morreu que ela o tratava por "meu filho". "Vem almoçar, meu filho. São horas de levantar, meu filho. Gostava de ter netos, meu filho. Estás com mau aspecto, meu filho. Eu arranjo-te uma namorada." Celina, Vera, Adelina, todas eram mencionadas algumas vezes por semana — José Corsário conhecia-as. Vinte anos, trinta, como ele.

O charuto de Jaime Ramos, entrando na sala ao princípio da noite, inesperadamente, e espalhando o seu cheiro, não o deixou completar a história, porque precisava de concentração para recompor, naquela janela transformada em ecrã, o filme invisível que o levava a passear pelas ruas do Mindelo, escutando a voz da mãe, as vozes da praça Nova aos sábados, o tilintar de copos, os carros a meio da noite do Mindelo, partindo sem destino. Mas ele teria tempo. Teria de recomeçar tudo.

32

José Corsário das Neves saiu do edifício só às sete da manhã. Um pouco antes. Relatórios para preencher, piquete, jogos de cartas no computador, televisão com filmes idiotas, jornais desportivos, Coca-Cola, telefonemas de solitários que denunciavam crimes que ainda não tinham sido cometidos, identificação de frequentadores de bares de alterne, idas à casa de banho, palavras cruzadas, anedotas contadas de secretária para secretária — esse é o resumo de uma noite.

Depois, iria para casa. Meio vestido, dormiria no sofá, com a televisão ligada, até serem horas de almoço, às duas da tarde. Havia pequenas compras para fazer, duas malas para encher de roupa e de presentes que iriam para Cabo Verde com ele daí a dois dias. Porto, Lisboa, Sal, São Vicente, Mindelo. O velho aeroporto de São Pedro, a ventania no canal, o avião de hélices que percorre os pequenos aeroportos das ilhas, o ar húmido e a terra seca, o Monte Verde escondido pelas nuvens, o empedrado das ruas, aquela espécie de África cheia de mulatos, era disso que se lembrava, e das malas arrastadas pelos aviões, emigrantes que iam um mês à terra carregados de caixotes, de malas e de volumes empacotados que os funcionários da companhia aérea não queriam deixar embarcar. Tinha prometido à mãe que dessa vez iriam a Santo Antão: apanhariam o barco das oito da manhã no cais do Mindelo, uma hora de travessia, chegada a Porto Grande às nove, um táxi para a Povoação, depois seguiriam para as Fontainhas e para o Paul a meio da tarde. Um dia em Santo Antão, o alto das montanhas. O pico do mundo. O vento que vem do mar. O vento que vem do interior das montanhas.

Atravessou o parque de estacionamento à procura do carro. Devagar, os pés doíam da noite passada em branco intercalada de pequenos passeios pelo corredor abafado. Devagar, o sol de junho terminando, despedindo-se logo de manhã, mergulhando na neblina de calor. Nuvens no alto dos prédios, na copa das árvores, plátanos, choupos, freixos e buganvílias, restos de jornais no chão, junto dos contentores. Janelas entreabertas, persianas correndo, erguendo-se, o ruído dos autocarros, uma mulher negra a atravessar a praça, saco plástico na mão. Os pretos e as pretas andavam sempre com sacos plásticos de um lado para o outro, transportavam sacos plásticos cheios de coisas invisíveis, sacos de lojas, sacos de supermercados, vários sacos nas paragens de autocarros. Coisa de pobre. Essa gente não tinha ficha na polícia, não tinha televisão nem máquina de lavar loiça, mas tinha sacos plásticos cheios de coisas avulsas, transportadas de um lado para o outro, fardas de empregos, comida para um dia fora de casa, papéis que tinha de entregar nas repartições, pão do dia anterior.

Encontrou o carro, abriu a porta traseira, atirando a mochila (ele não andava com sacos plásticos) para junto do amontoado de jornais que ocupavam metade do banco e, só ao voltar-se, reconheceu qualquer coisa no carro preto estacionado atrás do seu. Bateu no vidro para acordar a mulher, três pancadas com os nós dos dedos, ela abriu os olhos, a cabeça deitada para trás, ligeiramente de lado, o cabelo cobrindo um pouco do rosto, o top cor-de-rosa, o blusão de cabedal preto fazendo de cobertor, amarrotado, uma mochila no banco ao lado. Ela sorriu, abriu o vidro.

— Bom dia.

— Há quanto tempo estás aí?

— Não sei. Uma hora. Mais ou menos.

— Podias ter telefonado — ele sorriu finalmente.

— Não queria incomodar o senhor polícia que estava no trabalho.

— Podia ter saído mais cedo, hoje não havia muito para fazer.

— E podia ter saído para quê, senhor polícia?

— Para prendê-la.

Gostou daquela gargalhada, os dentes brancos, a mão desviando o cabelo do rosto, agarrando-o, prendendo-o atrás, a pele morena.

— E acusava-me de quê, senhor polícia?

— Mau comportamento — disse ele. Debruçado sobre o carro, espreitando, o cheiro da mulher através da janela, um perfume qualquer, qualquer que ele fosse.

— Onde é que me prendia?

— À cama. Um dia inteiro. Nada de oficial, claro. Prisão preventiva, desacato, ameaça à ordem pública. Alguma coisa havia de se arranjar.

Ela riu outra vez.

— Estou arrependida de não ter telefonado, senhor polícia.

— Também eu — ele mordendo o lábio inferior. — Tenho a casa desarrumada.

— Por que é que eu hei-de ir a tua casa?

— Alguém há-de arrumá-la.

— Trouxe o pequeno-almoço, tenho fome.

Ela seguiu-o, de carro, atravessando ruas ainda desertas, praças cheias de árvores, subidas e descidas rente ao rio. Isso acontecia às vezes, Fátima ir esperá-lo de madrugada, à polícia — a princípio, José Corsário das Neves não gostava. Fátima trabalhava toda a noite, quase todas as noites, num bar em Leça da Palmeira, chegava cansada, os olhos brilhantes, risos que pediam desculpa por ter aquele trabalho, o vestido cheirando a fumo, perfume, outros cheiros que ele nunca identificava e que não queria identificar. Corsário levou-a para casa uma noite e sentou-a no sofá, pôs música de Cabo Verde, dançaram, ele fez comida, voltaram a dançar, *O mar é morada de sodade*, *Força de Crêtcheu*, *Eclipse*, *Rabilona*, dormiram de costas um para o outro, vestidos, quando já era madrugada. Depois, uma vez por semana, passaram a ir ao cinema, jantavam, dormiam juntos. Um dia, quando ia a sair com outros agentes, Fátima esperava-o encostada ao carro, ele tentou evitar o encontro, mas os colegas cumprimentaram-na, ela sorriu, os dentes muito brancos, o vestido justo, curto, aquele sorriso de dentes muito brancos, muito tratados, o fio de ouro sobre a pele morena, brilhando. Um dos colegas convidou-os a juntarem-se ao grupo que ia tomar o pequeno-almoço, eles foram, os dois, riram com os outros, comeram croissants, ninguém a tratou mal, falou-se de irem a uma festa de aniversário com as famílias dos outros, dos que tinham família, filhos, um apartamento na Póvoa ou em Vila do Conde. Não foram, Fátima pediu para não ir. Se alguém perguntasse onde é que ela trabalhava, o que responderia? Não poderia dizer, como as outras, "sou professora", "tenho uma loja no GaiaShopping", "funcionária administrativa", "secretária", "trabalho no laboratório da polícia", não podia dizer isso. Não por ser de cor, claro, mas porque não pertencia a nenhum dos mundos autorizados em festas de aniversário com famílias à volta, bebés para mudar a fralda, segredos sobre lojas com saldos ou receitas de cozinha italiana. Os colegas de Corsário conheciam-na, haveria comentários — ele agradeceu o convite em nome dos dois, não explicou mais nada, e os outros simularam alguma decepção, fica para outro dia.

Em casa, depois de comerem, Fátima fumou um cigarro na varanda. Estavam ambos cansados, deitaram-se, abraçaram-se, apagaram a luz da única mesa-de-cabeceira. Ela adormeceu primeiro, de lado, ele abraçou-a, depois começou a afastar-se lentamente. Ela agarrou a almofada, empurrou-o com o braço e ele levantou-se sem ruído, foi à cozinha. Os pratos do pequeno-almoço estavam na mesa, canecas com restos de café, pratos com pão, a mochila de Fátima pendurada no puxador da porta, por cima do blusão. Ela teria de mudar de profissão, pensou José Corsário das Neves, enquanto enchia a máquina de lavar com roupa suja.

33

UM HOMEM MORRE E TU NÃO SABES NADA DELE. TENS um nome, um passaporte escondido no bolso de um casaco, uma carteira de fósforos de um hotel de Luanda, Hotel Trópico, doze camisas dobradas, a maior parte delas brancas, alguns pares de calças, dois fatos completos, quatro pares de sapatos, umas botas, um par de chinelos de quarto trazidos de um hotel Holiday Inn, uma lâmina de barbear, um frasco de espuma de barbear, água-de-colónia, after-shave, escova de dentes, seis toalhas de banho, duas toalhas de rosto, um pullover azul, catorze pares de meias escuras, dois deles por estrear, seis gravatas, dezasseis pares de boxers, um exemplar de *Um cadáver na biblioteca*, de Agatha Christie, quatro t-shirts, três delas azuis, cinco exemplares do *Jornal de Notícias*, um do *Público*, dois de *A Bola*, um da *Veja*, duas caixas de Aspirina, uma tablete de CafiAspirina, um frasco de colírio para os olhos, Colírio Moura Brasil, uma caixa de comprimidos Dormicum, um frasco de guaraná em pó, um tubo de Guronsan, uma caixa com quatro preservativos Control (faltavam dois), um aparelho de televisão, um aparelho de rádio junto do lavatório, um sobretudo cinzento de caxemira, uma gabardina creme, uma embalagem de chá de cidreira em pacotinhos, dois pacotes de bolachas de água e sal, uma lata de leite condensado, uma caixa de manteiga, um pacote de margarina, pão com vários dias de vida guardado num saco plástico, um frasco de Nescafé, um pente de cabelo do Hotel Trópico, uma escova de cabelo, um corta-unhas, um champô para cabelos com caspa, um relógio de pulso, duas gravuras penduradas na parede com paisagens de Angola, ilha e baía de Luanda, de meados do século, uma gravura de Manaus com a data de 1927, um cachecol de lã aos quadrados, cinzento e creme, um cesto com roupa suja onde nada foi encontrado além de roupa suja, uma venda para os olhos, dessas que se usam nos aviões, um isqueiro Bic de plástico vermelho, uns óculos Ray-Ban verde-escuros sobre a pequena cómoda do corredor ao lado de uma jarra vazia que serviria para colocar flores, uma factura de um restaurante de Matosinhos, um canivete. Numa das mesas-de-cabeceira, numa pilha, havia mais dois livros de Agatha Christie, um de Paulo Coelho, um livro com horários de aviões da TAP, um copo vazio ao lado. Na outra, um livro de Erle Stanley Gardner, um pacote de lenços de papel, um porta-chaves com as chaves de casa (a do apartamento e da porta de entrada do prédio, mais duas que seriam de outra casa, outro apartamento — nenhuma de um carro), um porta-notas com cento e oitenta e cinco euros.

Não tens mais nada, senhor inspector Jaime Ramos, mais nada. Nenhuma ligação senão a uma irmã morta, a uma família desaparecida, a um filho desaparecido, a um advogado que gosta de segredos. A quantidade de pessoas que não tem nada. Que desaparece porque está cansada. Que volta para África porque não tem vida deste lado do mar. Álvaro Severiano Furtado regressou a África depois da tropa; ele sentiria o assobio da noite, o eco da metralha, o ruído dos Unimogs a atravessar as estradas. Durante quatro anos não conheceu outro ruído senão o dos homens contando anedotas, falando de mulheres, entrando em aldeias silenciosas, limpando as armas, saltando para o descampado, escondendo-se no mato, dormindo a espaços, interrompidos pelo rumor dos bichos, pelas trovoadas, pelo rádio que pedia esclarecimentos, posições e coordenadas.

A quantidade de pessoas que não tem nada. Que desaparece porque está cansada. Que volta para o Brasil porque não tem vida deste lado do mar, ou que vive no Brasil porque tem medo de ser encontrada pelo passado e pelos seus vizinhos, pelos conhecidos que conhecem a sua vida, pelos desconhecidos que podem vir a conhecer a sua vida. Manaus, 1927. Luanda, Manaus. Quadros pendurados numa casa vazia, gravuras baratas, memórias sem preço.

— Inspector, só me resta agradecer a sua colaboração — Praia Portocarrero telefonara uma última vez.

— Não colaborei — respondeu ele.

— Nesta profissão, inspector, quando não nos colocam obstáculos já achamos que é um privilégio considerável.

— Mantenha-me informado, doutor.

— É o mínimo que posso fazer.

Mas Jaime Ramos sabia que não iria receber nenhuma informação dali. Álvaro Severiano Furtado era um morto sem biografia que ficaria para sempre esquecido. Vinte e quatro pessoas tinham sido interrogadas: o dono da loja de jornais e de revistas do prédio em frente, seis vizinhos, o senhorio do apartamento, os dois arrumadores de carros que disputavam moedas à porta do café, os três empregados do café, o dono do café, a dona da mercearia da esquina, os dois gerentes das agências bancárias onde Álvaro Severiano tinha conta, um funcionário que geralmente o atendia num desses bancos, dois taxistas que habitualmente paravam na rotunda de Santo Ovídio, o carteiro que distribuía o correio no prédio, a mulher que limpava as escadas e a entrada do prédio, o funcionário da companhia de electricidade que de dois em dois meses fazia a leitura dos contadores, além da empregada de uma livraria onde Álvaro Severiano comprara dois dos livros encontrados em sua casa. Telefonemas para o Hotel Trópico, em Luanda, onde Álvaro Severiano ficara alojado por várias vezes.

— Não temos nenhum dado, senhor. Datas de entrada e saída. Despesas normais, número dos quartos que ocupou. Nenhuma informação relevante, senhor. — Ele ficava alojado no Trópico, alugou um carro com motorista das três vezes que esteve em Luanda, em 2002 e em 2003. Nenhum telefonema efectuado do quarto. Visto normal de turista emitido pela embaixada de Angola em Lisboa, cada um deles válido por trinta dias, renováveis, e nunca utilizados na totalidade. Nenhuma informação da polícia angolana. Jaime Ramos gostaria de saber se Álvaro Severiano tinha ido aos restaurantes da ilha de Luanda, às discotecas locais, mas o caso não justificava investigação tão cara, passagens aéreas, alojamento, contactos, despesas. Álvaro Severiano acabaria por desaparecer definitivamente, vinte e dois por cento dos casos de homicídio não tinham sido resolvidos nos últimos cinco anos, corpos sem memória, gente encontrada nos pinhais de estradas secundárias, abandonada em azinhagas e lixeiras, cadáveres não reclamados e identificados com dificuldade, desaparecimentos definitivos e inquéritos arquivados por falta de meios, pessoal e tempo. Ele juntar-se-ia a esse número caso não aparecesse o filho brasileiro desconhecido, Salim Furtado, Salim, nome árabe. Jaime Ramos não tinha meios, nem pessoal, nem tempo para perseguir um morto. A não ser que tivesse ficado irritado por causa dos seus gostos literários.

34

TUDO RECOMEÇOU, POR ISSO, QUANDO JAIME RAMOS ENtrou na sala onde, no meio de outras, ficava a secretária de Isaltino de Jesus. Era uma manhã de junho, uma sexta-feira de céu limpo, silenciosa. Havia pouco movimento na Polícia, jornais espalhados, alguém ria no corredor.

— Isaltino, tu sabes onde fica Manaus?

— O chefe não faça de mim um atlas — murmurou o outro, voltando a cabeça na direcção de Jaime Ramos. — Mas sabemos que Manaus é no Brasil, isso é o indispensável. Desde que o chefe se pôs a viajar, o mundo não tem fronteiras nem segredos.

— Na Amazónia, Isaltino, na Amazónia. É lá que devemos procurar o filho do nosso amigo Furtado.

Isaltino interrompeu o que estava a fazer e abriu os braços. Ele sabia pronunciar a palavra "desânimo", tanto quanto a palavra "surpresa" — e sabia que havia uma razão para que Jaime Ramos tivesse atravessado o corredor com outra palavra — Manaus — para dizer. Mesmo assim perguntou:

— E Manaus por quê? Não que ache despropositado.

— Podia ser Mogadouro ou Istambul.

— Isso já achava mais complicado. Demorávamos mais tempo a chegar a Mogadouro do que a Manaus, suponho eu, só contando com o trabalho de sair do Porto, chefe. Este trânsito é assim mesmo.

— Não estou a brincar, Isaltino. Manaus.

— Pode saber-se como o chefe chegou a Manaus?

— Tive uma visão, Isaltino.

— O chefe pôs-se místico.

— Não. Fiquei mais inteligente.

— Ajude-me a sair das trevas, mostre-me o caminho para Manaus.

— Pelo fax, Isaltino, pelo fax. Contactas a polícia de Manaus, Polícia Federal. Vês se há um consulado português. Vês se há qualquer coisa portuguesa em Manaus.

— Manaus é muito longe, chefe, mas eu trato do assunto.

— São cinco horas menos. Cinco da manhã em Manaus.

Isaltino encolheu os ombros e sentou-se. A investigação estava parada e o cabrão do velho entrava na sala com a palavra "Manaus" preparada, sacana do velho, foda-se o velho, de onde é que roubou a idéia de Manaus?, mas estava certo, ele tinha intuições infalíveis no meio de um trabalho insignificante, túneis abriam-se no meio da escuridão, mensagens vindas das paredes onde havia recortes de jornal, onde estava o poster de Cubillas, mas onde nunca vira um retrato de família, paredes que iam tingir-se de amarelo se não o proibissem de fumar charutos com a ameaça de um processo disciplinar. Ah, mas isso não seria o suficiente, um processo disciplinar seria pouco para assustar o sacana do velho, talvez mostrar-lhe um pedaço de pulmão arrancado à força, coberto por uma película de carvão, vasos sanguíneos cheios de nicotina, mas supunha que nem isso, porque os charutos têm pouca nicotina. E ele pensara isso mesmo na tarde da véspera, quando Isaltino e José Corsário foram atrás da advogada estagiária, seguiram o táxi até à casa de Praia Portocarrero, "chefe, ela não foi para o escritório, chefe, ela foi directa para a casa do patrão".

— Deu-lhe o saco?

— À porta, chefe. E voltou para o táxi em dois minutos.

Jaime Ramos calado. E, depois, como se tivesse lembrado de qualquer coisa:

— E depois, durante esses dois minutos, o que aconteceu?

— Falaram. Ele desceu as escadinhas, deu-lhe um envelope e meteu-a no táxi. Mas antes devolveu-lhe o saco, deu a volta e foi para dentro.

— E ela, foi para onde?

— Para casa, chefe, ela mora no Carvalhido. Estou à frente da casa.

— Ela hoje já não sai. Podes ir embora.

— E como sabe o chefe que ela não sai? Eu posso ficar aqui, chefe.

— Vai para casa, Isaltino. Deixa o Corsário aí, ele que apanhe um táxi depois. São horas do telejornal, daqui a pouco começa a telenovela, tens de adormecer os miúdos. Cumprimentos à tua mulher.

— Chefe — Isaltino chamou o inspector —, eu posso ficar aqui.

— Há uma história que eu te podia contar, mas eu não gosto de falar ao telefone.

— Eu vou ter consigo.

— Tenho a noite ocupada. Vai para casa.

Isaltino arrancou, deu a volta na rua e foi para casa. Cabrão do velho. Mas ele gostava de se sentar no sofá depois de jantar em casa, gostava do casamento, gostava de chegar a casa. Ele, sim, era um velho, pensou Isaltino ao tomar a auto-estrada.

Mas a idéia de Manaus não surgira do nada. Jaime Ramos chamara-o com um dedo e pediu-lhe que fechasse a porta do gabinete antes de se sentar.

— Nós não temos uma história, Isaltino. Temos um morto e pouco mais, um homem desconhecido, sem família. Um corpo que ninguém reclamou a não ser um advogado como Portocarrero. Se não se tratasse de Portocarrero, já tínhamos assunto e já tínhamos avançado. Mas Portocarrero não é um advogado de esquina, tem um escritório importante, amizades, relações. E eu conheço-o. O que é que tu pedias ao homem? Com que base? Por quê? Se ele quisesse dizer, já tinha dito. Se não disse é porque tem razões — e todas muito legais, justificadas. Por aí não vamos lá, há o sigilo profissional, perdas de tempo. Imagina que o nosso Álvaro Furtado tinha chegado ao escritório do Portocarrero e lhe tinha pedido para fazer exactamente aquilo que ele fez: se eu morrer, quando eu morrer, o senhor fica com o meu testamento, entrega as cinzas ao meu filho que está no Brasil e arruma os meus negócios.

— Mas há um problema. Ele foi morto.

— E ele diz-te: eu não tenho nada a ver com isso, nem sou especialista em direito criminal, tenho aqui uma procuração para fazer isto e aquilo, o meu trabalho começa aqui e acaba ali.

— Pode ser, chefe. Mas há uma dúvida.

— Eu sei.

— A dúvida é ver como é que ele soube que o cliente tinha morrido.

— Não justifica que o mande prender. Mas há uma, muito mais importante: por que é que Henrique Praia Portocarrero guardou o carro no parque de estacionamento e veio a pé até aqui, para falar comigo? Isso sim, é a minha grande dúvida.

— Ele conhece-o.

— Nem se deve lembrar se eu tinha bigode ou não.

— O chefe tinha bigode?

— Não. Mas podia ter.

— A questão é como é que o chefe chegou a Manaus.

— Não cheguei a Manaus. Cheguei foi a casa do Furtado esta manhã. Voltar ao local do crime. Tinha escapado alguma coisa naquela casa vazia. Devia poder fazer-se uma autópsia às casas, ver o que elas viram. E havia uma coisa óbvia: retratos de Angola, uma mesa de pau-preto, coisas que um africanista tem em casa. Esse problema já nós temos resolvido porque ele esteve em Angola entre 1969 e 1973. Não havia nenhum retrato, nenhuma fotografia mais.

— O chefe também não tem.

Jaime Ramos voltou-se para Isaltino, sentado e olhando para a secretária, como se não tivesse dito nada.

— Eu sei. Mas é uma coisa que se resolve. Só que no caso deste homem não havia nenhum fio a ligá-lo a coisa nenhuma. Excepto isto: as coisas de África, duas gravuras, uma paisagem, a mesa de pau-preto, uma escultura em marfim. Naquele deserto, isso fazia impressão. À saída, no corredor, havia outro quadro na parede, parecido com os outros, mas que não podia passar despercebido. Eu não saberia do que se tratava se não estivesse escrito lá alguma coisa: Manaus, 1927. Sou um distraído. Somos distraídos. Mas, no fim de contas, quem lê Manaus, lê Brasil.

— Manaus. O chefe podia ter encontrado uma coisa mais perto de nós.

— Mogadouro, por exemplo.

— Uma cidade dessas onde se vende droga e onde só há crimes de vez em quando.

— Internacionalizamo-nos, Isaltino. A polícia brasileira pode ajudar. E vê tu a Interpol. Manaus. Salim Furtado. Álvaro Severiano Furtado. E de caminho vê se aquela advogada que trabalha com o Portocarrero já partiu ou ainda está no Porto.

— Chefe. A polícia brasileira demora bastante até para atender telefone. Melhor será saber mais qualquer coisa sobre o assunto. E, quanto à rapariga, o Corsário está atento. Ele fez uma coisa dos diabos.

— O quê?

— A agência que trata das viagens do escritório do Portocarrero. O Corsário sabe qual é. E qualquer bilhete emitido pela agência, o Corsário vai saber. Tem lá uma prima. Há cabo-verdianos em todo o lado.

— Esta polícia está a transformar-se numa grande família.

35

LEVANTOU-SE E OLHOU PARA O RELÓGIO: DUAS E MEIA DA tarde. Aquela sensação de ter perdido parte do dia, parte da luz do dia. Corsário abriu os dois olhos finalmente, Fátima já tinha acordado, ouviu um ruído na cozinha. Ela levantava-se quase sempre mais cedo. Era ridículo ele lembrar-se da mãe e dos ruídos na cozinha quando, deitado, ouvia Fátima na cozinha arrastando uma cadeira, fechando a porta de um armário, fazendo comida, lavando a loiça — isso tinha de parar, a mãe não era para aqui chamada, Fátima era uma mulher que tinha entrado na sua vida e permanecera nela sem fazer perguntas e esperando não ser interrogada. Nada a aproximava da mãe. Nada. Nem o riso que, aliás, era igual. Mas a voz não era igual. Voz rouca. Nem os dedos, finos, longos, dois anéis — um no anelar, outro no polegar. "Preta", ele ria, chamando-lhe preta. "Cabrito", Fátima respondia, a tez caramelo de Benguela. "Angolanos são esquisitos", ele dizia. "Cabo-verdianos nem africanos são", e bebia um pouco mais de Coca-Cola.

Ela levantou-se mais cedo, deixara-o a dormir, enroscado na almofada que lhe roubara. A princípio, quando ela se limitava a dormir, voltada para a parede, ele julgava que Fátima não se interessava mais por sexo. Por sexo com ele. "Estou cansada", ela dizia. Ele conhecia aquele cansaço, a voz rouca de sono, os olhos que se fechavam à mais leve pausa na conversa.

— Eu toco-te e tu foges. Basta chegar-me a ti.

— Estou cansada.

Estava. Corsário imaginava os homens no bar, Fátima circulando entre as mesas, alguém a apalpava, alguém queria foder com ela, alguém se aproximava, o hálito de álcool, o fumo dos cigarros, Fátima a dormir naquela cama ao seu lado. Levantando-se para cozinhar, ela prometia a melhor catchupa que uma angolana podia fazer. Corsário gostava muito desses dias em que Fátima não ia trabalhar e cozinhava para ele. Mas tinha medo disto: que Fátima não quisesse ter sexo com ele, nunca mais. Que tivesse medo, que não quisesse, que isso fosse um castigo.

— Homem cabo-verdiano é machista.

— Um pouco.

— Muito.

Papaia verde. Manga. Melancia. Coisas que vinham à memória directamente desses dias, catchupa, polvo guisado como em Santo Antão, mais manga, flores, os dois deitados no sofá, a luz do dia esmorecendo, entrando pela janela da cozinha. A televisão.

— Não me lembro de Benguela.

— Tens de voltar lá, pretinha.

— Tenho. A minha mãe queria voltar lá, um dia, ver a família.

Gente sem terra, pensava José Corsário das Neves, gente de outra terra, como ele. A falar verdade ele era desta terra, talvez de Lisboa, talvez do Porto, talvez de um bairro — mas a mãe estava no Mindelo, em São Vicente, onde o mar não se parece com o mar da Foz ou de Leça, e de onde lembra aquela humidade colada à camisa, escorregadia, quente, cheirando a comida e a cerveja. De modo que se levantou quando os ruídos na cozinha pararam, Fátima devia estar sentada a ler uma revista, a beber café. Avançou pelo corredor e espreitou pela porta da cozinha: gostaria de levar Fátima até ao Mindelo, apresentá-la à mãe.

— Mãe, nós vamos casar.

Ele nunca tinha pensado nisso. Mentira. Pensara nisso algumas vezes, Fátima mudaria de profissão, naturalmente, estaria uns meses parada, em casa, mudando a vida dentro da cabeça, e encontrariam um emprego, ele conhecia amigos que podiam ajudar. Ela falara em abrir um salão de cabeleireiro, uma loja de perfumes e de roupas, tinha algum dinheiro. Podia ser.

— Mãe, nós vamos casar. A Fátima vai abrir uma loja no Porto.

Não na Boavista. Mas podia ser ali, na Cedofeita. Ela falara de uma loja na praça Velásquez, talvez fosse possível. Iria levá-la todos os dias, de manhã. Iria buscá-la quando pudesse. Tomariam café na praça, numa das esplanadas, olhariam as árvores, a copa das árvores, ouviriam o ruído dos pássaros, a passagem dos táxis, o ruído das portas dos prédios a fechar e a abrir, as chávenas do café a bater nas mesas, as vozes dos empregados do café, o ruído dos jornais folheados de mesa em mesa. Alguma dessas coisas aconteceria. Não interessavam o passado, nem os bares da estrada de Leça, nem as noites escuras. Tinham uma vida pela frente. Teriam uma vida pela frente.

— Mãe, nós vamos casar. A Fátima abriu uma loja no Porto, temos uma vida pela frente.

Fátima estava sentada à mesa, voltada para a janela — dali se via a cidade ao longe, o ruído dos autocarros a dirigirem-se para a Circunvalação, camionetas em cargas e descargas, um pátio com miúdos a jogar à bola. A cabeça entre as mãos. Aproximou-se e sentou-se na outra cadeira depois de tirar uma garrafa de água do frigorífico — moveu a cadeira para ver melhor o seu rosto, o cabelo atado atrás, os brincos com uma florzinha azul, o nariz. Nessa altura, reparou que ela chorava, um risco de água no rosto, descendo.

— Tenho medo, Zé, tenho medo.

— Medo de quê?

— Medo de tudo, medo de ti, medo de morrer.

— Conta tudo — disse ele, o braço estendido para lhe cobrir os ombros nus. — Conta.

— Tenho medo, mais nada. Zé.

— Olha para mim e conta.

36

Rita Pereira Gomes fora ter com Portocarrero a São Salvador do Congo, ela também vestia Chanel no meio do capim — mas era preciso compreender onde ficava São Salvador do Congo. No meio do nada. E o nada eram tiroteios no mato, o ruído de camiões-cisterna que passavam na direcção de Luanda, a poeira que se infiltrava por todas as fendas da pensão onde ficara alojada durante aquelas duas semanas, no piso superior de uma mercearia geral com restaurante e café, diante da estrada principal, um tapete de terra amarela. O mercado de rua, mesmo ao lado. As colunas da varanda da pensão. E aquele céu. Uma mulher não podia ir para um sítio daqueles, murmurara ele, mas Rita fora atrás dele, escrevera-lhe uma carta. "Eu vou aonde tu estiveres", Portocarrero mostrara a carta aos amigos, perguntando o que ia fazer:

— O que vou eu fazer?

— Vais fazer nada — disse um deles. — Ela vem e tu recebe-la. É a tua mulher, no fim de contas.

— Não me convém, aqui no meio do mato.

Ramiro, o amigo de Jaime Ramos, trouxera uma garrafa de vinho, embora a sua bebida preferida fosse Blue Curaçao servido em doses pequenas, cálices de pé alto em que o líquido, solitário, brilhava como uma água-marinha. Ele segurou o cálice, justamente, olhou-o à luz:

— Aquele céu. Azul como isto.

Jaime Ramos desviou os olhos porque nunca bebera Blue Curaçao, mas imaginara o céu.

— Ela desceu de um Nordatlas e viu aquele céu.

— Por que é que bebes isso?

— Porque tem a cor de uma safira. Vem do hebraico, safira. Os meus bisavós ainda eram judeus e tinham safiras. Lembro-me de ouvir falar de safiras e de saber que vem do hebraico. Saphir. Fidelidade, sinceridade, transparência do azul. Há safiras de muitas cores, mas a safira verdadeira é azul, da cor do Curaçao.

— E sabes isso tudo para beberes Curaçao?

— É assim. Há gente assim.

— Onde fica São Salvador do Congo?

— No norte. Ela saiu do avião com sete malas e um casaco branco sujo, manchado de óleo. Portocarrero estava no mato, em operações, e ela ficou numa pensão durante duas semanas. Depois, de repente, partiram de Nordatlas para o Luso. Eu lembro-me do Luso, havia uma livraria onde só se vendiam Bíblias e um café onde só se comiam bifes, toda a política cultural da época se resumia a Bíblias, bifes e foder com quem aparecesse. O hotel era uma espécie de arca de Noé para todos os oficiais que não iam para o mato. Para eles e para as mulheres, para Portocarrero e para a Ritinha. Mesmo no Luso, no fim do mundo, para lá da merda, ela era Ritinha. E no Luso havia um estranho costume: as mulheres que andavam com os oficiais que iam para o mato ficavam a dormir com os oficiais que vinham do mato. Era a vida no

Luso. O Luso era para lá da merda toda que havia em Luanda, a cerveja demorava a gelar, os vendedores de Bíblias chegavam e partiam, eles eram os únicos que não se atiravam às mulheres dos oficiais. E Portocarrero era quem tomava mais comprimidos para dormir. A Ritinha apaixonou-se pelo guitarrista de um grupo de baile que actuava no hotel. Lembro-me dele. Mas não me lembro muito dela.

Ramiro levantou o cálice de Blue Curaçao gelado e bebeu um gole rápido. Olhou-o depois, como se contemplasse o céu de São Salvador do Congo, a fachada do Hotel Central, o brilho do céu de Luanda. Depois, olhou para a t-shirt (no verão, fora do escritório, Ramiro vestia sempre t-shirts cinzentas) e levantou-se:

— Não te posso ajudar mais. Não sei mais nada. Tens todos os dados aí, mas nenhum deles é importante. Como jurista sei que não tens um caso contra Portocarrero. E é muito tarde, tenho uma grande viagem para fazer daqui até Aveiro.

Ele chegara a casa de Jaime Ramos um pouco antes do jantar, um arroz de bacalhau prometido há muito. Jaime Ramos tinha terminado de fazer em lascas o bacalhau apenas escaldado e arrefecido de seguida no parapeito da janela. A água onde fervera durante três minutos o bacalhau fora acrescentada ao refogado de cebola, alhos, tomate, meio pimento verde e meio pimento vermelho. Quando chegou a hora de acrescentar o arroz ao caldo, juntamente com o bacalhau desfeito em lascas, procurou o resto dos pimentos, um molho de salsa, duas malaguetas douradas, uma folha de louro — e olhou para o tacho com melancolia, tapando-o. Depois de se sentarem e de abrirem a garrafa de vinho, fizeram como de costume: Ramiro falou sobre os dois ou três casos que o levavam de Aveiro ao Porto, dois dias por semana, enfrentar mais advogados, um tribunal atafulhado de processos e de funcionários, sem parque de estacionamento nem ar condicionado. Jaime Ramos barafustou sobre o clima, pôs um disco de boleros onde havia um saxofone tenor, e ouviu o advogado com paciência silenciosa, sorrindo. Depois, o arroz foi comido devagar, em doses pequenas mas sucessivas, distribuído pelos dois pratos. Ramiro gabou-o, rodando o copo de vinho entre os dedos, escolhendo os pedaços de pimento que tinham entrado em último lugar no tacho para os trincar com prazer.

Ramiro falou sobre os tribunais, enquanto Jaime Ramos não regressou ao tema Portocarrero. Mas Ramiro tinha sentimentos ambivalentes em relação a Portocarrero. Apreciava os manhosos que ludibriavam os tribunais e, por isso, tinha pena dos juízes. Bem no fundo, ele tinha pena das juízas novas, saídas do CEJ, vestidas de cerimónia, confrontadas com advogados do século passado que usavam fatos escuros ou gravatas escuras, pastas escuras ou carros escuros. Essa mancha de escuridão descia sobre toda a corporação de jovens juízas e absorvia-as para lhes roubar a inocência e as leituras de romances publicados antes do verão para serem lidos na praia, apenas durante esse verão, e serem comentados no regresso ao trabalho. Ele também conhecia bem os advogados do século passado, o seu cheiro a papel, a after-shave e a tinta permanente. Mas tinha pena dos juízes, sobretudo das juízas novas, saídas do CEJ, uma espécie de atracção sexual que não conseguia esconder de si mesmo quando uma delas se sentava, ajeitando os óculos, vestida de juíza, de negro, afastando o cabelo com a mão esquerda, a direita segurando a caneta, escrevendo, tomando notas — e ele imaginava o que estava escrito nesses blocos, que notas tomaria sobre os advogados de província, sobre aquele cheiro de fatos cinzentos usados duas vezes por semana, sapatos enfeitados de fivelas douradas, gravatas sóbrias de dois tons, anéis grossos, cabelo penteado com gel, sotaque do interior. Enquanto isso acontecia à sua frente, ele tentava adivinhar que roupa se escondia debaixo da farda de juíza, como seria o corte da saia, o decote da blusa, a lingerie, as meias, o pé, o sapato, como estaria sentada a juíza (ah, aquela covinha nas costas), imaginava um piercing preso ao umbigo ou ferindo um mamilo de juíza. E apreciava muito as juízas de meia-idade, gostava de vê-las sentadas, imaginava o cadeirão recebendo traseiros moldados por vários anos de consultas a processos, leitura de dossiers, escrita de sentenças. Juízas e bibliotecárias, duas categorias sensuais. Bibliotecárias de traseiros amadurecidos, sentadas, a preencherem fichas bibliográficas, verões silenciosos entre estantes de monografias regionais, estudos sobre indústria local, sobre artesanato e antropologia, biografias elogiosas de figuras do Estado Novo, romance contemporâneo, visitas de escritores enfastiados e rudes, cumprimentos afectuosos trocados com visitantes ilustres, relatórios sobre o mau comportamento do mobiliário e dos computadores — mas sentadas durante dias inteiros, moldando rabos que iam amadurecendo de mês para mês, ele costumava olhá-los, sim. Juízas, bibliotecárias e professoras com cerca de quarenta anos, rodeadas de crianças birrentas e que, à noite, liam romances eróticos e viam filmes pornográficos, tinham namorados de outra cidade e discutiam literatura. E gostava do verão, de sair dos tribunais para trocar o fato pela t-shirt cinzenta, pelos jeans e pelos ténis. E gostava de beber Blue Curaçao, um hábito que herdara de família, do pai.

— Mas há aí um pormenor que me escapa. Muitas vezes, eu lembro-me disso quando estava na polícia, há uma história que se complica à nossa frente e que não passa de um argumento simples, uma operação de somar em parcelas de unidades simples, sem décimas. Dois mais dois igual a quatro. Esta parece ser uma história assim. Tens um homem assassinado, uma biografia estranha, mas não fantástica, um advogado que te aparece a reivindicar as cinzas, um filho perdido na Amazónia, entre árvores-da-borracha e índias canibais, e dinheiro que anda perdido em vários bancos. Uma índia, tu já pensaste?, uma índia da Amazónia, aquela pele morena. Pena as pernas.

— Que têm as pernas?

— Já viste as pernas das índias? Muito curtas.

— Acontece — disse Jaime Ramos, interrompendo, o charuto meio ardido entre os dedos — que temos o registo das contas bancárias dele. Contas em Portugal. São contas simpáticas, davam para viver uma reforma em Santo Ovídio, mas não serviam para passear pelo mundo nem para esconder outra vida.

— Esse é o pormenor que me escapa — Ramiro calçando-se, sentado do sofá. — Santo Ovídio. O lugar mais espantoso de Gaia e do Porto, um cruzamento onde vem ter tudo o que quer complicar o trânsito, a rotunda mais inesperada de toda a cidade. Por quê Santo Ovídio?

— Porque as pessoas se escondem no meio das outras e não em lugares solitários. Chega-se facilmente ao deserto, mas aí não se esconde nada.

— A vida escondida. Há gente surpreendente, não damos nada por ela e um dia surpreendem-nos, viveram em lugares estranhos, conheceram evangélicos na China, caçaram leões, perderam-se a voltar para casa e nunca mais voltaram, conseguiram ler Saramago ou ganharam um prémio de literatura. Há sempre uma surpresa à nossa espera.

Ramiro tinha ficado com o ar satisfeito de quem conseguiu calçar-se só com a ajuda de uma mão.

— Tens de acabar com esse vício. Não podes andar descalço pela vida fora.

— Eu não ando sempre descalço.

— Das últimas vezes que te vi andavas descalço.

— Sorte a tua.

— O que me preocupa é o que este homem representa, Ramiro. Estas viagens todas no passaporte dele. E quem ele representa. Como chegou a esta pequena fortuna, como teve um filho no Brasil, como foi ao escritório de Portocarrero. Já vimos as ligações à droga. Nada. Aos diamantes. Não me parece.

— E quem o matou.

— E quem o matou, sim. Uma coisa leva à outra.

Ramiro serviu-se de mais um dedo de Blue Curaçao e olhou para Jaime Ramos, encolhido no sofá. Depois sentou-se de novo, olhando para os ténis brancos, já velhos.

— Ela desceu de um Nordatlas e viu aquele céu.

— Como é que tu sabes?

— Essas coisas sabem-se, senhor inspector. Essas coisas sabem-se. Eu estava lá, estava em Angola, não li a carta, mas conheço um capitão que a leu, a quem ele a mostrou, o caso foi comentado sobretudo quando ele a atou à parede e se pôs aos tiros, esburacou a parede, já te contei. Grande Portocarrero, aos tiros a uma mulher. Acho que aquele céu, senhor inspector, aquele céu dá a volta à cabeça das pessoas. Vi aquele céu e julguei que não havia mais nada depois daquele céu. Ainda hoje penso nisso.

— Em quê?

— Naquele céu. Uma mistura de azul e neblina, uma onda do mar entre nuvens, um sussurro, um silêncio, senhor alferes. Ao fim desses anos entendo aqueles que nunca quiseram voltar, voltar a isto, quatro estações do ano, lama de Trás-os-Montes, chuva do Porto, sotaque da Beira Alta, miséria no Alentejo, sargentos reformados, repartições de finanças, empregados de escritório, gestores públicos, cantores rasca. Os portugueses que não querem voltar a Portugal, lembra-te deles, alferes Ramos, porque são fodidos, miseráveis ou heróis que nunca se rendem, vão de um país a outro sem passarem por Portugal. E o ódio que lhe têm, a Portugal, ou o desprezo, a indiferença. A impressão que lhes faz. Eu compreendo isso, sou meio africano, por isso é que ando descalço quando posso, sou um africano da Ria de Aveiro, um português que não devia ter voltado a Portugal. A ex-mulher do Portocarrero não devia voltar, não tinha lugar aqui, a não ser porque o pai a mandou regressar e apodrecer numa quinta de Amarante. Porque ela estava sem um tostão. Estranho, não é?

— Há coisas piores.

— Há. Mas o caso explica-se porque o pai de Rita Pereira Gomes era um comerciante abastado. Nessa altura dizia-se comerciante abastado a propósito de tudo e de nada, um homem rico, um homem que enriquecera com o comércio ou a indústria. Só vinte ou trinta anos depois aparecem os empresários e os homens de negócios. Nessa altura dizia-se comerciante abastado ou rico industrial. Comerciante abastado é um nome de antigamente, lembra mercearias gigantescas numa cidade africana, recauchutagens à beira do deserto, stands de automóveis, lojas de tecidos e armazéns de farinha. Os industriais tinham indústrias que já não existem: cerâmica, oficinas de mecânica, empresas de camionagem, padarias. Esses eram os industriais. Para efeitos de regulamentação fiscal, se me faço entender. Antes de serem industriais tinham sido comerciantes abastados, como os brasileiros que nasceram no Minho e enriqueceram com o açúcar do Pernambuco. Joaquim Pereira Gomes tinha materiais de construção espalhados por Angola, Moçambique e São Tomé. Tudo o que se construía no império tinha uma grande probabilidade de vir a enriquecer o sr. Pereira Gomes, que vivia em Nova Lisboa e no Porto. Mesas e balcões de cervejarias, cimento, vigas de ferro, torneiras de cozinha, bidés, tudo era Pereira Gomes. Angola, Moçambique, São Tomé, Porto e Amarante. Mas ela estava sem um tostão, senhor alferes, ela estava sem um tostão. Regressou a Amarante porque o sr. Pereira Gomes não queria escândalos com militares. Era um negócio que estava em perigo por causa da fama da filha. Mais fama do que proveito, propriamente dito. Havia coisas que não se podiam perder, como a construção e as obras nos quartéis, estradas militares, messes aqui e ali, vigas de betão, canos de esgoto, esse negócio não podia ser prejudicado. Portocarrero e ele combinaram que Rita viria para Portugal para não pertencer ao grupo dos portugueses que não voltavam à pátria. Veio com uma pensão. Durante uns tempos pensei que era o Portocarrero a pagar-lha, mas não. O pai encarregou-se de tudo, ele queria que ela fosse uma freira de Amarante, só que com ainda menos actividade sexual. E naquela idade.

— E ela veio para Amarante.

— Ela veio para Amarante. O pai só a viu mais duas vezes, que se saiba.

— Devias montar uma central de informações.

— Já vou tarde para isso, alferes. Fico-te mais barato assim.

— E Portocarrero?

— Meu amigo. Portocarrero ficou bem na vida. A Lurdinhas era rica, ele tinha um bom escritório. Eu suponho que ele obteve, digamos, uma pequena indemnização do pai da Rita, digamos que uma compensação pelos danos patrimoniais e morais causados pelo adultério. Soa ridículo. Mas não é. É outro género de compensação, sim, mas pelos contratos que ele arranjou ao primeiro sogro. Quando Portocarrero chega a Portugal, mesmo um pouco antes da revolução, tinha bastante dinheiro. Vê tu o nome, Praia Portocarrero. O novo sogro, agradecido, eram tempos formidáveis, entrega-lhe um negócio ou outro, coisas que ele não podia legalmente fazer, mas acabou por fazer. Negócios na África do Sul, por exemplo.

Naquele instante o besouro tocou, Jaime Ramos hesitou e acabou por estender a mão para o telemóvel pousado na mesinha, ao lado do cinzeiro. Dez da noite não era uma hora tardia, mas Jaime Ramos reconheceu o número da polícia.

— Chefe, é o Corsário. Boa noite.

— Já percebi. Tens as mornas?

— Vou amanhã para Cabo Verde. Mas há uma coisa que lhe interessa saber. Que nos interessa. Eu tentei falar com o inspector Isaltino, mas já foi para casa e não tenho o telefone dele. O de casa.

— Diz.

— Eu acho que temos uma pista para o caso da mulher morta em Amarante.

— Descobriste agora?

— Não, chefe. Mais cedo. Mas temos uma pista. Preciso de falar consigo e tem de ser agora. Amanhã vou para Cabo Verde, não posso mudar o voo.

— E eu para o Brasil. Não podes falar com o Isaltino?

— Acho que não, chefe, acho que não. Posso ir aí. Não é coisa para falarmos pelo telefone.

— Daqui a um quarto de hora no Bonaparte. Pagas tu.

— Acho que tem de ser.

Jaime e Ramiro saíram do apartamento, desceram de elevador, a noite do Porto tinha encontrado a sua hora silenciosa, já não havia comboios em Campanhã, os lugares de estacionamento na rua estavam ocupados.

37

HÁ QUANTOS ANOS CONHECIA ESTE BAR? HÁ QUANTOS anos se sentava ao balcão do Bonaparte, a horas desiguais da noite, depois do crepúsculo, diante do mar da Foz? Há quantos anos conhecia Jorge Alonso, o dono do bar? Quantas vezes Alonso o amparou até à porta e, com o braço estendido, lhe mostrou o lugar onde estacionara o carro, junto do separador relvado a meio da rua do Brasil? O bar estava vazio e Jaime Ramos reconheceu a filha de Jorge Alonso atrás do balcão. Se fosse mais novo casaria com a filha de Jorge Alonso e ajudá-la-ia a fazer as contas do bar, viria ao fim da noite limpar as mesas, despejar os cinzeiros, beber uma cerveja e fumar um charuto entre o fumo dos clientes tardios enquanto ela, com o cabelo loiro em rabo-de-cavalo, controlaria o movimento do balcão e das mesas, séria e irlandesa.

— O meu pai não está. Agora vai para casa mais cedo, desde que teve o ataque cardíaco.

Isso fora há seis meses, Alonso se recuperou da crise cardíaca e pensou em retirar-se, fechar o bar, ir para a casa comprada no Douro, em Mesão Frio, mas os filhos tomaram o negócio — e o bar, de facto, continuava a sua vida, aumentara o movimento dos fins-de-semana. Depois, apenas a filha.

Ele vinha ao princípio da noite para reconhecer o lugar das garrafas, para tomar nota das encomendas e para assinar os cheques aos fornecedores. Recuperava lentamente de uma vida dedicada àquelas quatro paredes do piso térreo e às do andar de cima, o restaurante onde continuava pendurado o retrato de Mr. O'Gradey, o irlandês que fora o primeiro proprietário antes de se retirar para a sua terra, deixando o negócio àquele português tranquilo, reaccionário e inteligente. Jaime Ramos chamava-lhe velho reaccionário, Jorge Alonso ria.

— Não. Velho reaccionário não. Só reaccionário.

— Está velho sim, e reaccionário.

— Com a idade você vai ser mais reaccionário do que eu. E, pior do que isso, vai ficar velho mais cedo. Mas eu já nasci velho, inspector. Aos vinte e oito, quando fiquei à frente do bar, já estava tão velho como hoje. Só tratei de arranjar rugas e cabelos brancos, mas o resto estava cá. As coisas não me surpreendem muito, hoje em dia. Se sobreviver a este coração maltratado, pago-lhe um Tullamore Dew todas as semanas.

— Prefiro Bushmills.

— Mas eu ofereço-lhe Tullamore. É o meu contributo para a sua educação. Um contributo desinteressado. E caro.

— Velho, reaccionário e sovina.

— Poupado, inspector. Reaccionário e poupado.

A filha avisara-o por telefone sobre a crise cardíaca e Jaime Ramos fora vê-lo ao hospital, onde o encontrara a ler, deitado na cama.

— Como aprendeu a ler em inglês?

— Com Mr. O'Gradey. Já lhe contei. Você esquece tudo.

— Pois já. Mas nunca o tinha visto a ler um livro em inglês.

— É bom para o coração.

— Vai ficar melhor rapidamente, não vai?

Ele olhou-o de lado, fechando o livro e pousando-o sobre a cama:

— Não acho, inspector. Já fiz o que tinha a fazer. Já fui à Irlanda, já criei dois filhos. As minhas metas estão cumpridas. A vantagem de se ser reaccionário, como você diz na sua ignorância, é que nunca se esperam grandes coisas da vida. Uma alegria ou outra, sim senhor, mas não muito mais. Trabalho, sacrifícios, música, cerveja. E algum amor, certamente. Hoje diz-se sexo, mas a mim tanto me dá. Vai continuar a ir ao bar?

— Claro que vou.

— Se eu morrer, deixo-lhe as garrafas de Tullamore Dew. Ainda são umas caixas.

— É uma grande honra, mas quando é que isso vai acontecer?

— Não sei, não faço ideia. Enquanto eu estiver vivo vai ter que pagá-las. Tudo tem o seu preço.

— De qualquer modo não vale a pena apressar-se. Eu vou bebendo pouco, se é do meu bolso. Fico à espera da herança. Quantas caixas são ao todo?

— No mês passado eram dez ou onze, já não me lembro.

— Há quanto tempo nos conhecemos, Alonso?

— Há tempo suficiente. Quinze anos? Talvez menos. Nessa altura o meu coração era forte e Mr. O'Gradey ainda respondia às minhas cartas. Morreu há oito anos sem ter voltado a Portugal.

Jaime Ramos recordava-se de um amigo que tivera uma crise cardíaca e fora mandado para casa, em repouso. A princípio ele repousava, sim, lia, coleccionava vídeos, saía para ir às compras. Divorciara-se havia uns anos, ficava em casa, acordado até tarde, a olhar o mar da Afurada, a luz dos faróis rompendo a neblina, a chuva de inverno. Pintava mulheres nuas, contratava jovens modelos, estudantes da faculdade que precisavam de dinheiro e acabavam por ficar por casa, ocupavam um quarto ou outro, traziam-lhe livros e discos, mas sobretudo despiam-se para que ele as desenhasse ou pintasse. Ele pintava-as, limitava-se a isso. Mas sobretudo olhava-as como se o mundo tivesse acabado para lá daquelas vidraças que ocupavam mais de metade da parede da sala. Não queria sexo. Não queria tocá-las, só vê-las andando de um lado para o outro. Deixava que elas dormissem no sofá e que o acordassem de manhã para lhe fazerem café e torradas. Algumas acabavam por ficar por mais de um dia ou outro, estendidas nos sofás, enroscadas no chão de um quarto. Traziam os livros da faculdade e ele interessava-se por biologia, literatura inglesa do século XVII, arquitectura, ciências políticas, democratização da Indonésia, variações de preços. Jaime Ramos invejara-o durante algum tempo, ele gostaria de ter mulheres nuas à sua volta para pintar, se soubesse pintar. Mulheres que vivessem a sua vida e que estacionassem por umas semanas ou meses no seu apartamento de solteiro, se não existisse Rosa, evidentemente. Mulheres que logo de manhã lhe fossem comprar o *Jornal de Notícias* e não se importassem de provar a sua comida ou de lavar a loiça com ele. Mulheres inclinadas em sofás, diante da televisão apagada, lendo manuais de botânica ou de direito administrativo, vestidas apenas com t-shirts brancas. Mas Rosa existia e tudo isso era desnecessário. Não queria recuperar o tempo perdido em relações pouco sentimentais ou em recordações de circunstância. Os primeiros amores, um nome perdido na infância, a primeira viagem. Jaime Ramos não gostava das primeiras coisas, deixavam-no triste, melancólico, lembrava-se de Raquel, a namorada que deixara partir num comboio suburbano à vista da praia de Espinho. Havia um cheiro a fritos no ar, farturas e churros, canela, açúcar, poeira de rua, Raquel subindo os quatro degraus da carruagem, entrando em lágrimas, ele caminhando pela plataforma da estação sem voltar-se sequer uma vez. Os primeiros amores decepcionaram-no. Os seguintes não corrigiram essa sensação. Não tinha saudades da juventude, das vozes cheias de agudos, dos perfumes baratos, das namoradas que usavam camisolas de lã tricotadas por uma tia de Freamunde, do entardecer de domingo com relatos de futebol na rádio. E também não compreendia o êxtase de certas pessoas com a memória do que acontecera pela primeira vez, alguma vez, há muito tempo. Deixara de ser adolescente e não queria voltar a ser adolescente, não queria voltar a fazer figuras ridículas, não queria voltar a dançar em bailes de finalistas, não queria voltar a ter um poster do Che na parede do quarto, não queria voltar a ler os jornais desportivos para saber os resultados da III Divisão, não queria voltar a sentir falta de dinheiro, não tinha grande prazer em voltar a ser adolescente.

Jorge Alonso também não procurava recuperar o tempo perdido, não mudara a sua vida — pelo contrário, visitava o bar e telefonava aos filhos. E Jaime Ramos continuava a visitar o bar como se nada tivesse acontecido, embora pensasse que — se fosse mais novo e Rosa não existisse — casaria com a filha de Jorge Alonso e passariam férias em cidades da Europa, conheceria a Baviera, sempre quis conhecer a Baviera e a Itália, e ele viria ajudá-la a servir as últimas bebidas e aceitaria a sua boleia para casa, num carro familiar que não saberia guiar, e chegariam a casa e ele olharia para o cabelo loiro em rabo-de-cavalo e talvez isso fosse suficiente. Gostava daquela luz, do fumo, do balcão a que gostava de comer um prego e de beber cerveja. Alonso ensinara-o a beber cervejas belgas e inglesas, reservara-lhe um banco sempre junto do balcão, e Rosa também gostava de se encontrar ali com ele nas sextas-feiras à noite, antes de irem para casa, ou quando ele saía tarde da polícia. Ele pensava tudo isso enquanto bebia uma Bush Ambrée, no seu copo largo e redondo, a cerveja que reservava para as suas idas solitárias ao Bonaparte, aproveitando o seu travo doce, final, a frescura do seu coração frio, o rasto de caramelo perdido entre fermentações antigas.

José Corsário apareceu daí a pouco, às dez e meia, e sentou-se junto de Jaime Ramos, ao balcão. Trazia a sua mochila, o blaser azul, um jornal na mão. Jaime Ramos recebera-o havia três anos no seu grupo, e Corsário integrara-se ao fim de alguns meses, embora não soubesse muitos pormenores sobre a sua vida, ao contrário do que acontecia com Isaltino, de quem sabia mais do que o nome, a quantidade de filhos, a marca do carro, a idade e o número de telefone — era um triunfo. O cabo-verdiano pediu uma cerveja, Jaime Ramos sugeriu uma Bush. Corsário torceu o nariz e ambos pediram Douglas.

— O que é tão importante no caso de Amarante?

— Uma coincidência, chefe.

— Boa, ou má?

— Triste. Uma coincidência fodida.

— Eu não gosto de coincidências — disse Jaime Ramos reacendendo o charuto que deslizara entre os dedos, meio consumido, aguardando a pena capital.

38

FOI NESSA ALTURA QUE DANIELA DESCOBRIU ALGUMA COISA. Saiu para a varanda e olhou para todo o mar que pôde alcançar entre os prédios que margeavam a baía. Nos dois últimos dias limitara-se a descer para comprar leite, pão, jornais, pasta de dente. Também comprava frutas frescas nas bancas de rua, e flores amarelas para pôr nas duas jarras da sala. Depois, sentava na cozinha e comia torradas com manteiga, lia os jornais, preocupava-se com o atraso nos trabalhos da sua tese, com a bibliografia que a esperava. Adalberto tinha telefonado para saber quando regressaria à faculdade. Era provável que ele estivesse apaixonado, tinha mandado flores em nome do pessoal de literatura e de história de arte, de dois em dois dias queria notícias, indignava-se ao telefone, falava de insegurança, precisa se proteger, querida, precisamos todos de proteção, todos nós esperamos você, eu espero você. Delegado Walmir telefonara duas vezes, queria saber como estava, ela perguntava se havia novidades nas investigações.

— Nada, ainda não, dona Daniela.

— Não me chame de dona.

— Ainda não, Daniela — suspirou Walmir. Daniela notou, mesmo pelo telefone, que ele corara um pouco. Deixara de ser dona Daniela. — Seria bom se houvesse. Lembrou-se de alguma coisa nesses dias? Alguma coisa que nos ajude?

— Nada.

Em branco. Uma folha de branco-sujo, de papel-arroz, caía à sua frente a cada vez que recordava a imagem de Helena dobrada no sofá, o tapete manchado de sangue, as vozes à sua volta. Depois de ter acordado no hospital, dormira dois dias, cheia de medicamentos, o médico lhe sugerira não voltar já para casa. Pelo menos sozinha. O doutor Bonner era cuidadoso, muito gentil:

— Tem algum lugar para onde ir por enquanto? O apartamento de uma amiga? Uns dias de férias seria muito bom. Uma pequena viagem que compense o choque. Depois volta com outro ânimo, Daniela.

O pai lhe deixara também esse apartamento no Rio de Janeiro, com uma garagem que nunca era utilizada, bem ao lado da praça General Osório, diante de uma banca de flores e de um restaurante especializado em feijoada. Aos sábados, quando estava no Rio, o pai ia almoçar lá, sozinho, atendido com a familiaridade que o restaurante reservava aos vizinhos e sem tentar enganá-los, como acontecia com os turistas ruidosos. Levava os jornais de São Paulo, uma excentricidade que gostava de alimentar no Rio de Janeiro, e almoçava em silêncio, folheando, fazendo uma pausa, mastigando com apetite e bebendo vinho, ela sabia que era com apetite. Daniela ligava para o celular bem nessa hora.

— Está comendo sua feijoada?

— Estou me lembrando de você, minha filha. Aqui não tem feijoada diet, mas podia tentar. Há a laranja, a couve e o arroz, isso você podia comer à vontade. O resto fica para mim.

A menos que você tomasse um caldinho de feijão, está saboroso hoje.

— Vá com calma no torresmo, pai.

— Já nem tem. E o caldinho de feijão é igual ao de São Paulo, quase como no Bolinha. Há coisas que não adianta mudar. A feijoada é em São Paulo. A comida do Rio é sanduíche de McDonald's.

— Aproveite o Rio, pai.

— Se eu mandasse alguma coisa, acabava com a ponte aérea.

Ela gostava desses restaurantes onde costumava ir com o pai (como o Bolinha, em São Paulo, bom para comer feijoada) ou de onde o pai lhe telefonava. Também sabia que, durante alguns anos, substituíra a mãe nessas viagens ao Rio. Caminhava pelas ruas de Copacabana, pelas praças, entrava nas lojas, almoçava sozinha (jantava com o pai, sim), ficava no apartamento assistindo à televisão e adormecendo com *videogames*. Depois, tudo acabou. Agora, tinha acabado uma segunda vez, tudo terminara numa poça de sangue, naquele olhar de Helena, entre o tranqüilo e o esgazeado, debruçada sobre o tapete, curvada, abandonada. E ela teria que encontrar uma solução para todas as dúvidas sobre Helena (a falta que ela fazia) e sobre sua relação com Helena. Mas suspeitava que havia muito mais e que tudo isso se reduzia a uma pergunta — quem matou Helena?

Walmir interrogara-a durante várias horas e ela esgotara todas as respostas às suas perguntas, maliciosas ou banais. Ele desconfiara de alguma coisa, sim.

— Helena dormia assim tantas vezes em sua casa?

Ela notara o seu olhar, desviando-se. Malícia. Essas duas aí eram namoradas. Essas duas aí se davam demais. Olha só, menino, ele diria para aquele policial magrinho que perseguia Walmir para todo o lado até que ele o enxotava, olha só, menino, essas duas têm história no meio. Há de tudo em Higienópolis, Ruiz, há de tudo. O policial chamava-se Ruiz e circulava atrás de Walmir, com um bloco de notas de folhas pardas, ela notara seu olhar envergonhado, a timidez dos modestos, a pequena vergonha dos que não conseguem dissimular o olhar, aquela sofreguidão exaltada — uma lésbica, uma mulher que dorme com outra mulher. Como será o corpo de uma mulher que dorme com outra mulher? Terá escamas, um sinal no meio das costas, asas que se soltam no meio da noite, um sexo mortífero, uma placa indicando lugares desconhecidos no mapa, profundidades insuspeitas, um sinal acima do joelho, um corte abrupto nas veias, falará numa língua cheia de arabescos, haverá um sinal que indique a natureza e a quantidade de luxúria? Lubricidade, volúpia, lascívia, luxúria, as definições do dicionário. Ela notara esse olhar em Ruiz, o policial baixinho, aquela barba malfeita. Ele não podia fazer a barba todos os dias, eram apenas alguns pêlos soltos, presos ao queixo. A camisa de manga curta, de quadradinhos. Os mocassins creme. O celular preso no cinto, com o fone desnecessariamente ligado ao ouvido. O olhar, ela surpreendeu esse olhar preso ao seu peito, descendo para o short, para as pernas, até os tornozelos, e aquela exaltação: como seriam estes tornozelos presos pelas mãos de Helena? Pobre Ruiz, Ruizinho, pobre policial de São Paulo, pobre homem que vê as mulheres de Higienópolis quando passa de ônibus pela rua Piauí e que emudece quando tem que interrogar uma delas.

Mas Daniela não era uma mulher que dormia com outra mulher. Que pena, Ruizinho, que pena. Walmir coçara a barba, era um cavanhaque denso e mal aparado que começava a ficar grisalho. Suas perguntas eram delicadas, pousava a mão sobre a mesa, brincava com um isqueiro (Daniela fumava de vez em quando), empurrava uma revista ou puxava-a para ver a capa, olhava em volta procurando indícios de uma pista que desconhecia, um sinal deixado pendurado numa parede, mesmo diante dos olhos. Mas foi nessa altura que Daniela descobriu qualquer coisa. Walmir, muito delicado, brincando com um lápis no cavanhaque:

— Me desculpe.

Daniela olhou para Walmir.

— Quer saber se eu sou lésbica? Quer fazer essa pergunta, Walmir? Faça a pergunta.

— A senhora é homossexual?

— Isso faz parte de seu inquérito? É fundamental para seu inquérito?

— Talvez.

— O que mudaria em sua investigação se eu fosse declarada lésbica?

— Acho que quase nada. Mas eu não pergunto por preconceito, não. Talvez ajudasse a definir um retrato, um perfil.

— A polícia trata de psicologia?

— Muitas vezes. Freqüentemente, Daniela. Um inquérito não é um trabalho burocrático.

— O que o levou a pensar que eu fosse lésbica?

— Um gesto perdido da senhora, talvez. O fato de sua amiga dormir em sua casa tantas vezes, o estado em que a senhora ficou, como se tivesse perdido um namorado. Ou uma namorada. Os retratos da senhora que eu encontrei no quarto de Helena.

— Eram assim muitos?

— Alguns. De fato, eram muitos, guardados em gavetas ou à mostra, em molduras, nas estantes. Veneza, Florença, Paris, Lisboa, São Paulo, Rio. Usavam a mesma roupa.

— A mesma roupa?

— A mesma roupa. Há uma blusa da senhora que Helena usa em Florença. Eu vi a senhora com essa blusa, no dia em que saiu do hospital.

— Que atento, Walmir, que atento. E pare de chamar-me de senhora.

— Sim.

— Senhora lésbica — ela riu.

Estavam os dois sentados num café do shopping Pátio Higienópolis, ela comia um petit gâteau de chocolate e bebia água mineral, tinha escolhido esse lugar porque ficara de passar pela livraria e queria comprar uma roupa para levar para o Rio de Janeiro. Ele murmurara qualquer coisa quando Daniela perguntou se queria um lugar menos público. Mas depois se calou, e então Daniela o ouviu apenas dizer "às duas está bem", e eram duas e quinze quando ela apareceu na esquina daquele corredor. Walmir já estava sentado, bebendo um café — e agora ela não sabia o que a tinha levado a brincar com o policial e a dizer "senhora lésbica". Ele riu, também, mas Daniela tinha essa vantagem de ter começado.

— Não, Walmir, não sou lésbica e nunca dormi com Helena. Fica mais tranqüilo?

Ele a olhou, finalmente. Até aí tinha olhado os objetos espalhados pela mesa, como fazia habitualmente: xícara de café, copo de água mineral, garrafa de água mineral, prato com o bolo, pacote de livros, a bolsa de Daniela.

— Não fiquei mais tranqüilo, não. Ficaria mais tranqüilo se me dissesse que havia qualquer coisa que eu pudesse utilizar para a investigação. Um telefonema que Helena tivesse recebido, uma conversa em que ela dizia que tinha medo de voltar para casa, um namorado que a tivesse ameaçado. Há alguma dessas coisas?

— Não me parece.

— Por que ela ia dormir em sua casa, Daniela?

— Ela trabalhava aqui perto, na rua Alagoas. Já me perguntou isso tantas vezes, Walmir.

— Sei. Eu sei que já. Me desculpe, sempre me esqueço disso — Walmir folheava um bloco pequeno, amarrotado.

— Ela morava no fim da Lapa, num apartamento pequeno. Bonito, mas pequeno. E longe. De vez em quando ficava aqui para poder dormir mais um pouco. É a diferença entre levantar-se às seis ou às oito, sobretudo se a minha casa é em Higienópolis e o emprego dela era em Higienópolis. Nós saíamos muito e eu vivia sozinha.

Ela terminou o petit gâteau, arrumou o garfo, bebeu um pouco de água:

— E havia mais, Walmir.

— Mais?

— Mais. Eu gostava que ela fosse dormir na minha casa, mas, já lhe disse antes, nunca dormi com ela. Dormi na mesma cama, sim. Mas nunca transei com ela. Gostaria de ter feito isso, Walmir. Só que não fiz, não tivemos tempo.

— Eu compreendo.

— Mas um dia isso ia acontecer, não sei explicar como. Mas ia acontecer, eu sei. Era o nosso pecado.

— Eu compreendo.

— Acho que compreende, Walmir. Acho que compreende, sim. Isso não tem a ver com sexo, Walmir. Eu ia explicar isso a Helena nessa noite, mas não cheguei a tempo.

Talvez fosse só isso, uma explicação convincente para a polícia, para Walmir. Daniela pensou que ele tinha sido muito simpático, educado, telefonava de dois em dois dias perguntando pela saúde, "como vai a saúde, Daniela?" ou "como vai a disposição, dona Daniela?". Ele tinha uma voz de tenor, baixa e arrastada, mas Daniela suspeitava que Walmir não sabia distinguir um tenor de um contralto, embora soubesse que aquela voz lhe era útil em interrogatórios a mulheres de classe média, senhoras de Higienópolis, moças da universidade que conheciam a Europa e tinham saudades de homens aparentemente delicados, cultos, sofisticados, ou que sonhavam dormir com a melhor amiga, transar com a melhor amiga. Talvez por isso ele usasse aquele paletó de linho azul sobre a camisa branca, sempre o via de camisa branca.

— Você nasceu onde, Walmir?

— Imagine, no Sergipe. Em São Cristóvão, perto de Aracaju.

— Não conheço.

— Fica a dois mil quilômetros daqui. Um pouco mais.

— Eu sei onde fica, mas não conheço Aracaju.

— Aracaju não é nada. São Cristóvão é a quarta cidade mais antiga do Brasil. Venho de lá. Sou parte dos brasileiros mais antigos do Brasil, uma família de gente escura e agradável. Vim para São Paulo pequeno.

— De mim já sabe quase tudo, tem uma ficha completa, mas ainda tem dúvidas sobre se sou lésbica ou não. Quer dizer, se sou lésbica de carteirinha, se ando atrás de mulheres. Não ando atrás de mulheres. Só andei ao lado de Helena. Ainda tem dúvida, Walmir?

— Não é uma dúvida minha, Daniela. É sua, parece.

Golpe baixo, Walmir. Eu não devia brincar com um policial, pensou Daniela.

— E no emprego? Dona Helena falava de alguém do emprego, lá do banco?

— Não me lembro de ninguém em especial. Sabe como é, ela falava pouco do trabalho no banco, não havia nada misterioso ou emocionante em depósitos, saques, impressos, abertura de contas, saldos e débitos. Não me parece que você gostaria, Walmir.

— Não se lembra de nenhum namorado no banco? Não um de agora. Um mais antigo, que já tivesse passado.

— Não acredito.

— Vai ter de ligar para mim quando se lembrar, Daniela — ele fechando o bloco de notas, um caderninho preto, minúsculo.

— Escreve muito nesse caderninho?

— Bastante, mas só nas horas livres, quando me sento para pensar no que ouvi durante os interrogatórios, as diligências. Há sempre alguma coisa de que só lembramos depois, por isso estou insistindo, Daniela. Caso se lembre de alguma coisa, é neste momento que se lembrará, porque tudo já aconteceu há uma semana. Sua memória regressa. Está regressando. O que me contou há duas semanas era resultado de um choque muito violento, não estava preparada para lembrar, para recordar. Nessa altura vivia de imagens, coisas que tinham acontecido muito recentemente.

— Anotou essas coisas no seu caderno?

— Meu português é bom, Daniela. Anotei sem erros — ele sorrindo e afastando a cadeira, preparado para se levantar mas esperando ainda alguma coisa, uma palavra final.

— Ainda bem que seu português é bom, Walmir. Erro ortográfico é feio.

Português errado é mau, pensou Daniela, recordando aquela vez em que Helena brincara com isso. "Português errado é a mesma coisa que língua errada, menina." Riram muito, deitadas na sala, naquela noite de sexta para sábado, quando voltaram do jantar com amigos, no fim de semana anterior ao crime. "Português será boa língua?" Riram muito. Helena falara do português que fora ao banco, o português de terno Armani. "Português terá língua boa?" O português rico. "O português será bom de língua?" Nessa altura Daniela olhara para Helena como se fosse tomada por uma melancolia cheia de sorrisos, ela poderia falar sobre sua própria língua, sobre doces de manga e abacaxi, Quarta-Feira de Cinzas, a Quaresma, o arrependimento, o jejum, o bom comportamento, o sonho de uma mão puxando a calcinha para o lado, descendo-a, acariciando, uma parte do corpo a pulsar, em ritmos desconhecidos até aí. E poderia falar sobre o perfume, o fio de ouro que Helena usava no pescoço, finíssimo, ela sabia que Helena tinha uma tatuagem na coxa, uma penugem delicada no umbigo, penugem loira, cachinhos dourados. Por isso nem notou que, quando se despediu do delegado Walmir diante do shopping, uma nuvem tapara o sol e quase desfocara a paisagem de canteiros verdejantes, floridos, muito cuidados, onde se encostavam os manobristas nos seus ternos cor de vinho, aguardando os carros das senhoras que vinham visitar Higienópolis.

39

ELE NÃO SABIA SE TINHA ANTEPASSADOS VIVOS NO BRAsil, mas era provável que ainda tivesse, pelo menos um tio desaparecido, um tio que enlouqueceu no meio de pretas do Pernambuco ou que se perdeu para sempre nas fronteiras do Pará, não sabia. Mas tinha. Tivera. No Brasil desaparece-se frequentemente, é da tradição, há histórias fantásticas que passam de geração em geração e compõem a mitologia familiar. Ele conhecia os nomes: Pará, Maranhão, Amazónia, São Paulo, Rio, Minas Gerais, Mato Grosso, Bahia. Há sempre um tio distante que foi para o Brasil, uma terra de fugitivos, de emigrantes antigos, de regressados a uma quinta do Minho ou a uma aldeia nas montanhas. Jaime Ramos nunca tinha ido ao Brasil, mas suspeitava que estava preparado para essa viagem desde que ouviu pela primeira vez falar do Brasil, na infância, antes da infância provavelmente, antes de outra palavra que alguém usara para falar do tio-avô. Dizia-se que enlouquecera. Ouvira falar dele mais algumas vezes, alguém lera uma carta que chegara do Rio de Janeiro. Pará e Pernambuco eram imaginação pura. O tio vivera no Rio de Janeiro, ninguém sabia se estava vivo ou se morrera indigente, pobre como os pobres do Brasil, ou velho e abandonado por uma mulher mais jovem que lhe roubara as contas bancárias — um cenário muito diferente daquele retrato dos portugueses que enriquecem e contam aventuras do Rio de Janeiro. Caíra sobre o tio uma poeira de silêncio que ninguém se atrevera a soprar. E ele sabia que não era assunto seu. Era muito tarde para ter problemas familiares.

— Traz-me biquínis — pediu Rosa.

— Não sei o tamanho.

— Sabes, sim. Mais para o grande, para uma senhora da minha idade.

— Não és bem uma senhora — disse ele às cinco da manhã, barbeado e vestido, debruçado sobre a cama. — Mas eu trago biquínis. E venho logo. Não passes fome.

Ele sabia que Rosa não cozinhava quando estava sozinha. Algumas vezes deixara comida embalada no congelador, coisas que preparara para o microondas ou para o forno do fogão nos dias anteriores à partida — mas raramente avisava; deixava apenas um papel colado ao frigorífico onde escrevera "há comida pronta". Ao regressar da viagem iria conferir — mais pelo corpo de Rosa do que pela abundância de espaço no congelador.

— O chefe habitua-se a isto. Um dia não volta — queixara-se Isaltino à tarde, entregando-lhe um envelope: dinheiro, passaporte, lista de contactos, cartão de crédito.

— Volto sempre, Isaltino. Quero ver o Porto a ganhar o campeonato.

— Só se for isso. Mas o campeonato deste ano já acabou e foi nosso. Estamos em junho, chefe. Só se estiver a falar do próximo ano.

— É isso — Jaime Ramos não sorrira. Levava na mão uma pasta de plástico preto e adormeceria com ela sobre as pernas enquanto o avião se despedia de Lisboa. A cidade fazia-lhe sono, mesmo que fosse apenas durante a escala do voo do Porto para São Paulo; ajudaram a adormecê-lo a promessa de quase nove horas dentro do avião e uma noite mal dormida. Entrara em casa pelas quatro e um quarto, movimentara-se pela casa fora sem fazer ruído para que Rosa continuasse a dormir e, depois do banho, sentara-se à beira da cama, olhando em redor, como se só agora reconhecesse todos os objectos do quarto. Cómoda, cama larga, um armário fundo, escuro, uma estante cheia de livros desarrumados, um biombo inútil junto da janela, um tapete que Rosa trouxera da Turquia, um cesto de revistas do seu lado da cama. Reparou também nos dois copos de água, um em cada mesa-de-cabeceira, nos candeeiros, nos livros que Rosa andava a ler e nos que folheava ao acaso antes de adormecer — e que eram sempre os mesmos. Reparou ainda na claridade que nascia sobre os telhados das casas, lá fora, e que atravessava o quarto como uma cortina esvoaçando, empurrada pela madrugada tépida. Meteu o passaporte e o bilhete de avião no mesmo bolso do blusão onde guardava os charutos, conferiu a existência da carteira no bolso das calças junto com as chaves da sua casa, no andar de baixo, onde passaria para recolher a mala feita de véspera — e só nessa altura, realmente, pensou no Brasil. Mas foi apenas um relâmpago: a viagem de táxi para o aeroporto interrompeu as poucas imagens de São Paulo que fixara numa parte vaga e resistente da sua memória, uma retina que captava coisas dispersas, abandonadas, captadas da televisão, à solta, coisas de uma vagabundagem que não lhe interessava reconhecer.

Na escala em Lisboa, meia hora depois, quando teve de sair do avião e aguardar a ler jornais numa sala que tinha área de fumadores, a única coisa que ocupava o seu cérebro era o rosto vago e escuro de José Corsário das Neves, debruçado sobre o balcão do bar; não o que ele lhe contou, que era importante e que não esquecera — mas apenas a imagem do seu rosto de mulato cabo-verdiano, humilde como um anjo caído, e que contrastava com a sua missão no Brasil, para onde partia em busca do filho desconhecido de Álvaro Severiano Furtado, o seu morto pessoal mais recente. De São Paulo partiria para Manaus logo no dia seguinte de madrugada, o que significava que teria toda a tarde para aumentar os seus conhecimentos do mundo, aproveitando o dinheiro dos contribuintes, que não se tinham oposto — por princípio — a que se investigasse aquela morte inesperada de um homem que vivia, em períodos curtos e aparentemente sem regularidade, num apartamento modesto de Santo Ovídio. A mulher debruçara-se sobre o assento e perguntou-lhe se tomava alguma bebida, ele disse que sim. Pediu água com gelo. E adormeceu profundamente.

40

DINIZ RAMOS CHEGOU AO BRASIL NO DIA 22 DE OUTUbro de 1948. A data não teve importância, mas ele conservava-a como um marco nos anais da família e nunca a esqueceu ao longo dos anos. Não havia razão nenhuma para que a lembrasse. Não conhecera Diniz Ramos: as fotografias mostravam um homem alto, com bigode e óculos de aros escuros, de ombros largos e vestindo um fato completo, cinza, sorrindo cada vez mais (era esta a sua impressão) à medida que tudo ia ficando mais ténue, em vias de desaparecer. Conservam-se algumas cartas dos anos seguintes e enviadas de São Paulo. Eram envelopes amarelos ou amarelados que nunca tinham sido rasgados e a que nunca foram retirados os selos, tucanos, árvores da Amazónia, araras, rios, o retrato do Imperador, o rosto de Juscelino Kubitschek, barcos, Santos Dumont e os primórdios da aviação, índios seminus. Diniz Ramos era o primeiro emigrante da família e, na escola, Jaime Ramos ouvia falar do Brasil como a terra prometida de onde se regressaria rico, velho, com bastantes filhos e criados negros, onde os homens vestiam casacos brancos e havia demasiadas mulheres. Jaime Ramos chegou ao Brasil no dia 14 de junho de 2004, quase sessenta anos depois do seu antepassado. Isso não impediu que se sentisse como o primeiro Ramos a pisar terra do Brasil, ou, pelo menos, o primeiro Ramos da sua família que pretendia regressar quanto antes a Portugal.

Nessa noite relembraria o momento: ao olhar pela janela do avião reconheceu a mesma língua numa terra distante. Deixou que se levantassem todos os passageiros, que recolhessem os sacos de viagem, as bolsas guardadas nas bagageiras, os jornais amarrotados, que despissem os agasalhos de viagem — e só então se levantou ele mesmo, saindo do avião de mãos vazias e percorrendo os corredores do aeroporto atrás daquela fila indisciplinada de portugueses, brasileiros, emigrantes, turistas, homens e mulheres de negócios. E veio ter com ele essa aragem de que ouvira falar, enquanto aguardava a sua vez de mostrar o passaporte no balcão da Polícia Federal.

— Férias?

— Não. Está aí o visto.

— Policial — confirmou o homem. — Tem contactos para manter aqui, sr. Ramos?

— Tenho. Em Manaus.

— Que longe, senhor Ramos. Uma viagem terrível, Manaus.

— São todas terríveis.

— Menos para mim — ouviu ainda murmurar-lhe, sorrindo.

Foi depois de entrar no táxi que o levaria a São Paulo que, enquanto passava a vistoria aos outdoors ao longo da estrada, recordou de novo o rosto moreno de Corsário das Neves que, a esta hora, devia já ter chegado a Cabo Verde. O sono do avião não fora repousante, embora tivesse sido profundo, seis ou sete horas dormindo entre a janela e um homem que lia jornais italianos — e sentiu que a hora de recordar a conversa de Corsário das Neves tinha passado. Mas ali, a caminho de São Paulo, foi a primeira imagem que veio ter com ele.

— Quanto tempo demora a viagem?

— Oi?

— Perguntei quanto tempo demora a viagem.

— Se o Senhor tiver misericórdia, talvez uma hora.

— Costuma ajudar?

— Deus? Nem por isso. Mas precisamos ter fé. Talvez uma hora. Trânsito nunca tem previsão em São Paulo. Se tivesse, havia cientistas espalhados na estrada, alugando o serviço.

Lá atrás, Jaime Ramos encostou a cabeça, pelo vidro traseiro espreitou o céu de São Paulo, azul e cinza, copas de prédios e de armazéns estendiam-se ao longo da estrada, árvores, campos de relva, vias secundárias que caminhavam ao seu encontro.

José Corsário das Neves contara-lhe coisas que sabia. Fátima. Jaime Ramos sabia. Fátima trabalhava num bar, ele explicou. Não poderia dizer de outra maneira. Ela trabalhava num bar, andava de mesa em mesa, ajudava a vender bebidas.

— Eu não sabia que ela trabalhava nisso, chefe. Juro que não. Eu sei que um polícia deve ter cuidado com isso.

— Um polícia deve ter cuidado para que não lhe estoirem os cornos. Isso é o grande cuidado que um polícia deve ter. O resto é contigo — Jaime Ramos não gostava de dar conselhos, não gostava que o tomassem por pai, protector, conselheiro. Nunca fora o seu forte.

— Mas isso é importante, chefe.

— E então?

— E então, chefe, acontece que o bar tem muitas mulheres. Muitos homens e muitas mulheres.

— Eu conheço o lugar.

— Então já sabe. Putas. A Fátima veio de Angola em 75, com a mãe e duas irmãs. Trabalha naquele bar desde há dois anos, quase todas as noites. Eu conheci-a e levei-a para casa uma noite e depois aconteceu tudo. Tudo, quer dizer, ela veio mais vezes. Não como profissional. Veio para dormir, caía na cama e dormia, trazia o pequeno-almoço quando eu ficava de piquete, fazia o almoço ao domingo, íamos passear, à praia. Eu gosto dela, chefe.

— Sorte a tua.

— Não goze comigo.

— Sorte a tua, Corsário amigo. Estou a falar a sério.

— Eu gosto dela. Podia casar com outras mulheres, mas fui gostando dela aos poucos.

Jaime Ramos acendera um robusto quando chegara ao Bonaparte e reacendera-o agora, olhou para Corsário de lado, sobre o fumo do charuto, vira o seu rosto de cabo-verdiano moreno, nunca falara muito com ele antes, mas agora sabia que ele esperava uma palavra. Só que Jaime Ramos não tinha nada para oferecer, nem uma autorização nem um castigo, nenhuma reprimenda. A moral estava esgotada.

— Esgotei a minha moral. Não tenho nenhuma para te dar, Corsário.

— O amor é uma coisa de doidos.

— Será?

— Parece-me que sim. Eu não tinha necessidade de andar com a Fátima. O chefe compreende, há outras mulheres. Por que aquela?

— Não sei.

— Seja como for, chefe. Há uma coisa que precisa de saber e que eu soube pela Fátima. Uma das mulheres do bar desapareceu. Não a conheço, mas tenho o pressentimento de que é a mulher de Amarante. Aquela que foi encontrada morta, na vivenda.

— Como é que sabes e quando soubeste?

— Porque vi o relatório, chefe. E porque a Fátima ontem me contou que ela desaparecera havia cinco dias. Quando ma descreveu fui ver as fotografias, pedi para ver. Era parecida. Tenho aqui todos os dados que consegui arranjar, mas queria pedir para o chefe não me meter no caso. Por causa da Fátima.

— Que horas são?

— Onze e meia — Corsário estendendo-lhe duas folhas de papel sobre o balcão.

— Não me meta no caso, chefe.

Jaime Ramos não prometera nada, mas sabia que Corsário partia no dia seguinte para Cabo Verde — ele próprio o dissera nessa tarde.

— E por que é que só agora me deste isto?

— Porque só agora tenho a certeza de que se trata da mesma pessoa. Vi as fotografias, chefe.

— Ainda temos tempo de fazer alguma coisa.

41

O APARTAMENTO ESTAVA SILENCIOSO, E JAIME RAMOS RESpirou um ar tépido, de fumo de cigarro, cerveja, perfume, janelas fechadas, a primeira parte do verão entrando por alguma fenda que ainda não descobrira. A primeira coisa que chamou a sua atenção foi o silêncio — aqueles apartamentos, em blocos monocolores, construídos nos arredores, não costumavam ser silenciosos àquela hora. Havia sempre um ruído, sempre uma voz perdida num corredor, num patamar a meio das escadas, um elevador que pára ou arranca, uma cadeira que se arrasta. Com mais concentração, a meio da noite ouve-se um arfar, a respiração descontrolada dos dois vizinhos do andar de cima, uma torneira abre-se em algum lugar (no apartamento ao lado?, no de cima?), pela janela entram outros ruídos da noite — um carro que passa, dois cães ladram. Mas havia aquele silêncio pesado, tépido como o ar, fechado entre quatro paredes, misturado com a roupa espalhada, t-shirts, jeans, sapatos, uma camisa branca, revistas em cima de uma mesa.

— Ela não vive sozinha — Corsário um pouco atrás, murmurando. — Tem uma amiga a dividir o apartamento. Disse-me a Fátima.

Televisão, CDs dispersos, um cesto com loções e cremes. Jaime Ramos parado no meio da sala, olhando em volta, José Corsário das Neves encostado à porta.

— Tens algum número de telefone?

— De quem?

— Da amiga.

— Não, chefe. Só sei que trabalha de noite, mas não sei onde.

— Não tenho tempo para ficar aqui à espera. Telefona ao Isaltino, ele que trate de mandar cá alguém. Toma o número de telefone dele.

— É quase meia-noite.

— O Isaltino não usa relógio. E telefona à Fátima. Quero falar com ela daqui a nada. Ou vai ter à polícia ou vamos falar com ela ao bar. Ela que escolha. E que diga quem é a amiga da brasileira.

— Chefe. Tem de ser agora?

— Só pode ser agora. Daqui a bocado vou para São Paulo.

— Ela chama-se Shirlei. É a única coisa que a Fátima sabia. Que Shirlei tinha desaparecido.

A frase soou-lhe estranha, como se dissesse "daqui a nada vou para Mirandela, passo em Amarante", mas a verdade é que as pessoas têm vidas estranhas, memórias estranhas. Vidas difíceis, vidas estranhas, pensou Jaime Ramos dirigindo-se para a cozinha. Morrem por motivos estranhos, são encontradas mortas demasiado tarde. Shirlei fora assassinada havia cinco dias, o corpo encontrado amarrado a uma cama de um quarto a cheirar a bolor, bafiento. Lembrou-se da humidade do lugar, dos pulsos daquela mulher loira, do corpo desprotegido. "Sofreu um pouco enquanto foi esmurrada", a voz de Luísa, a médica-legista, sobrepôs-se ao silêncio do próprio apartamento, interrompido ao longe por José Corsário das

Neves falando ao telefone. Esmurrada, nua, indefesa. Anónima. O mundo também estava muito estranho, pelo menos o seu mundo, com um homem desconhecido encontrado morto num apartamento de Santo Ovídio, as suas cinzas destinadas ao Brasil, uma brasileira desconhecida morta em Amarante, um homem chamado Salim de que a polícia brasileira se recusa aparentemente a dar informações, um advogado como Henrique Praia Portocarrero transformado em executor de um testamento que resume as vontades de Álvaro Severiano Furtado e tudo o que poderá acontecer durante esta noite. Sentando-se à mesa da cozinha, um tampo de fórmica amarela semicoberto por uma toalha branca suja, Jaime Ramos levantou um pouco o tom de voz:

— Ela que venha rápido, pode ser para aqui. A Fátima.

— Ela vem, chefe. Vem já.

José Corsário aproximou-se da porta da cozinha trazendo uma pasta aberta — documentos, um passaporte, fotografias.

— Estava no quarto.

— Mostra.

Passaporte de cidadã brasileira passado em nome de Shirlei Conceição das Neves, nascida em Cruz das Almas, estado da Bahia, 25 de fevereiro de 1980. Carimbo de saída do Brasil. Há seis meses. Carimbo de entrada em Portugal. Casada. República Federativa do Brasil.

Jaime Ramos encostou a cabeça para trás, aos azulejos brancos da cozinha. Olhos fechados. Ouviu Corsário ao longe, abrindo portas, fechando portas, arrastando qualquer coisa que fez ruído no chão, depois os passos dele no corredor. Olhos muito fechados. Sono. Naquelas alturas, quando fechava os olhos a meio de um inquérito, a meio de uma investigação, pensava em coisas estranhas, ainda mais estranhas do que um corpo encontrado num apartamento solitário de Santo Ovídio. E, por mais que fechasse os olhos, não fechava a janela por onde entravam essas imagens, estradas de África, Guiné, Rosa sentada no muro de uma praia, o sofá de sua casa rodeado de jornais abertos nas páginas de desporto. E nenhum som, imagens silenciosas.

Sentiu José Corsário das Neves a aproximar-se, arrastando os pés, depois sentiu que ele puxou a outra cadeira disponível para sentar-se à sua frente. Deixou-se estar mais um minuto de olhos fechados, como se tivesse adormecido. Quando os abriu, viu que Corsário olhava o chão da cozinha, mudo.

— Chefe — disse ele. — Estou fodido, não estou?

— Aparentemente, não. Mas nunca se sabe.

— Estou. Estou fodido. Eu não lhe contei tudo. A Fátima vai comigo para Cabo Verde amanhã à noite. A minha mãe não sabe.

— Não sabe que ela vai?

— Sabe que ela vai. Mas não sabe mais nada, não sabe do trabalho dela, não sabe de nada disso. Acha que estou fodido?

— Aparentemente, não. Corsário. A tua mãe não tem de saber nada. Mas tu sabes. E tens de saber se isso é importante ou não — Jaime Ramos procurou a charuteira no bolso do blusão, sem a encontrar. — Quantas vezes já estiveste para morrer?

— Eu? Nenhuma, chefe.

— Então ainda não percebes que isso não tem importância nenhuma.

— Mas a Fátima vai comigo amanhã.

— Já me disseste, mas eu preferia que ela estivesse já aqui.

Ela chegou uns minutos depois, tocou à campainha, entrou no instante em que Jaime Ramos tinha encontrado o charuto perdido nos seus bolsos. Ele perdia tudo. Perdia as coisas mais inacreditáveis, perdia a paciência, os charutos, as chaves de casa, perdia o sono. Só não queria perder mais tempo nessa noite.

42

A PELE DE UMA SERPENTE A DESLIZAR NO MEIO DE UM pesadelo. Apenas uma pele, vazia e seca, movimentando-se pela areia, descendo pelo dorso de uma duna. Esta era a imagem mais recorrente de todos os pesadelos de Fátima, um réptil deslizando pelo sono dentro. Ao enfrentar Jaime Ramos, lembrou-se dessa imagem como se o inspector fosse um réptil ou, pelo menos, o pudesse descobrir a meio da conversa, no meio de uma frase. Mas aquele homem, a quem ouvira Corsário e os seus amigos chamar "o velho", limitou-se a olhar em frente sem tirar o charuto apagado da boca enquanto procurava acendê-lo com vários fósforos que iam ardendo depressa demais.

José Corsário puxou uma cadeira para Fátima, olhara para Jaime Ramos, que lhe acenou com a cabeça, e retirou-se para a sala, deixando-os a sós. Ela precisava dele ali, não na sala. Queria saber como ia ser tratada: como namorada do polícia ou como a mulher que trabalhava num bar, mas sabia que teria de se contentar com essa dúvida, não iria saber, isso dependeria da primeira frase do inspector. Se ia ser simpático ou antipático, se lhe sorriria alguma vez ou se iria olhá-la de sobrolho franzido.

— Não sou um homem simpático — disse ele.

Fátima olhou-o finalmente, ele não evitou os seus olhos; ela reparou que eram escuros e que as olheiras lhe davam um ar triste. Também reparou nos cabelos grisalhos, de lado, na t-shirt, na barba que se ressentia da noite avançada. Tinha trocado a roupa e vestia uns jeans e uma t-shirt, calçou os ténis, não podia aparecer de saia curta e top. Tinha sempre a muda de roupa numa mochila dentro do porta-bagagens do carro, para usar quando ia ter com Corsário. Também passou uma toalha no rosto e tirara o resto de maquilhagem, aquele era o chefe do seu namorado, ela era uma mulher da noite, não podia causar má impressão. Ela também soubera, quando falara com José Corsário, que teria de enfrentar alguém, mas não podia esconder o que sabia.

— Por que é que acha que aconteceu alguma coisa com a Shirlei?

— Porque nunca mais apareceu, inspector. Já lá vão cinco dias e não apareceu mais.

— As pessoas podem desaparecer durante uns tempos.

— Podem, mas a Shirlei não ia desaparecer se não tivesse um motivo forte, ela precisava de dinheiro, veio para Portugal por isso mesmo, porque precisava de dinheiro. Conseguiu escapar de uma casa perto de Viana, onde lhe tinham ficado com tudo, passaporte, dinheiro, roupa, tudo, até os sapatos. Ela contou-me esses dias na casa de Viana. De repente, ao fim de dois ou três meses, desapareceu por cinco dias.

— Mesmo assim, as pessoas podem desaparecer durante uns tempos.

— Não está em casa.

— Não, mas a amiga dela também não está.

— Mas há-de voltar.

— Com quem é que ela divide a casa?

— É uma amiga dela, brasileira também. Não sei o nome — Fátima procurou um cigarro na mochila que ficara em cima da mesa e, de repente, parou: — Como é que entraram aqui?

Jaime Ramos sorriu. Não porque o surpreendesse a pergunta, mas porque Fátima tinha ficado surpreendida.

— Nós entramos em muitos lugares. Aprendemos esses truques. Chaves falsas, gazuas, canivetes, chaves de parafusos, às vezes um tiro. Enfim. É o nosso trabalho. O Zé nunca lhe contou?

— Não — ela já tinha um cigarro entre os dedos, pronto para acender.

— O que é que aconteceu cinco dias atrás?

— Ela saiu com um homem. Ele tinha vindo com mais dois, beberam whisky. Bom, um deles não, bebeu Coca-Cola. Mas dois beberam whisky, estavam contentes, meteram-se com várias miúdas, algumas passaram pela mesa deles, mas ainda era muito cedo, aí umas onze. O bar fica cheio lá pela meia-noite e meia, uma hora. Daí até às duas está quase sempre muito cheio.

— E ela saiu com esse homem às onze da noite?

— Não. Não foi logo. Primeiro, esses três homens fizeram rodar algumas miúdas na mesa. Um deles interessou-se pela Shirlei, tratou-a por brasileirinha. Brasileirinha para aqui, brasileirinha para ali, anda cá brasileirinha. Agora há muitas brasileiras, como sabe, todos os dias há mais. Shirlei era simpática, conheci-a na noite em que entrou no bar, ela tinha sofrido muito, lá em Viana, mas conseguiu escapar.

Jaime Ramos despiu o blusão e ficou apenas com a t-shirt branca, o charuto voltando aos dedos, colhido de um cinzeiro de plástico que encontrou em cima do balcão da cozinha.

— E então?

— Então, ela ficou com os dois homens, os dois que beberam whisky. O terceiro, o que só bebeu Coca-Cola, saiu por volta das onze e meia, mais ou menos. Voltou à meia-noite, e sentou-se outra vez com eles à mesa. Só estavam eles, Shirlei e outra miúda.

— Como se chamava essa?

— Luísa. Mas eles começaram a contar anedotas, a rir, Luísa saiu da mesa, foi dançar. E de repente vi que Shirlei tinha ficado só com um dos homens.

— O abstémio?

— Abstémio?

— Sim, o que não bebia whisky.

— Esse. Ficaram uma meia hora. E saíram.

— Falou com ela, nessa noite?

— Não. Mas nunca mais apareceu.

José Corsário não contara a Fátima nada sobre a mulher que fora encontrada morta em Amarante, mas vira as fotografias da perícia e Jaime Ramos já conferira a foto do passaporte que tinham encontrado em casa. Havia uma diferença entre a Shirlei que Fátima descreveu e a mulher encontrada na casa de Amarante, mas Jaime Ramos não sabia qual era. O inspector olhou para o relógio. Meia-noite e meia. Isaltino devia estar a chegar e ele poderia finalmente irritar-se com alguém, tanto como podia confiar em alguém. Corsário era demasiado jovem e, além do mais, a presença de Fátima inibia-o. Mesmo assim chamou-o:

— Corsário.

Ele não veio logo. Estava no quarto ao fundo do pequeno corredor que dava para a entrada.

— Chefe.

— A Fátima vai ficar mais meia hora aqui. Depois, quero que a leves para casa. Portanto, tens meia hora para descobrires um processo lá nos arquivos — e voltando-se para Fátima: — Qual era o nome do bar de onde Shirlei saiu, em Viana?

— Recanto da Serra.

— Recanto da Serra. Aí tens. Ou por telefone ou indo à polícia, descobre esse processo. Tudo o que temos sobre o Recanto da Serra. Tens menos de meia hora.

— E depois?

— Depois vais levar a Fátima a casa. Nós ainda não acabámos a conversa.

— Vou tentar o telefone.

Corsário voltou para a sala, Jaime Ramos olhou para Fátima, ela sentiu o olhar do inspector. A pele de uma serpente a deslizar no meio de um pesadelo. Apenas uma pele, vazia e seca, movimentando-se pela areia, descendo por uma duna.

— Shirlei. Ela tinha mais amigos lá no bar, em Matosinhos?

— Poucos. Chegou há pouco tempo. Eu já estou lá há dois anos, deve saber.

— Que amigos eram esses?

— O porteiro, os dois porteiros, aliás. Eles gostam de brasileiras. Acham que são melhores na cama e que têm mais sorte com elas.

— Têm?

— Não sei. Mas acho que não. Já houve tempo em que foi com angolanas. E com moçambicanas. Depois vieram miúdas do Brasil e do Leste, e as modas mudaram. As pretinhas deixaram de ser novidade, sabe como é.

— Não faço idéia.

Ela começou a chorar então. Jaime Ramos não gostava disso. Não ficava comovido nem sensibilizado, apenas incomodado, mas supôs que tivesse sido o causador dessas lágrimas, ou até talvez nem tivesse sido ele, mas aquela frase, já houve tempo em que foi com angolanas, de certeza fora isso, mas ele não tinha a ver com o assunto. Corsário falava ao telefone, lá dentro, na sala. Levantou-se para procurar um copo e enchê-lo de água. Foi ao frigorífico, encontrou água. Trouxe o copo e pô-lo diante de Fátima.

— Eu não tenho nada a ver com a moral, nem sou juiz.

Ia a dizer "eu não sou polícia", mas ele era polícia, sim. Era polícia e as lágrimas de Fátima não estavam na lista das suas incumbências. Corsário sabia que não podia entrar na cozinha e Jaime Ramos continuou a ouvi-lo ao telefone, como um murmúrio que chegava através da porta, que tinha fechado.

— Já foi presa alguma vez?

Ela bebeu um pouco de água e acenou com a cabeça. Depois olhou para ele.

— Não.

— Então não tem de ter medo de mim. De resto, vive com um polícia. Há um resto de moral nisso, sim, a que me manda respeitar a namorada de um polícia. Mas não está aqui nessa qualidade, como sabe.

— Eu sei.

— Que amigos tinha ela, lá no bar?

— Os porteiros, a mulher do bengaleiro, que guardava as roupas e as malas. O chefe do bar, que é brasileiro e a trata por vizinha, oi vizinha. E dá-se com as outras raparigas.

— Quantas são?

— Vinte e tal. Em dois grupos. As que estão mesmo ligadas ao bar, que trabalham no bar. E as que são autorizadas a ir lá trabalhar. Shirlei entrou para o bar logo. Recebe um ordenado.

— Não é estranho, isso? Chegou há dois meses.

— O chefe do bar é brasileiro, se calhar é por isso.

— Eles já se conheciam?

— Não. A princípio ele nem ficou contente. Gosta de ser ele a escolher.

— Como é que acha que ela entrou?

— Não sei. O dono, talvez, só pode ter sido o dono.

— Mas não é o processo habitual, pois não?

— Pode acontecer, se ele a conhecia.

— Acha que ela conhecia algum dos homens dessa noite?

— Não me parece.

— Eles costumavam ir lá?

— Foi a primeira vez que os vi. Por isso fiquei mais preocupada.

Jaime Ramos acenou, como se confirmasse. Ela acendeu um novo cigarro, o outro ardera no cinzeiro, solitário e sem ajuda, desfeito num rolo de cinza abandonado.

— Acha que aconteceu alguma coisa com ela? Não estão aqui a esta hora, com esse trabalho, se não tivesse acontecido alguma coisa, não é? Ser namorada de um polícia não significa que liguem aos meus receios. Eu só acho que aconteceu alguma coisa.

— Alguma coisa aconteceu, sim — Jaime Ramos tamborilando com os dedos na mesa de tampo de fórmica amarela. — Shirlei foi assassinada nessa noite. Foi encontrada no dia seguinte, um pouco longe daqui, a cerca de sessenta quilómetros, numa casa abandonada, em Amarante. Lembra-se de mais alguma coisa?

Aquele rosto na sua frente, Jaime Ramos não o esqueceria tão cedo, uma estátua egípcia, mas vista de frente, os olhos brilhantes, o nariz ligeiramente achatado, mulata de Angola, mulata de Benguela. Nem um músculo mexeu. Depois, sentiu que uma veia, no pescoço, tremia. Os lábios tremeram um pouco também. Duas lágrimas. A t-shirt tinha escrita uma frase que não se podia ver naquele instante porque Fátima cruzou os braços, como se abraçasse todo o vazio daquela cozinha inóspita e onde a tepidez do verão se acrescentava a odores antigos, um cheiro de fritos de há muito tempo, copos vazios no lava-loiças, a embalagem do detergente ao lado de um saleiro de barro, um pacote de bolachas de água e sal, um frasco com doce de morango meio gasto, roupa sobre o tampo da máquina de lavar, aguardando para ser passada.

— Ela morreu.

— Não — disse Jaime Ramos. — Ela foi morta. É diferente. Lembra-se de mais alguma coisa?

— Lembro-me de que ela saiu, acenou ao longe, disse que voltava ainda nessa noite. Mas não voltou. Nem no dia seguinte. A que esteve com ela antes, a Luísa, pensou que ela ia ter com um casal.

— Com um casal?

— Um dos homens perguntou a Shirlei se ela gostava de mulheres. Foi aquele com quem ela saiu. Às vezes aparecem homens sozinhos, sentam-se, olham bem, escolhem com cuidado, mas são maridos que vêm buscar uma miúda para levarem para casa, para ele e para ela. Shirlei era considerada especialista, segundo corria, e era verdade, porque já lhe tinham acontecido duas histórias dessas neste mês. Luísa achou que nessa noite a cena ia repetir-se.

— Alguma vez tinha visto aqueles homens?

— Não. Nunca.

— Como é que eles eram? Eram portugueses?

— Dois eram de certeza daqui. Eu estava no balcão, ao lado das mesas, e ouvi-os a falar. O sotaque. Eram daqui, do Porto. Como é que ela morreu?

— Idade?

— Um deles era mais novo, o que não bebia nada. Devia ter quarenta. Os outros andavam pelos cinquenta, cinquenta e tal. Todos em mangas de camisa. Um deles, acho que o mais velho, tinha barba, só uma pêra. E o cabelo já era um bocadinho grisalho. Nenhum deles tinha barriga, lembro-me bem.

— E esses homens, falavam de quê?

— Falavam das mulheres que andavam no bar. E de carros. Ouvi pouco. Também falaram do homem que tinha saído e que depois voltou a entrar.

— E, portanto, disseram nomes?

— Não me lembro. Não devem ter dito, senão eu lembrava-me.

— Essa Luísa lembra-se de algum nome?

— Não. Comentámos ontem, ela dizia que, ainda por cima, não sabia o nome de nenhum deles.

— Disse que dois dos homens eram daqui. O outro não tinha sotaque?

— Um deles, não.

— O que saiu com Shirlei?

— Não, esse tinha sotaque, mas o outro podia ser de Lisboa, até. Eu não conhecia nenhum deles.

— Como é que os distinguiu?

— Pelo sotaque, talvez. E esse que não tinha sotaque do Porto não ria como os outros, não batia com as mãos na mesa enquanto estavam a contar anedotas, não falava tanto.

— A gente do Porto é muito faladora.

— Não vai dizer-me como é que ela morreu?

— Não. Esqueça a Shirlei. Esqueça tudo.

Naquele instante a campainha do apartamento tocou. Na cozinha os dois ouviram José Corsário levantar-se e ir à porta. Daí a dois minutos, depois de terem ouvido o elevador, Isaltino de Jesus bateu com os dedos na porta.

— Vim eu mesmo, chefe.

— Fizeste bem. São os melhores serões, os da Judiciária do Porto.

— É cinema de graça.

— Corsário. Levas a Fátima para casa. E telefonas para o Isaltino logo a seguir. Ele diz-te o que há a fazer.

Fátima levantou-se e Jaime Ramos, segurando no que restava do charuto, sentado, olhou os três, alinhados por alturas, Corsário, Isaltino e Fátima — e teve a certeza de que a noite podia ter começado de outra maneira, mas que iria acabar como agora previa, exactamente como agora previa.

— Chefe. O chefe acha que é alguém de Viana?

— O que há sobre Viana?

— A casa foi desmantelada há um mês e meio, no princípio de maio. Os donos estão presos, acusados do costume: lenocínio, exploração de mulheres, tráfico, agressão, posse ilegal de arma. Mas o nome de Shirlei não está lá. O Recanto da Serra já não existe. Os donos eram um português e uma brasileira, e estão os dois presos, operação realizada há um mês. Também prenderam cinco brasileiras, mas foram logo libertadas, quatro delas devolvidas ao Brasil, uma tinha autorização de residência, trabalhava num supermercado de Braga. Braga começa a ter pleno emprego. Um exemplo para o país.

— O nome de Shirlei não está lá.

— Não. O nome de Shirlei não está em nenhum lado a não ser no SEF. Mas ainda não é procurada. Veio do Brasil há seis meses — José Corsário das Neves tomara notas numa folha de papel. — Mas há outro pormenor: o bar foi assaltado duas semanas antes da rusga da polícia. O auto fala de vandalismo, destruíram as portas das traseiras, partiram os vidros, viraram os vasos da entrada, entraram, mas ninguém roubou nada. Não foi feita participação à polícia, o que acelerou ainda mais a operação, porque se suspeita de alguma retaliação, uma vingança ou um aviso. Isso aconteceu a 28 de abril. Nenhum outro bar foi assaltado ou vandalizado nesse período. Só o Recanto da Serra. Outro pormenor: eles, os assaltantes, entraram na casa — era uma casa de dois pisos —, viraram as camas dos dois quartos do andar de cima. Mais nada. Mas repito que não foi feita nenhuma participação à polícia. Uma semana e meia depois, a 25 de maio, o bar foi fechado. Por nós. Quer dizer, pelo pessoal de Viana do Castelo. A informação sobre o assalto vem no auto de encerramento.

— Temos pessoal competente — comentou Jaime Ramos.

— Competente e cheio de sorte, chefe. No meio da pista de dança do Recanto da Serra foi encontrada uma bomba. A falar verdade não era uma bomba, mas uma mina, das do exército. Nem com um pontapé aquilo rebentava, porque estava desmontada, mas era uma mina. Antipessoal. Não se usa aquilo desde a guerra de África, mas estava lá, o auto diz que foi recolhida do escritório, quando fecharam o bar. Estava lá, desmontada, como um bibelot.

— Rica prenda.

— Um aviso, chefe. Parece um aviso.

— Agora, levas a Fátima para casa. Eu fico com o Isaltino. É uma da manhã e eu vou para São Paulo daqui a pouco.

Isaltino e Fátima saíram da cozinha, Jaime Ramos pousou o braço no ombro do cabo-verdiano e acrescentou:

— Leva-la a casa e que não saia de lá. De casa para o aeroporto.

— Certo.

— E que mude de vida. Não por ser a vida que é. Mas porque já lhe chega, Corsário, as coisas têm um limite.

O outro acenou, concordando, dizendo que sim a qualquer coisa. Apanhou da mesa os cigarros de Fátima e guardou-os no casaco que tinha despido e conservava na mão, pendurado e amarrotado. Jaime Ramos ficou imóvel, esperando que ele se voltasse para a porta e saísse. Mas Corsário falou:

— Chefe.

— Sim?

— Hoje deixou de me tratar por Neves.

— É do verão, Corsário, é de estarmos quase no verão. Não te ponhas com ideias.

43

Isaltino de Jesus olhou para ele, conformado. Estavam sentados, um diante do outro, no apartamento deserto. Corsário e Fátima tinham saído e ambos sabiam que a noite terminaria em breve e que ainda não tinham dados para preencher uma página de relatório; apenas declarações sem importância de Fátima, identificações por fazer, suspeitas sobre três homens desconhecidos.

— Isaltino, vamos procurar no quarto. Há-de haver alguma coisa.

— Haver o quê, chefe?

— Havemos de encontrar qualquer coisa — Jaime Ramos levantou-se, apontando para o quarto.

Durante meia hora abriram gavetas e vasculharam no meio de roupa amontoada num guarda-vestidos e em duas malas que já não eram abertas há tempos, e ficaram reduzidos a quase nada.

— Chefe. Não vale a pena. Eu venho cá depois, trabalho melhor sozinho.

— Vale a pena, sim, Isaltino. Não temos mandato de busca, não temos autorização.

— Ela foi morta. Um morto não dá autorizações legais.

— Há ainda a outra mulher. Luísa.

— São duas da manhã, e ela não voltou. Quando voltar eu vou estar aqui e explico tudo. Ela tem de explicar alguma coisa, também. O chefe tem de ir para casa.

— Alguém fica aqui de piquete e nós vamos a Matosinhos, os dois.

Isaltino sabia que havia uma razão para Jaime Ramos não querer ir para casa, e isso não tinha a ver com Rosa, de quem teria de se despedir antes de ir para o aeroporto. Ele não suportava a idéia de deixar um caso destes no começo e, embora confiasse em Isaltino, embora confiasse na sua equipa, havia coisas que ele próprio gostava de fazer — interrogatórios, diligências banais, assistir a telefonemas. Ele era metediço. Gostava de manter uma idade ideal, quando a memória ainda não trai e o espírito pode também dedicar-se a imaginar e a espalhar pistas pelos caminhos da investigação. Por isso, ele não se importava de perder o encontro com Luísa, a amiga de Shirlei, que chegaria a casa daí a umas horas, mas gostaria de ir a Matosinhos interrogar desconhecidos que àquela hora o receberiam mal e teriam pouco a confessar. Isaltino sabia que, se houvesse alguma coisa suspeita, a polícia teria sido contactada — bares como aquele mantêm uma relação de cumplicidade com a polícia, alguém teria telefonado e dito alguma coisa. "Uma mulher daqui, sim, uma brasileira, desapareceu. Sem deixar rasto." Só o aviso bastaria para que não se alimentassem equívocos nem desconfianças; entre o mundo da noite e o mundo da polícia havia uma cumplicidade vagabunda, meias palavras, sinais que seriam desperdiçados noutras circunstâncias mas que, entre os dois mundos, tinham significado especial. Isaltino não concordava nem deixava de concordar — limitava-se a admitir que as coisas eram assim e não de outra maneira.

— O chefe não tem de ir a Matosinhos a esta hora. O chefe sabe. Eu vou, alguém vai. Conte-me o que lhe disse a namorada do Corsário. Eu tomo nota e mantenho-o informado, o Brasil não é assim tão longe.

Jaime Ramos contou, obedecendo ao seu subordinado. Uma nuvem de calor transportara para a sala um sono pesado, como uma onda do mar — indo e vindo, indo e vindo, desaparecendo a meio de uma frase, voltando logo a seguir para interromper um diálogo. Resistindo a fumar outro charuto, ele contou. Omitiu as lágrimas de Fátima, mas isso não fazia parte das declarações da mulher. Também não descreveu o seu olhar de animal assustado e ferido, encurralado diante da notícia da morte de Shirlei, mas Isaltino de Jesus era um razoável novelista, ele saberia interpretar os silêncios e as omissões, bem como os sinais que Jaime Ramos deixava à solta durante a narração.

— E é assim — disse ele, para concluir. Isaltino de Jesus tomara duas ou três notas, como se isso confortasse um Jaime Ramos que teria de voltar as costas ao cenário de um crime e a um enredo que gostaria de acompanhar. Mas ele não se sentia confortado.

— Isaltino.

— Chefe.

— Eu confio em ti. Quem vai ficar aqui, à porta do prédio?

— O Rebelo e o Rogério. Um principiante e um veterano. A experiência e o entusiasmo juntos. Uma receita infalível.

— Está bem — ele levantou-se e aproximou-se da janela que dava para uma rua deserta: havia carros sobre os passeios, contentores aguardando a passagem dos camiões da recolha de lixo, candeeiros de luz alaranjada. Voltou-se então para Isaltino de Jesus, sentado:

— Vai ao quarto outra vez. Debaixo da cama, e não tenho deixado de pensar nisso, está um par de chinelos brancos, de turco. Já vi uns iguais e tu também. Vai lá.

Isaltino levantou-se e foi ao quarto, de onde regressou vindo com o par de chinelos: era um modelo normal, dos que se trazem dos hotéis. Aqueles tinham vindo de um Holiday Inn.

— Há qualquer coisa aqui, chefe. Quando os viu?

— Quando cheguei com o Corsário.

— E não me disse nada.

— Não podia.

— O que vale é que eu também tenho boa memória.

— É treino, Isaltino, é treino. Estive a pensar neles durante as últimas duas horas. Há coisas que acontecem só para nos arreliarem e há outras que nos facilitam a vida. Desconfiamos das últimas e acreditamos nas primeiras, mas isso é uma defesa que as pessoas sensatas devem manter. Os chinelinhos são a melhor coisa que nos aconteceu nos últimos dias, e nós não sabíamos isso duas horas atrás. O Álvaro Furtado tem uns iguais no quarto dele. Durante as últimas duas horas decidi que havia uma história aqui.

Isaltino deixara cair os chinelos do Holiday Inn sobre o tapete de pano cru a meio da sala e sentara-se.

— Aconteceu o seguinte — disse Jaime Ramos. — O nosso Álvaro é um amigo de Shirlei. Conhece-a num bar. Imagina, em Viana do Castelo. É um protector, digamos. É natural que dormissem juntos de vez em quando. Ela é brasileira, ele é meio brasileiro. Quem o matou, andou depois atrás dela porque alguma coisa ligava um a outro. Nós não sabemos o que é, mas como faltam coisas em casa do Furtado, é natural que não saibamos. O único elo é este: um par de chinelos. Vais ao Holiday Inn, o de Gaia, que fica a menos de um quilómetro de Santo Ovídio, e vês os registos. Se não houver nada, eles que peçam os arquivos dos outros Holiday Inn. Só há chinelos destes nos melhores quartos, os dos andares superiores. Atrás da porta da casa de banho, ali, está um roupão do Holiday Inn. Depois, com o passaporte dela, vês as contas bancárias. É preciso uma autorização, mas isso é fácil. No meu filme, ela é protegida de Álvaro Severiano Furtado, não te esqueças, ele deve ter dado ajuda e bastante. É muito provável que ele também tivesse ajudado no novo emprego de Shirlei, em Matosinhos, depois de ter deixado uma mina antipessoal na pista de dança do bar de Viana, se é que se pode encontrar essa pista. E é muito provável que existam mais ligações. Essa Luísa, quero que diga tudo o que sabe sobre a brasileira. São três e meia da manhã, Isaltino. Nunca fui ao Brasil e não me apetece ir. Uma mulher foi torturada e asfixiada, e é nossa. Temos essa responsabilidade. Guarda os chinelos, Isaltino. E aqueles vestidos que estão ali no quarto, marca Hering, mete um deles num saco e leva-o para a polícia.

44

JAIME RAMOS RARAMENTE SONHAVA SENÃO QUANDO ESTAva com gripe. E quando sonhava esquecia-se rapidamente dos assuntos, das imagens, dos rostos. São Paulo era uma cidade grande demais para poder desperdiçar os seus sonhos; o hotel, a dois passos da Paulista, fora um luxo admitido pelo director, que gostava de falar das suas viagens:

— O Maksoud Plaza, inspector, o Maksoud Plaza foi o meu hotel durante vários anos de São Paulo. Sorte a minha. Porque daqueles andares superiores vê-se o melhor de São Paulo, que é o céu durante a noite, as luzes de São Paulo, os helicópteros ao entardecer, os aviões ao longe, os prédios mais altos, as estrelas que nunca se vêem. Fique um dia no Maksoud. Fique uma noite.

— Como são os quartos?

O director olhou-o surpreendido. Depois, olhou para o tecto do gabinete, como se procurasse uma recordação, uma recordação mais precisa de como eram as camas do hotel, como eram as mesas do quarto, como era o restaurante do piso térreo. E encarou finalmente Jaime Ramos:

— Não sei. Não me lembro. O tempo passou muito depressa e de repente tudo isso foi há muito tempo. Mas fique lá uma noite.

Jaime Ramos não ficou. O hotel já não existia com esse nome e era demasiado caro para o orçamento da polícia. O táxi deixou-o à porta de um outro hotel, perto do largo do Arouche, e um bagageiro apareceu a recolher a mala enquanto o português sentia, pela primeira vez, a ilusão dos trópicos: um frio estranho, empurrado pelo vento, recordava-lhe que estava ao fundo de uma praça de São Paulo cheia de árvores, e que tinha deixado para trás o verão europeu, aquele calor abafado de um gabinete que ele envelhecia de propósito com fotografias antigas e recortes de jornal colados na parede. O inverno paulista surpreendeu-o. Olhou em volta como se procurasse reconhecer uma cidade que nunca vira, nem durante a viagem de táxi (em que dormira), nem noutra vida antes desta.

Ao chegar ao quarto, deitando-se sobre a cama, recordou finalmente a despedida de Isaltino de Jesus na noite anterior, à porta de sua casa, na rua Barão de Nova Sintra. Ele estendeu-lhe a mão:

— Não fique por lá.

— Eu volto, Isaltino.

Dali, Isaltino partiu para Matosinhos, eram quase quatro da manhã. Não tinha voltado a falar com ele, e admitia que a diferença horária podia operar maravilhas no andamento da investigação. Por isso mesmo não telefonou. Aguardaria um telefonema. E adormeceu de novo, sobre a cama, não soube por quanto tempo; apenas percebeu, pela luz que entrava pelas janelas, que quase anoitecia e que, durante o sono, começara a sonhar. Mas São Paulo era uma cidade grande demais para poder desperdiçar os seus sonhos. Um duche tépido devolveu-o à vida e, enquanto se vestia, teve apetite e vontade de andar pelas ruas. Depois de pedir um mapa da cidade na recepção do hotel, Jaime Ramos caminhou na direcção da

Consolação — fumaça de ônibus, papéis no chão, gente que distribui propaganda de lojas, academias, motéis, cursos de informática, barzinhos que recolhem bebedores de cerveja, cheirinho de fritos, edifícios de escritórios iluminados, táxis procurando passageiros, bancas de jornais e de lotarias, cibercafés, lojas entreabertas, e aquele frio que não sabia que ia encontrar em São Paulo. Numa banca comprou dois jornais e voltou a caminhar sem destino, procurando devolver às pernas a sua ocupação fundamental, andar, atravessar ruas, contornar esquinas, demorar-se aqui e ali enquanto olha para o céu, procurando os prédios mais altos, o céu que já se tinha transformado numa mancha escura e homogénea. Ao passar diante da igreja da Consolação, seguindo pela Guimarães Rosa, hesitou sobre se devia continuar o passeio ou recuar para o hotel e, num último instante, junto de um semáforo, atravessou a rua e encontrou uma rua estreita, com árvores, onde havia restaurantes italianos ainda vazios. Entrou num deles e foi nesse momento que o telemóvel tocou no bolso do blusão.

— Chefe.

— Isaltino.

— O chefe chegou bem? Que tal é São Paulo?

— Não me parece que isto seja São Paulo, Isaltino. Tem ruas iguais às nossas. E cheguei bem.

— Dormiu?

— Dormi bastante.

— Quantas horas temos de diferença?

— Quatro, se não me engano. Aí são mais quatro horas, ou seja, são onze da noite em Portugal. Está a custar-me isto.

— Chefe. Tão limpinho como num filme, aquilo que ontem descobrimos. Não o incomodo muito mas era quase tudo verdade: o amigo Furtado e a brasileirinha ficaram alojados no Holiday Inn de Gaia, em abril passado. Dia 23. Não foi preciso ir mais longe.

— Dia 23, cinco dias antes do assalto ao Recanto da Serra.

— Mesmo assim é estranho que não tivessem ido para casa dele, ali a dois passos.

— Aquilo não era uma casa, Isaltino. Era um refúgio, um esconderijo.

— Seja como for, ficava mais barato e em casa.

Jaime Ramos sorriu, mas Isaltino não podia ver esse sorriso que ironizava sobre décadas de educação do seu subordinado em Valongo, poupando para o futuro, economizando diariamente umas moedas, subtraindo ao prazer para entregar ao dia que há-de vir. No seu caso, havia um cheiro de orégãos e de massa acabada de fazer, invadindo toda a sala do restaurante, uma mistura de farinha e de azeite, e isso não poderia poupar. Enquanto segurava no telefone e escutava a respiração de Isaltino de Jesus, do outro lado do Atlântico, ele teve saudades de Rosa e de um jantar que poderia ser para os dois, se os dois pudessem estar juntos em São Paulo, caminhando por ruas cheias de vento, trânsito e aroma de comida libanesa ou italiana. E, passando os dedos pelo guardanapo da cantina da Famiglia Mancini, lembrou-se de repente dessa viagem prometida com Rosa, uma viagem ao fim do mundo, uma viagem sem mapas, até descansarem em praias azuladas pelo mar, onde não chegassem as palavras nem o vento frio da Europa.

— E o Recanto da Serra? — perguntou então.

— Aí, nada de novo. Tudo como dantes. Shirlei foi contratada em Salvador para ir trabalhar em Viana. O costume, chefe, contrato assinado, passaporte emitido, e Recanto da Serra. Pelo que sabemos, ela foi contratada por uma brasileira, mas quem dirigia o negócio aqui era o marido dela, português, e mais dois desconhecidos. A regra é que eles ficavam com o passaporte das mulheres como garantia. Mas isso o chefe já sabia. E se não sabia não vai agora dizer-me que não sabia.

— Também é verdade. Isaltino. Que tempo faz aí?

— Calor. Está calor.

— Está frio em São Paulo, o mundo anda ao contrário, e está a nevar no sul do Brasil, vi na televisão. Afinal, a geografia não era como nos tinham dito. Acho que isto é só a Europa de pernas para o ar. Mas mais escura.

— As surpresas vêm de onde menos se espera, chefe. Eu telefono-lhe amanhã.

— Amanhã estou em Manaus.

— O mundo não acaba.

45

O PORTUGUÊS ATRAVESSOU A RUA E REPAROU NAS BUGANvílias diante do Teatro Amazonas. Aquilo era a gigantesca Ópera de Manaus. Foi essa a primeira imagem com que Jaime Ramos ficou de Manaus, depois da viagem no interior de um táxi que o trouxera do aeroporto até ao hotel ainda cedo, por volta das sete e meia. Começava a ficar farto de táxis e de condutores de táxi que lhe perguntavam se era argentino ou sorriam quando respondia que era português. Por isso, depois de se registar no Taj Mahal, deixou as malas no quarto e desceu ao piso térreo para se sentar à mesa do pequeno-almoço — queria andar um pouco a pé, comprar jornais, entrar em lojas.

Atravessou a pé as duas ou três ruas que o separavam da grande praça diante do Teatro Amazonas. Aquilo era a gigantesca Ópera de Manaus. Ele vira o filme, Klaus Kinsky de olhos vidrados escutando árias de ópera no meio do Amazonas como um demónio assustado diante do fim do mundo, uma noite eterna cobrindo os rios e as florestas. E vira, agora, a frontaria rosada do Teatro, a sua cúpula colorida recortada sobre o céu cinzento de Manaus. A camisa estava húmida, o cabelo empapara-se em suor. Manaus. Buganvílias em flor, rosadas, vermelhas, uma praça quase vazia, o ruído dos ônibus, dos táxis, dois camiões que descarregavam cerveja Kaiser. Tinham-lhe dito que a delegacia era perto, bastava atravessar duas quadras, logo ali. Entrou no edifício cinzento, pardo, às nove e cinco, e perguntou pelo delegado Osmar Santos. Um polícia, fardado, levou-o a uma sala dividida a meio por um balcão de madeira.

— Ele quer ver o delegado Osmar.

O homem a quem o polícia falou tinha bigode e levantou-se. Sorriu quando se aproximou:

— Infelizmente ele não está, senhor.

— A que horas volta?

— O delegado Osmar saiu bem cedo para uma diligência. Não se sabe a que horas volta.

— Eu vim de Portugal para me encontrar com ele.

— Ele terá muito prazer em se encontrar com o senhor — disse o outro, tristemente, mas mantendo o sorriso. — Infelizmente, terá de ser mais tarde.

— Uma hora? Duas?

— Talvez mais, senhor. Mas talvez pelas onze já haja uma previsão.

— Uma previsão?

— Uma previsão, senhor.

Jaime Ramos ficou desorientado. Conhecia os procedimentos gerais das polícias, nenhuma informação a desconhecidos. Mas desconhecia a simpatia da polícia da Amazónia, o tratamento por "senhor", o sorriso triste do funcionário, a cordialidade.

— Eu sei. Desculpe a insistência. Meu nome é Ramos, sou português, avisei que vinha hoje. Investigação criminal.

— Nós sabemos, senhor, esperávamos sua visita. Mas só o delegado Osmar pode atender o senhor. Com certeza ele lamenta não estar aqui para lhe oferecer um cafezinho, tratar dos seus assuntos. Mas infelizmente não está.

— Eu volto.

— Com certeza, senhor. Quando voltar, mande me chamar, sargento Neves.

Jaime Ramos experimentou sorrir e viu que teve algum sucesso, porque o outro mostrou os dentes brancos e sorriu ainda mais. Teve receio, por instantes, de estar num campeonato odontológico, mostrando os dentes, sorrindo, e saiu para a rua. Bancos, comércio geral, cheiro de mercearias, vendedores arrastando carrinhos de comida e bebida, uma banca de jornais, lanchonetes, o céu cinzento e húmido de Manaus. Tudo a dois passos do hotel. Voltou para lá. Escolheu um sofá no salão de entrada, onde se tinham acumulado alguns jornais, e olhou para o relógio, confirmando mentalmente que voltaria à polícia daí a duas horas. Mas não pensou mais nada — limitando-se a adormecer, sentado, com um jornal aberto em cima dos joelhos.

Quando acordou, verificou que lhe tinham tirado o jornal das mãos e olhou em volta. O hotel estava abandonado àquela tranquilidade do meio da manhã, depois dos pequenos-almoços e do regresso dos hóspedes que saíram cedo para os seus negócios. Eram onze horas, o delegado Osmar Santos talvez já tivesse terminado a sua diligência. Em vez de atravessar a praça e de caminhar mais cinco minutos, enfrentando o calor de Manaus, preferiu telefonar da recepção do hotel. Fizeram-lhe a ligação e pediu para falar com o sargento Neves.

— Neves falando.

— Sargento, sou eu, estive aí de manhã.

— Ah, delegado Ramos. Que pena, doutor. O delegado Osmar ainda não regressou. Mas ligou pedindo mil desculpas para o senhor. Ele ainda vai demorar. A diligência se prolongou.

— Ele vem antes de almoço?

— Ah, doutor, é pouco provável.

— Aconteceu alguma coisa?

— Isso não sei dizer.

— Eu volto a ligar.

— Com certeza, senhor. Fico aguardando.

Jaime Ramos regressou ao seu lugar na recepção do hotel, o sofá diante da mesa dos jornais. Tirou um charuto do bolso do blusão mas não o acendeu, havia um resto de sono arrastado pelo voo de São Paulo, muito de madrugada; talvez pudesse dormir mais uma hora, ali ou no quarto onde tinha deixado a mala, no oitavo andar. Preferiu não fazer nem uma coisa nem outra — levantou-se depois de olhar o relógio da recepção que marcava onze e meia, dispôs-se a andar mais um pouco pela rua e a pedir um mapa da cidade. Enfrentou a humidade em busca de uma brisa que fosse, pequena, mas acabou por seguir da Getúlio Vargas para a praça de São Sebastião e, portanto, ficou de novo parado diante do Teatro Amazonas, onde decidiu entrar. Subiu a escadaria e um clarão de luz de todas as cores salvou-o da humidade exterior, quando pisou o tapete do hall do teatro onde alguns turistas se fotografavam. O Teatro, a Ópera de Manaus, não fora uma das imagens que se habituara a associar ao Brasil — não fazia parte do Brasil mas de um universo mais largo e mais fundo, o da Amazónia e o da ópera, o do cinema, o do delírio. À medida que passeava pelos corredores do teatro, havia esse calafrio que não era senão uma recordação: o olhar de Klaus Kinsky no filme de Werner Herzog, *Fitzcarraldo* — um olhar possuído pelos dois demónios de quem cruza o

Amazonas: o demónio do fim do mundo e o demónio da perdição. Seria mesmo o seu sonho levar a ópera a Manaus? As lendas sobre o teatro acompanham esse olhar de Kinsky, porque não é possível conceber, senão quando se está possuído pelos demónios do Amazonas, a construção de um teatro assim grandioso no coração da floresta, no coração das trevas. Uma delas é sobre as representações faustosas que aquele palco teria vivido — mais de metade delas, das mais famosas, nunca aconteceram. Jaime Ramos tinha lido que nem Caruso nem Callas, nem as grandes companhias, nem os grandes intérpretes europeus se deslocaram a Manaus para prestar homenagem à loucura que tomou conta dos portugueses da borracha e que, por volta de 1880, os levou a construir o Teatro Amazonas, a Ópera de Manaus. Inaugurado em 1896, no último dia do ano, com a Companhia Lírica Italiana e sob o olhar também ele demente de paixão do pintor Crispim do Amaral, que decorou o tecto com um fresco notável, o Teatro sobreviveu a Manaus e ao seu destino. É certo que Caruso nunca esteve no Teatro Amazonas. Mas podia. Tanto podia que, desta escadaria que dá para a praça alimentada de árvores que imitam os parques europeus, e de estátuas que podiam ter vindo de Paris, de Roma, de Lisboa, se ouve a sua voz ao princípio da tarde. Ao princípio da noite seria mais fácil, mas Jaime Ramos escolheu o princípio da tarde, o calor húmido de uma tarde cinzenta, parda, com os ruídos amplificados pela própria praça, aberta ao céu. A voz de Caruso atravessa os igarapés que vão dar ao rio Negro ou ao Solimões, uma voz altíssima como o céu de Manaus e a cúpula colorida do seu teatro, a voz de todos os sonhos que se desfizeram e se reconstruíram depois, naquele olhar de um mago que levou a música até ao coração da Amazónia, mesmo se a Amazónia é esta praça rodeada de prédios, de ruídos e de fumaça de ônibus. Ele sabia que, quando os demónios da Amazónia se soltassem, a certas horas do dia ou da noite, iriam sentar-se lá dentro, nas cadeiras forradas a veludo, sob as estátuas, os mármores franceses e italianos, os cristais, tudo vindo da Europa, diante das madeiras brasileiras e do fresco de Crispim do Amaral. E ouve-se então esta voz, a de Caruso. Como num sonho de glória, de luz, de felicidade, em que o palco do Teatro se ilumina e se abre para a praça onde as buganvílias não se agitam, não tremem, porque não há vento, nem uma brisa no coração húmido de Manaus, a dois passos da delegacia onde Osmar Santos deveria estar mas não está.

Ao entrar de novo no edifício, depois de trocar cumprimentos com os polícias à entrada, e de lhes dizer que era aguardado, o homem olhou para ele e pareceu surpreendido. Jaime Ramos não sabia se isso se devia à sua pergunta ou ao charuto que acendera antes de entrar na delegacia. Mas o sargento Neves, que parecia um homem capaz de mover o bigode independentemente do rosto, não o esclareceu — limitou-se a olhar para Jaime Ramos e para o fumo do charuto como se quisesse lembrar-lhe que não era permitido fumar no interior do edifício. Em apenas dois dias, Jaime Ramos decorara o número da lei federal antifumadora e dispunha-se a cumpri-la. Mas havia uma excepção, naturalmente, quando qualquer coisa grave estivesse em causa, e esta era uma das circunstâncias.

— Quando vem o delegado Osmar e, depois, onde é que ele está?

E ele esbugalhara os olhos. O sorriso desaparecera do rosto do polícia como que por milagre.

— Eu não posso lhe dizer, senhor. Seria um procedimento ilegal.

Jaime Ramos achou que era a altura de trocar os papéis e sorriu:

— Eu sei, sargento Neves, eu sei. Mas eu não tenho muito tempo, compreenda. Estou aqui de empréstimo. Emprestaram-me a Manaus, e por pouco tempo. Daqui a pouco Manaus terá de devolver-me. Dê-me um nome, um lugar onde possa encontrar o delegado Osmar.

O sargento Neves não moveu o bigode. Mas também não moveu mais nada no rosto. Nem uma ruga. Limitou-se a baixar a voz:

— Peça a um táxi para o levar até à balsa da Cinco de Setembro, essa avenida larga que vai encontrar. Lá, o senhor vai encontrar um porto, coisa pequena, alguns barcos no rio, bares, e o cais das balsas. Pode apanhar a balsa para Iranduba. É lá que o delegado Osmar vai estar, a uns cem metros do cais, à direita, na zona menos urbanizada, o senhor vai ver quem é ele. Está no comando. Também pode alugar um barco, se quiser. O delegado está lá desde a madrugada e não sei se vai gostar de recebê-lo. Ele deve estar muito ocupado.

Jaime Ramos tinha compreendido que vencera o sargento Neves por exaustão, cansaço e surpresa. Por isso cumprimentou-o bastante à saída:

— Acho que ainda nos vamos ver, sargento.

— Não esqueça que o delegado está muito ocupado neste momento. Era melhor para o senhor não ir. Aguardava ele aqui, sentado. Tem ar-condicionado e uma televisão aí na sala do lado.

— Obrigado, mas eu prefiro adiantar trabalho. Até posso ajudar o delegado no trabalho dele.

— Não é provável, doutor, não é provável — e aí o sargento Neves moveu o bigode, como se quisesse acrescentar um tom mais céptico às suas palavras, quase murmuradas para as costas de Jaime Ramos, que levava o blusão pendurado na mão esquerda, enquanto a direita empurrava o charuto e as duas portas à sua frente, que chiaram a medo.

46

AQUELE RUÍDO, JAIME RAMOS NÃO O ESQUECERIA TÃO cedo. Um rio gigantesco, negro, lodoso e de profundidades desconhecidas, um coro de vozes vindas de todo o lado, das margens, do céu, das florestas, dos igarapés desenhados sem ordem nem precisão, pássaros de todas as cores à medida que a lancha se aproximava de Iranduba. Um cais de madeira povoado de vendedores de jornais e de bebidas, outros segurando cordéis onde tinham sido depositados peixes de todas as formas, e sempre esse cheiro de lodo e de água suja, mas sobretudo esse ruído, o das vozes que rodeavam o grupo de corpos estendidos nas margens do rio, contorcidos ou esticados, os braços abertos ou depositados sobre o próprio corpo, doze corpos, contou então, doze corpos sem vida, esverdeados e cinzentos, expostos ao calor, rodeados de moscas e de agentes de polícia fardados de castanho e armados, afastando os curiosos, alguns de óculos escuros, espelhados, transpirando, sem uma expressão visível no rosto. Aproximara-se do grupo, cem metros à direita do cais, seguindo as instruções do sargento Neves. O sol de Manaus do outro lado do rio. Quando entrara na lancha, que alugara para não ter de esperar uma hora pela balsa que aguardava no meio do rio — momentaneamente interditada de cumprir o seu horário habitual, o que causara um engarrafamento de trânsito, carros e combis brancas estacionadas com os condutores suando sob a luz do céu de Manaus —, vira esse sol cinzento abrindo buracos no céu também cinzento, húmido e carregado, opaco, transformando a cidade num desenho de cartolina com recortes abruptos de prédios distinguindo-se diante da cidade flutuante, dos milhares de barcos estacionados, baloiçando nas águas sujas do rio, arrastando lodos desconhecidos de um lado para o outro, como nuvens no meio da tempestade. Ele vira Manaus, finalmente. Um amontoado de prédios enegrecidos pela luz de uma tragédia desconhecida, uma espécie de rendição ao clima, à temperatura. Puxara de um charuto, a meio da travessia, mas não o acendera, evidentemente — ele servira apenas para que pressentisse um aroma mais animador. Dezenas de outras lanchas, sujas ou resistindo à escuridão do lodo, cruzaram-se com a sua. Mas ninguém parecia enjoado.

— Quero ir a Iranduba.

— Iranduba? Pode tomar a balsa.

— Eu não quero ir de balsa, quero ir já.

— São 28 reais.

— Trinta, e vamos já.

— O patrão manda.

Respiração de especiarias, ervas podres, peixe doente, vinhos desconhecidos e estragados, vinagre, barris de cachaça, balcões dependurados do pequeno edifício da capitania, homens vestidos de branco, de pele escura e baça, enxovias, bandeiras hasteadas, cartazes de propaganda política com homens sorridentes e números, buracos nas paredes, rios de esgoto descendo as calçadas, caminhos cavados no empedrado inacabado ou despedaçado, construções em ruínas, mulheres vendendo peixe e biscoitos, um aroma de modorra, de suor, de comida temperada, peixe frito, letreiros anunciando comércios invisíveis, crianças mergulhando no rio, nadando em todas as direcções, bancas de doces, mandioca, figos, frutas e legumes brilhantes no meio do pó, maçarocas de milho ainda verde. Jaime Ramos entrou na lancha e sentou-se a meio da embarcação, seguindo as instruções do homem, um índio atarracado e de pele queimada por bexigas antiquíssimas, o cabelo desaparecendo aqui e ali, sobretudo na nuca. O taxista tinha-lhe dito que esse era o melhor marujo do cais, não o mais barato, mas o melhor de todos, o mais honesto.

— E posso confiar na sua palavra?

— Não. Quer dizer, não tem razão nenhuma para confiar, mas é melhor que confie, porque o velho Zunega é o melhor em sua profissão. O melhor. Zunega. Pergunte por ele. Deve ser o único que não está bebendo a esta hora.

Jaime Ramos perguntou e apontaram-lhe uma lancha esbranquiçada, flutuando entre água oleosa e restos de madeira esverdeada.

— É ele. O índio.

Falou pouco, o índio, dirigindo a lancha até à outra margem do rio gigantesco, ondulante, uma mancha entre manchas de penumbras cinzentas:

— Quer que fique esperando?

— Quero. Não sei quanto tempo demoro. Uma hora, duas. O dia inteiro.

— Eu espero. Se eu não estiver, me espere junto do cais. Não tenho celular, mas vou aparecer, se tiver de sair.

Olhou uma vez mais para ele enquanto caminhava pela estrada de alcatrão esburacado, à direita do cais. Zunega voltara a pôr o chapéu de palha e encostara-se à popa, enrolando um cigarro, acenou. Jaime Ramos seguiu o caminho até se aproximar do grupo de polícias armados que vigiavam os doze corpos — contou depois — estendidos no chão, de mulheres seminuas ou semitapadas por plásticos negros, presos por pedras. Um dos polícias olhou mais fixamente para ele e Jaime Ramos perguntou-lhe pelo delegado Osmar.

— Quero falar com o delegado Osmar.

— O delegado pediu para não ser incomodado. Está trabalhando.

— Diga-lhe que está cá um português, um policial português.

— Não posso sair daqui. Vou pedir a alguém.

Era um homem triste, de barba mal feita, óculos escuros, a mão tocando de vez em quando um revólver que sobressaía num coldre velho e preso à cintura. Odaílton, lia-se na chapinha negra, em letras brancas, chamou um soldado e murmurou-lhe qualquer coisa. O soldado afastou-se.

— Que é que aconteceu?

— Um naufrágio — respondeu Odaílton.

— A polícia trata de naufrágios?

— A polícia trata de tudo. Mas não é bem um naufrágio. Tem mais coisas.

— Doze mulheres.

— Como sabe que são doze mulheres?

— Contei doze corpos, e todos aqueles que pude ver são mulheres.

— São doze mulheres, mas o delegado Osmar não deve querer o senhor por aqui, estou avisando.

— Não quero nenhum cadáver.

— Não ia gostar, não. Basta ver. Cada uma delas tem um golpe em algum lado do corpo. Golpe de facão, de navalha, de faca. Coisa cruel.

— Há quanto tempo estão aí?

— Desde o amanhecer. E antes disso não se sabe. Alguns deles, dos corpos, estavam aí, na margem. Outros, boiando no rio. Aqui há muitas correntes, mas vem tudo dar na margem.

O soldado regressou e apresentou-se a Odaílton. Chamou-o à parte. Odaílton ouviu-o e voltou-se para Jaime Ramos, como se avaliasse a importância do português que chegara de Manaus e viera a pé desde o cais.

— O delegado Osmar está lhe esperando. Ele acha que o senhor chegou tarde. Se atrasou?

— Perdi o barco.

— Assim parece. Ele aí o acompanha até o delegado.

O soldado esperou por ele uns metros adiante e indicou-lhe o caminho, pela margem de areia fina. Uma corda de marinheiro delimitava a área onde estavam espalhados os corpos, como se fossem objectos de uma exposição macabra. Reparou nos cabelos compridos e lisos de uma das mulheres, já secos e estendidos na relva. Reparou no vestido amarelo de uma delas, o que lhe lembrou Shirlei presa à cama de uma casa de Amarante, a muitos milhares de quilómetros de distância, do outro lado de um mar que, também agora, ficava a milhares de quilómetros. E ele sentia-se a milhares de quilómetros de qualquer outra coisa, isolado por sons que vinham de todo o lado, ruídos de motores de barcos, de carros que passavam na estrada, de ônibus que arrancavam, junto do cais, no enorme largo povoado de lojas e bancas de comida. E reparou também na mão de uma das mulheres, aberta e suja de areia, uma pulseira de pano, um fio de ouro, um anel.

— Ele está ali. Pode seguir.

O soldado apontou na direcção de um homem sentado à beira de um muro, a uns metros da água, de camisa branca e jeans. O delegado Osmar era enorme e calçava sandálias que deixavam à vista uma boa parte dos pés, de dedos grandes, negros. Ele sorriu, recebendo-o, mas não estendeu a mão.

Nenhum gesto. Jaime Ramos parou e olhou para aquele homem de rosto afável, moreno, vestido como um vendedor de sanduíches no cais, que segurava uma lata de cerveja e afastava um caderno de capa suja para que Jaime Ramos se sentasse também no muro, ao lado dele. Mas o português não se sentou. Parou a dois metros e, com o polegar, designou os corpos espalhados na areia, junto ao lodo do rio:

— Desculpe interromper a investigação.

— Já paramos a investigação, Ramos. Seja bem-vindo à Amazônia. O centro do mundo.

— Não pude esperar mais em Manaus.

— Oh, Manaus é uma cidade insuportável, concordo. Impossível de não amar, mas insuportável. E a delegacia é um edifício sem caráter. Mas uma delegacia tem de ter esse ar sem caráter e cinzento, para que os criminosos não tenham idéias nem imaginem que são bem tratados ali. As delegacias portuguesas são confortáveis?

— Algumas. As que ficam em bairros elegantes e caros.

— Como aqui, portanto — disse Osmar, levando a lata de cerveja à boca. Depois, afastou as gotas de suor que brilhavam na testa. — Lamento que tudo isso tenha acontecido hoje. Tinha marcado nosso encontro nesta agenda aqui, mas aconteceu isto.

Osmar puxou de uma agenda minúscula, guardada no bolso de trás das calças. Abriu-a e procurou uma página.

— Aqui está. Delegado Ramos. Inspetor Jaime Ramos. Portugal.

— Odaílton disse-me que eu me tinha atrasado.

— Pensei que viesse logo.

— O sargento Neves pediu-me para esperar.

— Abdias é muito cumpridor de ordens e tem medo de me importunar.

— Abdias?

— Sargento Abdias Neves. Mas você veio, Ramos. Seja bem-vindo à Amazônia. Você é meu Pedro Álvares Cabral chegando bem no limite do Amazonas, que é já ali à frente. Aqui é o rio Negro. O rio navegado por Pedro Teixeira. Conhece Pedro Teixeira?

— Não.

— Pedro Teixeira, explorador e militar português, um dos fundadores da cidade de Santa Maria de Belém do Grão-Pará e, por extensão, dos limites do Grão-Pará, do Amapá, de Roraima e da Amazônia lusitana, e cuja vida dava um filme, perdão, dois ou três, e que delimitou toda a bacia amazônica, de Belém a Iquitos, no atual Equador, aventurando-se à viagem de dois anos, entre 1637 e 1639, com uma centena de canoas e cerca de mil homens. Apenas cinqüenta portugueses. Os outros eram índios, Ramos, índios do Pará, recrutados à beira da ilha de Marajó, índios que conheciam todos os rios da bacia amazônica. Tapajós, Solimões, Negro, Branco, Amazonas. Enfim, os grandes rios que, a essa altura, não se chamavam assim. O espanhol Orellana andou por aí, à procura das mulheres amazonas e de cidades cobertas de ouro. Mas deve ter se perdido e contraído alguma febre, deve ter se perdido nos igarapés cheios de índios e de crocodilos e de jibóias gigantescas ou de capivaras. Por isso, guarde este nome de Pedro Teixeira, seu antepassado mais ilustre do Amazonas. Sabe por que razão eu recordo sempre o nome de Pedro Teixeira? A delegacia de homicídios de Manaus fica na avenida Pedro Teixeira, temos uma relação estreita com a história da Amazônia.

Osmar voltou-se para Jaime Ramos e fez uma careta com os lábios. Encolheu os ombros:

— Mas fico contente por ter chegado. É como se Pedro Álvares Cabral tivesse chegado ao Amazonas. Trouxe seus marinheiros? Cabral deixou uns criminosos para nos contatar. Eu sou um pouco índio, ainda que levemente, por isso sei do que falo.

— Vim eu próprio, Osmar. Conto com os seus criminosos, posso alugá-los por uns dias, se o preço for bom.

O outro atirou a cabeça para trás e riu. Mostrou uns dentes brancos e pequenos, alinhados a régua e esquadro. Riu com vontade.

— Boa resposta, Ramos. Boa resposta. Infelizmente, nossos criminosos estão ocupados, ou fazendo um filme numa favela do Rio ou sendo entrevistados por uma televisão francesa. São estrelas da mídia. Aparecem nos jornais e se organizam em sindicatos quase legais, protegidos pelo remorso do homem branco. Já ouviu falar?

— Do remorso?

— Não. Do remorso do homem branco. As ONGs que acham que há sempre uma razão para o criminoso ser um criminoso e uma desculpa para poder continuar assaltando velhinhas na rua e postos de combustível, estuprando colegiais que esperam o ônibus, e tudo o que sai nos jornais. O criminoso é uma estrela de TV, tem nome nos jornais e pode matar uma corporação policial inteira. Fazem romance sobre criminoso, hoje em dia. Não sobre pobre. Pobre é um desgraçado, foi sempre um desgraçado. Pobre é um número, é uma estatística. Tal como policial. Pobre quer ordem na rua, quer pegar o ônibus para ir trabalhar na casa dos ricos, quer traficante preso, quer garota de programa em casa, quer esmola, quer Corinthians, Palmeiras, Flamengo, Vasco, quer o seu time ganhando, quer cachaça barata, feijão, essas coisas de pobre. Criminoso quer reabilitar um mundo que existia antes do nosso: um mundo de aventuras e de heróis. Fazem romance sobre o assunto, deve ler isso, Ramos. Pobre não é muito popular, tem dente podre, roupa gasta. Criminoso tem dentista e sabe o que é uma grife. Venha comigo, vamos, me impeça de falar. Eu falo à beça.

Osmar saltou do muro e começou a caminhar no sentido oposto ao ajuntamento de polícias que vigiavam os cadáveres. Uns metros adiante, subindo a um pequeno morro, apontou a fila de corpos estendidos.

— Chocado, delegado Ramos? Isto não é a Europa. Eu conheci um deputado federal do Acre que mandava serrar suas vítimas. Duas delas foram cortadas aos pedaços mas ainda vivas, com uma serra a motor, das que cortam florestas. Era deputado. Estas mulheres se livraram da serra.

— Já sabe o que se passou?

— Está apurado, sim. Estava pensando, quando chegou, que devia deixar o espetáculo durar mais um pouco, até chegarem as câmeras da televisão. É bom que eles vejam e ponham o retrato em cadeia nacional. Essas mulheres eram prostitutas de Manaus e foram contratadas para uma viagem de barco com alguns convidados que estavam de visita. Deputados, médicos, uma convenção sobre o futuro da Amazônia. Algumas dessas garotas estão marcadas a golpes de faca. Hoje em dia, há gente que só consegue trepar depois de um filme desses. A tragédia é que o barco que veio recolhê-las, um desses barcos de porte médio, naufragou de madrugada, era muita gente. O barco dos convidados tinha partido e não voltou atrás. Elas não sabiam nadar e morreram.

— Naufragou?

— É o que ficará escrito.

— Mas não foi isso que aconteceu?

— Provavelmente não. O barco em que elas vinham pode ter sido assaltado, por exemplo, elas foram esfaqueadas, se resistiram, afundaram o barco. Mas há explicações para ambas as ocorrências, a do acidente e a do assalto. Temos de estar preparados para os dois cenários.

— Sabe quem são os do outro barco?

— Os clientes? Ah, delegado Ramos. Sabe quantos aviões partiram hoje de Manaus, pela manhã, bem cedo? São Paulo, Brasília, Belém. E ligações a partir daí. Para Goiânia, Rio, Belo Horizonte, Porto Alegre. Sem falar dos que foram para Petrolina ou Saquarema, Vitória ou Pindamonhangaba. Acha que eu posso buscar todos eles?

— A alguns.

— Não posso. São doze garotas de programa de rua. Nem a um bordel pertencem. Estão ali, mortas. Algumas pessoas de família vieram reconhecer uma ou outra, mas queriam saber se tinham dinheiro com elas, em algum lado, numa bolsa, numa mochila, na calcinha, no sapato. Mais nada. São garotas de programa de Manaus. Quer saber por que fiquei mais tempo aqui?

Jaime Ramos não olhou para Osmar, mas deve ter murmurado qualquer coisa, porque o outro continuou como se ele tivesse respondido:

— Porque estava à procura de uma resposta. Mas a resposta eu já tinha: são garotas de programa de Manaus. Trepam nos barcos e nos bordéis, nos motéis da estrada da Ponta Negra e no porto flutuante, nas barracas dos igarapés e nos bancos dos jardins, mesmo ao pé da Presidente Vargas. Essa é a minha única resposta.

Osmar tirou um maço de cigarros dos jeans e acendeu um, com um fósforo. Usou-o como um ponteiro minúsculo para apontar para o meio do rio:

— Está vendo aquele ponto mais alto, além, depois da Ponta Negra? O sr. Álvaro Furtado tem uma casa ali, bem no limite de Manaus. Ali. Salim Furtado, o filho, não está lá. Procuramos, de acordo com o seu pedido. Mas não está lá e não temos maneira de chegar até ele. Está portanto em parte incerta, desconhecida, há cerca de duas semanas. Sua vinda a Manaus foi inútil, provavelmente.

— Que informações tem sobre Salim Furtado? Onde pode estár?

— Não sei. Não temos muitas razões para procurá-lo, mas sabemos que desapareceu há duas semanas porque a correspondência acumulada em casa tem essa data. Duas semanas. O que sabe sobre Salim Furtado?

— Nada. Sei que é filho de Álvaro Furtado.

— De Álvaro Furtado, sim. E a mãe?

— Não sei.

— A mãe não é senão uma sombra, meu amigo Ramos. Uma sombra como as da Amazônia, escuras e impossíveis. Os documentos dizem que a mãe se chama Mara, mas não existe nenhuma Mara Furtado. Nenhuma Mara sobrou daquela família. Salim Furtado nasceu em 1973, mas a mãe não é lembrada por ninguém. Nem pela sua família, que continua a chamar-lhe Mara. Mara Salimah. Os avós de Salim Furtado são Oram e Fátima. Nomes árabes. Tal como Salim. Os documentos de Salim Furtado dizem que ele nasceu em Manaus. Mas não é verdade. Gostaria de contar a história, mas acho que não temos muito tempo. Pedi aos soldados para mandarem embora seu barco, eu próprio pegarei você. Depois você paga a Zunega, lá em Manaus, na volta.

— Tenho bastante tempo.

— Mas eu não, embora quisesse. Há pouco lhe disse que sou meio índio. Não é totalmente verdade. É só um pouco de sangue índio. A grande parte, a quase totalidade, é árabe. Tenho jeito para contar histórias e uma grande capacidade para colori-las, como os árabes.

— É verdadeira, a sua história?

— Não sei, delegado Ramos. Mas sou competente para imaginá-las.

Osmar atirou fora o seu cigarro meio fumado apenas pela metade. Era um homem alto. Moreno. O cabelo cortado muito rente mostrava duas cicatrizes. Meio árabe, meio filho da terra, meio estrangeiro.

— Não sei, delegado Ramos. Não sei se é verdadeira. Meu pai me contou seis histórias diferentes de minha família, ao longo da vida. Pouparei você. São muitas histórias, histórias demais. Os únicos pormenores que conferem em todas elas são os nomes dos meus avós, os dos meus pais e o meu. O nome da minha irmã também variava bastante. Ainda hoje não sei se a minha família vem de Damasco ou de Amã. Ou de Beirute. Sei vagamente que chegaram. Contar histórias é um grande vício no Amazonas, delegado Ramos. Os índios também tinham histórias. E os portugueses que vieram para aqui. E os árabes. Os libaneses, os sírios. A Amazônia, em meu entender, é uma grande indústria de histórias. Tem a história da água, a história da floresta, a história dos índios dizimados, a história do índio triste. O senhor também se preocupa com o destino da Amazônia?

— Nem por isso. Sabia que a Amazónia existia, mais nada.

— É o suficiente para mim. A Amazônia não é um paraíso, delegado. Está cheia de perigos, de ameaças, incêndios, animais emboscados, doenças desconhecidas. E morre-se bastante na Amazônia, nos rios ou nas florestas, nos igarapés ou nas cidades. Manaus, delegado Ramos, é uma terra de exilados. Portugueses fugidos da justiça ou da Inquisição, o que não é a mesma coisa. Árabes fugindo da pobreza ou do mercado limitado de Beirute. Ou do deserto. Gente que quis viver em paz e que sonhou enriquecer com a borracha e com o comércio geral. A borracha desapareceu. Ficou o exílio. Muçulmanos, judeus, seitas cristãs, funcionários de Estado, e agora gente da Zona Franca. Isso é Manaus, de fato. O resto é indiada, barés, passés, aroaquis, juris e, claro, os manaus. Tudo indiada desaparecida. E eu estou pouco me preocupando com as árvores.

— Não estou nada preocupado com a floresta, Osmar. Estou preocupado com Salim, tenho de encontrá-lo.

— Ele acabará por aparecer. Morto, naturalmente. Aqui morre tudo, acaba por morrer tudo. A floresta apodrece ou arde, a água destrói a cidade e as palafitas. Sou um ecologista trágico, delegado Ramos. Veja essas meninas, aí, no chão. Vão apodrecer sem terem um nome, pelo menos a maior parte delas.

— Salim tinha um nome.

— Salim fez ginásio e faculdade em Manaus, formatura em ciências econômicas, como agora se diz, dirigia um carro razoável, alto nível, e era conhecido em motéis, bares e restaurantes. Tem uma fortuna avaliada em milhões de reais, mas não posso lhe dar os números porque não tenho razões para abrir uma investigação. Não tem mãe, que se conheça. E não tem corpo, porque desapareceu há duas semanas. Tomou um vôo para Belém e sumiu.

— Há uma lista de passageiros?

— Há.

Jaime Ramos olhou-o, esperando. Mas Osmar acenou a cabeça, indicando o regresso ao cais, entre juncos e restos de muros despedaçados, sob o céu cinzento que cobria todo o rio e chegaria a Manaus. Fez o resto do caminho em silêncio, até parar junto de Odaílton.

— Delegado, já chegou o pessoal. São dois médicos dessa vez.

— Eles que façam seu trabalho. Mande recolher tudo, Odaílton. E sigam de lancha para a delegacia. Eu estou de partida.

— Certo, delegado.

A lancha de Osmar, mais veloz do que a de Zunega, era dirigida por um soldado fardado e de botas brilhantes, mas desarmado. Jaime Ramos sentou-se à popa, ao lado do delegado, que lhe ofereceu um cigarro.

— Só fumo charutos.

— Nessa lista de passageiros, como você chama, o nome de Salim consta como tendo viajado no dia 9 de junho de Manaus para Belém. Não há mais registro de Salim Furtado desde esse dia. Nos principais hotéis de Belém não há registro de Salim Furtado nem nessa noite nem nas seguintes. É, como nós dizemos, um elemento em fuga. E um elemento em fuga só é investigado se houver uma razão relevante. Forte. Salim Furtado fez alguma coisa ilegal?

— Não. Que eu saiba. A não ser que, um pouco antes dessa viagem entre Manaus e Belém, o pai de Salim foi assassinado em Portugal.

— Mas a sua polícia de fronteiras não assinalou a entrada de Salim Furtado em Portugal, não é verdade? Não tem nenhuma suspeita recaindo sobre Salim Furtado, não é assim?

— É assim. Mas ele é procurado para lhe ser entregue uma herança.

— Provavelmente, no lugar onde se encontra, ele não precisa de uma herança. Há duas contas numa das agências do Bradesco, em Manaus. Mas não pode entrar no banco e pedir para ver as contas. Nem eu. É um processo judicial longo e complicado. Salim não foi encontrado. Enquanto não encontrar Salim, vivo ou morto, as contas são, digamos, secretas, confidenciais, privadas. Nada feito.

— Mas eu quero ver a casa de Álvaro Furtado.

— Com certeza. Vai vê-la. Nós facilitamos a entrada e o transporte, porque o senhor Furtado foi assassinado. E a visita à casa pode ajudar a investigação. É isso, delegado Ramos?

— É isso.

A lancha abrandava agora a velocidade, a viagem era de uma hora através de várias águas que tinham subido e onde havia mais correntes, pedaços de madeira que navegavam conforme a passagem dos barcos, troncos de madeira, papéis, caixas de cartão, ervas soltas, ramos de árvore. A hora de viagem iria transformar-se numa longa travessia iluminada pela tarde, e à medida que se aproximavam de Manaus uma luz intensa vinda do poente parecia tingir-se de laranja entre nuvens negras que devoravam a copa das árvores das florestas, ao longe.

— Sabe por que esperei que chegasse àquela margem, delegado Ramos? Porque queria que visse aqueles corpos apenas a uma hora e meia de Manaus, a sessenta quilômetros da cidade. Se vem investigar um crime no Brasil, precisa habituar-se à crueldade. O Brasil é um lugar cordial que vive no meio da crueldade. Há muito sexo, muita felicidade e muitos mortos nos subúrbios. Este país é muito correto em tudo, é um país que gosta de falar e de ouvir. Frases cheias de advérbios. Verbos sonantes. Temos grandes poetas parnasianos, o nosso barroco é quase tão bom como o seu, gastamos em gramática o que nos falta em verdade e clareza. Conhece a letra do nosso hino? Devia conhecer. "Deitado eternamente em berço esplêndido, ao som do mar e à luz do céu profundo."

Só que aqui o nosso mar é o rio, vários rios num só. "Gigante pela própria natureza, és belo, és forte, impávido colosso, e o teu futuro espelha essa grandeza." Metade dos garotos das escolas não sabe o que significam aqueles versos, "raios fúlgidos", "o lábaro que ostentas estrelado", "se ergues da justiça a clava forte". Como é seu hino?

— "As armas e os varões."

— Isso é Camões. Camões é o hino português?

— Não. O hino fala de canhões, morrer diante dos canhões, marchar contra os canhões, heróis do mar, levantar de novo o esplendor de Portugal.

— Devíamos contratar poetas decentes para escreverem nossos hinos.

— Não há poetas decentes.

— É bem provável que não haja. E, depois, há Deus. Não devia haver Deus em mais nenhum hino, porque Deus é brasileiro, como sabe — está na boca de todo brasileiro. É propriedade nossa. Temos patente. As pessoas passam a vida falando de Deus e pedindo paz. O Brasil precisava de menos Deus e de menos paz. Com essa paz toda fomos criando um humor trágico: rimos de tudo. Isso é bom, naturalmente, mas esconde outra coisa essencial. O riso abafa a tragédia, a desgraça e a corrupção dos ricos e dos poderosos. Os pobres de espírito é que não gostam do riso, porque pensam que estão sempre rindo deles, mas não é verdade. O Brasil ri de si próprio com grande classe, recuperando a honra perdida ao longo da história. Já viajou pelo Brasil? Eu viajo bastante, delegado Ramos. Há sempre criminosos do Amazonas em todo lado. O país do riso não ri, delegado Ramos. Ande pelas cidades. Veja o tráfego infernal das cidades. Veja as universidades. Tudo cheio de gente sorumbática, falando de Deus, de paz e de justiça. Coisas que não estão disponíveis. O meu vizinho me diz "vai com Deus", "que Deus te acompanhe", "foi a vontade de Deus". É evangélico, vai à igreja todas as sextas, sábados e domingos, de camisa branquinha e gravata presa por um alfinete. É um contra-senso brasileiro, delegado Ramos. Esse negócio do templo evangélico e do sermão contra o pecado é um ato de desespero e uma atividade lucrativa que deviam ser considerados ilegais, como o jogo do bicho, as apostas em rinha de galos, a falsificação de combustível. Mas é um negócio bem montado. Eu lhe explico: no Brasil se peca bastante. Ampliando a natureza do pecado, aumentando a área do pecado, aumenta-se também o preço do pecado. Logo, há mais pecadores. Há mais clientes. Havendo mais pecadores, há mais fiéis. E, havendo mais fiéis, há mais lucro nas igrejas. Quando bebo a minha terceira Brahma, começo defendendo o extermínio dos evangélicos, a destruição dos templos das Testemunhas de Jeová, a interdição dos adventistas. A religião devia ser praticada em silêncio. Devia ser tão silenciosa como o vento nas florestas, apenas um rumor a chegar à atmosfera, uma fogueira crepitando lá, muito longe. E é assim. Menos Deus, delegado, menos Deus. Para sermos melhores, precisamos de menos Deus, de menos crime, de menos assassinos, de menos mandamentos, de menos obrigações. E de mais cerveja barata, sem dúvida.

No cais, Jaime Ramos procurou Zunega com o olhar, e encontrou-o sentado junto da lancha, numa cadeirinha de plástico. Deu-lhe uma nota de cinquenta reais e disse-lhe para guardar o troco. O caboclo agradeceu sem sorrir, curvou apenas a cabeça, levou dois dedos à testa, numa continência aproximada, e murmurou um "obrigado" nítido, que Ramos ouviu já depois de lhe ter voltado as costas. Osmar levou-o de carro e deixou-o junto do hotel, mas ele decidiu que o seu dia não terminara ainda e que teria de aproveitar a última luz do dia. Jaime Ramos fez sinal a um táxi e deu um endereço, pedindo para ir a Educandos, o bairro junto da cidade flutuante, construções em palafitas e junto de barcos de madeira corroída pela humidade.

Saiu do carro e encarou a meia dúzia de casas que rodeavam o Bar do Neílson — uma barraca decorada com anúncios de cerveja, caras de Zeca Pagodinho e um cartaz que anunciava um espectáculo de duos sertanejos. Mal ficou de pé, no meio da rua suja e deserta, o português sentiu a humidade subindo do rio, de onde chegavam também vozes dispersas numa língua que reconhecia mas não sabia traduzir.

— Eu iria com você, mas acho que seria exagero — dissera Osmar. — Peça a um táxi para levá-lo a Educandos. É um bairro muito pobre, meu amigo Ramos, um bairro pobre e sujo e que pouca gente visita. Aí, peça para ir ao Bar do Neílson. O seu português, Salim, esteve ali escondido durante quase uma semana.

— Como sabe que ficou escondido?

— Porque ninguém vai para Educandos se não quiser esconder-se.

— E como descobriu que ele esteve lá?

Osmar coçou o nariz, procurando uma borbulha invisível, uma comichão tardia e denunciada, e sorriu finalmente:

— Porque eu nasci perto de Educandos. Tudo o que acontece em Educandos me interessa e acabam por me contar, mais cedo ou mais tarde. Quem chega, quem parte. Vou lá algumas vezes. Como lhe disse, Salim Furtado desapareceu. Desapareceu depois de ter estado em Educandos durante quase uma semana. Deve ter levado algum dinheiro, mas é mesmo essa a última informação que temos dele: um vôo noturno de Manaus para Belém. Não há mais sinais de Salim Furtado. Amanhã de manhã eu mesmo irei com você à casa do português. Mas hoje descanse. Respire um pouco de Manaus, passeie na praça ao lado do hotel, não a do teatro, mas a outra, do outro lado. Tem uma pizzaria e uma churrascaria. Não admitem fumantes na churrascaria, mas é um sacrifício que pode fazer de vez em quando. Defenda sua saúde. Deus lhe agradece, vá com Deus — acrescentou sorrindo.

Jaime Ramos pensou nisso quando entrou no Bar do Neílson, que era, afinal, uma varanda pendurada sobre o rio, um balcão sobrevoando o crepúsculo. No centro da varanda, uma mesa de bilhar onde o pano verde rasgado não destoava da balaustrada de madeira envelhecida nem do cheiro de peixe frito que vinha da cozinha. Algum dia Deus teria agradecido este retrato do rio Negro, um entardecer húmido e silencioso, que ia escondendo as casas miseráveis e a roupa suja das crianças à medida que a luz desaparecia do outro lado do rio. Mas esse não era um assunto seu.

47

O RIO, VISTO DE EDUCANDOS, ERA UMA MANCHA NEGRA e vasta onde brilhavam as primeiras luzes da noite, barcos que baloiçavam, uma bola saltitando na pequena colina, entre miúdos em fato de banho, uma gritaria. Uma rapariga de avental aproximou-se de Jaime Ramos, que se tinha sentado numa cadeira abandonada diante da varanda e do rio. Ela trazia um pano na mão para limpar uma mesa imaginária.

— Tem chope aqui?

— Tem não. Só lata ou garrafa.

— Garrafa.

— O senhor veio sozinho?

— Estou à espera de mais gente — mentiu ele.

O soalho de madeira do pequeno terraço tremeu quando ela voltou com a cerveja dentro da garrafa de isopor e o pequeno copo de vidro, que lhe entregou.

— Vou pegar uma mesa — ela desviando o cabelo do rosto, bonita, baixando-se para arrastar a mesa, com a garrafa numa das mãos.

— Eu seguro na cerveja.

Havia o som da televisão ligada lá dentro, perto da cozinha. Novela na televisão, um homem e uma mulher falavam de um caso de amor, problemas familiares, coisa de novela. Bebeu o primeiro gole de cerveja, tinha de escolher a sua cerveja no Brasil. Ainda não tivera tempo nem oportunidade durante os dois primeiros dias, mas ambas as coisas chegariam. Ou não chegariam nunca e iria bebendo o que lhe servissem durante o resto da semana.

Depois, vindo lá de dentro, apareceu um homem vestido apenas de calções, franzino, despenteado, barba por fazer. Olharam-se um instante e o outro disse boa-tarde. Jaime Ramos respondeu e continuou a olhar as luzes do rio. Um pequeno barco aproximou-se da margem, junto da ladeira por baixo da casa, um homem arrumou os remos e saltou para o lodo.

— Ei, Luciano — gritou o homem de calções, debruçado da varanda.

O outro olhou para cima e levantou um braço para mostrar um cacho de peixes. O homem de calções voltou-se para Jaime Ramos:

— Tucunaré. Vamos fritar para comer.

— Tucunaré — Jaime Ramos confirmou, como se conhecesse. Mas o homem notou o sotaque.

— Espanhol?

— Não. Português.

— Conhece tucunaré?

— Não. Não conheço peixe nenhum.

— Precisa conhecer. É turista?

— Turista.

— Tambaqui, pirapitinga, aruanã, pirarucu, bicuda, jacundá, traíra, pirarara, e tucunaré — declamou o homem. — Peixe do rio. Hoje é tucunaré e vi ali um tambaqui. A gente frita eles, dá uns golpes muito finos para cortar as espinhas e aí se pode comer à vontade. Frito, crocante, ninguém nota que tem espinha. Devia provar.

— Hoje não posso, fico pela cerveja.

— Pena — sorriu.

A mulher voltou e chamou-o, tratou-o por Jander, "é preciso gás, Jander".

— Eu tô indo.

Mas não foi. Uma leve suspeita parecia ter tomado conta daquele rosto sereno que olhara o cacho de peixes que Luciano erguera lá em baixo, à beira do rio, e Jander aproximara-se do corrimão da varanda, debruçou-se e encarou Jaime Ramos:

— Turista não vem aqui.

— Eu venho.

— Educandos é um bairro pobre. Muito pobre.

— Eu também não sou rico.

Jander riu, com vontade.

— Quem costuma vir aqui?

— Gente daqui. Tem gente que vem na sinuca, ver futebol, beber cerveja, tomar pinga. Na hora do almoço tem gente que vem almoçar. À noite tem uma ou outra pessoa que vem jantar. A vista é bonita, seu português, a vista é bonita.

— Tem quartos? Quartos para alugar?

Jander voltou a rir e olhou para a casa cujas paredes se desfaziam aqui e ali, deixando à mostra barro e madeira, cimento que tapara buracos, retratos de futebolistas e de cantoras loiras que escondiam fendas.

— Não é hotel, não.

— Mas tenho um amigo que ficou aqui.

Jander olhou para o português, sério.

— Tem não. Amigo seu tem não. Não acho.

— Salim?

Jaime Ramos tentou a sua sorte e tirou a carteira onde guardava o seu cartão da polícia, que mostrou a Jander, como se lhe quisesse dizer para estar tranquilo, mas o cartão não o tranquilizou.

— Tem não. Ninguém fica aqui.

— Ah, ficou sim — Jaime Ramos sem deixar de olhar para o rio e esticando o dedo para o interior da casa. — Tenho um amigo da polícia de Manaus que me disse que Salim ficou aqui.

— Vou ter problema?

— Não, Jander. Problema nenhum. Preciso de saber como é que ele chegou cá.

— Chegou e ficou bebendo cerveja aí numa mesa. Jogou sinuca toda a tarde e acabou perguntando onde é que podia se hospedar aqui no bairro. Uma semana. Tirou dinheiro do bolso, trezentos reais, e perguntou se podia ficar aqui durante uma semana. Ele estava pagando bem, trezentos reais é dinheiro. Isso dava cinqüenta por dia. Eu lhe arranjei um quarto aí em cima, nessa casa do outro lado da rua. À noite me deu mais dinheiro e pediu para não dizer a ninguém que estava ali. Estava precisando de esconderijo, eu pensei, e perguntei se andava fugindo da polícia. Não. Estava só precisando de esconderijo e eu estava precisando comprar uma geladeira nova, a cerveja precisa estar gelada quando chegar o verão, lá no fim do ano. E ele ficou quase uma semana.

— Nunca saiu daqui?

— Saiu um dia, desceu a rua, foi o ponto de ônibus, apanhou o ônibus e voltou três ou quatro horas depois, com uns sacos de compras e uma mala nova. Isso foi no terceiro dia. Minha esposa o chamava para jantar porque ele não almoçava nunca. Ele pagou a geladeira.

— Boa geladeira, Jander, boa geladeira. Alguém veio procurá-lo?

— Não senhor. Ao fim desses dias partiu de ônibus, levou a mala. Não o vi mais.

— Não viu mesmo?

— Não vi, não. Vi que levou a mala porque ela não ficou lá. Tinha deixado mais dinheiro para os meninos, como ele disse que ia deixar. Mas era uma mala pequena, azul. Eu vou ter problema?

— Não. Devia ter problema?

— Não acho, senhor.

— Eu também não. Ele fez telefonemas, recebeu alguém, falou de alguma coisa? Por que é que ele precisava de esconderijo?

— Ele só vinha jantar tarde, quando já não havia ninguém aqui. Não falava muito, não. Ou falava de coisa sem interesse, futebol, novela, às vezes ficava vendo os evangélicos na televisão. Nessa altura ria um pouco e se despedia, de braços abertos, com a frase aí deles. "Aleluia, aleluia, Jesus." E ia dormir.

— Nunca disse por que tinha vindo para cá?

— Acho que era coisa de família.

— Por quê?

— Porque, senhor, ele era rico, tinha dinheiro. Quem foge por problema criminal sai de Manaus e foge de avião ou de barco. Ele fugiu para este bairro do rio e foi buscar uma mala com roupa. Um dia lhe perguntei por sua esposa, ele disse "não tenho esposa nenhuma, Jander", nem pai, nem mãe, nem nada disso. Como se quisesse deixar a família para trás. Quem fala assim? Quem tem problema de família. Família é muito filha-da-puta às vezes. A família de minha mulher não entra aqui não. Não quero eles aqui, dizendo Jander isto, Jander aquilo, Dilcilane isto, Dilcilane aquilo, os meninos deviam ir à igreja, o barzinho não é negócio. Eu comprei o bar de Neílson faz cinco anos e me virei com Dilcilane, que estava tendo o primeiro menino. Neílson era meu primo e se mudou para Barcelos, a duas horas de barco daqui.

— E ele telefonou para alguém?

— Não há telefone. Quando queremos telefonar tem o orelhão ali na praça. E não acho que tivesse celular, não. Não vi ele de celular. Minha esposa não viu também.

— Bom, Jander. A cerveja está bem gelada, obrigado por ela — Jaime Ramos estendendo a nota de dois reais, erguendo-se da cadeira. Jander recolheu a nota e olhou para o rio, porque era a única coisa para onde se podia olhar.

— E o tucunaré? Frito.

— Hoje não. Vim só pela cerveja — Jaime Ramos estendeu-lhe a mão e Jander, surpreendido, apertou-lha, sorrindo.

— Senhor.

Jaime Ramos, que tinha começado a andar na direcção da rua, voltou-se para trás.

— Eu não fiz mal nenhum. Fiz?

— Não.

— Se descer a rua abaixo encontra um táxi ali junto da praça. Não ande muito sozinho de noite pelo bairro. Pegue o táxi. O ônibus agora é só de hora em hora.

48

QUEM ASSASSINOU ÁLVARO SEVERIANO FURTADO SABIA que ele se tinha escondido ali, perto da rotunda, num prédio anónimo, rodeado de trânsito e de autocarros que despejavam milhares de pessoas no limite da avenida da República, no limite de Vila Nova de Gaia.

E Jaime Ramos compreendeu que estava diante de um destino desconhecido, o de um homem que fazia daquele apartamento um refúgio e um esconderijo. Uma casa é um lugar onde se delimita a dignidade dos seus habitantes, não apenas um refúgio, como a gruta de um animal da montanha; uma casa tem aromas e pó acumulado nos móveis, um resto de luz que chega por uma janela deixada entreaberta mesmo no frio do inverno. Há música, numa casa. Uma televisão ligada. Um par de sapatos que já não são usados. Uma almofada amarrotada. Lenços de papel, vestígios de uma gripe, um copo lascado, uma toalha húmida, um cinzeiro sujo. Numa casa há sinais que não desaparecem e indicam uma vida qualquer para além do silêncio das suas paredes fechadas, do correio por abrir. Álvaro Severiano Furtado mal vivia naquela casa.

Mas o que mais o preocupava, para além do que ele próprio pensava sobre a natureza das casas, sobre o problema da habitação em geral, era a origem de uma fortuna modesta mas apaziguante, tranquilizadora para quem não declarava uma profissão e alugou um apartamento vazio em Santo Ovídio embora mantivesse uma casa em Manaus, à vista do rio Negro.

O que eram oitenta mil contos em 1981 ou 1982? Era essa a quantia a que tinham chegado as investigações de Isaltino de Jesus, encaminhadas por fax para o hotel Taj Mahal, em Manaus. Oitenta mil contos provenientes de quê? De um depósito em dinheiro vivo efectuado no dia 8 de março de 1981, no Banco Português do Atlântico, agência da Avenida da Boavista, Porto. Jaime Ramos recorda os seus tempos de funcionário do Banco Pinto de Magalhães, engolido pelas nacionalizações, a glória do Porto, o nome de uma família: contas pequenas e economias de funcionários públicos; as pequenas agendas e bloco-notas, compridos, que eram oferecidos aos clientes; a recolha de depósitos ao domicílio; os empréstimos a comerciantes da Baixa, lojistas da Areosa, empreendedores e modestos, que pagavam a horas os juros negociados caso a caso; reformas cautelosas e minúsculas que eram depositadas a prazo. Oitenta mil contos. Uma pequena fortuna. Desses oitenta mil contos, cerca de vinte mil foram levantados dois anos depois, nota a nota, em outubro de 1983. E não há registo que se obtenha.

A voz de Isaltino de Jesus vinda do outro lado do mar, do outro lado da Amazónia:

— Os bancos não têm registos antigos. Fusões, bancos que encerraram, períodos legais que se esgotaram. Chefe. É isso que temos.

Silêncio. Espera. Um mosquito rondando a lâmpada do candeeiro da mesa-de-cabeceira. Um ruído vindo de outro quarto. A televisão com o som desligado, um filme aborrecido com Sam Neil.

— E que temperatura faz aí, chefe? Também está frio?

— Não, Isaltino. Aqui está o ar a ferver. Vapor, humidade, calor. Trinta e seis graus. Isto são os trópicos.

— O chefe ainda adoece. Isso faz mal, essas mudanças de clima.

— Também acho, Isaltino, mas o equador passa aqui ao lado, segundo me explicaram.

— Isso do equador é uma surpresa muito grande. Qual é a sensação, chefe?

— A de estar de pernas para o ar. Ou de cabeça para baixo.

— Mas isso não é a mesma coisa?

— Não. O mundo pode estar de pernas para o ar, mas a nossa cabeça pode conservar-se no lugar. Há uma diferença.

— Estou a ver.

Pobre Isaltino. Ele não via. Não via Manaus a partir da janela suja do Taj Mahal, não via a cúpula colorida do Teatro Amazonas nem podia pressentir as vagas de calor que subiam da praça até ao décimo oitavo andar do hotel, arrastando mosquitos e pernilongos, muriçocas e baratas escuras, brilhantes, voadoras. Não via as mulheres passearem na rua, de passeio em passeio, na Getúlio Vargas, as saias muito curtas, os decotes, o cabelo amarrado, lustroso. Não via os carros arrancarem no semáforo ao fundo da praça. Não via o céu escuro sobre as florestas da Amazónia. Aquela música que não lhe saía dos ouvidos, um silvo de perdição vindo de todos os pontos cardeais, de todas as ruas, de todos os lugares onde a humidade de Manaus desenhava nódoas escuras,

— Isaltino. Eu tenho uma ideia.

— Nesse caso o chefe salva-nos. Aqui não há nenhuma ideia.

— Pois eu tenho uma. Mas para isso precisávamos de estar em Angola, e por volta de 73.

— Uma desgraça pode nunca vir sozinha.

— Preciso de saber como chegou o Furtado a Portugal em 73 ou 74 e o que andou a fazer até à altura do primeiro depósito nessa conta bancária, mais ou menos. Procura. Quadro geral de adidos. Manutenção militar. Listas de passageiros dos navios. Procura um nome. Uma passagem que seja pelos arquivos. Só isso nos pode salvar.

— Como é que isso se consegue?

— Não sei, Isaltino. Mas há listas de militares que chegaram a Portugal mais tarde, outros mais cedo. Em que altura é que ele voltou, exactamente? Em que ano, em que dia? E veio sozinho?

— O chefe está a escrever um romance, é o que é.

— Ninguém vai escrever um romance sobre Manaus. Ninguém o lia.

— Eu vou tentar.

— E dorme, Isaltino. Dorme. Isto não são horas para estares a pé. São três da manhã aí. É uma diferença de cinco horas.

— O que faz o chefe às dez da noite no quarto do hotel?

— Estou a escrever um romance.

— Se pudesse, mandava-lhe um dicionário.

— É um romance curto. O português que sei basta-me para escrever. Vai deitar-te.

Mas Jaime Ramos não se deitou. Abriu a janela do quarto e lembrou-se de insectos verdes nas noites da Guiné. Lembrou-se das fotografias da família, que cabiam numa pequena caixa de charutos, do Vietname que estava em guerra quando ele próprio estava em guerra na Guiné, rodeado de baratas e de grandes rios, vermelhos e amarelos, de pessoas que andavam pelo cais de madrugada. E lembrou-se do rosto de Álvaro Severiano Furtado, roubado aos arquivos, a um passaporte usado — e perguntou-se por que razão não tinha ele voltado a Portugal e vivido em Portugal, e morrido longe de Portugal. E a imagem da casa de Santo Ovídio voltou a assaltá-lo como uma fotografia sórdida, sem cheiro, sem luz real, sem um ruído que fosse, razão que não explicava por que razão tinha o seu filho, Salim Furtado, procurado um quarto lúgubre e sujo do bairro de Educandos para se esconder durante duas semanas. E esconder de quem?, perguntou Jaime Ramos vendo insectos verdes batendo no vidro das janelas, insectos que tinham subido até ao décimo oitavo piso do Taj Mahal e sobrevivido à humidade de Manaus, como uma ameaça para a própria noite.

49

ELA GOSTARIA DE SABER COM QUE FREQÜÊNCIA CHOVE NO Rio nessa altura do ano. Chove toda a noite. Chove de manhã. Durante aqueles cinco dias houve duas tempestades, um vento áspero entrando em Ipanema, varrendo papéis soltos na praça General Osório quase nua, os morros cinzentos e verdes, o do Pavão, e o do Cantagalo mais acima, por vezes completamente escondidos por nuvens baixas. Os fios dos teleféricos, as solas sujas dos tênis, música de Harold Budd, "She's by the Window" ou "Angels Alight", duas peças solitárias de pianos solitários, os cabelos enroscados depois do banho de mar, a ventania que entra nas esplanadas vinda do sul, vento de sudoeste, os garçons com os seus paletós brancos recolhendo mesas e abrindo as proteções de plástico transparente, cápsulas de tranqüilizante, os engraxates na porta dos bares, a banca de jornais e revistas mesmo em frente do prédio, ao lado da banca de flores. Tulipas, gardênias, rebentos de araucárias anãs, figueiras-da-índia, bolbos de gladíolo, buganvílias vermelhas de sangue.

Daniela passou dois dias assistindo a filmes em DVD no monitor do laptop, enquanto chovia em Ipanema. Comeu biscoitos de cereais, requeijão diet, desceu para caminhar um pouco, acabou entrando num restaurante para comer risoto de cogumelos, beber cerveja, um chope, fumou um cigarro, pediu um café expresso. Um bando de rapazes vestindo camisas sem manga, músculos à mostra, correntes de prata em volta do pescoço, passou junto do restaurante, brigões, gritando, pitboys, playboys e pitt bulls. Pela janela aberta gritaram para Daniela.

— Gostosa.

O garçom veio correndo, por entre as mesas:

— É gente comprando briga, não ligue. Senhorita, por favor. Aceite outra mesa, eu pego outra xícara. Mais um pouco de café, por favor.

Um carro passou com o som de Marcelo D2 diante da academia de jiu-jítsu, um grupo de japoneses acenou de um ônibus que cruzou a avenida. Escureceu de repente, Daniela fumou o segundo cigarro, pensou que chovia com muita freqüência no Rio nessa época do ano, as calçadas ficavam escorregadias, não queria voltar a pé para casa. Isso lhe recordava uma tarde de chuva no Rio, Helena e Daniela correndo do Posto 9 para o Ipanema Plaza, na Farme de Amoedo, aquela chuva no rosto e molhando a roupa, elas correndo e se desviando das árvores, dos carros mal estacionados, das bancas de jornais, dos painéis das lojas. Manhãs de garoa. Tardes cinza. As folhas molhadas das plantas, junto das grades dos prédios, os manobristas dos restaurantes olhando. O bar do Ipanema Plaza no último andar, junto da piscina, na cobertura, e aquela visão do mar do Rio transformado em espuma, um gim-tônica, lábios molhados, Helena tirando da sacola as compras da tarde, um vestido branco, mostrando o biquíni que não chegou a experimentar nesse verão, Daniela comprara apenas dois livros num sebo de uma esquina do Arpoador.

Segunda xícara de café vazia. Segundo cigarro esgotado. Daniela pediu a conta e o garçom perguntou se podia oferecer um licor, ela recusou com um sorriso, pagou, pôs a mochila no ombro, pegou uma bala de chocolate que viera com o café, para tirar o hálito de cigarro. Apenas uns riscos de chuva caíam, iluminados pelos postes de rua.

— Chamo um táxi, senhorita?

— Não é preciso, obrigada. Moro perto.

Duas quadras de caminhada até chegar ao apartamento, quarto piso, D. Na entrada do prédio, o porteiro informou que tinham perguntado por ela. Antes de sair, desviara as chamadas telefônicas para a portaria.

— Deixou nome?

— Deixou sim, dona Daniela. É o sr. Walmir. Ele disse se chamar Walmir. Volta a ligar.

50

ÀS OITO DA MANHÃ, OSMAR SANTOS JUNTOU-SE A JAIME Ramos à mesa do restaurante. Chegou silencioso, puxou uma cadeira e sorriu. Vestia uma t-shirt branca, jeans e tênis. Um empregado aproximou-se e empurrou a cadeira para ele se sentar.

— Toma café, delegado?

— Café, sim. Dois ovos fritos e beiju com queijo. E suco de acerola. Puro. Pão francês.

— Com certeza, delegado.

— E um cinzeiro.

— Em seguida.

Jaime Ramos pousou o jornal na cadeira ao lado e encarou o polícia brasileiro, que estendia o guardanapo sobre as pernas.

— É conhecido aqui, Osmar.

— Bastante. Faz dois anos houve um suicídio no hotel e desde essa época nos tornamos amigos. Conseguimos tirar o morto sem dar na vista, e provamos que se tratava de um homicídio sem que a notícia saísse no jornal durante a semana. Para falar verdade, já éramos velhos conhecidos. Já reparou no pessoal ali na recepção? Observou-os bem? Libaneses.

— Mas você é libanês ou índio?

— Isso não importa, foi um negócio entre minha mãe e meu pai e havia ainda o fato de d. Pedro II saber falar árabe. Mas olhe para eles. Libaneses como eu, Ramos, têm antepassados que eram mascates e tinham sido pastores lá no sul do Líbano. Chamam-se Yussef, Fadil, Malik, Khalid, Rafiq, Nazim, ou nomes assim. Meu nome deveria ser Omar, mas ficou Osmar por distração. Algumas mulheres da família deles são primas da minha mãe, Madiá, Jawad, Fátima, Riana, Arub. Minha mãe é o resultado de um extraordinário cruzamento entre um bisavô árabe, cumpridor de suas obrigações religiosas, e uma mulher gentia, portuguesa africana vinda do Marrocos no século XVIII. Dá para acreditar? Sua família vinha de Mazagão, no Marrocos português, e tinha um assentamento na selva. Mas olhe de novo para esse pessoal aí do hotel. Os pais deles conheciam os meus pais. As filhas. Os filhos. Freqüentávamos as mesmas lojas, comíamos nos mesmos restaurantes. Havia um xeique que foi meu antepassado e que orientava as orações e ensinava os fiéis a se voltarem para Meca. Sabe para que lado fica Meca?

— Para o lado do rio.

— Não exatamente. Mas podia ser, sim. Havia quem se desorientasse tanto que acabava procurando Meca apenas com o olhar, sem mapa nem bússola, voltado para a floresta, porque achavam que o profeta devia viver no meio daquelas árvores imponentes. Não falemos de religião logo de manhã.

— É cristão, Osmar?

— Todos são cristãos neste país. Mesmo os judeus, os budistas, os muçulmanos, os rastas, os ufólogos, os que acreditam que há vida em Júpiter são todos os dias bombardeados com a imagem de Cristo. Cristo te ama. Confie em Cristo. Viva em Cristo. Cristo salvador. Quando tivermos um presidente evangélico talvez isso se resolva, todo mundo passará a ser ateu. Por desfeita. E você, Ramos?

— Já passei pela idade de escolher uma religião. Agora estou a envelhecer.

— E se dá bem com a sua idade?

— Nem por isso. Acho que sou mais velho do que a minha idade. Ontem disse-me que Salim era filho de Álvaro e de Mara.

— Entreguei-lhe uma certidão onde vem essa informação.

— E o resto da família de Mara? Onde estão os avós ou os tios de Salim?

— Oh, os avós morreram, Ramos, e há muito tempo. A lista dos tios estava resumida a dois. Um deles partiu para São Paulo, como os meus tios. O outro morreu. Câncer. A mulher dele foi para São Paulo juntar-se à família. Salim sempre foi estranho a essa gente. Eles também não o procuraram.

Osmar calou-se então. Sorriu e agradeceu o copo de suco de acerola que o empregado lhe trouxe, equilibrado num pires branco. Bebeu um pouco do líquido rosado, fechou os olhos por um instante, procurou o guardanapo ainda de olhos semicerrados.

— Você foi rápido, Ramos. Muito rápido. A gente vê que gosta de trabalhar. Esteve em Educandos ontem à tarde. Gostou?

— E eu devia gostar?

— Não. Não há nada de bom em gostar de miséria, nem de pobreza. Rico e intelectual, sim, apreciam a miséria. Eu vivo num país em que a pobreza é elogiada todos os dias, não apenas como uma virtude, mas também como uma característica profunda do próprio Brasil. É natural, são os ricos que escrevem essa bobagem, jornalistas que vivem em Ipanema. Pobre brasileiro é como soldado desconhecido. Vocês têm soldados desconhecidos, lá em Portugal?

— Bastantes.

— Aqui temos alguns. Mas devia existir um monumento nacional ao pobre desconhecido. Sem essa abundância de pobres não existia política brasileira nem justificativa para cobrar imposto. O brasileiro fica indignado quando alguém lhe diz que não há tanto pobre assim, porque isso tira algum sentido da sua existência, de suas idéias políticas. Os meus avós foram pobres no princípio da vida, quando se vivia muito mal em Manaus. A Amazônia é um continente desprezado, isolado do mundo. Antes da ecologia, da proteção das espécies, da falta de água, a Amazônia era pior do que um deserto. Um deserto verde que ninguém conhecia, cheio de pântanos e rodeado de urubus. Urubus como aqueles que viu à beira do rio. Viu os urubus? Negros, enormes, gordos, comendo peixe podre?

— Como enriqueceram os seus avós?

— Como sabe que eles enriqueceram?

— Porque você estudou na universidade, tem estudos, veste dessa maneira. Se usasse gravata e calçasse sapatos escuros, eu desconfiaria. Mas ir trabalhar vestido de jeans e t-shirt é um privilégio de gente de classe média.

— Camiseta.

— Camiseta?

— A gente diz camiseta. Camiseta básica. T-shirt. A princípio era estranho ver um delegado trabalhar vestido assim.

— Fez a universidade aqui?

— Não. São Paulo. Vivi dez anos em São Paulo, na casa de meus tios. Era uma parte da família que tinha abandonado Manaus depois da Segunda Guerra, foi a primeira geração de camelôs libaneses que ganharam as ruas de São Paulo vendendo pentes, roupa barata, espelhos, perfumes, refrigerante. Depois, minhas tias passaram a cozinhar e os maridos começaram por abrir um barzinho no Arouche. A princípio não vendiam cerveja. Um muçulmano não ia vender cerveja. Mas servir os melhores quibes do Arouche sem cerveja não era bom negócio, não. Aí, esqueceram o Profeta e passaram a vender quibes, esfirras, salgadinhos e cerveja, mas mantiveram umas mesas onde só se bebia chá e refrigerante, e se comia o melhor cuscuz que eu conheci até hoje. Não por tê-lo provado, evidentemente. Mas por terem me falado dele. Quando cheguei lá, em São Paulo, aos dezoito anos, esse barzinho já não existia, e a minha família tinha uma casa grande com duas suítes e uma fazenda de gado no interior do estado. Com piscina, um garçom para os almoços de domingo, e tapetes muito bonitos que vinham de Manaus, nos baús que tinham viajado da Síria até aqui. Acho que da Síria. E havia um jardim para fazer churrasco. Uma vez por mês, no domingo, vinham mais libaneses e sírios para o churrasco, com camisas de seda, Mercedes e filhas muito feias. Eram árabes de todos os lados do Brasil. Árabes da Bahia, árabes do Rio, árabes de Manaus. E havia turcos que já não eram otomanos. Nessa época, os tios em casa de quem eu vivia também já dirigiam carro importado e minhas duas primas podiam sair de noite, passar fim de semana em Santos com as amigas, ouviam jazz e eram convidadas para as festas da prefeitura.

— E você, por que não ficou lá?

— Acidente. Fui pego dormindo com uma prima. Um dia, de madrugada. Meu tio Salim descobriu, e entrou no quarto. Ele tinha um bigode tenebroso.

— Podia ter casado com a sua prima.

— Não podia. A prima ia casar com um deputado, não um deputado estadual, mas um deputado em Brasília, um deputado federal. O meu tio já tinha investido muito na eleição dele, um dia ele viraria senador. Virou senador. Minha prima fazia parte do negócio, são as tradições familiares. É assim. No próprio dia voltei para Manaus e só regressei depois a São Paulo para fazer os exames finais, a formatura. Direito. Direito criminal, eu queria ser advogado criminalista.

— A sua família não gostou da história.

— Oh, gostou sim, gostou. Não o meu tio, propriamente, que viu o negócio com o deputado ameaçado por um sobrinho da Amazônia, mas o meu pai, por exemplo. Lembro muito bem. Levei uma surra quando cheguei a Manaus, quase no aeroporto, sim, mas ele riu. "Tinha que lhe dar uma surra, meu filho, tinha de dar. Devia lhe dar uma surra ainda maior. Mas agora vou lhe pagar uma cerveja, venha." E quis saber como era a prima. E como era o negócio com o futuro senador. Na nossa família se fazia bastante chantagem.

Vieram os ovos fritos e o crepe de mandioca recheado de queijo, e Osmar calou-se por instantes.

— Mas depois regressei a São Paulo para os exames, como lhe disse. Fiquei num hotel barato, muito barato, enquanto duraram os exames, dez dias.

— Voltou a ver a sua prima?

Osmar riu alto, havia nele um resto de satisfação simples. Talvez uma satisfação canalha, ligeiramente canalha, juvenil, uma felicidade qualquer que Jaime Ramos apreciava naquele rosto muito moreno, árabe e caboclo, pai árabe, mãe índia, pai sírio, mãe criada à sombra das árvores da Amazônia.

— Ramos, Ramos. Você é um abusado mesmo. E muito cheio dessa curiosidade portuguesa.

— Voltou a ver a sua prima?

Osmar mastigou um pedaço do beiju de queijo, serviu-se de café.

— Sabe, Ramos, a vida é muito estranha. Na verdade, voltei a ver minha prima sempre que ia a São Paulo. Transei com minha prima na véspera do casamento dela com o deputado. Bom, uns dias antes, mas não muito antes. Transei com minha prima quando o deputado fazia campanha para senador. E transei com minha prima enquanto o senador assistia à posse do Lula em Brasília, ouvindo todo aquele maracatu, sentado no palanque.

— Acha isso normal?

— Não, não é normal. Eu não sou normal e seguramente minha prima não é normal. Deve ser de família. Esqueci de dizer que transei com minha prima uns meses depois de ter me casado aqui, em Manaus, o que torna as coisas ainda menos normais. E continuei. Minha prima é uma heroína das mil e uma noites, cheia de vontade e de oportunidades. A história, aliás, se repetiu mais tarde, com minha esposa. Minha ex-esposa. Há dois anos, Ramos, cheguei em casa e ela se virou para mim, séria, bem naquele fim de tarde em que a gente chega em casa e quer descansar: "Osmar, faça as malas e saia de casa." Eu fiz exatamente assim. Eu era um canalha, Ramos. Um cafajeste sem coração. Tinha de pagar pelos meus erros, era um preço justo. Regina descobriu que eu me encontrara com minha prima e que passara um fim de semana em Macapá com uma outra mulher, uma juíza que conheci durante um caso de homicídio. Era verdade, e ela não conhecia os outros casos.

— Teve outros casos?

— Outros, sim. Uma investigação em Tabatinga, uma viagem a Parintins, há sempre oportunidades para um homem como eu, um canalha. Bobagem minha, naturalmente. Eu teria de pagar, nada mais justo. De modo que aceitei a pena, hoje vivo em um apartamento pequeno, tenho meus livros, meus casos, minhas mulheres, comida envelhecendo na geladeira. Não tenho grande futuro, Ramos, não tenho grande futuro. Continuo sendo o mesmo cafajeste libanês, ou sírio, ou jordaniano.

— Ou turco.

— Não, turco não. Por favor. O império otomano já desapareceu.

E abriu as mãos, pousando o talher e servindo-se de mais café de um novo bule que o empregado trouxera. Osmar acendeu o cigarro e encostou-se na cadeira, confortável, depois de ter feito o balanço de meia vida privada.

— Uma curiosidade. Nunca mais se encontrou com sua mulher?

— Com Regina? Depois da separação? Algumas vezes, sim, naturalmente. Regina gostava muito de sacanagem, de trepar. E a gente trepava, sim. Era muito bonita, muito mais inteligente do que eu, muito mais esperta, mais culta. Mas mais baixa do que eu — Osmar rindo de novo.

— Como posso confiar em si?

— Acreditando no que estou lhe dizendo. Se acredita nessas histórias, tem de acreditar nas outras, quando estamos trabalhando. É uma equação matemática, se quiser. Se esta proposição está correta, então a outra também está, porque um dos termos é idêntico, os outros são incógnitas, podem variar conforme a hora do dia, mas o resultado é o mesmo. Não tem meio de escapar, Ramos. Mas aprecio sua capacidade de trabalho. Chegou a Manaus, atravessou o rio Negro, já foi a Educandos.

— Como sabe?

— As coisas se sabem, por aqui. Descobriu o quê?

— Nada de especial. Estou a correr contra dois adversários perigosos, Osmar. O tempo é um deles. E o outro é um advogado determinado, rápido, cheio de pressa.

— Ganancioso?

— Talvez não.

— Os advogados costumam ser.

— Têm o seu ritmo. Álvaro Severiano Furtado encarregou-o, há alguns anos, de entregar as suas cinzas ao filho Salim. Eu não sabia da existência de Salim, tal como não sabia da existência desse testamento, ou dessas instruções.

— Podia deixar o advogado trabalhar à vontade e vigiá-lo.

— Podia. Mas há dois mortos que tenho de proteger. Um é o Álvaro Furtado. Outro é uma mulher, brasileira. Quem matou Furtado matou essa mulher. E eu não gosto de aproveitar o trabalho dos outros.

— E quem matou Furtado pode matar Salim. É isso?

— Tenho de encontrar Salim.

— Quanto tempo vai ficar no Brasil?

— Uma semana. Uma semana e mais dois dias.

— Salim desapareceu. Em meu entender, Ramos, ele não aparece tão cedo. Mas há uma informação que eu posso lhe dar, como pagamento deste café-da-manhã saboroso. Meu primo mais filho-da-puta, Rachid, Luciano Rachid, trabalha no Bradesco. Ele teve problemas há uns meses, foi pego aí num negócio de contrabando, produtos que saíam da Zona Franca como se não tivessem saído, o que acontece algumas vezes. Eu quis conservar ele na rua, bem na rua, livre, porque no tribunal não era muito útil. Em Manaus devemos ter sempre um informante que circule entre os bancos e a Zona Franca, e o Rachid era o filho-da-puta ideal. Ele é um grande filho-da-puta. Então, eu sei que Salim pode fazer movimentações numa conta em nome do pai, em São Paulo. Não sei como vai chegar a São Paulo, uma vez que seu nome não pode figurar em nenhuma lista de passageiros sem que saibamos, bem aqui, em Manaus, que é o centro do mundo. A menos que viaje com nome falso, evidentemente, mas acho isso meio difícil hoje em dia, com a segurança apertada nos aeroportos. Pedem identificação para tudo nos aeroportos, identificação para entrar no avião, identificação para dar um peido, eu acho que uma aeromoça pediria identificação para deixar apalpar a bunda. Se não fosse da Varig, evidentemente. Não há mais bundas daquelas a bordo da Varig, uma bunda de calendário, deve ser um problema alimentar.

— Por que não me disse isso ontem?

— Porque, amigo Ramos, você precisava merecer essa informação. Eu não sou um homem fácil.

— Fiz alguma coisa para merecer a informação?

— Fez. Não sabe por que, mas fez. Mostrou que tinha vontade de trabalhar no caso, atravessou o rio de lancha, foi a Educandos, mostrou que era esperto. E acreditou nas minhas histórias.

— Não são verdadeiras?

— Como lhe disse ontem, não sei muito bem. Às vezes estou vivendo outra vida qualquer, a vida de outra pessoa que conheci há muito tempo, não sei, às vezes estou transando com minha prima num apartamento de São Paulo, às vezes estou conversando com meus antepassados índios ou árabes. Os índios são muito calados, acabam contando sempre as mesmas histórias, aquele folclore todo, você sabe, as danças, os tambores. O vento, as florestas, o fogo, os pássaros. Isso não me interessa. As histórias dos árabes, sim, essas me interessam muito. Não é por razão alguma em especial, mas me agradam, eu as reconheço, falam de minha casa, dos meus segredos. De vez em quando tenho sucesso com as mulheres por causa dessas histórias, elas pensam que cacete de árabe é coisa séria, quase como cacete de preto. Que temos poderes fantásticos, afrodisíacos, a força do Profeta.

— Não tem sorte comigo, Osmar.

Nova gargalhada de Osmar, que acendeu o segundo cigarro retirado de um maço de Marlboro:

— Eu suponho que não, Ramos. Se o que tem a fazer é ir atrás de Salim, eu lhe recomendo que tenha cuidado e, ao mesmo tempo, que parta depressa. Não que queira vê-lo fora de Manaus. Manaus é uma cidade interessante, muita menina, muita foda, muito dinheiro desonesto, muita bebida, nada indicado para um muçulmano. Muito jogo ilegal, comércio ilegal. Não é isso que você vai lembrar quando atravessar as ruas de Manaus, ruas largas, irregulares e disponíveis. Esta cidade é o cenário para um filme. Um filme negro, para atores que sabem estar calados. Robert De Niro faria muito sucesso. Ou para um romance policial interminável: alguém que vai se esconder no bairro de Educandos, alguém que joga bilhar num restaurante do porto, naquelas casas de sinuca improvisadas, videogames roubados, alguém que se apaixona perdidamente por uma cabocla e perde a noção do tempo e da civilização. A civilização aqui não tem grande importância. Acho que é por isso que eu traí sempre minhas mulheres, porque a civilização acabou às portas da Amazônia, em Santarém, Óbidos, Juruti. Ou Parintins. Daqui a pouco, no São João, toda a gente na cidade está de partida para Parintins, para a festa do Boi-Bumbá. Já ouviu falar? O Joãosinho Trinta, o recriador do Carnaval carioca, ele próprio, diz que Parintins é que é, que Parintins é o verdadeiro Carnaval do mundo. Depois de ver estas imagens, as de Parintins, o Carnaval do Rio é um desfile para a programação da Globo ou para canais pornográficos alemães. Eu ainda sei cantar as marchas de Parintins, "A terra é azul", "Negro América", "Eterno campeão", "Misterioso Kuraca", duram de ano para ano. São o guizo dos demônios daquelas figurinhas dos catecismos cristãos.

— Eu ainda quero ver a casa de Furtado, na Ponta Negra.

Osmar, com os dedos tamborilando sobre a toalha branca, espalhando um pouco da cinza do cigarro na mesa e cantando, "ai, eterno campeão, eterno campeão". Uma flor de veludo vermelho na jarra de porcelana branca.

— Papel crepom.

— Que é isso?

— A flor. Você está olhando para a flor e está pensando que é de pano, de veludo. Não é. É de papel crepom, mas tem algum pó a mais, precisa ser mudada. Vou providenciar. Essa gente é muito descuidada.

51

QUANDO O CARRO DE OSMAR PAROU, DIANTE DE UM MUro de blocos e cimento, atrás do qual as árvores tinham crescido de modo a encher de sombras um jardim que precisava de cuidados, Jaime Ramos teve a certeza de que aquela era a casa de Álvaro Severiano Furtado. Não pelo muro nem pelas árvores, mas pela casa de dois pisos, o térreo de cimento, o superior de madeira escura, meio coberto de trepadeiras que imitavam vagamente a hera europeia. Depois de aberto o portão de ferro, o caminho de areão e brita seguia até uma escadaria decorada por vasos e encimada por uma porta verde. Então teve a certeza, ao ver aquela estátua africana, de pau-preto, assente num estrado de ripas de madeira por onde cresciam plantas numa varanda tranquila, protegida por um telheiro. Havia duas redes penduradas. Uma mesa de madeira. Cadeiras. Ao longe, ao fundo do jardim, havia um lugar para dois carros, mas só um estava estacionado, um Volkswagen Parati azul-escuro e coberto de poeira. Também havia um ruído de água atrás da casa, e Jaime Ramos pressentiu-o enquanto caminhava pelo chão de pedra britada que o levou a um tanque para onde corria um fio de água que vinha de um cano enferrujado. Uma casa europeia em

Manaus. A escadaria da frente, com colunas redondas, gordas, terminando num arabesco amarelo. A porta da frente, de madeira, pintada de verde. A relva, que ia secando aqui e ali.

Osmar tinha ficado sentado nas escadas, fumando um cigarro.

— Está vendo, delegado? Uma casa como lhe prometi. Eu gostaria de viver aqui. Para falar a verdade, eu gostaria de ter vivido sempre noutro lado qualquer. Dos quartos do piso de cima tem uma vista ampla sobre o rio, podem-se ver o boto do Amazonas saltando da água para violar garotas, bandos de estudantes que vêm de barco passear, e as estrelas da noite. Sempre gostei desta expressão, as estrelas da noite.

— É um romântico, Osmar, um romântico sírio. Ou libanês. E lá dentro? — Jaime Ramos com o polegar indicando a casa propriamente dita.

— Está aberta.

— Aberta?

— Estranho, não é? Mas está aberta, Ramos. Nenhum assaltante sabe disso, suponho eu. Os empregados não vêm mais: um homem para manter o jardim e uma mulher para a casa propriamente dita, cozinhar, limpar, cuidar da roupa. Não tinham contrato e partiram.

Jaime Ramos achou que não tinha paciência para ver mais casas abandonadas, para espreitar em quartos desertos, em cozinhas áridas e em frigoríficos vazios ou com comida estragada. Mesmo assim percorreu os dois pisos da casa. Subiu as escadas para os quatro quartos do piso superior, viu as camas largas, os tapetes perfeitos, duas cópias de Portinari e uma de Tarsila do Amaral, percorreu a cozinha, entrou num escritório com uma secretária ampla e sofás vermelhos, escuros, cobertos de almofadas. Abrindo as gavetas, Jaime Ramos pareceu ficar desiludido com o seu conteúdo — havia poucos registos de contas bancárias, o que poderia ajudar a investigação de Isaltino em Portugal, mas encontrou várias fotografias de Álvaro Severiano Furtado (o que seria o seu quarto — reconheceu-o pelas roupas, fatos escuros, roupa cara — era apenas um quarto de dormir de um homem solteiro, maduro, tranquilo, de reposteiros pesados e com uma colcha portuguesa), não muitas, mas as suficientes para ter identificado África, Luanda, o mato, soldados alinhados numa parada, empunhando G3 ou saltando de camiões, tudo o que até aí procurava. Sentou-se e abriu todas as gavetas, depois procurou em todos os armários sinais de uma revelação que não se apresentava diante dos seus olhos como a revelação salvadora, mas mesmo assim interessou-lhe apenas esse escritório onde Álvaro Severiano Furtado tinha passado uma parte da sua vida, sentado diante do rio, olhando a televisão, lendo os livros acumulados nas estantes, os jornais (alguns estavam espalhados sobre uma mesa). Sentado no sofá, depois, Jaime Ramos fez um balanço das suas descobertas, algumas a precisar de análise mais detalhada, de mais atenção aos pormenores, aos silêncios e às novidades.

Também olhou em redor e preparou os seus sentidos para filmarem toda a cena — os retratos nas paredes, as estantes, os quadros de Tarsila do Amaral, a única pintora de quem vira quadros verdadeiros ao lado de falsos Portinari, Cavalcanti ou Lasar Segall (durante a investigação sobre a morte de Ilan Levan, Maria da Luz e Miguel Raposo, no Porto, há três anos). Pastas guardadas nas gavetas continham informações sobre contas bancárias, e Osmar deixaria que ele levasse algumas das folhas — arrancou as que precisou e guardou-as nos bolsos das calças. O resto era uma casa, uma casa vazia e morta como as árvores mortas ao fundo do jardim, em contraste com as altas copas das árvores dos igarapés por onde passaram, ao longo da estrada. Um barco de casco vermelho que atracava. O pescador que dirigia o barco e que saltou pela borda com um cabo na mão. Havia o rio em frente. De repente o rio transformou-se num lençol azul iluminado por um sol limpo que arrastava sombras e claridades insuspeitas, uma água que parecia limpa. Ele sabia que não era. Que lodos profundos, massas flutuantes de lama e de animais escondidos, materiais desconhecidos, vinham à tona ou mantinham-se presos a centenas de metros, no fundo do rio Negro. E que antes do rio Negro, o rio Branco o aguardaria por esse caminho fora, a caminho do Cucuí, na longínqua Venezuela.

Aquela casa não era material assombrado, apenas uma casa. Durante semanas alimentara a ilusão de encontrar nela soluções para uma morte verdadeira e banal, um corpo abandonado no chão, um tiro, dois tiros à queima-roupa. Agora a via, finalmente, rodeada de vegetação inconsequente e catalogável, linhaça, o chumbinho espalhado como uma trepadeira sufocando as paredes da casa, a coronha de flor amarela e perfumada, a gameleira marinha que tinha crescido ali como uma ameaça, begónias apodrecidas em vasos de cimento, cactos perfurantes atrás do portão de ferro. Para quem ficaria aquela casa, desaparecido Álvaro Severiano Furtado, desaparecido Salim Furtado? Destino miserável dos portugueses que não regressam a casa, a nenhuma casa, a nenhuma aldeia perdida nas montanhas, a nenhuma cidade onde se sintam bem. Veneno mortal, este.

Jaime Ramos queria acender um charuto, mas antes escondeu o que pôde entre a roupa, entre as calças e a camisa, nos bolsos, na carteira: fotografias, papéis soltos. Só depois saiu da sala, atravessou o corredor e encarou a luz da manhã. Osmar estava sentado exactamente no mesmo lugar, encostado a uma das colunas da escadaria — e olhou para o português, sorrindo. Mas não era um sorriso feliz. Era um sorriso cheio de ironias. Percebes, português, que os portugueses são iguais em todos os lugares, iguais na morte e iguais no desaparecimento? Jaime Ramos sorriu também. Percebo, brasileiro, que os brasileiros olham o desaparecimento como um alívio e nunca como uma tragédia.

Sentou-se ao lado de Osmar e acendeu o charuto, um Partagas Série D, de que reservara um n.º 2 para os finais de manhã em que lhe apetecesse fingir que era um milionário que podia dar-se ao luxo de escolher um havano para cada hora do dia — e aspirou aquele fumo cheio de qualquer coisa impura, deliciosa; um nadinha de noz-moscada, um pouco de cacau amargo. Uma passagem de cedro, de terra húmida, porosa, absorvendo a humidade arrastada pelas ventanias dos trópicos. E aquela seda pura da capa do charuto, clara, oleosa, tingida pela luz do rio Negro, pela música de um carro que passa na estrada, ao longe.

— Viu a casa, Ramos?

— Está vista.

Osmar acenou com a cabeça, confirmando.

— Agora podemos regressar — disse Jaime Ramos.

— Podemos. Está uma manhã típica da Amazônia. E vamos ter uma tarde úmida antes da chuva. Este silêncio mata, muitas vezes, Ramos. Sabe, estava pensando nos corpos das garotas de Iranduba, ontem à tarde. Você viu. O acidente ocorreu anteontem mesmo, mas tudo estava decidido há muito tempo, talvez em abril. Num dia de abril, um iate de luxo ancorado na marina levou cerca de doze garotas, na maioria menores. Isso acontece muitas vezes nestas paragens. Gente de São Paulo, de Brasília, do Rio, de Salvador, vem foder no Amazonas. Contratam uma cafetina profissional, ela providencia garotas, é paga no ato. De Manaus vão até Barcelos, até Moura, até onde for, ou descem até Itacoatiara, Juruti ou mesmo Óbidos, para quem tem mais tempo. Depois, as meninas se dividem em grupos para regressar, e vêm em vários barcos desses que sobem e descem o rio. Quando estão de volta a Manaus, é quando tudo acaba, elas ganham algum dinheiro que a cafetina paga, algum dinheiro que os homens entregam a elas, prendas, vestidos. O iate dos homens pára nos hotéis da selva ou regressa mais rápido à cidade, às vezes ultrapassando os próprios barcos onde regressam as garotas. O costume. Nesse dia de abril havia bebidas e drogas no iate. Cocaína, maconha, comprimidos, álcool, mesmo produtos da Amazônia, afrodisíacos. É um filme saboroso, italiano, lento, cheio de pecado. Elas se despem no iate, andam nuas, vão para um camarote ou para outro, são sorteadas, têm uma bundinha fresca, rija, com cheiro de sabonete de ervas. Muitos dos homens são políticos, médicos, empresários, construtores, veja esse filme, Ramos. Feche os olhos e veja esse filme. Para eles é uma visita de dois dias ou três, vá lá, quatro ou cinco dias. Um cruzeiro no Amazonas, no rio Negro, até a chegada do rio Branco lá no noroeste, antes de Barcelos ainda, em Tupanaoca. Tudo bem. As meninas sabem ao que vão. Mas algumas são atrevidas, abusadas, e levam câmeras fotográficas, nunca passearam pelo rio, nunca comeram de bufê, nunca tiveram um cardápio daqueles, uísque, cocaína, camarão gigante, carne, ovos frescos, refrigerante. Menina gosta de refrigerante mesmo quando bebe álcool. Antes, passam uns dias no cabeleireiro, fazem depilação, tratamento de pele. Cada uma ganha mil reais por cinco dias. É muito. E levam uma câmera fotográfica, uma filmadora às vezes. Para elas é um cruzeiro pelo rio, não importa se têm de foder com aqueles homens que têm sotaque paulista ou suam muito e têm pulseiras de ouro. Entrevistei muitas meninas dessas, garotas de quinze e dezesseis anos que moram nos subúrbios ou mesmo na cidade flutuante. E, de fato, vi algumas fotografias. Só que, nesse barco de que eu lhe falei, uma garota fotografou por acidente vários homens que não devia ter fotografado. As fotos podem servir para várias coisas, incluindo chantagem. Mas não nesse caso, em primeiro lugar porque eu não tenho essas fotografias. Talvez fossem apenas fotos inocentes. Uma curva no rio, um barco onde alguém toca violão numa rede do convés. Uns tempos depois, alguém aparece preocupado porque uma dessas meninas desapareceu. Tinha catorze anos e o corpo foi encontrado à beira da marina, num domingo de maio. Ela era proprietária de uma câmera fotográfica, mas eu não sabia disso na época. Não sei hoje. Um mês depois, a mesma cafetina é contratada para um novo fornecimento. Não lhe dizem quem é o cliente, ou quem são os clientes; dizem-lhe apenas que querem quinze garotas e que ouviram falar de algumas. Esta, aquela, e aquela, cerca de seis. E mostram fotografias. Entre essas seis estavam as duas meninas que se suspeitava terem fotografado os homens de negócios, ou políticos, que tinham vindo em abril. Elas embarcam. Oito delas acabam esfaqueadas. Morrem doze no meio do rio, ao todo. Morrem todas no meio do rio, num naufrágio provocado. Elas embarcaram, de regresso a Manaus, em Itapiranga, um pouco antes de Parintins, num barco que já estava fretado. Esse barco afunda, o capitão do navio deve ter sido pago para afundá-lo. E é essa a história que eu tinha para lhe contar. Você viu os doze corpos que deram à margem do rio. Foi uma vingança dolorosa, mas só uma vingança sem punição, apenas uma história da Amazônia. A cafetina não sabe quem são os clientes, foi contatada por telefone. A vida não tem muita importância por estes lados. Na Europa, ou nos Estados Unidos, fala-se de uma Amazônia de ar puro e de beleza total. Diga-me: já respirou algum ar puro? Eu não consigo. Tenho as narinas entupidas de merda. Portanto, o desaparecimento de seu Salim Furtado é apenas um pormenor. Eu tenho doze corpos no necrotério. Doze corpos que não vale a pena autopsiar, mas que serão autopsiados e devolvidos não se sabe a quem. Sabe a quem? Eu não sei. Tem muita gente assim, desaparecendo, Ramos. Eles queriam duas meninas apenas, para eliminar. Pediram seis. Mataram doze. Não chego lá, a essa frieza. Por isso eu lhe falava do fim da civilização, ontem. O desaparecimento é um favor que nos fazem, bem vistas as coisas.

Jaime Ramos mexeu as pernas, mas não queria levantar-se ainda. O barco de casco vermelho estava agora a uns metros da margem, e o homem que o prendera ao molhe sentara-se à proa, de boné, olhando para o rio. Ele também olhava para o rio e reparara em nuvens negras que de repente se aproximavam do noroeste e estavam antes tapadas pelo telhado da casa e pelas copas das árvores. Aproximavam-se a toda a velocidade, aproximavam-se como nuvens apenas, empurradas pelo vento quente e percorrendo toda a largura do céu para deixá-lo submetido à sua cor escura, ameaçadora, prometendo chuva.

— Então, por que veio aqui à procura de Salim e por que foi a Educandos confirmar se aquele era Salim? Só porque a polícia portuguesa pediu?

— Ah, Ramos, porque essa é outra história, uma história cheia de coincidências, e as coincidências me fodem. As coincidências me fodem mais do que o chope morno ou uma mulher que faz muitas perguntas ou demora muito tempo para ter um orgasmo banal. Isso sim, me fode realmente.

— Que história é essa, outra história?

— Essa é a história de Manaus vista do outro lado da floresta e do rio, e da natureza, e das belezas eternas da Amazônia, Ramos. Amigo Ramos. Que idade você tem?

— Bastante. Sou o Matusalém.

— Eu estou aprendendo apenas. Coleciono histórias. Salim se chama Salim porque sua mãe se chamava Mara, um nome habitual na comunidade síria de Manaus. Mas ninguém se lembra realmente de Mara, apenas do seu nome. Ela saiu de Manaus há muito tempo, em 1970, com um homem um pouco mais velho, dois anos, eram dois garotos. Ele era português, ela era amazonense, filha de sírios. Filha de Oram e de Fátima. Neta de Yussef e de Mariam. Ele era português, português dos antigos portugueses de Manaus. Saíram de Manaus e nunca mais voltaram. Ele se chamava Gabriel, Gabriel Pinho. A família também deixou Manaus uns anos depois, foram para São Paulo como toda a gente de juízo que sai de Manaus. Só regressou o filho de Mara, Salim, e um homem que se dizia pai de Salim, Álvaro. Não tinha mulher, não tinha carros importados, não mostrava o dinheiro que ganhara em algum lado onde ele tinha existido. Mas Álvaro tinha dinheiro e era muito calado, não tinha esse jeito dos novos portugueses daqui, aqueles que vieram muito depois da crise da borracha e que se dão apenas com portugueses e comem nos restaurantes dos portugueses e falam do Minho e de Lisboa, e do fado, e vão à padaria do português, e todo o cardápio lusitano da Amazônia. Até o século XIX, a maioria dos portugueses da Amazônia, tirando os funcionários do Estado e os exploradores que vinham lá do Sul, aqui do Brasil, eram judeus do século XVII. Vieram para Manaus e para o Amapá. Vieram de Lisboa ou do Marrocos, portugueses do Marrocos, judeus e cristãos. Depois, com a emigração da borracha, vieram os outros portugueses, todos os que queriam enriquecer e eram aventureiros, pobres desgraçados que não conheciam a selva nem a água do rio. Mas, se for procurar lojas maçônicas, associações espíritas, sinagogas e açougues judeus, ainda encontra. Encontra portugueses de Tânger, portugueses do Marrocos, portugueses do fim do mundo, que parece ser um lugar inventado para os portugueses. E, portanto, tem de saber a história de Salim contada por Salim. Só ele pode contá-la. A história de Iaqub. A história do xeique Yussef. E a história de Iaqub Yussef.

Osmar levantou-se e dirigiu-se ao carro, de onde voltou com uma caixa de madeira debaixo do braço, do tamanho de uma caixa de sapatos. Sentou-se de novo, dando meia-volta, e estendeu-a a Jaime Ramos, que a segurou com as duas mãos, não sabendo se podia abri-la ou se Osmar ainda tinha mais coisas para contar.

— Pode abrir, Ramos. É a caixa de Pandora que encontrei nas coisas de Furtado, aí dentro, há uma semana. Pode abrir. Eu o acompanho apenas. Sou um mau personagem de romance.

52

HAVIA COISAS ESPALHADAS PELA CAIXA MAS, MAIS DO QUE pela caixa, havia coisas dispersas pela memória que ela transportava: fotografias de uma casa, retratos de homens vestindo túnicas brancas, casacos de linho, rostos de bigode, com cofiós na cabeça, camisas às riscas largas, grupos de homens e mulheres fazendo piqueniques ou dançando de roda. Fotografias de ruas inclinadas, estreitas, onde se liam coisas em árabe e retratos de casais orgulhosos por posar diante de uma máquina fotográfica igual às que havia em Beirute no fim do século XIX. E começou então, nessa altura, a ouvir a chuva no beiral do telhado, no telheiro que protegia apenas uma parte da escadaria para onde Osmar atirara a ponta de um cigarro. Grandes árvores crescendo no jardim, cheias de sementes guardadas nas vagens penduradas dos ramos, os meses das chuvas, a música que saía da caixinha guardada na gaveta da cómoda do quarto de Álvaro Severiano Furtado. A história dessa caixa é estranha, longa, demora a contar, mas Osmar conhecia-a através de outra, a de Iaqub, o vendedor de quinquilharia que saiu de Beirute em julho de 1893 e que dois anos depois, em setembro de 1895, chegaria à serra de Contamana subindo o Juruá, o mais pequeno dos rios.

— Para quem nunca esteve na Amazônia, é difícil imaginar como se chega quase à nascente do Juruá-Mirim, tanto mais que o rio nunca foi muito navegável. Não era rio de pesca, não era rio de gente, sobretudo na época das chuvas, de outubro a maio, e alguém só podia chegar a ele saltando de rio em rio, de igarapé em igarapé, de colina em colina, sobrevivendo aos ataques dos índios, às alucinações, aos animais desconhecidos e às febres.

Ele próprio só pôde reconstituir essa viagem de Iaqub Yussef, o libanês, quando descobriu que no interior da caixinha, em papéis sujos, havia muitas anotações manuscritas, numa letra minúscula e cheia de erros de ortografia em português que demorou a entender. Durante uma hora, praticamente, juntou os papéis, folhas avulsas arrancadas a cadernos improváveis, com linhas quase desaparecidas ou apenas amarelecidas pela humidade, salpicadas de café, manchadas de cinza, cheirando a floresta e a fumo de cigarro — havia números, geralmente preços de café, de cachaça, de açúcar, de sal, de quinquilharias, brinquedos que seriam depois vendidos nas aldeias do Itucumã, do Acre ou do rio Negro, sabão que sobrevivia às travessias dos rios.

Como seria Beirute nessa altura, em 1893? Que desgosto teria empurrado Iaqub Yussef para o mar, do Líbano para Génova, de Génova para Marselha, de Marselha para São Luís do Maranhão e para Belém, do Mediterrâneo para o Amazonas, de escala em escala, dormindo em porões sujos cheirando a carvão e ao sono de centenas de homens e mulheres que tinham ouvido falar do paraíso e que sabiam, com a ciência dos desesperados, que o paraíso se encontrava sempre do outro lado do mar? Como seria Manaus nesse ano de 1894, quando Iaqub desceu do barco, no rio Negro, e viu as obras das ruas, a lama dos pátios, tão diferentes de Beirute, tão diferentes de Marselha, onde esteve duas semanas à espera de barco para o outro lado do mar? Devia ser um desgosto grande e uma dor sem nome, porque a serra de Contamana, a fronteira com o Peru, tinha o perfil negro da maldição lançada sobre todos os homens solitários que se atrevem a enfrentá-la ao fim do dia. Em Manaus, o rio Negro assustara-o: os únicos rios que vira, em sonhos certamente, tinham sido os rios da Mesopotâmia, e nenhum era tão grandioso, tão frio, tão profundo e tão escuro como aquele Amazonas que o barco persegue de Belém para Santarém e, finalmente, de Santarém para Óbidos, de Óbidos para Juruti e Itacoatiara, de Itacoatiara até às águas sujas de Manaus, onde Iaqub chegara em dezembro de 1894, numa manhã de domingo em que os sinos tocavam às primeiras horas da manhã e se aproximava o Natal dos cristãos. Mal descera do barco em São Luís do Maranhão, apenas o tempo de passear pelas ruas do porto. Quando passara ao largo de Alcântara, falaram-lhe de Belém como a última fronteira, e Iaqub imaginou que daí em diante as florestas à beira da água haviam de parecer-lhe os pomares ao longo dos rios do paraíso, as margens do Tigre e do Eufrates, com as suas cheias imensas de onde tinham vindo os profetas e continuavam a chegar a fruta, os carregamentos de armas, de seda e de retratos vendidos no mercado de Beirute. Mas a impressão que teve foi outra, quando, depois de Belém e de Alter do Chão, viu as águas do Amazonas fundirem-se com as do Tapajós, em duas cores tão distintas como as do ouro com as da prata, a das esmeraldas com as do lodo, a das árvores com a do deserto. E depois vieram as águas azuis de Óbidos onde se espelhava o pequeno fortim dos Pauxis. E vieram a febre, as nuvens de mosquitos, a sede diante de tanta água, o sono profundo enquanto se habituava a dormir em redes penduradas no convés do navio que, lentamente, desfazendo-se em ruídos de madeira velha, subia o Amazonas em peregrinação, de terra em terra, de aldeia em aldeia, até essa manhã de dezembro de 1894, quando pisou terra firme em Manaus. E, mesmo nessa manhã, a terra de Manaus havia de parecer-lhe flutuante, móvel, insegura. Quando partiu para as longínquas terras do Acre, para a Amazónia peruana, Iaqub compreendeu que toda a terra brasileira era flutuante, móvel, insegura, húmida, cheia de perigos, de calor e de escuridão. Regressaria a Manaus cinco anos depois. Ainda estava em idade para casar e para recomeçar a vida. Porque depois de viver no Acre qualquer outra coisa significa recomeçar, quase sempre do zero, do nada, do fundo. O Acre era o mais longe do Brasil e ele estivera nesse lugar para ver que a terra não termina para lá da serra de Contamana.

53

O VENTRE LISO COMO UMA TÂMARA, A CINTURA FINA DAS mulheres, as coisas que cintilavam a meio da noite, aqueles rostos de olhos índios, negros, redondos, as sobrancelhas lisas, o cabelo comprido, foi isso que prendeu Iaqub Yussef ao rio Negro. Vinte e cinco anos depois, entraria pela mesma porta, vindo do escritório de um despachante português instalado perto do mercado de ferro que imitava os Halles de Paris, e sentar-se-ia diante do crepúsculo. Iaqub tinha acabado de saber que nascera a sua filha Mara. E sessenta e oito anos depois, nesta cidade, o seu neto soube que a sua filha, a que também dera o nome de Mara, o de sua avó materna, partira definitivamente de Manaus e fora viver em Portugal. Em algum lugar de Portugal.

Mas a história é mais longa, muito mais longa. A 16 de novembro de 1899, Iaqub, que saíra de Beirute três anos antes, acabara por vender as quinquilharias por uma quarta parte do seu preço — brinquedos, sabões, papéis, algum ouro, tecidos, ferramentas, cristais baratos — a um boliviano que chegara a Rio Branco através das montanhas e regressou finalmente a Manaus. A travessia era medonha e fantástica, ao mesmo tempo, pelo meio da floresta e cruzando rios de que só os índios conheciam os segredos, os poços, as correntes, os rápidos, as bocas que devoravam as canoas e os brancos que se atreviam a procurar a árvore-da-borracha. Iaqub chegou a Manaus em dezembro de 1899, mês e meio depois, durante o Natal dos cristãos. Alojou-se num hotel perto do mercado e leu o Alcorão voltado para o rio Negro, porque qualquer água iria, no seu redemoinho, se voltar para Meca — e encontra um velho xeique que lhe apresenta a sua filha. A sua fama de comerciante e aventureiro e, ao mesmo tempo, de homem pio que nunca esquecera as suas orações, espalhara-se pela Amazónia. Além do mais, era novo, bonito, alto, tinha o cabelo sempre penteado e usava uma corrente de ouro prendendo um relógio no colete. O xeique Yussef gostou dele e recebeu-o em sua casa à hora do chá, na tarde do dia 31 de dezembro.

— Não sei se é melhor regressar a Beirute ou ficar em Manaus, Iaqub. Aqui podes enriquecer. Em Beirute podes reencontrar a tua família. Vê o que é melhor. A borracha encheu Manaus de dinheiro, de obras, de casas e de europeus.

Decidiu ficar e, por isso, encontrou mais vezes Yussef, a quem pediu a bênção para o seu negócio de comércio, uma loja que ficava perto do edifício da prefeitura. De uma vez, Yussef convidou-o a passear de barco, na companhia do tio, Suleyman, e de um homem de longas barbas negras, chapéu de abas largas, que vestia uma camisa branca e fumava um charuto, e que tratava por Avishai. Iaqub percebeu que Avishai era judeu, mas não um judeu qualquer e sim um sefardita que viera de Marrocos para Manaus. Yussef também passara por Marrocos durante a sua juventude, vindo da Síria, onde conhecera Avishai numa loja de relógios. Ao entrarem nas margens do Solimões, com as suas águas barrentas e cheias de limos, Yussef e Avishai colocaram-se à popa do barco, deitados, as cabeças para trás, olhando o céu, enquanto Suleyman adormecera e ressonava baixinho, deitado no meio do barco. Avishai fumando o charuto, Yussef cofiando a barba rala e grisalha:

— Poderíamos comer porco, Yussef.

— Poderíamos comer porco, Avishai.

Depois da chuva dessa manhã, o sol forte inclinava-se sobre a água do rio, o crepúsculo viria daí a duas horas. Iaqub remava enquanto os dois homens falavam à popa do barco diante das cores do arvoredo, uma espécie de arco-íris bíblico.

— E se nos esquecêssemos de tudo?

— De tudo, Yussef?

— De tudo. Da Torá, do Alcorão, do deserto, do meu pai, do teu pai, da hora de rezar, da carne halal, do maná. De tudo. E voltássemos a antes de tudo, Avishai, a antes de Moisés, a antes de Adão e Eva.

— Antes de Adão e Eva não havia nada.

— Alguma coisa teria de haver. Gazelas, serpentes, figos, tâmaras, laranjas, rios, areias movediças. Mas não haveria orações como nós as conhecemos. E tu não serias rabino. E eu não seria xeique.

— Ouvi falar de uma doença, Yussef. Amnésia. Tudo se esquece. Imagina o que significava esquecer tudo. Tu farias de rabino e eu seria xeique. Deixavas crescer a barba.

— Por isso eu pergunto-te: seremos homens de fé, Avishai?

— Somos. Só quem sabe brincar com Deus pode ter uma grande fé.

Iaqub riu e viu que eles apertaram as mãos em silêncio, afastaram-se quando saíram do barco, um na direcção do porto, o outro na direcção da cidade.

Muitos anos depois, Iaqub contou a Osmar, que contou a Oram e a Abdullah, que havia um xeique que o autorizara a rezar voltado para as águas do rio, para o nascer do Sol, de outras vezes para o crepúsculo ou para o Sul, porque a Amazónia era o lugar de Deus no mundo e os ouvidos do Profeta estavam em todas as suas árvores, em todos os seus rios. Esta era uma das histórias que às vezes contava sobre a sua família — não sobre o Líbano, não sobre Beirute. E a família começara com os seus pais, com o seu nascimento a 8 de setembro de 1872, com o seu casamento com Fátima, a 6 de março de 1908, e com o nascimento dos seus dois filhos, Osmar e Mara. Osmar nasceu a 21 de fevereiro de 1912 e Mara, a 13 de maio de 1917. Daí em diante, até ao nascimento de Yasir, a 18 de maio de 1937, e de Milton, a 19 de março de 1945, o mundo mudou muito pouco à volta de Manaus, pelo menos mundo que tivesse algum interesse. Mara, a outra neta, nasceria em junho de 1952. Manaus empobreceu, a borracha desaparecera, o Amazonas tinha cheias anuais e Beirute ficava tão longe como o crepúsculo visto do escritório no porto, ainda mais longe do que a serra de Contamana, mais longe do que o mar longínquo, mais longe do que a terra para onde Mara partira na companhia de um português que queria ser português e regressar a Portugal, sem perceber que nunca se regressa a uma terra a que já não se pertence, como a sua família não poderia regressar a Beirute nem a Damasco, porque não sabia recitar aquelas orações antigas, não sabia distinguir a carne halal da carne dos gentios, não sabia senão praguejar em árabe, não sabia distinguir as cores do crepúsculo.

Mas Mara partiu e o português partiu. Iaqub contou a Omar, que contou a Sabir e a Abdullah. E Abdullah e Omar contaram a Fátima, a Mariam e a Mara, a Milton e estes contaram a Yasir, a Anuar e a Mara. E o mundo, esse velho mundo, estava desfeito até chegar Salim vindo do nada, como se tivesse nascido em Manaus, com aquele pai que ninguém conhecia.

54

Eu lhe contaria histórias. Eu sempre soube que só me apaixonaria por quem ouvisse minhas histórias, meus parques, meus silêncios, Florença, meus livros. E também meu mar do Rio. Meus regressos a São Paulo, minha entrada em casa. Meus medos. Meus telefonemas para a faculdade avisando que regresso na semana que vem, sempre na semana que vem, há duas semanas que regresso na semana que vem. Minha roupa acumulada para ir para a lavanderia.

Daniela sentou no sofá. Puxou o telefone para si, aquele fio enorme esticado até a parede, aquele quadro que precisa ser endireitado, os livros novos sobre a mesa. Uma tese que espera para ser lida. Aos trinta e dois anos, minha tese devia estar pronta, arrumada nas estantes, esquecida nas bibliotecas. Mas me apaixonei por Tarsila do Amaral, me apaixonei por suas cores, é ela minha tese, ela deixou que eu contasse minhas histórias diante de seus quadros, como quando passeava com Helena pelos corredores do museu e nos perdíamos, e havia inverno em São Paulo. Anotou o número do celular de Walmir, Walmir com aquela voz, dona Daniela, como vai?, e um sorriso breve, me trate por Daniela, Walmir, assim você me envelhece mais, era assim que tinham começado muitos dos telefonemas entre os dois. Geralmente era ele que ligava.

— Alô, Walmir? Sou eu, Daniela.

— Dona Daniela, como vai?

— Walmir, me trate por Daniela, assim você me envelhece mais.

— Você não envelhece, Daniela. Eu sei ver — Walmir do outro lado.

— Você hoje está simpático. É o tempo em São Paulo? Ouvi dizer que está sol.

— Sol e calorzinho. Quando volta do Rio?

— Neste fim de semana. Domingo de tarde, provavelmente. Os vôos de sexta são aborrecidos, sempre cheios, você sabe, e sábado nunca fico com vontade de viajar. Domingo de tarde. Você me ligou?

Um silêncio de Walmir era sempre prolongado:

— Não liguei não. Mas posso ligar, se você quiser — e riu. — Estou me habituando a ligar para você de dois em dois dias, Daniela. Um dia vou sentir falta.

— Na portaria do prédio me disseram que você ligou.

— Mas não liguei. Deve ter sido confusão.

— Alguém daí, da polícia? Quase ninguém tem este número de telefone do Rio.

— Não pode ter sido o Ruiz. Ele está fora, em Campinas. Eu não fui. Alguma confusão, Daniela.

Daniela lembrou o recado do porteiro, na noite anterior. "Ele disse se chamar Walmir. Volta a ligar." E aquela sala lhe pareceu pequena demais, a porta de entrada lhe pareceu aberta, a janela lhe pareceu ter escurecido de repente apesar de ser manhã clara, o cinza se mantinha no céu do Rio, mas a luz clareara, a camada de nuvens diminuíra, sexta-feira é um bom dia para o céu clarear.

— Pode ter sido engano. O porteiro pode ter se enganado, deixa para lá.

— Pode ser, Daniela.

Mas Daniela percebeu que Walmir ficou preocupado de alguma maneira, a respiração mudou, ele tinha se inclinado para trás na cadeira, com certeza. Ela não devia ter percebido isso, não era bom que Walmir ficasse preocupado. Podia ter sido engano.

— Deixa, Walmir. Eu vou conferir com o porteiro, ele chega no fim da tarde e eu pergunto. Domingo vou estar aí.

E, num último momento, quando se preparava para se despedir:

— Quando você vai me convidar para jantar, Walmir?

— Quando você voltar a São Paulo.

— Eu espero que você me ligue. Estou com saudade de comida.

— É bom, isso. Eu vou ligar. Volte logo para São Paulo.

Ela desligou e olhou em frente. O pai conservara aquelas estantes antigas, e Daniela as manteve, gostava delas, escuras, sem arabescos, rococós, barrocos, de madeira lisa e gasta, cheias de livros que o pai reservara para as suas estadas no Rio, romances ingleses e americanos, velhas monografias, clássicos de política brasileira, Rui Barbosa, discursos de Carlos Lacerda, vários tratados sobre navegação, cartografia e descrições do litoral brasileiro. Crônicas do século XVI. E direito, vários livros sobre direito. De tudo isso, ela conhecia os romances, Somerset Maugham, *The Razor's Edge*; a morte de Sophie MacDonald impressionara-a, nua, degolada, boiando nas águas do porto, junto a Cap Ferrat, Larry Darrell e o adeus aos céus, Elliott, Isabel, aquela cidade na Índia, ah, ela nunca mais esqueceu a frase, tão bela, "uma cidade rosa-avermelhada, quase tão velha como o tempo", as grandes árvores da Índia. Nunca pensou em ir à Índia. Também nunca pensou em ir à China. Nem ao Peru, que estava ali tão perto. Mas recordava a primeira visão que teve de Florença e a maneira como Helena lhe pediu para ser sua guia em Florença, para levá-la de rua em rua, mostrar-lhe as lojas onde se vendiam telas, pincéis, caderninhos, livros antigos, sebos de livros ingleses que iam ficando na cidade abandonados ou vendidos por turistas ingleses que foram leitores de E. M. Forster ou D. H. Lawrence, Durrell e Conrad. Em muitos desses sebos se encontravam livros de viagem, roteiros, clássicos sobre as grandes cidades. Helena comprou a *Viagem à Itália*, de Goethe, em alemão, mesmo sem saber uma palavra de alemão — para lhe oferecer depois, no vôo de Lisboa para São Paulo.

O pai também lia Hemingway e Huxley. E tinha Verissimo em grande lugar, *O tempo e o vento* nos seus vários volumes, ela lembrava aquele dia em que o pai lhe deu *Olhai os lírios do campo* de presente e ela achou o livro tão bobo. Uma primeira edição de Euclides da Cunha, *Os sertões*: "O Planalto Central do Brasil desce, nos litorais do Sul, em escarpas inteiriças, altas e abruptas. Assoberba os mares; e desata-se em chapadões nivelados pelos visos das cordilheiras marítimas, distendidas do Rio Grande a Minas. Mas ao derivar para as terras setentrionais diminui gradualmente de altitude, ao mesmo tempo que descamba para a costa oriental em andares, ou repetidos socalcos, que o despem da primitiva grandeza afastando-o consideravelmente para o interior." Ela sabia de cor estas frases, as primeiras frases a sério do livro de Euclides da Cunha. E havia Aluísio de Azevedo, Lopes Neto, Patrocínio, Alencar, Gonzaga, Pompéia, Nabuco e quase todo o Machado e Lima Barreto. Os livros despertavam nela uma saudade de coisas que não vivera. Coisas estranhas. Uma companhia.

Alguém na cama. Alguém para assistir a televisão no fim da noite. Alguém abrindo a janela do fundo do corredor. Alguém recolhendo a sacola do pão quente, logo de manhã. E também um sabor. Balas de abacaxi e manga. Nunca provara balas de abacaxi e manga. Nunca vagueara pelos trapiches vazios de Santos, e gostaria de fazer isso mesmo, um dia, ver os navios que chegam, os navios que partem, contêineres carregados para os navios, subir a estrada da serra, almoçar numa pousada no meio da floresta.

Tivera um namorado gaúcho que lhe falara de grandes planícies e de como passeariam a cavalo, e ela imaginou neblinas junto das lagoas, estradas lamacentas, casas pintadas de branco rodeadas de colinas, vinhas do Rio Grande, polenta no café-da-manhã, aquele frio que aprendera nos livros. E tivera também um amigo da faculdade que a convidara para uma semana numa fazenda perto de Cuiabá, no Mato Grosso, e lhe falara de atravessar a fronteira com a Bolívia. Chegariam a Rondonópolis e partiriam para a Bolívia. Iriam num carro cheio de CDs e ficariam alojados em hotéis à beira da estrada, desceriam até chegar ao Chile e então se sentariam diante do mar, exaustos, embrulhados em mantas, longe do asfalto, sem telefones, sem São Paulo, sem orientação, comendo requeijão fresco e bebendo café. E isso quase a fazia chorar. E detestava chorar. Detestava.

O meu nome é Daniela, vivo num prédio com arbustos na entrada. Eles mudam de cor, e são cuidados todos os finais de mês, aparados como numa barbearia. Meu primeiro namorado a sério era gaúcho, rico, gordo, cabelo curto, e parecia um samurai aloirado. Falava pouco e freqüentava lojas de acessórios de automóvel. Um dia, com amigos, em viagem de férias, de jipe, me perdi sozinha no meio de estradas de pó, no pampa, oito anos já desde que vira o samurai pela última vez, ele se chamava Murilo e eu estava sentada num caixote abandonado à beira da estrada. E então ele apareceu, o samurai, oito anos depois, saindo de um carro no meio da poeira. "Como encontro você aqui?" "Vim passear." "Eu moro aqui ao lado." Ele tinha óculos e uma barriguinha larga saltando da camisa apertada, falhas no cabelo, cuidava de uma fazenda herdada da família, "agora sou estancieiro", disse ele sem orgulho, meio envergonhado. Ele recordaria quando iam ao cinema, quando iam comer sanduíches e ficavam de mãos dadas nos corredores do metrô? Não podia falar com Daniela sobre soja, madeira, milho, cabeças de gado, os hectares de pasto ou de cultivo entre Uruguaiana e São Borja ou Frederico Westphalen, os barcos no rio Uruguai, os aviõezinhos usados para pulverizar os campos, as férias em Punta del Este. Os amigos vão embora, os amores são sempre imperfeitos, a idade cobra oito anos de distância e de gripes e de maus relacionamentos com caras errados.

Teve vontade de dizer isso a Murilo, mas ele não ia compreender, ele foi sempre o retardado do grupo, tinha um organismo feliz, bochechas rosadas, seu relógio afetivo era muito regular. Ele não ia compreender. Olhei Murilo e lhe perguntei como se ia dali para Rosário do Sul. Só isso. Ele disse: "É longe, Daniela. Só vai chegar à noite." E apontou uma direção, mais ao fundo encontraria uma estrada de asfalto, uma floresta, teria de virar à esquerda mesmo sobre uma ponte. E parti, entrei no carro e parti pela estrada afora. Nunca mais vi Murilo. Nunca mais queria vê-lo. Ele teria filhos, seria fiel a uma mulher com sotaque do pampa, cheio de espanholismos, teria churrasco para os amigos, cuia especial para o chimarrão, usaria bombachas no parque da Redenção, botas de couro, lenço no pescoço, um telheiro rodeado de trepadeiras, animais ruminando no verão e no inverno. Mesmo traindo sua mulher, ocasionalmente, em viagens de negócios a Goiânia e a São Paulo ou a Porto Alegre, mesmo assim ele lhe seria fiel, ele voltaria para casa como se não tivesse acontecido nada e seria feliz e seu cabelo continuaria caindo, de ano para ano. Foda. A vida é foda. Meu nome é Daniela. As mulheres em geral são como eu ou não são como eu. Meus namorados andaram em acampamentos de faculdade ao lado dos sem-terra e quebraram vidros de vitrine em passeata, fumaram baseado em casa, cheiravam pó no intervalo do emprego, discutiram política e eram inteligentes, faziam jornadas de solidariedade com a esquerda uruguaia e com a guerrilha colombiana — mas eu não quis um namorado inteligente, tal como não quis um namorado bovino, rico, gordo, nem mesmo depois de oito anos sem ver Murilo. A inteligência dos homens é meio babaca. Meio triste. Muito ridícula. Porque depois você descobre que são babacas, tristes, ridículos. E que é tudo teatro muito ruim.

Adalberto seria um namorado inteligente e, além do mais, trabalha comigo na faculdade. É divorciado, não sabe lavar a louça, rasga papéis quando tem ciúme, a secretária está sempre arrumada e as alunas gostam daquela ordem, da voz autoritária, o cabelo comprido demais, escuro. E tem um sorriso triste, nunca passa aquele limite, se preocupa, é siciliano, Adalberto. Foda. A vida é foda. Eu podia, com ele, ter orgasmos profissionais de professora de faculdade, mas era tão desinteressante trepar com outro professor de faculdade. Professor de faculdade é tão ciumento de professora de faculdade, colegas são tão ciumentos, têm inimizades, risos de inveja, brutais. Já viu meu artigo publicado, amor? Vai ter o congresso de literatura comparada, você vai? E são tão fáceis, tão previsíveis. Eles sentem ciúme permanentemente. Professora de faculdade estaria bem com gerente bancário, jornalista esportivo, arquiteto, piloto de automóveis, especialista em direito tributário. Seus amigos olhariam para ela às escondidas, "e como é, Fábio, como é professora de faculdade?, ela lhe ensina advérbios na cama, finalmente?, ela tem orgasmos triunfais, delirantes, cheios de gritos e de arranhões, acordando a vizinhança, lhe dizendo obscenidades, pedindo sacanagem?", eles sorririam e ela, Daniela, teria um marido orgulhoso, e ficaria orgulhosa de seu marido orgulhoso. Durante a sobremesa ele lambe aquela sua manchinha de chocolate no canto esquerdo do lábio inferior, conta histórias de outro mundo, as pessoas se interessariam. Ela iria a seminários, conferências, convenções. E perguntariam, "seu marido também trabalha em hermenêutica, escreve sobre história da arte?", e ela responderia com cuidado, nada de escandalizar as velhas professoras de literatura barroca, especialistas de conto gótico inglês, poesia épica, feminismo, senhoras que conseguiram ler *Macunaíma* e que gostariam de ter conhecido Fernando Pessoa. Não, meu marido é saudável, ele se preocupa com o preço da soja, com a meteorologia, com a zaga do Fluminense, ele não sabe quem são Tapiès, Hopper, mesmo sobre Di Cavalcanti tem algumas dúvidas, nunca leu Castro Alves nem Lispector, nem Machado, nem Drummond, nem Rubem Fonseca, nem Noll — e me perguntou em que time joga Proust. Foda. A vida é foda.

Há sempre um babaca errado, um degrau errado, mas mulher tem curiosidade mórbida, mulher adora um imbecil de braços abertos, se atraca com o primeiro que aparece e que encontra no meio do pampa ou num gabinete de faculdade, entre uma aula de literatura e um cafezinho no pátio. É abandonada ou abandona alguém e começa dizendo que precisa de companhia, conhece um engenheiro musculoso e lhe pergunta como fica seu biquíni, já viu meu biquíni?, e lhe diz que foi feita para viver com alguém, ser mãe, criar filhos e freqüentar loja de shopping. E os homens adoram. Eles dizem coisas imbecis. Tá vendo aquela mulher linda, sexy, inteligente, maravilhosa, ali? A vida é foda mesmo. Mulher adora canalha. Eu podia sonhar com Adalberto, com a neve nos picos da cordilheira dos Andes. Adalberto é babaca, sim, ele se preocupa, ele telefona perguntando se está tudo bem, se regresso a tempo de completar o semestre, perguntando se quero ajuda, manda flores para o hospital, discos de jazz.

Eu podia sonhar com o que quisesse. Podia ver filme besta e podia morrer de vergonha. Podia rir. Podia comer cachorro-quente. Podia fazer um casamento daqueles, à noite, ao cair da noite, um noivo libanês rodeado de empresários da construção. Mas o melhor casamento é de manhã: a gente acorda, veste de branco e está casada, tem o resto do dia para beber, dançar e se arrepender, e então pressente que o marido vai roncar no meio da noite, e apressa a saída do baile, a fuga, as pessoas têm ternos meio sujos, os vestidos estão sem graça, há meninos chorando e correndo entre as mesas.

Tive um namorado que era da direção do Círculo de Cultura Judaica e que começou me ensinando hebraico em iluminuras portuguesas, letra a letra, ele em tronco nu (tinha uma tatuagem, eu lembro), numa cama de um hotel, eu de calcinha e camiseta, pronunciando os erres com agá aspirado à mistura, lendo da direita para a esquerda, e então ele ia para junto da janela, São Paulo ao fundo, recortado como numa fotografia de Nova York, e então ele recitava, recitava em hebraico e traduzia, rindo. Vestia camisas de flanela e era bom de cama, me levava a restaurantes para comer camarão e frutos do mar, que para ele eram proibidos, e eu gostava disso, ele pecava comigo e eu era toda pecado. Mas depois acabou, não lembro o mês do ano, não lembro, lembro só que acabou. Ele me dizia que eu tinha um perfume de mel. Era mentira. Devia ser. Perfume de mel é enjoativo. Eu não sou enjoativa, eu sei. A gente se prometeu que nunca terminaria por telefone, pelo menos isso. A gente promete sempre isso, a gente vê sempre isso nos filmes e diz isso em quartos de hotéis e mesmo na véspera das despedidas. Mas ele telefonou num primeiro domingo cancelando o encontro. Depois telefonou noutros dias cancelando outros encontros. Foda. A vida é foda mesmo. Homens não são assim tão interessantes. Não são assim tão inteligentes. Não são assim tão bonitos. Meu nome é Daniela. Sou uma garota urbana, trinta e dois anos, e acho que homens maravilhosos só existem mesmo na literatura, onde não há desperdício de amor. Mas se desperdiça bastante, na vida real. Muito, bastante, demais.

Diziam que eu tinha olhos verdes penetrantes, mas isso não era verdade. Isso era literatura. Isso era antes da bossa nova eletrônica, antes da primeira mamografia, antes de Lou Reed ser demasiado velho, antes de Bob Dylan desaparecer do monte de discos desarrumados para passar a figurar no currículo da faculdade. Eu detesto chorar, tenho vergonha de chorar, esqueço muitas vezes os nomes exatos das cores, tenho medo de insetos, freqüento academia no sábado de manhã, me impressionaram sempre as meninas que desmaiavam, tinham quedas de pressão, tinham amores, choravam muito, tinham gangues, guerras, atributos, reuniões de fofoca. Sempre fiquei impressionada com as mulheres que explicavam seus amores, mas desconfiava delas. Pelo contrário, sempre gostei das mulheres que, como eu, andavam perdidas, tinham medo de cair em abismos fatais, de ficar sozinhas em praças vazias. E sempre gostei da lua minguante, das conjugações astrais, de Woody Allen, ah, eu casaria com Woody Allen se ele não fosse tão feio. Tem um homem que me convidou para ménage à trois, eu gostaria de tentar, a minha vida é chata e enfadonha. Detesto chorar. A água do mar, em dia de inverno carioca, me parece sempre escura. Vida é assim. A vida é foda. Pessoas carentes são perigosas. Detesto chorar.

O telefone tocou. Daniela estendeu a mão para o aparelho.

— Alô, Daniela. É o Walmir.

— Vai me convidar para jantar?

— Não, ainda não. Vou lhe pedir para não sair de casa e não abrir a porta de casa. O telefonema que deram para aí, isso me deixou preocupado.

— Pode ter sido engano.

— Provavelmente sim. Mas um engano muito grande. A ligação foi interurbana, provavelmente São Paulo. Um celular de São Paulo, Daniela. Pode ser celular de São Paulo com roaming do Rio, ou do Paraná, nunca se sabe. Conhece algum Walmir que tenha um celular de São Paulo, sem ser meu celular?

— Como soube?

— Seu telefone, eu pedi que o rastreassem. Peço desculpa, Daniela. Peço muitas desculpas. Não é para controlar suas ligações, apenas para proteger você. Está correndo risco, Daniela. Só que eu não posso fazer nada aí no Rio. Você tem que voltar. Me informei do horário dos vôos. À tarde tem vaga ainda na ponte aérea, em várias companhias, entre as duas e as cinco. Quem quer que tenha telefonado para sua casa, conseguiu o número e pode estar vigiando você. Daniela. Está me ouvindo?

— Estou.

— Não saia de casa. Atenda o telefone quando tocar. Um amigo meu vai pegar você e levar ao aeroporto, à hora que quiser sair para o Santos Dumont. Ele é de confiança. Estarei esperando você em Congonhas. Vai me ligar dentro de uma hora, Daniela?

— Você disse que eu estava correndo riscos.

— Não sei que riscos são. Mas o fato de ter recebido um telefonema em meu nome pode ser um pouco mais do que estranho. Alguém que sabe que o delegado encarregado de investigar a morte de Helena se chama Walmir. E que já confirmou que você está nessa casa, no Rio.

— Você se preocupou, Walmir.

— Como?

— Eu disse que você se preocupou.

— Claro que me preocupei. Eu a aguardo no aeroporto na hora em que você chegar. Qualquer coisa estranha me ligue logo.

55

És muito mau a imaginar, inspector, disse Jaime Ramos para si próprio. A realidade ultrapassa largamente a tua imaginação. Tal como Manaus, a cidade que se apodera dos espíritos mais tranquilos ou apenas mais frios. Não é possível permanecer frio em Manaus, há uma vaga sensação de que tudo se perde, de que as ruas vão dar ao rio e se desfazem em poeira, junto do mercado de ferro, em arquitectura francesa, junto da Alfândega. No regresso de Iranduba, ao lado de Osmar, passaram diante do porto flutuante e ele vira as torres dos prédios e, no meio dessa paisagem de cimento, suja e escurecida, estava a cúpula do Teatro Amazonas, e pareceu-lhe ouvir uma música soltar-se daquele movimento de figurinhas perto do mercado com a sua estrutura de ferro.

— Tucupi. Devia comer um pato no tucupi, como bom turista. Ou um tacacá paraense feito com goma de mandioca, jambu, camarão, pimentas pré-históricas que podem assassinar quem não está habituado — Osmar sorrindo enquanto a lancha atracava e ele procurava o índio Zunega para lhe pagar o transporte.

Dessa vez, por isso, e logo depois da madrugada, pelas seis, Jaime Ramos levantou-se, despertado pelo céu que se via através dos cortinados do hotel. Isaltino não tinha telefonado. Desceu em busca do pequeno-almoço redentor, uma vez que não tinha jantado na noite anterior. Mas as mesas do café da manhã ainda não estavam prontas. Sentou-se no sofá diante do balcão de entrada e escutou a recepcionista: ela apresentou-se, é do Mato Grosso e quer ser jornalista mais tarde, porque acredita que ser jornalista é dormir em hotéis, andar de avião e fumar cigarros americanos. É louca, loira falsa e magra demais, as raízes do cabelo são escuras demais. Tudo nela é excessivo para aquele corpo franzino que se apresenta de frente para qualquer homem, um corpo cheio de sede.

E então Jaime Ramos partiu de táxi para o mercado, entrou num barbeiro, passou junto das bancas de peixe fresco, de ervas suspeitas e insuspeitas, afrodisíacos garantidos e a descobrir, frascos de perfume e de venenos suaves, lojas de umbanda e de panos coloridos, urubus apanhando peixe podre e velhos pescadores caboclos a jogar cartas nas barcaças do porto, decoradas com gaiolas de papagaio ou próximas de lojas que vendiam sementes de guaraná.

Ao chegar à zona dos restaurantes, escolheu uma das lanchonetes e sentou-se ao balcão, pediu café e uma coxinha de frango. Temperou a coxinha com limão e com a pimenta do Pará que lhe trouxeram num frasco e que lhe provocou um choque térmico na língua, no céu-da-boca, nos lábios, uma explosão ardente. Depois pediu outra coxinha e um pastel de queijo. Um apetite imenso tinha crescido em algum lugar da sua memória, vontade de manusear comida, de atravessar uma cozinha e de tapar e destapar panelas, experimentar ebulições, cremes, aromas, ligeiros fumos de assado, líquidos aquecidos num ponto exacto. E pediu mais café.

Olhando para os corredores do mercado, colorido e barulhento, Jaime Ramos imaginou Mara despedindo-se na amurada de um barco, olhando uma última vez para Manaus. O português, Gabriel, deitado numa rede, esperando que esse olhar terminasse de alguma maneira enquanto alguém toca violão mais ao fundo, numa roda de rapazes. As mulheres da família de Mara percorrendo os corredores do mercado. Os velhos olhando os barcos partirem na direcção de Belém. Um velho xeique rezando virado para o rio Negro. Os vizinhos de Gabriel comentando. Os olhares trocados na rua. Álvaro Severiano Furtado entrando na cidade, descendo do avião pela primeira vez em Manaus, instalando-se numa casa para lá da Ponta Negra. Salim frequentando a universidade, dirigindo um carro pela orla do rio, visitando o bairro onde vivera Mara e onde agora vivem desconhecidos. Em trinta anos uma cidade muda quase totalmente. Gabriel da Costa Pinho, português, nascido em 1950, em Manaus.

Do bolso da camisa, húmida do suor provocado pelas pimentas do Pará, Jaime Ramos retirou as duas fotografias que escolhera de entre as que trouxera da casa de Álvaro Severiano Furtado. Uma delas mostrava um homem segurando uma arma, metralhadora G3, fabrico nacional, português. Tem um capacete de guerra, e Jaime Ramos reconhece a farda — embora a fotografia seja a preto e branco, a farda é verde, naturalmente, verde e castanha com manchas negras ou mais escuras, um camuflado de operacional. Atrás do homem: uma parede branca, uma casa com janelas partidas e vidros estilhaçados, o céu. A outra fotografia, inspector Jaime Ramos, ah, como és mau a imaginar, mostra uma mulher de pé, de braço estendido. Mara, 1973. Um mar luminoso ao fundo, uma linha de coqueiros, uma duna, um carro estacionado à beira da estrada ao lado de uma Vespa azul-clara. O vestido de Mara é liso, quase branco, a fotografia perdeu a cor das primeiras fotografias a cores, nas costas lê-se Agfacolor, Mara,

1973. Nenhum lugar, nenhuma cidade para reconhecer ao longe. O carro é um Morris Mini Cooper-S cuja cor verde foi desaparecendo até ficar cinzenta. Mara tem cabelo escuro e comprido, quase preto, um colar, o vestido cai-lhe sobre os joelhos, aponta para um ponto qualquer fora da fotografia, e que existia em 1973. Mas a Vespa, voltada para a linha de coqueiros, tem a matrícula AAM-09-76, e qualquer português com mais de quarenta anos e com carta de condução sabe que essa matrícula vem de uma terra onde o mar azul é suave como a sombra de um agosto europeu, onde a cor das dunas se aproxima por vezes do alaranjado, onde os coqueiros são escuros e as ruas eram largas, poeirentas, onde o nevoeiro era caloroso e ambulante, descendo dos barrancos de terra e empurrado por si próprio, dos planaltos para as colinas das cidades, dos morros para os vales de algodão. Uma lembrança desbotada e tingida de azul Agfa.

56

Quando teria Gabriel Pinho desaparecido da vida de Mara? Toda a noite Jaime Ramos se interrogara sobre essa data inexistente nos seus arquivos, na sua memória. Frequentemente, aliás, a memória traía-o como um animal infiel de que não sabia cuidar — mas não a atenção. Perseguindo um criminoso ou perseguindo uma vítima de um crime, a atenção de Jaime Ramos estava disponível para todos os factos, todos os dados, todos os devaneios permitidos a um polícia, todas as sombras que viessem de um lado obscuro. Deitado, na cama, o polícia pensava no assunto. Sentado, o polícia pensava no assunto. Caminhando pelo quarto, ou palmilhando imaginariamente a avenida Getúlio Vargas, o polícia pensava no assunto. Uma cadeia de factos, datas e acontecimentos giravam num cérebro demasiado ocupado com o facto de ter de resistir à humidade, ao calor, ao céu pesado de Manaus — e essa visão era a de um fantasma erguido diante desse céu, a cúpula colorida do Teatro Amazonas, a sua fachada monumental vista do quarto descolorido do Taj Mahal. Quando teria Gabriel Pinho, o português que levou Mara para longe de Manaus, recordado pela última vez a cúpula do Teatro Amazonas, se alguma vez lá entrou para escutar um som que fosse, apenas um som, o ruído dos passos nos corredores alcatifados, os fantasmas de cristal, pingentes de vidro, frescos que decoravam o tecto e paredes, as varandas sobre a praça de São Sebastião? Como teria Mara mudado a sua biografia e substituído Gabriel Pinho por Álvaro Severiano Furtado, para que nascesse Salim?

Osmar deixara-o à porta do hotel a meio da tarde com a desculpa de ter trabalho atrasado. Não poderia acompanhá-lo mais nesse dia nem, provavelmente, no dia seguinte, que era o dia de trabalho no Instituto Médico-Legal. Jaime Ramos partiria ao fim da noite para São Paulo, onde se demoraria ainda dois dias, esperando o avião de regresso. "Voos cheios", era a resposta da companhia aérea pelo telefone. Voos cheios, gente que atravessa o Atlântico como se o avião fosse a ponte da Arrábida, no Porto: turistas, empresários, gente de negócios, fugitivos e foragidos, gente sem destino fora daquela linha imaginária que o separava de sua casa.

Logo depois de Osmar ter arrancado no seu Palio verde-escuro, o hotel vazio, sonolento, arrastara-o para o quarto. Deitou-se na cama, adormeceu profundamente, sem sonhos como de costume. Acordou com a escuridão do céu de Manaus, por volta das oito da noite. No mesmo sítio da cama, voltado para o tecto, de braços abertos, respirando com dificuldade, o hálito ainda marcado pelo charuto dessa manhã. Um duche rápido iria recompô-lo. Às vezes tinha pena de não levar consigo uma fotografia de Rosa, uma pequena fotografia guardada na carteira. Geralmente, tinha dificuldade em recordar as feições daquele rosto, embora lembrasse o seu perfume, as mãos segurando um livro, o cabelo, um sinal na pele. Mas não o rosto. Nem os olhos. E gostaria de não o esquecer, nem que fosse a última coisa que recordasse na sua vida, o que provava que tinha envelhecido bastante.

— Acho que tenho ciúmes desses mortos todos — Rosa dissera um dia. De facto, os mortos ocupavam lhe demasiado espaço no cérebro, muito espaço nas frases, na ocupação do dia. Mais do que os crimes, os criminosos, as perseguições. Era um teórico da criminologia — um dos seus sonhos era estar fechado num gabinete, ouvindo apenas o ruído das praças, ao entardecer, e decidir o rumo das investigações, imaginar os passos das vítimas e dos criminosos, vaguear por retratos escondidos, por casas desertas, por corredores vazios onde os passos se perdiam diante de portas entreabertas. Mas isso acontecia apenas na imaginação. Havia um músculo no joelho direito que não funcionava como devia. Custava-lhe sentar-se à secretária em certos dias mas, mais do que isso, custava-lhe subir escadas, tinha dores num pé que fora ferido há muito tempo, uma dor de cabeça furtiva vinha ameaçá-lo de vez em quando. Quando chegava o primeiro frio de novembro, Jaime Ramos agasalhava-se e tomava vitaminas.

Na verdade, gostaria de estar num lugar seguro, lendo um livro, um lugar sem lugar, uma cadeira levemente deslocada na sua varanda, que dava para um pátio interior onde ouvia os vizinhos conversando em família e ele gostava de se sentar a ler o jornal, como um intruso permitido, um intruso sem voz nem memória.

— Todos os dados estão nesta pasta, Ramos, e o que não estiver, você sabe, é necessário inventar, corrigir a própria realidade, se for preciso — Osmar com aquele permanente sorriso de árabe vigiando o europeu desorientado, rindo das suas infantilidades, comentando os seus receios, as faltas que se iam acumulando no processo.

Mas a pasta não continha nada que não soubesse. Mara nunca regressara a Manaus. Salim chegara a Manaus com idade de ir para a escola, no verão brasileiro de 1981, e Álvaro Severiano Furtado matriculou-o dizendo: este é Salim, filho de Mara e de Álvaro, e ficará nesta escola. Meu filho. Nasceu em 1973. E agora muitas coisas se esclareciam: Salim não nascera em Manaus, ao contrário do que diziam os registos, mas noutro lugar muito distante dali — provavelmente num lugar em que o mar azul é suave como a sombra de um agosto europeu. E, finalmente, a história desenhava-se na sua cabeça corrigindo a realidade, como propusera Osmar, de dentro de carro para a praça onde Jaime Ramos olhara as árvores gigantescas que se desenhavam contra os prédios, antes de entrar no hotel e antes de adormecer.

57

AS COISAS SUCEDERAM MUITO DEPRESSA NESSA ÚLTIMA manhã em Manaus. Jaime Ramos não queria que isso acontecesse dessa maneira, porque ele gostava de dirigir as operações, como se estivesse no Porto, comandando os seus homens, orientando as escalas de serviço, escapando aos horários para ir almoçar tardiamente ao largo do Moinho de Vento. Mas quando o telemóvel tocou no bolso à saída do mercado, e ele atendeu na esperança de que fosse Isaltino, não esperava ouvir a voz de José Corsário, distante e sobrepondo-se a um ruído de fundo de que não era capaz de abstrair-se:

— Boa tarde, chefe.

— Aqui é bom dia.

— Em Cabo Verde é sempre de tarde, chefe. Está boa a sua viagem?

— Calor.

— É África.

— E humidade.

— Também é África. África está por todo o lado. O chefe lembra-se da advogada que foi buscar as cinzas do Furtado?

— Lembro.

— Ela não foi levá-las ao Brasil. Está aqui, em Cabo Verde, em São Vicente. No Mindelo, ultimamente, encontra-se toda a gente: futebolistas, músicos, muitos escritores e bastantes políticos.

— Tu preferes quais?

— Músicos. Mas ela está aqui. Está aqui de férias, no hotel. Esta manhã encontrei-a na praia, na Laginha, o chefe não sabe onde é, mas é na Laginha. Encontrei-a, isto é, vi-a ao longe. Perguntei no hotel, no mais importante, se ela estava alojada lá. Está. Cláudia Costa. Telefonei para a minha prima, na agência do Porto, e soube que a passagem foi paga pelo escritório.

— Por que é que a tua prima não disse antes?

— Porque nós só tínhamos dito que estávamos interessados em saber se o escritório comprava bilhetes para o Brasil. Até agora ninguém comprou passagens para o Brasil, chefe. Mas a advogada veio para o Mindelo. Com um namorado. Bebem muito e vão à Laginha. Sexo, álcool e praia. Isso é Cabo Verde, portanto.

— Corsário.

— Chefe.

— Isso é importante?

— Acho que sim, chefe. Acho que sim. O escritório pagou uma semana de férias à advogada, para duas pessoas, meia pensão, mais dois dias no Sal, deve ser na praia do Morabezza. O escritório, não ela. A minha prima disse-me que a factura está em nome do escritório.

— Pode ser um prémio. O Portocarrero quis dar um prémio à estagiária.

— Pode ser, mas ela já não é estagiária. Jovem advogada, chefe, jovem advogada. Mas é um bom prémio.

— Hoje em dia nunca se sabe. Pode ser um castigo, Corsário, nunca se sabe.

— Um castigo, vir para o Mindelo?

— Por alguma razão estás aí.

Corsário riu, do outro lado. Jaime Ramos falava com pessoas que se riam cada vez mais. Isaltino ria, Osmar ria, Corsário ria. Ele próprio ensaiou uma gargalhada.

— Chefe — ele mudando de tom.

— Sim?

— A Fátima manda cumprimentos.

— Ainda bem. A tua mãe gostou dela?

— Não sei bem. Ela preferia que eu casasse com alguém de cá, já que não pode ser de Santo Antão, que é a ilha dela. Mas a Fátima tem a vantagem da cor. É preta como eu. E ontem deixou a Fátima cozinhar o jantar.

Jaime Ramos atravessou a rua fugindo a dois vendedores ambulantes que o perseguiam com a ameaça de lhe venderem redes e poções afrodisíacas. Eles tentaram segui-lo, mas um ônibus aproximou-se a alta velocidade e ficaram para trás.

— Então tens aí uma oportunidade. A Fátima que cozinhe no domingo.

— Ao domingo vamos almoçar fora, à Baía das Gatas.

— Não, Corsário. Não. Ao domingo, a Fátima deve insistir para cozinhar o almoço em casa. A tua é mãe ultrapassada pela direita. Compreendes? Domingo, almoço em família, tudo isso.

Ao fim de um silêncio, Corsário falou:

— O chefe é capaz de ter razão.

Depois de decidir apanhar um táxi, Jaime Ramos ligou para Isaltino, a quem pediu para telefonar para o hotel, daí a dez minutos. Ele foi pontual, Jaime Ramos estava sentado junto da escrivaninha do quarto, com a pasta de Osmar à sua frente, aberta, e um caderno de notas.

— Há novidades sobre a chegada de Furtado a Portugal?

— Vai haver, chefe. Já pedi. Pelas vias legais e a um primo de Penafiel que trabalha no exército.

— Isaltino, isso não é assunto familiar.

— É a diferença entre o nosso trabalho e o do chefe, que está cada vez mais internacional. O chefe, agora, só faz investigação intercontinental. Aqui somos todos gente conhecida, chefe. Vale a pena aproveitar as oportunidades. De modo que vai haver novidades, de uma maneira ou de outra.

— Preciso de saber quem é, toma nota, Gabriel Pinho, Gabriel da Costa Pinho, nascido em 1950, em Manaus, nacionalidade portuguesa apesar de ter nascido no Brasil. Foi registado no consulado português de Manaus. Por fax mando-te o registo de nascimento. Saiu de Manaus em 1970. Provavelmente para Portugal, provavelmente para Angola. Se foi para Angola, vê os registos militares. Vê também se existe em algum lugar o nome Mara, ou Mariam. O nome é Mara Salimah. Eu mando por fax o nome. Ela deve ser a mãe de Salim Furtado. E, no caso dela, estava em Angola em 1973. Pede a Luanda alguma ajuda, se puderes. Registos de casamento de Mara, registos de nascimento de Salim Furtado.

— O chefe fartou-se de trabalhar.

— E outra coisa: onde está Portocarrero? Quero Portocarrero vigiado.

— Não podemos, o chefe sabe.

— Eu não disse para o vigiares.

— Disse, sim, chefe.

— Disse para o teres debaixo de olho. Para saberes onde está, sem ele saber que tu estás a tratar do assunto. Se ele sair de Portugal, diz-me.

— Volta depois de amanhã?

— Sou capaz, sim. O tempo passa depressa.

Mas não passava, Jaime Ramos sabia que não passava. Por isso, desceu à recepção para enviar três folhas de fax para Portugal e teve de esperar quinze minutos para que a operação ficasse completa. Não queria deixar as fotocópias no balcão, teria de guardá-las de seguida e provavelmente no cofre do quarto até deixar o hotel à noite. Osmar dissera-lhe que o pedido de informação sobre Salim Furtado, vindo de um escritório de advogados de São Paulo, chegara havia nove dias e que, de acordo com a tradição da burocracia brasileira, a resposta demoraria ainda mais duas semanas:

— Herdamos a paixão portuguesa pela burocracia, Ramos. Que só pode ser contornada pela paixão portuguesa pelo hábito de contornar a burocracia. Que método escolhe para que se responda o mais tarde possível?

— Qualquer um. A falar verdade gostaria que respondessem o mais rápido possível.

— O mais rápido possível é sempre uma coisa impossível antes de duas semanas. Responder antes disso só utilizando os procedimentos habituais: corromper a administração pública, subornar um funcionário, você deve conhecer.

— Tenho ouvido falar.

— País irmão, Ramos, você esqueceu?

A recepcionista do Maranhão, loira com as raízes do cabelo negras, olhou para ele e sorriu-lhe. Algumas mulheres gostavam de ver homens de meia-idade solitários, a fumar um charuto e a tomar bebidas estranhas, sérias. Mas Jaime Ramos subiu para fazer a mala e isso interrompeu um flirt promissor.

58

ELE OLHOU PARA O HOMEM À SUA FRENTE E AGRADECEU A colaboração. Eram muitas folhas fotocopiadas, grampeadas e numeradas. O homem oferecia-lhe também uma pasta para que guardasse tudo e se fosse embora. Mas Jaime Ramos tomou nota dos números e achou que compreender a origem da pequena fortuna de Álvaro Severiano Furtado era um pouco como ter deixado Manaus entregue à sua sorte. E que chegara a hora de se encostar na cadeira e fazer algumas perguntas. Na verdade, não deixara Manaus para trás, embora estivesse em São Paulo. Nunca poderia deixar Manaus para trás.

Na noite anterior, afinal, Osmar fora despedir-se ao aeroporto depois de Jaime Ramos ter feito o check-in e de ter despachado a mala.

— Gostei de conhecer você, Ramos. Você é meu primeiro policial português. Sorte que não sou índio e você não é o bispo Sardinha.

— Quem é o bispo Sardinha?

— Ele foi comido pelos índios. Acharam a carne meio doce, acho eu. Não foi uma boa experiência.

— Serei o último polícia português que conhece. Estamos a evoluir para uma sociedade sem crimes. Depois de envelhecer definitivamente e de me retirar, o país ficará mais calmo, os homicidas serão transferidos para escolas especiais de reeducação com sessões de psicanálise e ioga, e as vítimas conversarão com seus agressores, cheias de compreensão e de cicatrizes. O costume. Contrataremos sociólogos e psicólogas loiras.

— Tente também pastores evangélicos.

— Haverá uma delegação de padres, pastores, rabinos e monges budistas.

— E não esqueça de um bom xeique.

— Temos de tudo. Vantagens da Europa. O crime será visto como um pequeno incidente e o criminoso terá de ser compreendido. É uma vítima.

— Já tentamos isso aqui. Mas a Amazônia não permite essas coisas modernas. Há sempre um estrangeiro recalcitrante.

— É o destino. Se algum dia um brasileiro morrer em Portugal, telefone-me.

— Eu telefono, sim.

Os dois apertaram as mãos e Jaime Ramos voltou-se para a porta de embarque, carregando ao ombro a mochila onde guardava papéis e onde acumulara jornais comprados na tabacaria, juntamente com uma caixa de charutos.

— Ramos.

Osmar ficara atrás de si, a uns metros do controle de embarque. De pé, sozinho, vestido de jeans, t-shirt e ténis, moreno como um bom árabe no meio de índios da Amazónia e de empresários paulistas que passavam amarrados a pastas pretas com fecho de segredo, ele era ainda mais alto e não parecia deste mundo.

— Ainda tem tempo, Ramos. Ainda falta muito tempo para esse avião partir.

— Eu desconfio muito dos horários brasileiros.

— O avião é paulista e a empresa tem raiz gaúcha, tentam ser pontuais. Nada disso é realmente brasileiro, se quer saber. Paulistas e gaúchos são a engrenagem desta terra e sempre quiseram ser independentes. Mas o verdadeiro sal da terra somos nós, o tempero providencial, as raças preguiçosas e morenas. Portanto, o avião partirá bem no horário, a menos que o piloto seja baiano ou haja tempestade no sertão.

Na mão esquerda de Osmar apareceu então um papel que o brasileiro estendeu na sua direcção. Jaime Ramos pousou no chão a sua pequena mochila e segurou o papel.

— O que é isto?

Uma lista de números e de operações bancárias alinhava-se em colunas que uma má fotocópia quase transformara em borrão. Apenas notou, dentro de um círculo desenhado a vermelho, o nome de Álvaro Severiano Furtado.

— Consegui isso mesmo a contragosto do banco. Meu primo filho-da-puta, lembra? Rachid fez um xerox mesmo a contragosto do banco.

Jaime Ramos voltou a olhar para os números, as colunas, a designação do banco, o nome de Álvaro Severiano Furtado. Osmar sabia que, logo de manhã, ele teria esta mesma folha entregue pelo Bradesco, em São Paulo.

— Obrigado, Osmar.

— Assim você estará um pouco à frente deles.

— De quem?

Osmar fez um gesto que envolveu os balcões de check-in, os cafés e as lojas do aeroporto, o aeroporto inteiro com as suas luzes, o ruído de uma televisão ligada num dos cafés, os polícias que os olhavam ao longe por terem reconhecido o delegado.

— De tudo isto, à sua volta.

Ele encolheu os ombros antes de falar. Por isso, aproximou-se de Jaime Ramos e apontou para as folhas que o português dobrara.

— Foi apenas um detalhe, Ramos. Um pequeno detalhe. Eu sou um canalha e, portanto, na verdade não pedi expressamente este extrato ao meu primo. Não passo de um canalha e era bem capaz de aproveitar o seu agradecimento. Mas não o mereço, de fato. Calhou dele me telefonar dizendo que tinha o papel pronto para mim. Há um detalhe que você vai descobrir quando entrar neste avião ou quando chegar a São Paulo e o gerente do banco lhe mostrar o extrato original. Posso lhe chamar a atenção ou posso regressar à cidade convencido de que você é um português inteligente. Tenho chope combinado e talvez haja prorrogação. Uma mulher espera por mim para um jantar bem tardio e eu estou preparado para dar meia-volta e esquecer esse assunto. É uma namorada da adolescência, compreende? Tem aquele encanto. Quer que eu vá embora?

— Qual é o detalhe?

— Salim Furtado desapareceu de Manaus no final de maio. Quando foi morto o seu português?

— A 29 de maio.

— Dois ou três dias depois, Salim deve ter desaparecido. Não foi visto em casa desde o dia 30. O empregado não o via desde essa data. Refugiou-se em Educandos. Uns dias depois desapareceu mesmo, e não há nenhuma pista depois de Belém, a última notícia que temos. Dia 9 de junho.

— São essas as minhas contas.

— E as minhas. Mas, se olhar para este extrato, verá que no dia 9 de junho foi realizado um saque de dinheiro numa determinada agência. Essa agência é em São Paulo, um bairro bom de São Paulo, Higienópolis. Um milhão e meio de reais. Quanto é isso em euros?

— Quando descobriu isso, Osmar?

— Hoje. No fim da tarde. Salim não deve ter desaparecido assim como pensávamos. Essa conta era movimentada por Salim e pelo pai. Um milhão e meio dá para muitos esconderijos em São Paulo ou no Pará, onde quer que ele esteja. Quanto é isso em euros?

— Duzentos salários meus, aproximadamente.

— Imagine que são, antes, quatrocentos salários meus. Tem vida para esse tempo todo, Ramos, ou está disposto a dividir comigo?

Osmar estendeu-lhe a mão, de novo, e Jaime Ramos apertou-lha de novo:

— Obrigado, libanês.

— Sírio, Ramos.

— Tanto faz.

— Os sírios são mais altos que os libaneses. Embora não sejam tão simpáticos, é verdade. São quase dez da noite, tem de ir. Mas tem outra coisa, aí. Se Salim esteve no vôo para Belém, no dia 9 de junho, era impossível estar no mesmo dia de manhã em São Paulo.

— O voo dele foi à noite ou de manhã?

— Noite, Ramos. Ninguém perde o pôr-do-sol no rio Negro. É uma grande atração. Vem gente de todo o mundo.

Aquela hora, Isaltino de Jesus dormia em Valongo, do outro lado do mar — e não valia a pena telefonar-lhe para falar das finanças de Álvaro Severiano Furtado. Salim Furtado poderia também estar a dormir em algum lado do hemisfério sul enquanto ele fazia a sua viagem de Manaus para São Paulo, com escala em Brasília. No avião teve saudades da sua cozinha e evitou beber a cerveja que o seu estômago pedia.

Pensou depois que havia muitas maneiras de ver aquele lago de luz, intenso, formidável, espalhado por quilómetros, a perder de vista, vigiado por torres escuras, pontiagudas. Jaime Ramos ajeitou-se na cadeira uns minutos antes de aterrar em São Paulo, mas espreitando pela janela a vaga de luz que se desprendia da cidade. Guardou os jornais, fechou o caderno onde escrevera as suas notas, Manaus ficara para trás como uma mancha de neblina e a recordação de uma vida qualquer, a de Álvaro Severiano Furtado. Agora queria regressar o mais rapidamente possível. Daí a minutos, Jaime Ramos sairia do aeroporto e dormiria até de manhã algumas horas. Os aeroportos eram lugares estranhos para quem não gosta de viajar, cheios de perigos e de precipícios, destinos desconhecidos. Pensou nisso ao apanhar a mala no tapete rolante, com o extracto da conta de Álvaro Severiano Furtado guardado no bolso do blusão. Regressava ao frio europeu de São Paulo.

59

ERAM, PORTANTO, MUITAS FOLHAS FOTOCOPIADAS, GRAMpeadas e numeradas. O homem oferecia-lhe também uma pasta para que guardasse tudo e se fosse embora. Ele olhava-o com ar cansado e pareceu-lhe um homem que se levantava de manhã com um cansaço de séculos, encarando a vida como uma obrigação, desejando que o dia acabasse rapidamente. Talvez tivesse calos nos pés, talvez sofresse de azia no estômago, mas era um homem delicado, cabelo grisalho, as mãos muito brancas, um anel grande demais, o cabelo muito penteado, a voz pausada, critério na administração dos adjectivos. Ele queria que se fosse embora. Mas Jaime Ramos tomou nota dos números e achou que compreender a origem da pequena fortuna de Álvaro Severiano Furtado era um pouco como ter deixado Manaus entregue à sua sorte. Qualquer coisa que não dependia da sua vontade nem do seu esforço, nem do seu talento. E que chegara a hora de se encostar na cadeira e fazer algumas perguntas.

— Dr. Padilha, eu agradeço a sua colaboração.

— Ora. A Polícia Federal nos informou da sua chegada. Não pedimos informações sobre o que ocorreu, mas esperamos que nada tenha acontecido de errado. O banco trabalha com o doutor Furtado faz alguns anos.

— O senhor conhece-o pessoalmente?

— Bom, eu o conheci faz duas semanas, exatamente. Ele se sentou na cadeira em que o senhor está sentado. Bem aí.

Padilha riu, era uma piada. Bem aí.

— O senhor certificou-se de que se tratava de Álvaro Furtado?

— Seguramente. Um saque dessa natureza, dessa quantia, necessitava de cuidados especiais. Identificação, conferência de assinaturas, tudo. Um milhão e meio em cédulas de banco, de cinqüenta e de cem reais. O dr. Furtado trazia com ele uma pasta de couro, bem na medida.

Uma pausa. Passou a língua pelos lábios, humedecendo-os. Padilha não compreendia o interesse de Jaime Ramos, sentado e tomando notas num caderninho. Olhou para o português com interesse, mas com vontade de que aquilo acabasse.

— Uma dúvida apenas, delegado. Como o senhor compreende, temos uma relação de lealdade e de confidencialidade com nosso cliente. A polícia nos pediu para prestar nossa colaboração ao senhor, e isso está sendo feito, como vê. Mas qualquer informação a nosso favor será bem-vinda. Certamente compreende, me intriga esse inquérito, essa investigação. Estaremos lidando com dinheiro sério?

— O dinheiro é sempre sério, dr. Padilha. Raramente ri. Não tem sentido de humor, o dinheiro.

— Ah, por vezes tem. O senhor me desculpe, delegado, mas dinheiro é, por vezes, assunto divertido. Voa, flutua, se dispersa, volta a reunir-se, as cédulas são apenas símbolos sociais, convenções. A diferença em relação a outras convenções sociais é que dinheiro representa poder. Um poder real. O cofre de um banco é um tesouro inimaginável, delegado.

Diz-se que o dinheiro não compra a felicidade. Só por distração. O dinheiro, geralmente, garante a felicidade. Claro que há esse problema, o da sua origem, mas não há nada que não se ultrapasse. O senhor está vendo este bairro, um dos mais nobres de São Paulo? Por vezes eu rio sozinho. A maior parte dos bons negócios deste banco, suas melhores operações, não são realizadas neste bairro. Claro que uma agência bancária em Higienópolis tem prestígio. Mas nós preferimos tratar o dinheiro sem distinção de bairro. As pessoas se endividam muito, hoje em dia, para viver em Higienópolis. Há menos assalto na rua, há segurança ao escurecer. Há razões familiares, certamente. Os apartamentos de Higienópolis são invejados, tal como suas árvores, suas lojas, seus jardins, até suas agências bancárias. Até seu nome.

— Eu compreendo — Jaime Ramos silencioso, ele sabia que as notas de banco não eram símbolos, representações sociais. Eram coisas simples como almoços e jantares, hipotecas, uma casa, charutos, vinhos guardados na despensa, férias de verão. Isso era uma nota de banco, o resto não lhe interessava.

— Eu acho, por isso, que tenho o direito de saber o que está se passando com nosso cliente.

— Ele vive em Higienópolis?

— Oh, não, delegado. O dr. Furtado, pelo que me consta, e eu não estou gerindo pessoalmente sua conta, ou suas contas, vive fora deste mundo. Em São Paulo e em Manaus, creio. O pedido da Polícia Federal veio de Manaus, aliás. Mas o senhor está sabendo isso.

— Quem costuma tratar da conta de Álvaro Furtado?

— Edilson. Edilson Lauro da Silva. Ele está trabalhando aí fora.

— Acontece, dr. Padilha, que eu tenho um problema com esta conta bancária. Não eu, propriamente, mas a polícia portuguesa.

— É dinheiro sujo?

— Tanto quanto sei, não.

— Eu gostaria de saber.

— Eu também. Mas o problema que eu tenho passará agora a ser de ambos. Meu e seu. No dia 9 de junho, Álvaro Severiano Furtado esteve nesta agência e fez um levantamento de um milhão e meio de reais. É isso?

— Certo.

— O senhor atendeu-o? Conversou com ele?

— Eu e dona Helena Gomes, uma das funcionárias desta agência.

— Ele saiu da agência e levou com ele um milhão e meio de reais, o que considero um milagre.

— Por motivos de segurança, certamente, delegado. Mas o dr. Furtado entrou no carro, estacionado aí bem em frente da porta, e partiu. Seguia para Porto Alegre, disse ele. Em casos semelhantes, nós providenciamos uma entrega segura em casa do cliente, mas o dr. Furtado preferiu vir pessoalmente.

— É isso que é estranho, dr. Padilha. Porque Álvaro Severiano Furtado, cidadão português, com autorização de residência no Brasil, seu cliente, morreu quinze dias antes, em Portugal. Eu vi-o morto.

— Não é possível.

— É bem possível que seja assim. Exactamente como eu estou a descrever. Eu vi-o morto. Assassinado, digamos. Portanto, temos aqui uma dúvida sobre que Álvaro Furtado veio aqui quinze dias depois de ter morrido um homem com esse nome.

— Deve existir algum equívoco, delegado.

Padilha perdera o último resto de palidez no seu rosto e era agora um homem transparente, sem pele, apenas os olhos, esbugalhados, o prendiam a Jaime Ramos e à cadeira onde estava sentado. O português teve piedade do homem.

— Será possível falarmos com o gerente da conta de Álvaro Furtado?

— Claro que sim, mas Edilson não estava no banco na época. Esteve uns dias doente, cerca de uma semana, por isso foi substituído por dona Helena.

— Helena é a funcionária que estava com o senhor nessa manhã? Posso falar com ela?

— Não será possível, delegado. Uma infelicidade. Dona Helena morreu há duas semanas. Foi encontrada morta num apartamento bem perto daqui. Assassinada. Estou ficando perturbado, delegado. Isso não está acontecendo — murmurou Padilha, levantando-se da cadeira. — Vou chamar Edilson.

60

HAVIA UM DESENHO NA SUA CABEÇA, UM CONJUNTO DE esquemas que ligavam nomes e retratos que para si eram totalmente desconhecidos até há duas semanas. Em duas semanas, a sua vida alterara-se bastante. Comprovou finalmente que a Amazónia existia, refez em parte a viagem do tio Dinis Ramos, atravessou o interior de um país, e apenas essa viagem demorou mais do que se tivesse atravessado toda a Europa. Impressionara-o o rio Negro, impressionara-o a humidade de Manaus, e somente numa semana a sua língua mudara embora fosse a mesma. Essa língua mais sonora, cheia de vogais abertas e de alegrias desconhecidas, falada por africanos e por árabes, por homens como Padilha, brancos e pálidos, ou como Osmar, morenos e irónicos, sorridentes, ou pelo empregado oriental do bar do hotel. Essa língua também estava na sua cabeça, na mesma cabeça que não gostava de samba nem de comida baiana, nem de brasileiros palradores, exuberantes, trapaceiros. A palavra certa era manigância, mas não queria pensar no assunto.

São Paulo também o impressionara, ele que fora leitor de Jorge Amado e que pensava no Brasil como uma galeria de malandros simpáticos com quem não queria viver para não lhes aturar a alegria excessiva. A alegria dos alegres é uma doença como qualquer outra, uma espécie de vício que desordena a vida e a falsifica. Gente alegre todo o dia. Gente que ama profunda e desorganizadamente a vida. Não tinha opinião sobre isso, mas reconhecia que era preciso ter algum ressentimento contra a vida, em algum lugar, em algumas horas, em certos dias. O bom-humor permanente é um atrevimento de medíocres. Ele não esperava uma vida perfeita, nem sequer uma vida melhor. Nem sequer uma vida. Bastava-lhe aquela metade da vida, lutar em torno de mialgias, dores nos músculos, e fibromialgia, a sensação de fadiga que vem com a idade, e dores que ninguém sabe de onde vêm. "São síndromes complexos", disse o médico, "às vezes fica-se sem energia, à noite não se consegue dormir, há sonhos, adormece-se e volta a acordar."

Coisas complexas, ele gostava de coisas complexas, de desenhos que se iam completando em algum lugar do cérebro. Como se curam as dores? "As dores são as dores, não se curam, pelo menos essas, não se sabe de onde vêm, se são apenas musculares." Fico mais satisfeito assim, transportando coisas desconhecidas. O dr. Padilha devia sofrer de dores semelhantes, desde que Edilson entrara no gabinete, um aquário de vidro com persianas corridas.

A princípio, pareceu-lhe que Edilson escondia alguma coisa, um pormenor, mas ele insistia na gripe, um resfriado quase crónico nesta altura do ano, ele tinha testemunhas.

— Eu não posso interrogá-lo, Edilson. Sou um estrangeiro, as minhas perguntas não têm qualquer legalidade. Mas as coincidências deixam-me zangado com a vida.

— Eu compreendo, delegado. Um resfriado é um resfriado, e isso me impediu de vir ao banco durante três dias. Helena cumpriu perfeitamente sua função. Minha função, aliás. Coitada. Morta assim. Não tem nenhuma relação, tem?

— Não, claro que não — dr. Padilha cortando rápido. — Não tem, não é, delegado?

— Não tem — murmurou Ramos.

— Helena não ia saber — Edilson coçando a cabeça.

Jaime Ramos voltou para o hotel logo de seguida, ainda eram onze da manhã. Padilha dera-lhe um número de telefone, o do polícia que trabalhava no caso de Helena Gomes. Walmir Raposo. Helena Gomes, 32 anos, natural de São Paulo, faculdade, solteira, assassinada num apartamento daquele mesmo bairro, Higienópolis. O apartamento era de uma amiga em casa de quem costumava ficar, Padilha recitara as informações com a voz monótona, triste e conformada de um gerente bancário antes do fim-de-semana. Obtivera uma fotografia, uma fotocópia, o rosto de uma mulher jovem, cabelo claro, mal se notavam os olhos. Jaime Ramos desprezava os faquistas, todos os seus problemas na polícia foram com faquistas. Raramente sentia outra coisa que não desprezo por um faquista. Um golpe na jugular. A imagem de Shirlei regressou à sua memória, golpes nos braços, riscos de uma lâmina correndo sobre a pele indefesa, um golpe na garganta, o sangue escorre com facilidade, há um grau de precisão inimaginável no homicídio, um grau de crueldade e de frieza, um carácter científico, um rigor filho da puta. E naquele instante, enquanto o elevador subia para o oitavo piso daquele hotel de São Paulo, Jaime Ramos descia as escadas exteriores de uma casa em Amarante enquanto uma ambulância aguardava o corpo de Shirlei, encontrado amarrado a uma cama, abandonado, inanimado e nu. De repente sentiu piedade pelo corpo de Shirlei. O corpo de uma prostituta sem meias, sem corpete, sem body, combinação ou cinto de ligas, sem maquilhagem e sem anéis de ouro, apenas um pequeno fio de prata no tornozelo. Sem piercings. Apenas aquele vestido adolescente, rasgado, amarrotado no chão, sujo, cheirando a álcool e a clorofórmio. Éter. Álcool. Água oxigenada. Amoníaco. Lixívia. Qualquer coisa cortante e fria, enjoativa.

— Delegado Walmir?

— O próprio. Quem está falando?

Jaime Ramos sentiu saudades da sua cozinha enquanto aguardava por Walmir no bar do hotel. O brasileiro concordou em encontrar-se com ele daí a duas horas, pela uma e meia, e poupou-lhe uma ida à delegacia. Anotara as marcas de cerveja que bebera desde que chegara a São Paulo, havia quatro dias — e a lista crescera. Skol, Brahma, Antarctica, Kaiser, Bohemia, Cerpa, Primus, Skol Beats, Bavaria, Schincariol. Quando Walmir chegou, Jaime Ramos provava uma Bohemia Weiss, cerveja de trigo, turva e acre, e tinha decidido que ela merecia um charuto, o primeiro do dia. E gostou imediatamente de Walmir. Ele aproximou-se da mesa e, voltando-se para o barman, pediu uma Cerpa.

61

— As coisas se recompõem — murmurou Walmir. — As coisas se explicam melhor. — Jaime Ramos ouviu perfeitamente o murmúrio, um misto de queixa e de conclusão. Um alívio também. Dessa forma, Walmir Raposo conseguiria explicar o seu caso, mas ele não iria adiantar o seu, na hipótese de o brasileiro não apressar o passo. Mas Walmir não fazia tenções de avançar e de tomar decisões nos próximos minutos. Pelo contrário, pediu nova Cerpa enquanto Jaime Ramos acabava a sua segunda Bohemia Weiss.

— Cerveja bem antes de almoço é bom, não acha, Ramos?

Ele achava, pousando o copo. Achava mas queria acção, telefonemas, uma saída para a rua. Walmir não lhe faria a vontade.

— Ramos, eu lhe agradeço muito essas informações. Eu estava trabalhando noutra direção, noutro sentido. Só ontem reparei que estava errado. Estava pensando em mandar vigiar o professorzinho da universidade, esse Adalberto, que podia ter ciúme. Seria besteira. Muito besta da parte dele. Muito besta eu mesmo. Helena praticamente vivia na casa de Daniela, acho que existia ali um problema, entre as duas.

— Daniela é a professora?

— Isso. A professora. Ela tinha uma obsessão por Helena. Durante uma semana pensei que tinha sido a própria professora. Tem muito assassinato de gays em São Paulo. Tudo por ciúme, sacanagem, traição, infidelidade. Gays estão repetindo toda a besteira de casal convencional, mas exagerando um pouco na imitação. Zangam-se por ciúme, zangam-se com a casa onde estão vivendo. As pessoas se zangam muito hoje. Imagine. Eu chego à casa de Daniela, professora Daniela Matos, e a encontro voltada para o corpo de Helena. Muda. Quase em coma profundo. As mãos tremendo, os dedos ensangüentados, a camisa suja de sangue. Ao reconstituir o que foi possível reconstituir da vida dessas duas, aquilo poderia ser um caso de ciúme, passional, mulher mata amiga amante. Mas Daniela não era o tipo. Conferimos tudo, namorados, colegas de faculdade, zelador do prédio, porteiro, vizinhos. Descobrimos até um namorado do tempo de faculdade, um pecuarista gaúcho. Ele disse que sempre pensou que Daniela fosse lésbica, que ela fazia sexo por obrigação, e que não gostava. Mesmo no tempo da faculdade. Que ela fazia sexo sem entusiasmo nenhum. Ah, você está vendo? É gaúcho se desculpando. O laudo da autópsia não menciona nada de importância real. Eu posso lhe mostrar depois, mas é insignificante. Helena Gomes foi assassinada por um desconhecido que conseguiu entrar no prédio durante um período de dez minutos. Nesse tempo, o porteiro do prédio foi ajudar uma moradora a levar compras de supermercado da garagem para o décimo piso. Durante esses dez minutos, ele ouviu o elevador subindo e descendo três vezes, ou seja, seis. Não recorda mais do que isso, mas seu testemunho é fraco porque interrogamos todos os moradores — e pelo menos cinco entraram bem nessa hora, não vendo o porteiro no seu posto. O zelador se demorou um pouco mais nesse dia, e estava na garagem, dando um jeito no quartinho que tem lá no fundo, onde guarda material de limpeza, ferramentas, isso que eles usam. Os moradores entraram pela garagem com o carro. A garagem tem uma porta automática que abre com um controle que todo morador tem. Daí, tem elevador direto para os apartamentos. O assassinato foi uma obra de matemática. Tempo preciso. Helena abriu a porta para alguém.

— A alguém conhecido?

— A alguém conhecido, seguramente. E houve esse telefonema para Daniela, de alguém se dizendo Walmir. Ele foi feito a partir de um celular de São Paulo. Um número da Oi. Contatamos a Oi. O celular foi comprado em São Paulo, numa loja de um shopping. Não foi cadastrado. Para o cadastro de um celular, você precisa entregar seu número de CPF, número de contribuinte, precisa dar seu endereço. O nome foi este, Álvaro Severiano Furtado. O endereço era de um restaurante, certamente um endereço desses que vêm nos cartões de um restaurante. Mas não tinha CPF e não foi cadastrado. A vendedora do celular recorda vagamente a figura do comprador, foi uma transação rápida. Meia-idade. Falava português com um sotaque estranho, ela julgou que era argentino ou italiano. O celular, entretanto, não atende mais. Um celular em São Paulo não se encontra nunca. Tudo se perde em São Paulo. A gente se perde em São Paulo. Paulista se perde em São Paulo. E você, Ramos, tem alguma idéia de quem pode ser o assassino?

— Estou à espera que me diga. Não é o meu assassino. Vai dizer-me?

— Impossível. Sabe? Trata-se de alguém muito meticuloso, alguém muito razoável. Mas alguém que acaba se descuidando num ponto qualquer. Você quer saber se a morte desta mulher pode ajudar sua investigação. Não sei. Você sabe, Ramos?

— Essa mulher morreu. Um homem desconhecido levantou um milhão e meio de reais no banco onde essa mulher trabalhava.

— Coincidência, provavelmente. Apenas coincidência. Em São Paulo mata-se bastante. Esta cidade, Ramos, como posso lhe explicar?, é uma cidade onde se mata com alguma facilidade. Durante anos, os bispos da América Latina e outras figuras da igreja, sobretudo jesuítas espanhóis, no século XVIII, pediram ao papa para autorizá-los a destruir a cidade. O papa não deixou, apesar de as acusações serem graves. Eles diziam que se vivia aí a maior imoralidade. Que havia índios escravizados e hereges europeus, que a lei de Deus não era respeitada. O papa nunca respondeu. Achava-os loucos e conhecia os espanhóis. E sabia que os bispos odiavam os jesuítas que fundaram São Paulo, abstêmios, cheios de moral e de abnegação.

— Isso não explica o nosso caso.

— Pois não. Mas explica apenas uma parte do meu. Mata-se muito facilmente.

62

JAIME RAMOS TEVE UM POUCO DE PENA DE SI PRÓPRIO. SÓ por um instante, em plena estrada, mas isso bastou para que parasse o carro, furioso. Ele não gostava de ter pena de si próprio. Achava despropositado e adolescente, mas parou o carro e saiu. A avenida da Boavista ficava para trás, a fachada daqueles prédios voltados para o mar, as esquinas das ruas, um arvoredo que restava, as casas da Foz — e parou o carro, encostado junto do passeio. Ele jurara nunca ter pena de si próprio e estava de pé, no passeio da Foz.

— Estou a fazer investigação ao domicílio — dissera para Isaltino. — Vou aqui e ali.

— Eu vou, chefe. Ou pedimos para eles virem cá.

— Tenho de levar isto até ao fim.

Mas Jaime Ramos sabia que tinha de livrar-se daquele pesadelo para poder continuar a trabalhar e esquecer por algum tempo as dores que o ameaçavam a meio da manhã, quando menos esperava, quando se levantava da cadeira, quando se sentava, quando atravessava o corredor, quando se ajoelhava para apertar os sapatos. Mas, sobretudo, quando estava quieto, parado, concentrado naqueles músculos que ardiam dentro de si como uma lâmina rasgando os músculos mais seus vizinhos. A viagem de São Paulo para o Porto fora assim — dores nas costas, nas pernas, insónia. Ele dormira sempre nos aviões, excepto desta vez. Estivera toda a noite acordado, tomara uma aspirina. Brincara durante toda a vida com as dietas dos outros; agora, ele queria fazer uma dieta, mas sozinho não conseguiria emagrecer um quilo que fosse. Precisava que alguém lhe determinasse a quantidade de hidratos de carbono a eliminar, que alguém lhe servisse uma salada, o obrigasse a comer frutas, a escolher correctamente o menu de almoço, lhe recomendasse uma sopa. É isto, envelhecer? Investigações ao domicílio. Portocarrero atendera o telefone:

— Ah, inspector Ramos.

Aquela voz de quem fica surpreendido quando lhe dizem bom-dia. A surpresa, treinada em vários anos de tribunais, só de ouvir o seu próprio nome, como se nunca o tivesse ouvido antes.

— Como vai o seu trabalho, inspector?

— O meu trabalho vai uma merda, doutor. Mas não é por isso que lhe telefono.

Ah, ele gostaria de ter visto a cara de Portocarrero. O meu trabalho está uma merda, senhor doutor. Uma merda. Imaginava-o sentado à secretária, procurando outra gramática no cérebro, outro dicionário. O meu trabalho está uma merda.

— Gostaria de lhe fazer algumas perguntas. Coisa rápida.

— Sei que esteve fora, inspector — Portocarrero recuperando a conversa, escolhendo a ortografia, a sintaxe, o dicionário.

— Estive?

— Suponho que sim. Telefonei duas vezes, o inspector estava em serviço. Fora.

— O crime não conhece fronteiras, doutor.

— A quem o diz.

— A que horas posso ir ter consigo?

— Estou de saída daqui a meia hora. Às seis e meia estou em casa. Se for bom para si, espero-o mais ou menos a essa hora. Convido-o para uma bebida de fim de tarde. É quando sabe melhor, suponho eu. Desculpe não poder esperar por si no escritório, mas tenho médico daqui a pouco. Visita de rotina, coisa sem importância. Vigilância regular, controle de peso, tensão arterial, colesterol, ácido úrico, nada de espantoso.

— Às seis e meia está bem.

O advogado ditou-lhe a morada mas Jaime Ramos sabia onde ficava a casa, dois pisos, jardim, um século inteiro pendurado nas paredes, portão automático para o carro entrar. Casa de família.

Por isso, Jaime Ramos teve ainda mais pena de si próprio. Casa de família. Lurdes Nogueira de Castro, Henrique Praia Portocarrero, dores nas costas. Coisas que se conciliam num capítulo da sua vida e numa investigação sem rotinas, passando por degraus desconhecidos.

— O que temos, chefe, o que temos verdadeiramente, é uma espécie de romance. Um homem sem currículo, sem biografia, que vai, devagar, dia-a-dia, revelando histórias sobre os outros. O chefe sabe o que fazia ele entre 74 e, digamos, 81?

— Não, Isaltino. O que fazia ele?

— Não sei. Ninguém sabe. Entre 73, aliás, e 81 sabemos o que fazia o advogado Portocarrero, o que fazia a ex-mulher deste, o que acontecia no país, quem ganhava o campeonato, coisas gerais. Mas não conhecemos um único pormenor da vida do Furtado. Nesses anos ele não teve declaração de impostos, suponho eu. A primeira referência é essa, a 8 de março de 81, um depósito de oitenta mil contos. Foda-se, se me dá licença. Eu não me importava de passar oito anos da minha vida escondido para depois aparecer com oitenta mil contos, a preços da época, está claro. Quanto é isso hoje, já pensou, chefe? Digamos que, calculando inflação, desvalorização da moeda, juros baixos, aplicações aqui e ali, digamos que se trata de mais de seiscentos mil euros. Sabe o que eu fazia com seiscentos mil euros?

— O que fazias com seiscentos mil euros?

— Ia para o Brasil, desaparecia. Talvez levasse a minha mulher e os meus filhos, chefe.

— Foi isso que fez o Furtado. Foi para o Brasil. Em novembro de 81 ele estava no Brasil.

— Sim, mas não desapareceu. A partir, não digo de 81, mas de 86, mais ou menos, podemos saber onde andou de vez em quando. Sabemos que em 83, outubro, levantou vinte mil contos do banco. Pelos dados que o chefe nos traz, nesse ano comprou uma casa em Manaus, instalou-se. Até aí vivia num apartamento na cidade. Nesse ano mudou-se para a casa que o chefe conheceu. Era bonita, a casa?

— Tinha um grande rio em frente. Olhei mais para o rio do que para a casa.

— É provável que, nessa altura, tivesse criado depósitos ou investimentos em qualquer outro lado. Espanha ou talvez Brasil. Mas os bancos brasileiros só nos dão essa informação a partir de 95 ou 96.

— O real.

— O real?

— Sim. Fernando Henrique, o Plano Real, inflação mais ou menos controlada, paridade com o dólar em 95. Política internacional, não ligues. Não é a tua área, Isaltino. Mantém-te em Portugal.

Isaltino de Jesus estava sentado no seu gabinete, Jaime Ramos fora até à janela enquanto ouvia o relatório do subordinado, que espalhara os papéis à sua vontade, sobre a secretária.

— Sim, eu sei, sou um homem de Valongo, chefe. Ficarei por aqui.

Mas não ficou. Isaltino não se ofendia, conhecia suficientemente bem aquele homem que se encostara ao vidro da janela para poder ofender-se com uma brincadeira, uma observação. Cabrão do velho. Isaltino dizia isso em silêncio, sempre em silêncio.

— Chefe. Se o chefe fosse o Dom Quixote, eu tinha hipótese de ser o Sancho Pança, não?

— Terias garantido o papel, Isaltino. Mas eu nunca seria o Quixote. Não tenho a altura requerida, sou demasiado baixo, um pouco gordo para o papel, não tenho leituras, doem-me as costas, deve ser reumatismo. E, enfim, ainda não tenho jeito. Ben Gazzarra, talvez.

— Digo isto porque o chefe raramente se dá conta do esforço que é preciso para aturá-lo em certos dias. Mas faz como se não percebesse.

Jaime Ramos voltou-se lentamente e encarou Isaltino, que continuava a ordenar folhas de papel com dados avulsos, a organizar documentos que ia colocando dentro de uma pasta, fazendo silêncio apenas nos intervalos desse inventário.

— Isaltino. A vida é mesmo assim. Tu deves dizer "cabrão do velho" de vez em quando, e deves queixar-te por dentro. Queixas-te pouco, sim, e por isso é que gosto de trabalhar contigo. Eu tenho o direito de me queixar de vez em quando e talvez tenha mesmo obrigação de me queixar mais um pouco. Tenho privilégios, antiguidade, estamos numa hierarquia. De contrário, não valia a pena ser chefe desta secção durante tanto tempo. São direitos que se adquirem, Isaltino. Não há nada a fazer, nada a fazer.

— Isso do cabrão do velho tem graça, chefe.

— Por quê?

— Porque às vezes eu penso isso mesmo.

— Eu sei, Isaltino, eu sei. É o que eu digo de mim mesmo, às vezes. És um homem inteligente. Raramente me desiludes. E agora continua a fazer o que estavas a fazer. Estávamos em 83.

— Em 95.

— É a mesma coisa.

Cabrão do velho, pensou Isaltino, sorrindo. Mas continuou.

— Nessa altura, em 95, Álvaro Furtado vai a Angola. Foi corajoso em ir a Angola durante a guerra.

— Como é que sabemos isso?

— Pelo passaporte. O passaporte foi emitido em 95. Governo civil do Porto, maio de 95. A partir daqui sabemos que voltou a Angola por mais três vezes, até ao ano passado. O que foi ele fazer a Angola? Bom. Sabemos que a irmã foi julgada no processo das FP-25 e acabou por ir viver em Angola com o nome de Glória Oliveira, falecida em 2002, no Lobito. Mas nessa altura ele não foi a Angola. Foi um ano depois. Está aqui o carimbo, o selo do visto, embaixada da República Popular de Angola. Ficou alojado no Hotel Trópico, como sabemos. O que ele fez lá, isso ninguém sabe.

— Volta atrás, a 2002. Temos dados sobre esse ano?

63

EM 2002, SALVO ERRO, GLÓRIA MORREU NO LOBITO. DE Benguela ao Lobito, inspector, são poucos quilómetros, e Benguela parece-se, ao longe, com uma aldeia árabe espalhada por muitos quilómetros, cheia de pó, daquelas marroquinas que se vêem na televisão. Vistas da estrada as casas parecem construções em terra, lama seca, tudo ocre, tudo esbranquiçado. Mas eu nunca estive em Benguela, isso é absurdo — só estive no Lobito. Apaixonei-me pela restinga, por aquela língua de terra que vai dar ao mar, e de onde se vêem sempre o porto, as carcaças de barcos abandonados, ferrugentos. Estão ferrugentos agora. Lembro-me de passear a pé pela restinga, até à rotunda do Infante, de me sentar no Tamariz, bebíamos cervejas e éramos todos brancos, quase todos. Estive lá há muitos anos, durante a guerra, mas ali não havia guerra. Cheguei em 67. A nossa equipa de futebol, nesses anos 60, parecia formada por bancários de Gondomar, inspector. Branquinhos ou rosados, transmontanos ou beirões, tudo a viver à custa daquele comércio cheio de grandeza e do minério, inspector, do minério que chegava de comboio. Repare nesta fotografia, inspector. Era a minha família. Quantas pessoas estão ali? Imaginemos, doze aqui à frente, são os meus primos, os meus tios, os meus pais. E duzentos à volta, no Lobito. Quantos pretos se vêem na fotografia? Eu vejo só quatro, contei-os durante mais de dez anos, inspector. Esta mulher, aqui, à sombra da árvore, estas duas raparigas na água, ao lado das crianças brancas, e aquele ali, está a ver?, aquele preto a segurar no barco de borracha. Eu entrei naquele barco de borracha. O barco tinha vindo de Moçambique e, antes, tinha vindo da África do Sul, porque o que chegava ao Lobito vinha sempre de muito longe. Nós vínhamos de muito longe. Ao Lobito chegava sempre tudo de muito longe.

Voltei depois da independência e fiquei nove anos. O cheiro mudou um pouco, os brancos já andam na rua, o Lobito está cheio de acácias, foi sempre uma cidade bonita, depois se encheu de pretos ricos, de mulatos e de brancos que foram ficando ou que voltaram, como eu. Pretos ricos eram, bem entendido, os pretos que podiam comer e vestir-se. Tirando os pretos escondidos nos porões, está bom de ver, aqueles que trabalhavam no porto e que marchavam à frente do exército, ou a quem faltava já uma perna para marcharem como devia ser e a disciplina exigia que se fizesse, aos sábados de manhã, pela avenida fora. Mas ser mulato era a pior condição — nem era branco para os brancos nem preto para os pretos. Mas isso nunca me incomodou muito. Glória era branca, tinha a pele muito branca, parecia que nunca tinha estado em África. Durante seis meses viveu em casa de um professor que tinha ido daqui e passeava ao fim da tarde pela rua dos hotéis, na praça do município, drogava-se, dormia, comia pouco e diz-se que não fodia com ninguém, não percebi bem. Não falava do passado. O sexo, a partir de certa altura, deixa de nos interessar. É como um hábito que se perde por hábito de se perderem outros hábitos, o de comer, o de ir ver o Catumbela, o de esperar pelos resultados do futebol, isso tudo. O senhor nunca viu a água do Catumbela, o rio que se aproxima do Lobito. Acho que a Glória, que estava lá, também nunca o viu, não teve tempo. A última vez que a vi estava magra, olheiras, dormia o dia todo. Não apanhava sol, não ia à praia, nada. Apareceu morta nessa altura, em maio de 2002. Ninguém apareceu para o enterro. Também ninguém tinha aparecido quando ela chegou ao Lobito, três anos antes, vestida de preto. E agora que me fala do irmão, sim, eu lembro-me de ela ter dito que tinha um irmão. Ouvi-a dizer isso no café, um dia, no meio de outros portugueses. Mas acho que o irmão já tinha morrido, se não me engano foi isso mesmo que ela disse, que o irmão já tinha morrido. Só apareceu uma mulher, um dia, a perguntar por ela. Vinha de Luanda, já de meia-idade, mas demorou pouco tempo ali. Mais ninguém se interessou por Glória. Que o senhor me diga agora que ela afinal se chamava Teresa, isso não altera as coisas. Em África perdem-se muitas coisas. Eu, quando cheguei lá, a primeira coisa que perdi foi o relógio. Há quem perca o nome. Também não faz assim tanta falta, pois não? Um nome é só um nome.

Sabe, inspector, no meio das nossas vidas aparecem portugueses assim, vindos do nada, sem casa, sem eira nem beira, sem família, espalhados por todo o lado. Encontram-se portugueses por todo o lado e diz-se que isso acontece porque somos ousados, aventureiros, mas eu acho que não é bem assim. É por timidez. Timidez de viver na nossa própria terra, na nossa própria casa. Então partimos pelo mundo fora. Quando chega a hora de voltar, não queremos voltar, temos vergonha de encarar a gente que ficou, este mundo pequenino. Ficamos a olhar para o Catumbela durante dias e dias. Eu fiquei. Ainda estou lá, se calhar ainda estou lá e não saio tão cedo daquele miradouro. Ou a ver o mar na baía Azul, a ver a foz do Quicombo, a apanhar sol no morro do Sombreiro. Não sei.

64

ISALTINO OLHOU PARA ELE COM CURIOSIDADE. OLHOU PARA ele, no fundo, em busca de uma revelação, de uma surpresa que poderia ser anunciada a qualquer momento. E porque se habituara a essas surpresas, naturalmente:

— E por que está tão interessado nesse ano?

— É um ano como qualquer outro. Em 2002, Álvaro Severiano Furtado, nome completo, foi ao escritório de Portocarrero e contratou-o para elaborar um documento sobre a sua própria morte. Ou seja, um testamento. Metade do dinheiro, ou dos bens, iriam para a irmã. A outra metade devia ser entregue ao filho Salim. Portocarrero, ou alguém do escritório dele, escreveu o documento. Portocarrero diz que foi a primeira vez que falou com o Furtado.

— Isso foi quando?

— Tens aí o papel, uma cópia. Março de 2002. A irmã morreu dois meses depois. Se era ela. No Lobito.

— De 2002 a 2004, chefe, rotinas. Não há grandes novidades pelo que vejo. Foi pouco tempo, de resto. Mas volto a dizer-lhe que entre 73 e 81 não há notícias. Onde esteve ele?

Jaime Ramos voltou para a sua secretária, abriu uma das gavetas, retirou um charuto de uma caixa, rolou-o entre o polegar e o indicador, apontou-o a Isaltino de Jesus e disse que estava cansado:

— Estou cansado. Os contribuintes esperam que nós prendamos funcionários corruptos da administração pública, assassinos de crianças, que andemos atrás de pedófilos e violadores. O caso de Álvaro Severiano Furtado, nome completo, não tem interesse para a televisão, para os jornais, e não terá interesse para o nosso director. Temos mais três dias, até quinta-feira. Na sexta haverá novas coisas na agenda. Os contribuintes são sagrados nesta casa.

— Os contribuintes não sabem.

— Eu sou um contribuinte.

— Os contribuintes ficam mais seguros quando os polícias dormem bem e têm horas de repouso e há esperança de vida para lá dos oitenta anos.

— Os contribuintes são invejosos, Isaltino. De modo que não me interessa muito o que ele fez durante esses anos de que não temos informação nem registo. Do que não podemos saber, não saberemos nada, deixa de nos interessar. Mas podemos imaginar. Nos teus registos, ele regressa de Angola em 73, agosto de 73, é isso que tens escrito nos registos militares. O exército devolveu Furtado à pátria nessa altura. Daí em diante, não temos nada. Eu gostava de ter uns anos assim, anos sem história, sem documentos, nem papéis, nem contas bancárias. Nem biografia. O que nós estamos a fazer é a reconstituição de uma biografia. O que há a notar em 73 são duas coisas: no meio do verão, o Furtado vem para Portugal, chega no paquete *Vera Cruz* a Lisboa. A partir daí não temos informação sobre ele. Não vai a Vila Flor, onde tinha sido dado como desertor, não está inscrito em nenhum ficheiro de emprego, segurança social, nada. Não teve carta de condução apreendida, não foi multado, não foi contactado pela polícia, por nenhuma polícia. O outro facto de 1973 é a fotografia de Mara Salimah, brasileira de Manaus, numa praia de Angola. Eu imagino que seja a ilha de Luanda, o Mussulo, não faço idéia. Nessa altura, imaginemos que no verão angolano, antes das chuvas de julho e agosto, Mara Salimah e Álvaro Severiano Furtado estão em Luanda, ele guardou esta fotografia nas coisas dele, em Manaus. Se Mara e Furtado estão juntos nessa altura, Salim é filho de ambos. Onde nasceu Salim?

— Em Luanda. Angola.

— Pode ser. Não vale a pena procurar nos arquivos, Isaltino. Esses anos estão cheios de pólvora e de papéis queimados. Não havia sistemas informáticos, era tudo assentado em livros que se perderam durante a guerra civil ou que não vale a pena procurar. Salim nasceu em Luanda, portanto. Não temos um registo de nascimento original de Salim Furtado. Mas temos uma certidão escolar de Manaus, um passaporte português e a indicação de que Salim Furtado adquiriu a nacionalidade brasileira em Manaus. Essas coisas conseguem-se. Um papel. Nesses anos conseguia-se tudo em Angola, em Portugal e no Brasil, e não era preciso pagar muito. Mas, nesse caso, temos um problema para resolver: com quem veio Salim Furtado de Angola para Portugal?

— Com a mãe, provavelmente.

— E como chegou a mãe até aqui, que sinal temos da mãe, onde viveu a mãe de Salim durante esses anos, e por que não temos notícia da sua morte?

— Não sei, chefe. Não sei.

— Quando o Furtado levou o filho pela primeira vez às aulas, o registo escolar mencionava esse facto. Falava disso. Que a mãe tinha morrido. Salim teve acompanhamento de um psicólogo na escola de Manaus durante os primeiros anos.

Está na ficha escolar dele. E naquela casa, a casa de Manaus, não há fotografias de Mara. Mara Salimah. Mara morreu em Angola, provavelmente, mas isso não impede que exista um buraco no meio da investigação: como entrou Salim em Portugal?

— Essas coisas não deviam acontecer-nos, chefe.

65

POR ISSO, POR SENTIR PENA DE SI MESMO, JAIME RAMOS tinha saído do carro, aproximara-se da balaustrada da Foz, diante do mar, muito perto da praia do Molhe. Mas compreendia que corria contra o tempo, contra a luz do dia, contra o esquecimento.

Álvaro Severiano Furtado escondia, um mês depois de morto, tudo o que não revelara em vida — família, hábitos, identidade. Não deixara um sinal. Ele próprio fora ao Brasil em busca de um Salim que desaparecera sem deixar rasto e sem deixar um único sinal de que voltaria à casa da Ponta Negra.

Às seis e meia da tarde estaria em casa de Portocarrero e sabia que tinha de estar preparado para um advogado que, ou estaria desinteressado do caso, ou teria a esconder a forma como entrara nele. Jaime Ramos não gostava de casos que se arrastavam, que corroíam a sua própria capacidade de contá-los depois, e sabia que o melhor processo de afastar essa irritação que tomara conta dele era tomar uma direcção no inquérito, seguindo não só as suas intuições como, também, a imaginação. O processo não era infalível, longe disso, mas afastava-o desse poço profundo e obscuro que era o desconhecimento de vários dados essenciais. Eles reunir-se-iam como a poeira, como as ventanias do fim da tarde no molhe da Foz. A ideia de que um assassino andara à solta em São Paulo era apenas um pormenor em tudo isso, e Jaime Ramos preferia tratar um assunto de cada vez, esperando que um chamasse o outro e que ambos se anulassem ao mesmo tempo.

Ao entrar em casa de Henrique Praia Portocarrero, ele sabia que estava na presença de uma das encruzilhadas dessa biografia de Álvaro Severiano Furtado. O próprio Portocarrero se encarregou de abrir a porta. Conduziu-o por um corredor e depois por outro. A casa estava mergulhada num silêncio agradável, leve. Pareceu-lhe ouvir música em algum lado, uma espécie de eco de uma música omnipresente, vindo do interior das paredes. O jet-lag ainda fazia efeitos, pensou. Ainda sentia a temperatura de Manaus, uma febre húmida e plena de cheiros, uma linguagem sem proprietário, sem regras, sem precisão. Pela casa havia quadros pendurados nas paredes, uma decoração sem nada de exuberante, uma sala com sofás compridos, tapetes de tom vermelho, flores, estantes onde os livros se equilibraram com sabedoria geométrica, um brilho amarelo nos corredores por onde foram passando até uma outra sala iluminada pelo sol desse fim de tarde e pela imagem de um mar tão simples como aquela cor, azul, azul distante, azul despido de mais cenografia, de cortinas, de filtros, azul apenas.

— Podemos ir para este terraço. Aproveitemos a luz do fim do dia, inspector — Portocarrero sorridente, convidativo, o cabelo ligeiramente grisalho, mas muito menos do que Jaime Ramos, o bronzeado que parecia ter sido deixado por um pincel de aguarela, o pullover creme sobre a camisa solta, fora das calças, os ténis que não faziam ruído no chão, moldados a todas as formas de caminhar, as sobrancelhas desenhadas a traço fino. Quantos anos teria ao certo? Cinquenta, provavelmente. E então perguntou:

— Encontrou Salim?

— Os seus advogados já estão a tratar do assunto, suponho.

— Há duas semanas, de facto. No Brasil as coisas demoram. Um whisky, gin, um Porto tónico?

Jaime Ramos podia contra-atacar, na verdade. Mas o confronto era inesperado e ele não sabia de que armamento dispunha ao longo da batalha que era, certamente, desigual. Portocarrero não tinha nada a perder e não esperava ganhar muito, mas o seu caso era diferente: Jaime Ramos queria terminar não apenas a biografia de Álvaro Severiano Furtado mas também a cadeia de desperdícios acumulada desde a primeira ida a Santo Ovídio.

Portocarrero servia o Porto sobre as rodelas de limão no fundo de um copo tão transparente como o ar da tarde, junto gelo, água tónica. Estendeu um dos dois copos a Jaime Ramos.

— A modernização do nosso vinho do Porto, inspector. Uma bebida de verão, Porto com tónica.

Jaime Ramos abriu a boca para dizer uma frase de circunstância, mas ele não gostava da modernização de coisa nenhuma. Do vinho do Porto menos ainda. Um Porto tónico não era uma coisa moderna — era, antes, um sabor desigual naquela tarde em que lhe apetecia dormir, estender-se ao comprido numa cama vazia, acordar muitas horas depois.

— E o senhor, tem notícias de Salim?

— O meu interesse pessoal, inspector, passou há cerca de uma semana, quando a dra. Cláudia, com quem se encontrou, recolheu as cinzas do sr. Furtado. Cumpri as minhas obrigações, os meus contratos foram honrados. O escritório está a desenvolver, digamos, todos os esforços para terminar a sua tarefa: entregar a Salim Furtado as cinzas do seu pai.

Quando isso tiver acontecido, e acho que será em breve, Álvaro Severiano Furtado vai ser apenas o nome de um cliente, um entre outros.

— Um cliente assassinado.

— É verdade. Mas não é o nosso primeiro caso. Já aconteceu antes. Mas, como lhe digo, será um nome entre outros. Esse outro caso já nem o recordo, teria de pedir para me lembrarem o nome. Eu conheço a polícia, conheço a lei da desconfiança, inspector. E, por isso, jogo por fora desse tabuleiro onde quer colocar-me. Deixe-me fazer-lhe um desenho rápido: o senhor sabe que eu estive em Angola e sabe que o sr. Furtado esteve em Angola. Daí, infere que ele e eu tivemos pontos de contacto, negócios em comum, camaradagem. Não houve nenhum tipo de camaradagem. Passámos ambos em Angola sem qualquer tipo de camaradagem.

— Conheceu-o em Angola?

Henrique Praia Portocarrero levou à boca um pouco de Porto tónico e admirou a cor castanha e cintilante da bebida antes de se voltar para Jaime Ramos, que esperava, recostado na cadeira:

— Não conheci. Mas tomei conhecimento da sua existência. Soube que existia, o que já não é pouco. Fora de Portugal, e entendendo que Angola não era propriamente Portugal, os portugueses têm comportamentos muito mais gregários, muito mais emocionais e mostram-se sensíveis, amigos. Em Luanda, além do mais, a guerra empurrou as pessoas para comportamentos muito mais radicais que nunca teriam ocorrido em tempo normal. O senhor esteve na guerra. O que não se desculpa com a guerra? Sexo, traições, negócios ilegais, aventuras que seriam impossíveis na Europa, todo o género de grosserias, todo o género de gente. Eu tomei conhecimento da existência de Álvaro Severiano Furtado, como lhe digo, mas isso não me obrigou a conhecê-lo. Eu já conhecia gente demais. Já tinha a minha conta de Angola e de África. E de Guiné, inspector. Eu queria regressar. Quando pus o pé em Luanda, este pé direito, lembro-me bem de ter sido este, ao descer as escadas do avião, nesse mesmo instante, inspector, eu queria regressar. Regressar a casa, ao Porto, à minha vida. Já tinha perdido tempo demais numa guerra perdida.

— O senhor regressou daí a pouco tempo. A guerra só se perdeu depois.

— Depois de o inspector ter regressado.

— É verdade. E também um pouco depois de Álvaro Severiano. Ele regressou em setembro de 73. O senhor veio em novembro. Ele veio no paquete *Vera Cruz*.

— A minha viagem foi mais rápida.

— O que sabia de Álvaro Furtado nessa altura?

— Que existia. Só isso. Não era uma pessoa das minhas relações, inspector. Não seja tão desconfiado.

— Ele casou em Luanda. Sabia?

— Ignorava até me decidir juntar dois e dois. A soma foi quatro.

— Por que foi visitar-me à polícia?

Aí, Portocarrero riu, a cabeça para trás, os dentes brancos, puxou a manga esquerda do pullover:

— Por respeito por si. Conheço-o desde a Guiné. Não foram tempos fáceis. Nem para mim nem para si, suponho.

— Mas o senhor repetiu a dose, foi da Guiné para Angola.

— Segui um destino, julgava eu na altura. Mais nada.

— Foram mais fáceis esses tempos?

— Correram, inspector, correram. Fiquei em Luanda, o que já foi bom.

— E em São Salvador do Congo.

— E em São Salvador do Congo, sim — sem inflexões, essa voz que exalta o vinho do Porto modernizando-se. Sem inflexões, sem mudar de tom. Sem haver nada que a altere.

— O que aconteceu à sua ex-mulher depois de se separarem?

— Oiça — Portocarrero voltando-se para Jaime Ramos —, eu sei distinguir o que é matéria do seu inquérito e o que é matéria da minha vida pessoal, inspector. Isso é matéria pessoal, é a minha vida. Não vou discutir isso.

— Não é pessoal, tão pessoal como isso, doutor.

— Não?

— Não. O senhor acha que metade do trabalho da polícia é desconfiar dos cidadãos, e tem razão. Se ninguém desconfiasse, isso daria a impressão de que todos éramos amigos e de que existiriam relações de camaradagem entre toda a gente. Não é verdade. No nosso trabalho faltam dados, frequentemente. As pessoas não são obrigadas a fornecerem informações sobre cada passo da sua vida. E nós andamos a pescar, a violar permanentemente a privacidade dos outros. É um trabalho abjecto, doutor. E há polícias que fazem esse trabalho com gosto e outros que acham que ele é mesmo abjecto. Mesmo assim, é um trabalho que tem de ser feito.

— Chandler.

— Chandler?

— Há uma passagem de um livro de Raymond Chandler em que Philip Marlowe fala sobre o assunto. Mas o senhor não é Marlowe.

— Eu sei, sou mais parecido com Ben Gazzarra.

— Não me referia a isso — Portocarrero sorrindo, irónico.

— Imagino. Mas o senhor separou-se da sua antiga mulher em Luanda. Digamos que conheceu a sua actual mulher em Luanda. Uma parte da sua vida aconteceu em Luanda. Mesmo Álvaro Severiano Furtado, o senhor conheceu-o em

Luanda. Salim nasceu provavelmente em Luanda. Contam-se histórias, mas eu não sou um coleccionador e sei distinguir o que é seu e o que é da polícia, sim.

— Eu não conheci o Furtado em Luanda. Eu soube que ele existia.

— Soube que ele existia. Quem lhe disse que ele existia?

Jaime Ramos meteu a mão no bolso do blusão e tirou um envelope castanho, formato normalizado, que comprara em Manaus, e estendeu-o a Portocarrero. Ele hesitou, pensando se devia abri-lo, mas tinha o envelope na mão. Retirou a fotografia que estava lá dentro e uma ruga apareceu entre os olhos, como se tivesse reparado num relâmpago muito longínquo, através de um céu que ia perdendo cor e se ia transformando numa massa escura, ameaçadora. Ficou assim uns instantes antes de devolver a fotografia ao sobrescrito.

— E que tem isso?

— Um pormenor que não notou, dr. Portocarrero.

— Há vários pormenores nessa fotografia.

— Eu sei, mas só um me interessa. E o senhor não viu porque está nas costas da fotografia, a lápis, e nem sei como não desapareceu entretanto, passados trinta e um anos. É a data, doutor, a data. Agosto de 1973, Luanda.

— Nessa altura a minha vida tinha seguido outro rumo.

— É provável, mas frequentemente o passado vem buscar-nos onde não esperamos ser encontrados. Eu estive em Manaus, cheguei ontem. Encontrei a casa onde vivia Álvaro Severiano Furtado e de onde desapareceu Salim Furtado. Esperava encontrar as duas coisas, mas só encontrei uma delas. Neste momento, a polícia brasileira procura Salim. Eu procuro mais do que isso. Quero Salim vivo e quero várias explicações para conforto pessoal. O conforto pessoal é um pormenor no meio disso, mas alimenta o meu ego, doutor. E essa fotografia intriga-me.

— Inspector, o senhor sabe que só se vive uma vez. E sabe que não há explicações para isso. De vez em quando, saio desta cidade. Eu gosto da cidade, vivo aqui desde que me conheço, tirando a passagem pela Guiné e por Angola. Mas, mesmo assim, de vez em quando preciso de sair porque ela se torna sufocante. Viajo. Fico neste hotel e naquele, vou aos restaurantes que sempre sonhei frequentar, passo férias no Vietname, na Austrália, no Japão e, se for preciso, no Alaska. De facto, a vida profissional não me corre mal. Esgotei a minha capacidade de sentir pena dos outros e de sentir remorsos pelo que aconteceu no passado. O senhor é esperto, eficaz e bom profissional, segundo me disseram. E, portanto, o meu passado deve ter sido passado a pente fino por si e pelos seus homens. Não tem importância. Já não tem importância. A minha vida libertou-me de muitas necessidades e desse erotismo vulgar, que é o do reconhecimento público. Sou um anónimo. Janto no Cafeína hoje à noite, com amigos, um jantar comemorativo. Sou um anónimo. Não tenho importância para o público em geral. O meu passado também não. A vida política não me interessa. Conheço-a bem. A geração liberal do Porto não me interessa. O mundo dos advogados do Porto não me interessa. Portugal não me interessa. Poderia ter sido ministro ou secretário de Estado, fui convidado. Não me interessou. Amanhã, imagine, irei a um médico que acha que tenho de repousar se quiser conservar este aspecto. Tenho de continuar a fazer ginástica, a manter a minha dieta, a passear de barco. Posso fazer isso durante um ano. Ou dois. Ou para sempre, se não tivesse medo de morrer de tédio. Sair daqui durante um ano. Compreende? Deixar de ver o sogro, que sofre de Alzheimer, deixar de ver a mulher, que está naquela idade em que desconfia da própria sombra e foi abandonada pelos filhos que cresceram muito depressa, como todos os filhos. Essa fotografia também não me interessa. É de outra vida. Uma vida que teve momentos bons mas que acabou. Daqui a pouco chega a minha mulher e eu não quero falar disso. Esses tempos de Angola, inspector, eu não tenho remorso, não tenho nada para me arrepender. Na altura, sim, arrependi-me. Mas, passados esses anos, o passado, esse passado, é só uma coisa que aconteceu com outras pessoas. Prescreveu. O passado prescreveu. Eu sei que pode parecer uma figura jurídica, mas a verdade é que o passado prescreveu. A minha mulher trabalha nas suas empresas, eu sou um advogado razoável, aceito casos que nem todo o dinheiro pode pagar. Os meus filhos vivem a sua vida, vejo-os de dois em dois dias, ao jantar, ou ao almoço de domingo, uma tradição que mantemos em Vila Praia de Âncora. A minha família é isso, inspector. Os meus pais morreram há muito. Não pode perseguir-me com o meu passado.

— Esta fotografia não é o seu passado, doutor. É o passado de outras pessoas.

— Então por que a guardou para ma mostrar?

— Porque não a entendo.

— É a vida.

Jaime Ramos recolheu o sobrescrito com a fotografia e olhou-a de relance, puxando-a por um dos cantos: um rectângulo onde, ao fundo, se alinhavam prédios brancos e bege, inacabados, sobre uma superfície de terra alaranjada — e à frente de um pequeno jardim, de pé, um homem e uma mulher sorriam, ela de cabelo claro, calças claras, uma camisa branca, uma fita no cabelo, a pele morena. Ele, um homem magro, vestido como um funcionário banal, calças azuis, camisa branca, o cabelo penteado para trás, óculos escuros. Em agosto de 1973, Álvaro Severiano Furtado e Rita Pereira Gomes sorriam numa pose de europeus em África, os óculos escuros, os cabelos penteados para trás, aquele sorriso distante da metrópole, distante do ruído da guerra em Angola, distante da morte.

— Se eu lhe falasse de todas as coisas que não entendo, inspector, provavelmente ficaria surpreendido. Há muitas. São elas que me impedem de ser outra coisa para além disto que sou hoje: um advogado do Porto que não quer ser mais do que isso. Viver a minha vida. Ter a minha casa. O passado acabou há muito tempo.

Jaime Ramos levantou-se e esperou que Henrique Praia Portocarrero fizesse o mesmo para acompanhar a visita à saída daquela casa na praça de Liège, Foz do Douro, Porto. Mas Portocarrero procurava ainda uma frase para dizer, incomodado pelo silêncio do polícia. Parecia um adolescente de cinquenta e cinco anos. Parecia um retrato, apenas. Era um homem em forma, um animal contente por estar vivo.

— Inspector. — Jaime Ramos voltou-se para ele, olhando-o de cima. O advogado continuava sentado na cadeira de bambu, mas apoiava o queixo nas mãos, dedos entrelaçados. — Há quando tempo não fode como deve ser, inspector?

66

NÃO, ELE NÃO SENTIA MUITA SIMPATIA POR ÁLVARO Severiano Furtado. Estava cansado daquele nome. Mas a figura, assim vista à distância, como um personagem de filme mudo, era estranha. Ele vira as fotografias de um homem magro, um sinal no queixo, do lado direito, o cabelo fora caindo com o tempo, a última fotografia mostrava os lábios finos moldados pelo calor e pelo frio, um fato escuro, um lenço branco no bolso do casaco, uma gravata com formas geométricas, os olhos redondos demais no rosto magro, duas rugas de cada lado da boca.

Jaime Ramos sabia que aquela fotografia de Luanda era o princípio de uma outra história, e isso cansava-o ainda mais, o que o obrigaria a largar o caso e a deixar que o tempo actuasse conforme quisesse, providenciando uma solução ou esquecendo definitivamente o nome daquele homem que ninguém parecia ter amado verdadeiramente e que ninguém reconhecia no seu passado. Como um incómodo, uma mancha de poeira que se afasta de cima de uma mesa, uma coisa inconveniente. O facto de Rita Pereira Gomes e Álvaro Severiano Furtado terem sido fotografados juntos era uma novidade, mas ele guardara a fotografia como um triunfo pessoal, um segredo que usaria quando quisesse, e apenas em circunstâncias excepcionais, como um intruso nas memórias familiares e nas biografias de cidadãos exemplares que vivem na Foz do Douro e podem arrumar o seu passado em arquivos silenciosos, desconhecidos dos outros, gavetas que deslizam sem ruído, guardando segredos, coisas que não se escrevem numa biografia. Portocarrero fora uma dessas circunstâncias excepcionais, e Jaime Ramos sabia que tinha despertado no advogado torrentes antigas, subterrâneas, uma memória infiel, amarga, massas de ar que se deslocavam em direcções sem orientação definida.

Só lhe restava esperar mais dois dias, não mais. O que acontecesse agora dependia de acasos e de adivinhações, o contrário do que devia ser o trabalho da polícia, disciplinado e metódico, feito de avanços e recuos, de testemunhos que são aceites e de suspeitas que são confirmadas, de papéis que se acumulam, de exames tanatológicos e de uma precisão que ele conhecia mas que não conseguia chamar para este caso. Não para este caso. Álvaro Severiano Furtado era uma mancha de poeira. A sua imagem estava a desfazer-se, a pouco e pouco. Ele tinha passado sem deixar marcas. A pouco e pouco a sua imagem ia ficando cada vez mais ténue.

Isaltino de Jesus tinha investigado durante uma semana por caminhos que se abriam para de seguida se desfazerem em silêncio. Grupos de antigos combatentes, associações de retornados de Angola, soldados que procuram outros soldados pela internet, para reclamarem da memória uma noite passada no mato, uma história de sobrevivência, um mês em campanha, uma amizade furtiva. Todas as hipóteses foram tentadas, e havia quem se lembrasse de Álvaro Severiano Furtado. Trinta e sete pessoas tinham sido interrogadas, ouvidas, inquiridas. Isaltino afogava-se em relatórios e blocos de apontamentos dispersos no gabinete de Jaime Ramos, que tratava do caso com a obsessão de um homem perdido no meio de uma multidão de opiniões, memórias e esquecimentos. Sobretudo esquecimentos. Soldados que recordavam um Álvaro Severiano Furtado no mato, o herói de vários combates, de várias retiradas. Quantos homens matou Álvaro Severiano Furtado? Quantos tiros disparou, emboscado ou em campo aberto? Quantas vezes se arrependeu de ter ficado escondido num sótão de uma casa, na sua aldeia, enquanto a noiva casava com outro homem, lamentando que ele tivesse desaparecido como um covarde? E, em 1981, ele aparece numa agência do Banco Português do Atlântico. Oito funcionários tinham sido ouvidos — agora o banco levava outra designação, tinha mudado de nome e sido integrado noutro banco. Nenhum deles podia adiantar mais informações do que as previsíveis. Apenas um concordava que oitenta mil contos chamaram a sua atenção, mas não se lembrava de nenhum homem magro, alto, com duas rugas de cada lado da boca, ter entrado no banco e ter dito "quero abrir uma conta e quero depositar este cheque". Nenhum deles se lembrava de um homem ter entrado no mesmo banco e ter dito "quero levantar vinte mil contos em dinheiro, nota a nota". Sim, era previsível que alguém desconfiasse. Mas ninguém recorda exactamente o rosto do homem.

E, durante esses anos, o filho de Álvaro Furtado, Salim, crescera e sobrevivera em silêncio. Tal como Mara Salimah, que desaparecera sem deixar rasto, como milhares de pessoas desapareceram sem deixar rasto em Angola durante esses anos, devolvidos à terra pela morte durante a guerra civil, morrendo de morte natural no Huambo, em Benguela, no deserto do Namibe, em Luanda, corpos abandonados numa valeta, à beira da estrada. Mara Salimah partiu de Manaus para sempre, para longe de Manaus. Mara partiu e o português Gabriel partiu. Iaqub contou a Omar, que contou a Sabir e a Abdullah. E Abdullah e Omar contaram a Fátima, a Mariam e a Mara, a Milton e estes contaram a Yasir, a Anuar e a Mara. E Mara acabou por desaparecer no meio da poeira. É essa a última imagem de Mara: aquele braço apontado diante do mar de Luanda, provavelmente de Luanda, Jaime Ramos não conhecia Luanda, mas podia ser Luanda. Aquele braço, aquele corpo, aquela pele, o rosto de uma mulher bonita. A curva dos seios, o cotovelo, o queixo fino, as pestanas, as sobrancelhas lisas, a cintura fina, o cabelo comprido. Será aquele um rosto árabe? Álvaro Severiano Furtado conhecera-a onde? Ela aponta na direcção do mar. E está tão longe de Manaus como aquele lugar em que o mar azul é suave como a sombra de um agosto europeu.

Subindo a Marechal Gomes da Costa, devagar, ao volante do carro, Jaime Ramos sabia que as coisas são como são. Que as pessoas desaparecem e que isso quase nunca é aceite pelas outras, porque uma vida tem realmente algum valor, apesar do verão, apesar do trânsito nas cidades, das praças sujas de pombos, dos sotaques admiráveis e das pronúncias distantes. E pensou então em Manaus e como ainda conseguia respirar aquele aroma de frutos amadurecendo nas árvores ou nas bancas do mercado, os bidões com o caldo de tucupi, amarelo, as folhas verdes rasando a água do rio Negro. Talvez um dia, Rosa e ele pudessem ir a Manaus, e talvez pudessem entrar no Teatro Amazonas para ouvir uma música tão imponente como a mistura das sombras da Amazónia, e ali estariam os dois, na Ópera de Manaus. Rosa. Ele amava Rosa. Amava o seu cheiro como amava as coisas que se tinham mantido na sua memória cansada, envelhecida por anos de inquéritos e de relatórios da Medicina Legal. Amava Rosa como amava as mulheres ou qualquer coisa que havia nelas.

Ao retomar a avenida da Boavista, com o trânsito do fim da tarde, Jaime Ramos pensou também em Rita Pereira Gomes, encerrada numa quinta de Amarante, desaparecendo com a poeira do Marão, com as suas neblinas. E pensou na quinta, rodeada de ciprestes, no vale profundo que deveria ver-se todos os dias de uma janela qualquer, durante o período da neve ou quando o calor descesse desde as colinas da Campeã ou dos picos longínquos onde as hélices das torres do parque eólico que, rodando com o vento, marcavam a paisagem de pontos brancos, retomando do vento uma energia que ele desconhecia mas que o comovia em momentos como este, perdido no meio da cidade. Rosa fora passar uma semana a Vila Flor e só regressaria na sexta-feira à noite. Deixara um recado colado no espelho da casa de banho, avisando.

Um velho tem saudades. Ele tem saudades de um jantar. Desde há duas semanas que tinha saudades da sua cozinha. Mas não era ainda hoje que a visitaria. Ramiro podia acompanhá-lo num jantar tardio, poderiam ir a uma cervejaria, podiam beber, podiam conversar com vontade ou sem vontade. Estavam ambos longe de Manaus.

67

DANIELA FICOU VENDO WALMIR PARTIR. COMO SE ESTIvesse assistindo a um filme. Ele parte. Ela fica. Tem gente que parte sempre, gente que fica mais longe. Walmir se levantou e estendeu a mão. "Tô indo, Daniela. Tô indo. A vida é assim mesmo. Se fico um instante mais, me apaixono por você. Você sabe, e isso não é bom."

Isso ele não disse, não. Também não a convidou para jantar. Fiquei como uma papoula desfolhada pelo vento, suas folhas são tão leves, tão frágeis. Tem de ser forte, Daniela. Veja as pessoas na fila do cinema, nas ruas de São Paulo. Veja os movimentos dos ônibus na rua. Regresse a seus livros, bem para o meio deles, tem aquelas estampas para classificar, uma carta de Tarsila do Amaral, vida acadêmica, telefonemas para responder, sua secretária eletrônica precisa ser esvaziada de mensagens, sua vida precisa continuar. Veja bem, homens não são tão interessantes assim, nem tão bonitos. A vida é um pouco mais do que isso, não seja tão fácil, tão simples. Um dia atravessará esse rio, encontrará alguém de pé, nessa balsa se desconjuntando, alguém encostado à amurada da balsa, e falarão dos rios que atravessam Rondônia, das grandes extensões de terra, das planícies imperfeitas, das cidades cheias de tráfego, de como é bom viver em algum lado, seja em que lado for. Talvez venha a se apaixonar. Talvez venha a recordar Helena como o grande amor de sua vida, alguém que tinha aquele olhar, alguém que dizia tolices que você gostava de ouvir, as coisas não têm essa exatidão, esse prolongamento pela vida inteira. Ela foi assassinada por um homem desconhecido, tem tanta violência na rua, seqüestro, queixas, censuras, coisas que não voltam mais. Coincidências, tolices, reticências, diálogos inacabados. Você não está a salvo. Tem um bilhete de regresso, uma viagem de volta, você regressa à sua vida. Tem sempre um regresso garantido, a faculdade a espera, o fantasma de Tarsila, suas cores, óleos, guaches, aquarelas perdidas, estudos sobre paisagens desertas, correspondência com os gênios do seu tempo, influências européias, os materiais mais raros. Você podia se interessar por Frida Khalo, sua vida tão fervilhante, todo mundo gosta de Frida Khalo, seu feminismo sem feminino, sua loucura, seu amor pela morte, seu temor diante da morte, seus ossos desconjuntados, seu dossel de Coyoacán, suas árvores frondosas, enormes, seus frascos de especiarias, seus perfumes inconfundíveis, suas cartas cheias de tolices. Mas você gosta de coisas impossíveis, Daniela. Walmir se despediu agora mesmo, ele partiu para suas investigações, o paletó dobrado no braço esquerdo, o braço direito erguido pedindo um táxi. Tem este calorzinho no inverno de São Paulo. Esqueça que amou perdidamente. Esqueça essa linguagem. Tem esse calorzinho. Essa vida sem ameaça, Walmir disse que não haveria mais ameaça. Disse que vinha aí o fim de semana, reuniões de família, gente saindo do shopping, passando na praça, Adalberto vai telefonar. Você viu meu artigo?, eles publicaram meu artigo. Não são muito inteligentes, os homens. Têm aquela sensibilidade de criança, aquele olhar infantil, aquela importância idiota. Você está de volta, Daniela, tem essa claridade de pérola, a vida continua.

68

JAIME RAMOS NÃO PERCORRIA AQUELA ESTRADA FAZIA MUItos anos. Havia um cheiro desconhecido que, a pouco e pouco, lhe devolvia os mapas da sua adolescência ou de um passado mais recente, nem feliz nem infeliz, apenas passado. Passado com pó sobrepondo-se a outras camadas de pó. Curvas sobre regatos que sobreviveram para receber o calor do primeiro dia de verão. Pinheiros incandescentes, húmidos, por ser ainda de manhã. Depois de Amarante, de ter atravessado o Marão e circulado à volta de Vila Real, a estrada segue diante do Alvão e inclina-se, escorrega, faz de serpente entre as montanhas, árvores plantadas por lápis de cor numa superfície de gesso emoldurada por picos negros, distantes. Nunca poderia descrever uma paisagem; faltavam-lhe sempre elementos, azuis destemperados, perdidos na memória, pássaros que vêm do fundo da terra, cortantes, rasando a estrada.

Abandonando o asfalto, depois de Chaves, o carro abranda entre castanheiros que conservam a dignidade de uma árvore de inverno, segue pela terra batida durante dois quilómetros, entre cedros que delimitam a berma, carvalhos de que foram abatidos os ramos mais baixos, frondosos. São ainda dez da manhã, a viagem de duas horas não chamou o sono, afastado pelas perguntas que devia fazer a um homem com quem apenas falara pelo telefone. Mas Jaime Ramos não tinha um guião, um roteiro, uma lista de perguntas. Sabia ao que vinha e duvidava que regressasse ao Porto de mãos vazias. A fachada da casa, branca, de dois pisos, estava protegida por trepadeiras que pareciam descer do telhado. Um Mercedes azul, escuro, ao fundo do caminho que vinha do jardim. Um pequeno trecho de relva em volta de canteiros de tijolos antigos, cobertos de musgo, empoeirados. E duas árvores com rebentos de flor azulada, na esquina da direita, por onde se descia para outro jardim. A porta de quadrados de vidro do pequeno terraço abriu-se para mostrar um homem idoso, cabelo branco, curto, de entradas pronunciadas, o rosto escuro de um bronzeado que não desaparecia, com uma camisa branca, sem mangas, sandálias velhas arrastadas no chão de tijoleira. Se Jaime Ramos fez bem as contas, ele teria 82 anos, um tronco forte, os braços ainda musculados, olhando para o visitante.

— Hoje em dia a viagem é rápida — estendendo a mão. — Vou pedir um café para si. Eu não tomo. Bebo chá gelado. Mas peço um café para si.

Jaime Ramos agradeceu, largando a mão de Raul Gomes, que era forte e seca, áspera.

— Ficamos no jardim, é preferível. Daqui até ao meio-dia não vem calor. Só as tardes é que começam a ser quentes demais.

Voltando-se para dentro de casa, pediu um café e o chá gelado e desceram as escadas para o jardim, onde havia uma mesa e dois cadeirões virados para o vale. Ali estava a cidade, ao fundo, Jaime Ramos conhecia aqueles bairros, o rio espelhado no meio do vale, assinalado por dois fios de choupos limitando as margens, mais além um açude, a estrada da fronteira, as montanhas da Galiza de um lado, as do Larouco mais ao fundo, negras, perdendo-se numa neblina em tons de azul.

— Bonito — Raul Gomes apontando o recorte da serra no horizonte.

Uma mulher trouxe um tabuleiro onde estavam uma cafeteira de café, uma garrafa termos com chá gelado, dois copos, um deles com água, um açucareiro e uma chávena. Pousou tudo na mesa e voltou para trás, subindo as escadas.

— Sei ao que vem. As notícias chegam rápido. Deixe-me dizer o que tenho para dizer, inspector. Depois faz as suas perguntas. E depois de eu ter respondido, vai dizer-me se ainda volta ou se o nosso negócio termina aqui mesmo.

Serviu-se de chá gelado e pôs uns óculos de sol, grossos, de lentes muito escuras, que retirou do bolso da camisa. Não o incomodava o silêncio de Jaime Ramos. Raul Gomes pertencia ao género de homem que pouca coisa incomodaria. Havia nele rugas em excesso, sulcos profundos abertos pelo sol de África, manchas de doenças desconhecidas que a idade ajudou a vencer, e uma resistência de transmontano antigo, habituado ao frio do inverno e à violência do verão das montanhas, aos ventos quentes soprando do fundo do vale e às geadas de fevereiro. Ele fora um caçador, sim, percorrera aqueles montes de madrugada, conhecia a morte, a vitória e a desilusão em doses iguais.

— Eu tive uma filha, inspector. A minha filha morreu em 1986. Cancro no estômago. Inesperado, numa pessoa tão jovem. Nem eu nem a minha filha tivemos uma vida tranquila mas eu não me queixo e suponho que, se ela fosse viva, não se queixaria muito. Não fomos felizes um com o outro. Ela era muito independente e muito infeliz. Uma coisa leva à outra. Naquele tempo, em África como aqui, uma coisa levava à outra. Uma mulher independente, como se dizia na altura, tinha todas as condições para conhecer a infelicidade. Houve casos piores e houve momentos razoáveis. Quando ela morreu, eu fiquei aliviado. O cancro não é uma coisa fácil de suportar, sobretudo tratando-se de uma filha a quem eu nunca tinha dito que gostava dela. Estes anos depois, inspector, eu sei que a minha filha me perdoou. Soube isso muito antes de ela morrer. Ela disse-me. A minha mulher também morreu, um pouco antes dela. Eu fiquei para cumprir uma promessa. Está cumprida.

— Uma vingança?

— Tudo o que fazemos na vida, inspector, é para nos vingarmos — Raul Gomes semicerrou os olhos, encostou-se no cadeirão, as mãos unidas, entrelaçadas. As duas alianças no anelar esquerdo. — Tudo ou quase tudo. Para nos vingarmos ou para protegermos os nossos. Mas as coisas mais perfeitas da nossa vida são feitas por vingança ou por despeito. Por vingança sobretudo. Não somos grande coisa. Aos 82 anos tenho essa certeza. Vivi muito. O entusiasmo, a paixão, por si sós, não fazem vencedores nem heróis.

— Vingança de quê?

— De tudo. Um amor desfeito, uma canalhice, um negócio mal resolvido, uma falência, uma noite perdida. Às vezes, uma lembrança. Eu fiz muito na minha vida por causa de coisas como essas. Sobretudo a lembrança de canalhices. De modo que há trinta anos espero pela sua visita, sem o senhor saber e sem eu saber que o senhor existia. Mesmo suspeitando que o senhor nunca viria. Mas veio. Dou-lhe os meus parabéns.

— Não é um triunfo.

— Pode não ser, para si. Mas para mim é. Não deixei um rasto sequer, um sinal. A minha biografia é isto que aqui se vê. Não tenho herdeiros, não tenho filhos, a minha única filha morreu de cancro, não há mais gente na minha vida. A minha mulher creio que nem existiu. É o que vê. Só isto. Duas quintas, algum dinheiro no banco, uns prédios construídos antes da revolução. E esta serra a preparar-se para o outono.

— Ainda nem começámos o verão.

— Por isso mesmo. Cada dia que passa serve para nos prepararmos para o dia que há-de vir depois do dia seguinte.

— Foi isso que fez?

— Foi isso que fiz.

— Como conheceu Álvaro Severiano Furtado?

— O senhor vai directo às coisas. Isso é bom, perde-se menos tempo, não temos que nos cumprimentar a manhã toda. Não o conheci verdadeiramente, o que é estranho. Vi-o quatro ou cinco vezes e confiei nele, tinha um passado em que se podia confiar. Foi um desertor do exército que regressou ao exército e nunca fugiu à luta, combateu no mato. Podia ter fugido e depois seria amnistiado. Ele entregou-se e quis pagar. Por vingança, como sabe. Quando o vi pela primeira vez, pareceu-me um homem honrado. Antigamente, inspector, quando eu era apenas um homem maduro e trabalhador, e não um velho, podia fazer a distinção entre homens honrados e o resto do mundo. Os homens honrados eram aqueles em quem se podia confiar, aqueles que seriam leais, fosse o que fosse que lhe pedíssemos para ser feito. É uma definição pobre. Mas era a minha definição. A minha filha dormiu com ele, se me faço entender. Eu soube isso porque conhecia bem a minha filha. Todos me julgavam apenas o Gomes do cimento. O Gomes das construções. Eu era o Gomes dos armazéns. Mas não era só isso. Eu sabia muito bem o que se passava, inspector. Em África, longe desta miséria, desta gente desgraçada, e desta terra sem valor nenhum, onde não se podem fazer coisas importantes, em África um homem ou abre os olhos para o que o rodeia, e cala, ou está perdido. Aprende-se a ser um homem calado. A nossa condição natural, nesta terra, é a tagarelice. Somos muito fala-baratos. E portanto eu sabia que a minha filha tinha dormido com o Furtado. O Álvaro. Ele saiu da tropa e podia ter regressado à metrópole, mas preferiu ficar em Angola, e eu dei-lhe emprego em Nova Lisboa. Era o encarregado dos meus armazéns em Nova Lisboa, vinha a Luanda duas vezes por mês, o que era suficiente para eu perceber quem ali estava. Nessa altura, o meu genro de então dormia com uma rapariga viúva, brasileira.

— Mara.

— Mara. Sabe que ainda hoje me lembro muito bem dessa mulher?

Olhando em frente, na direcção dos arbustos e das buganvílias, é provável que Raul Gomes visse Mara de alguma maneira. Jaime Ramos conservava aquela fotografia no meio do seu caderno. Mara diante das dunas, céu Agfacolor de 1973. Trinta anos depois, o pai de Rita Pereira Gomes recolhe a fotografia de Mara entre os dedos, olha para ela de relance, confirma com um aceno de cabeça, devolve-a ao polícia e encosta-se ao cadeirão, procurando um apoio invisível.

— Foi há muito tempo, inspector. Há muito tempo. Essa Mara, uma brasileira em Angola, em Luanda. Os brasileiros de Angola, eu conhecia-os, empreguei quatro nas minhas empresas. Eram quatro capatazes. E um português meio brasileiro, um português de Manaus, o marido dela. Morreu.

— Morreu como?

— Morreu, inspector. A mim não me cabe fazer investigações com esse atraso. A mim disseram-me: morreu o Gabriel. A vida continuava. A viúva, essa Mara, andava a dormir com o meu genro antes e depois da morte do Gabriel. O calor de

África, inspector, o calor de África. Quem nunca saiu desta terra desgraçada não sabe o que é o calor de África, e o que foi a vida em África.

— Tem saudades de África?

— Não. Nem tenho razões para ter saudades. Limitei-me a enriquecer, inspector. Como é o seu nome?

— Ramos.

— Ramos, inspector Ramos. Limitei-me a enriquecer. Limitei-me a ser um filho da puta, nem melhor nem pior do que os outros. Dei emprego a muita gente, percorri muitas daquelas estradas, fiz contratos miseráveis e outros bons, mas não fiz mais do que era necessário para viver da única maneira que podia. Fui um filho da puta. Mais nada. Desde o século XVI, salvo erro, que somos filhos da puta, juntamente com os ingleses, os holandeses, os espanhóis, os franceses. A princípio fomos filhos da puta com a mania das grandezas. Depois, fomos só filhos da puta. Normal. Soldados bêbados, comerciantes no mato. Sobretudo soldados desleixados, como me disseram, na altura da retirada. Nessa altura eu estava no Porto, vivi no Porto uns anos, três anos, antes de me enfiar aqui, no meio da serra. Não tenho saudades de uma terra que não era minha. Enriqueci. Ganhei dinheiro. Vim embora. Coisas normais. Nunca me interessou discutir a vida dos pretos nem sequer a vida dos brancos. Os brancos, então, interessavam-me ainda menos, inspector.

— O senhor não queria que a sua filha fosse para Angola.

— Não, não queria. África é para quem pode. Naquela altura, para soldados e para quem tinha problemas com a vida. Na altura em que a minha filha partiu para Luanda, eu achei que era um erro grave. Mas, depois de tudo isso ter passado, não posso fazer nada. A minha filha, o senhor pensa que são verdadeiras aquelas histórias que se contam? Acha que ela andava em Angola para frequentar as camas dos quartéis?

— Não faço ideia. Limito-me a ouvir.

— Não, inspector. A minha filha foi a vítima de um louco, era preferível vê-la como adúltera ou tarada a tê-la humilhada pelo marido. O senhor não conheceu o meu genro, inspector.

Jaime Ramos não o desmentiu. O homem que eu conheci estava debruçado na amurada de um navio-patrulha, com medo da morte e muito álcool da noite anterior, pensou Jaime Ramos. Não sei se era o mesmo.

— Álcool, droga, algum género de desequilíbrio. A minha filha era a vítima de um louco, inspector. Por isso, negociei com o marido dela. Ela vinha embora, ele fazia a vida dele. E não se encontravam mais. Mandei-a para Portugal, para a metrópole. Para Amarante, onde eu tinha comprado uma quinta. Todos pensaram que eu a castigara. Não. Eu protegia-a. Fechei-a naquela quinta e encontrei um vigilante como eu queria.

— O que negociou com Portocarrero?

— Custa-me ouvir esse nome, passados esses anos. Negociei coisas simples. Ele mantinha comissões elevadas nos contratos que me arranjava, porque, a falar verdade, ele já não era bem militar. Passava os dias em Luanda, mas não era militar. Era meu agente. E eu livrava-o da minha filha, uma vez que ele andava a namorar outra mulher, a sua actual mulher. Dinheiro, inspector. Simples. Normal. África no fim do império. E tinha outra condição, esse nosso contrato. Ele não podia ver outra vez a minha filha. Eu divorciei-os, inspector.

Tão simples, assim. Jaime Ramos ajeitou o corpo no seu cadeirão, desviando-se de uma mancha de luz que passava através das trepadeiras depois de se servir de chá gelado. Bom chá. Hortelã, cidreira.

— Quer gelo?

— Não é preciso.

— Eu gosto de chá gelado. Hábito de África, inspector. Já não bebo whisky há vinte e dois anos. Substituí o whisky pelo chá nessa altura. Tinha o fígado cheio de álcool. E de poeira de Angola. De comida forte.

— E Álvaro Furtado?

O velho africanista franziu os lábios. A camisa branca, de manga curta, uma espécie de balalaica, a roupa dos funcionários públicos e dos comerciantes, camisa branca, esferográficas no bolso da camisa. Passou a mão pelo cabelo branco.

— Eu mandei-o para a metrópole, também. Ele era o vigilante da quinta de Amarante. Quando foi diagnosticado o cancro na Rita, em 1981, dei-lhe a liberdade. Libertei-o. Não era meu escravo. Mas tínhamos um compromisso, o de ele vigiar a própria liberdade da minha filha. E havia outra liberdade, ainda, que ele garantia: também se livrava da minha filha, com quem tinha dormido em África. Foram oito anos de abstinência entre os dois. Tenho a certeza, entre 73 e 81. Ela ainda iria viver mais cinco anos e, durante esses cinco anos, o meu antigo genro viu duas vezes a Rita no hospital. Eu tinha outro vigilante na altura, uma vigilante. Duas, aliás. Duas enfermeiras. Ela não me queria ver e eu compreendi. Já lhe tinha feito mal que bastasse, e todo o bem que lhe fizesse não compensaria esses anos. Eu acho, inspector, que o sonho da minha filha era ter sido prostituta. Acha estranho? Eu não. O senhor não me responde por delicadeza, e eu agradeço. Mas eu não acho que isso seja muito estranho. Na minha condição de velho, acho que isso poderia ter sido assim. Só temos um corpo, uma vida, um arrependimento. Eu acho que ela gostava daquele filho da puta. Acho que, até ao fim da vida, em Amarante e no Porto, no Instituto de Oncologia, mesmo agonizante, mesmo com dores, ela gostava daquele filho da puta e teria gostado de ser amante dele, como qualquer uma das mulheres que andaram com ele, lá em Angola. Ela gostaria de ter sido amante do ex-marido, inspector.

A voz do velho tremeu por instantes, mas não havia nela nem indignação nem tristeza, apenas uma ligeira comoção, um momento de fraqueza, uma confissão qualquer que o abalara.

— A sua filha nunca se queixou de estar fechada em Amarante?

— Ela não estava fechada. Vivia lá. Podia sair quando quisesse.

— Durante muito tempo não saiu. E vivia com o Álvaro Furtado ali bem perto. Um antigo amante.

— Inspector, inspector. Eu sei como é a condição humana. Não me lembre que pude ter sido pouco rigoroso ou pouco cuidadoso. Eu pus o Álvaro a vigiar a minha filha, sim. Mas tratei de pôr alguém a vigiar o Álvaro. Desenhei esse quadro na minha cabeça durante um mês inteiro, dois ou três meses antes de a minha filha regressar à metrópole. Não me ia achar um ingénuo, pois não?

— Não me interessam questões de moral. Sou um espectador.

— Aprecio o seu cuidado, mas pode ajuizar o que entender. Na minha idade já não me queixo.

— Sou polícia, não sou juiz. Há uma diferença muito grande. E sou um polícia que esteve em África.

— Então já vê.

— Quem é que pôs a vigiar o Álvaro?

— A brasileira. A Mara. Eu tinha divorciado a Rita e aquele filho da puta. Mas juntei o Álvaro com a brasileira.

Não sou apenas um destruidor de lares, também sei criá-los. Pelo menos para os outros. E eles tinham um filho, inspector. O Álvaro e a Mara.

— Salim.

— Salim.

— O ordenado do Álvaro, era bom?

— Suponho que sim. Não me recordo.

— O que aconteceu com Mara?

— Voltou para Angola. Foi com o vento, inspector. Há gente que volta sempre ao mesmo lugar. Ela veio naquela confusão toda, de 74. Tinha ficado lá, em Luanda, a trabalhar para mim. Quando se deu a revolução, mandei-a vir com urgência. Queria que ela viesse para a quinta o mais depressa possível. E ela veio, naquela confusão. Tive de arranjar-lhe lugar num avião, com um comandante que era de Macedo de Cavaleiros. Ele foi buscá-la ao escritório, praticamente, e meteu-a no avião. Há um preço que temos de pagar por tudo, inspector. Depois, uns anos depois, ela partiu para Angola de novo. Em 78 ou 79. Nunca mais soube nada dela.

— Ela teria voltado ao Brasil.

— Não depois de ter estado em Angola. Aquele cheiro. Suponho que é disso que as pessoas falam, do cheiro, e do clima. Não falam da merda, do lixo, das doenças. Falam do cheiro e do clima. E do mar.

— Quando foi isso?

— A minha memória não é muito boa. Provavelmente nesses anos que eu disse, 78 ou 79. Voltou para Angola, foi isso que o Álvaro me disse por telefone. "Ela foi-se embora para Angola." E eu disse-lhe o que qualquer um lhe diria, naquelas condições: "Deixa-a ir. Tu estás bem, eu não te vou deixar ficar mal, Álvaro. Eu nunca deixei ninguém prejudicado." E ele ficou.

— Ela deixou o filho e foi para Angola?

— Isso mesmo. Deixou o filho e foi para Angola. Ainda pensa que pode compreender o mundo, inspector? Desista. A verdade é que ela foi embora. Não quis meter-me no assunto.

— Quando foi diagnosticada a doença da sua filha?

— Em 81. No princípio de 81.

— E Álvaro Furtado ficou até essa altura com ela, na quinta?

— Com ela e com o filho que teve com a brasileira. Depois foram embora. Para onde foram, inspector, não me interessou na altura nem me interessa hoje. Sou um homem muito velho para me preocupar com o lugar onde as pessoas querem viver.

— Eles partiram para o Brasil, para Manaus. A terra de Mara.

— Suponho que sim. Ela era brasileira.

— Em março de 81, Álvaro Severiano Furtado abriu uma conta no Banco Português do Atlântico, que já não existe. Dia 8. Depositou bastante dinheiro. Era seu, esse dinheiro?

— Meu? Não. Era dele.

— Como acha que ele conseguiu reunir todo aquele dinheiro?

— Não faço a mínima idéia. Nem sei de que dinheiro se trata, de quanto se trata. Ou de que conta se trata, se ela existiu mesmo.

— Existiu.

— Pois, se existiu, então eram negócios dele.

— Havia alguma razão para ele ter saído de Amarante nessa altura?

— Havia, claro. Ele não gostaria de ver a minha filha ir morrendo aos poucos. Sabe como se morre de cancro, inspector? Ele não queria ver o espectáculo. Eu compreendi, aquilo já não era vida para um homem, era assunto para enfermeiras e para quimioterapia. Libertei-o do compromisso que tínhamos estabelecido. Mara tinha ido embora. O filho dele já era crescido, tinha quase dez anos.

— Oito.

— Pois que sejam oito. Eu nunca soube muito dessa criança.

— Deu alguma gratificação especial a Álvaro Furtado, nessa altura?

— Eu tinha-lhe dito que nunca deixei ninguém prejudicado. É verdade. E dei-lhe algum dinheiro para ele recomeçar a vida noutro lugar qualquer, onde quisesse.

— Quanto lhe deu?

— Não recordo quantias exactas, inspector. Digamos que sete ou oito mil contos. Era dinheiro, na altura. Faça as contas. Ele achou suficiente, e eu também. Podia comprar uma casa, montar um negócio.

— Nunca houve nada mais entre o Álvaro e a sua filha?

— Não.

— Como pode ter a certeza?

— Sei quando uma coisa é verdade. Tenho uma forma estranha de fazer acordos com as pessoas que me são leais.

Raul Gomes levantou-se nessa altura. A camisa tinha ficado amarrotada de lado e ele, decididamente, não gostou do aspecto. Mas não fez um único gesto para se recompor desse estrago da indumentária. Jaime Ramos pensou se ele gostaria de ter um criado preto para ajeitar-lhe a roupa, mas isso seria um exagero, apesar de tudo. O velho apoiou-se na mesa por uns instantes, como se respirasse fundo e depois se arrastou durante alguns passos, as sandálias no chão de terra, entre vasos de plantas e flores. Jaime Ramos levantou-se também, mas ficou um pouco para trás.

— Nós temos um número.

Ele não se voltou para Jaime Ramos. Limitou-se a parar, a meio do caminho, olhando para um ponto invisível no meio das trepadeiras, um ramo desalinhado, um arame enferrujado:

— Têm um número de quê?

— Dessa conta. Álvaro Severiano Furtado depositou nessa altura a quantia de oitenta mil contos, sr. Gomes. Oitenta mil contos. A 8 de março de 81, o que é uma coincidência de tantos oitos.

Raul Gomes afastou um vaso com o pé e falou para Jaime Ramos, voltando-se para ele:

— Eu não tenho explicação para isso. Teriam de falar com o Álvaro.

— Não podemos, está morto.

— Eu sei. É o que nos acontece a todos, inspector. Ao Álvaro. À minha mulher. E à minha filha. A seguir, isso acontecerá a mim próprio. Pensa muito na morte, inspector?

— Todos os dias. Sobretudo na dos outros. Tenho uma forma muito estranha de ganhar a vida.

— O dinheiro dos outros não me interessa. Tenho as minhas contas saldadas com toda a gente. Espero que tenha respondido às suas perguntas. Na minha idade só respondemos ao que queremos — disse ele, retomando a caminhada por entre o corredor de vasos que ia dar às escadas do jardim, e que subiu agarrado ao corrimão. Mas Jaime Ramos ainda tinha uma pergunta a fazer-lhe:

— Disse-me que já sabia que eu vinha. Que as notícias correm depressa. Quem lhe telefonou?

Raul Pereira Gomes olhou-o do alto das escadas, e encolheu os ombros. Um ruído qualquer o distraiu por instantes, um pássaro que saltitava num muro, mas decidiu que tinha de responder à pergunta do polícia. E disse então, já voltando as costas para Jaime Ramos:

— O filho da puta. O filho da puta telefonou ontem à tarde. A avisar-me que o senhor talvez fosse telefonar também. Quero que ele se foda.

69

ELE JÁ ALI ESTIVERA ANTES, PARA RECONHECER O CAMINHO que ia dar à Quinta das Almas, e arrependera-se, depois, por não ter entrado. Mas Rita Pereira Gomes era apenas um vago retrato que conservava entre muitos outros. Ramiro falara dela pela primeira vez e Jaime Ramos imaginara que o adultério transporta consigo, geralmente, uma ciência dolorosa. Não tem a ver com a traição, nem com o amor. Antes uma espécie de ausência. Rita Pereira Gomes esteve ausente da vida durante sete ou oito meses, até junho de 1974. Só depois disso saiu de casa, e retomou uma vida que já a esquecera no meio do Marão. O adultério também é uma ausência. O pai determinara que ela não saísse de casa, e Álvaro Severiano Furtado, com quem dormira uma noite, em Angola, fora escolhido para vigiá-la como um carcereiro da ilha do Diabo. Alexandre Dumas fora transferido e traduzido para Amarante depois de uma história de amor, mas Raul Gomes não devia saber quem era Edmond Dantès. Amarante era apenas um presídio temporário rodeado de pessegueiros em flor, cerejeiras, ciprestes, muros de granito. Jaime Ramos, de certo modo, embora não o admitisse, gostava de mulheres adúlteras, de mulheres recatadas que traíam por amor a uma história sem amor, apenas uma história sem consequências. Ele sabia que isso era impossível. Não há história sem consequências que não seja uma história de amor. Imaginava Rita Pereira Gomes traindo o capitão Praia Portocarrero e gostava dessa imagem. Descobria no fundo de si próprio o prazer de castigar a serenidade de Portocarrero, o seu casamento sério, a sua profissão respeitável, o posto militar.

Raul Gomes aprendera com a poeira das estradas de Angola e o jeito para os negócios essa arte de punir com frieza. Escolhera a melhor forma de torturar a filha e o ex-amante, impondo condições de coexistência. Jaime Ramos não sabia quais eram, mas teria um dia para descobrir o que era preciso descobrir, investigar.

Ao passar diante da estrada que dava para a Quinta das Almas, Amarante apareceu ao fundo da curva. Shirlei tinha sido assassinada não muito longe dali, e o cenário pareceu-lhe, de repente, marcado por um fio de sangue desaparecendo depois de muitos dias do verão que ainda não começara, propriamente dito. Uma temperatura amena. Um corpo amarrado a uma cama num quarto húmido. Gente sem importância, ele ficava sensível e irritado quando gente sem importância era tratada como gente sem importância. Shirlei. Mara. Rita. O mundo continuou e essas mulheres desapareceram com o vento. Ninguém veio para reclamar um corpo, uma memória que fosse. Shirlei. Mara. Rita. Isso acontece muito às mulheres. Helena Gomes assassinada em São Paulo. Walmir Raposo falando sobre Helena. Falando sobre Daniela Matos, a amiga de Helena, provavelmente sua amante.

— Caso muito estranho, Ramos, muito estranho. Não interessa eu correr agora, me apressar. Durante quase duas semanas, Ramos, duas semanas, inventamos todas as hipóteses. Sei que não foi Daniela. Essas duas tinham um caso.

Nunca consumado, de resto, um caso de amor. Você devia ver o olhar de Daniela, falando de Helena. Se eu pudesse, Ramos, se eu pudesse. Mas não posso. Há gente que escolhe seu destino como se tudo fosse um acidente.

Teria Walmir convidado Daniela para jantar? Jaime Ramos tinha pena de não ter conhecido essa mulher, mas a sua galeria de personagens estava completa. Shirlei. Mara. Rita. Helena no final. E Rosa, que regressaria amanhã de noite. Daniela era de outro mundo, dissera Walmir. Ele não precisava de outro mundo. Ele tinha este e gostava dele, aparentemente: Amarante vista da ponte que antecede a auto-estrada. Tufos de nuvens brancas, muito brancas, na estrada para a Lixa. Aquele vento que vem do Tâmega, rochas de granito, pedreiras cravadas nas encostas, devorando a paisagem. Rita Pereira Gomes encerrada na Quinta das Almas por ordem do pai. Álvaro Severiano Furtado em Amarante, conduzindo o carro, levando Rita a Mesão Frio para ver o Douro lá em baixo, como um motorista servil, silencioso, fazendo relatórios periódicos a Raul Gomes, se este lhos pedisse. Caso contrário ele rasgaria o contrato. "Tenho uma forma estranha de fazer acordos com as pessoas que me são leais."

Amarante, Mesão Frio, Lixa. Régua, Lamego e Marco de Canaveses. Camilo Castelo Branco. O calor da tarde. Novelas românticas de gente perdida de amores. Cavaleiros escondidos numa vereda. Assaltantes que chegam de aldeias do século XIX no cume das montanhas. Árvores tremendas, escuras, agitadas pelo vento. Portocarrero, o filho da puta ideal, ex-marido de uma mulher condenada à morte. Osmar e a ex-mulher, Regina. Jaime Ramos fazia associações ridículas para chegar a conclusões igualmente ridículas que o ajudassem a chegar ao Porto. E de repente, numa curva mais acentuada, quando a auto-estrada se despedia para sempre do rio Tâmega,

Jaime Ramos parou o carro, batendo com a mão direita no volante, murmurando palavrões, procurando o telefone, que encontrou num dos bolsos do blusão.

— Isaltino. Toma nota. Quero dois agentes em Amarante.

— E onde os quer, chefe?

— Quero-os no hospital, quero-os em Amarante. Eles têm de verificar, no hospital, nascimentos verificados entre, digamos, dezembro de 73 e maio ou junho de 74.

— E quem nasceu nessa altura?

— Salim Furtado, Isaltino. Quero esses registos também verificados no Porto. Que maternidades funcionavam?

— Vou ver.

— Vê e quero alguém lá. O nome que procuram é o de Rita Pereira Gomes. E o de Álvaro Furtado.

— Chefe, isso é uma reviravolta no campeonato, se a imagem pode servir.

— Não serve.

— Salim Furtado é filho da ex-mulher do Portocarrero?

— Sim. Ela esteve fechada durante esses meses em Amarante. Por isso Salim nunca precisou de ter entrado em Portugal. Ele entrou de outra forma.

— O Furtado e a mulher de Portocarrero. Por isso a clausura.

— Por isso a clausura.

— Chefe, telefonou o Corsário. Ele diz que não conseguiu falar com o chefe por telefone. Pede que lhe ligue para casa, em Cabo Verde. Ele diz que é urgente, mas o essencial é isto. A advogada que trabalha para o Portocarrero, e que está no Mindelo, o chefe sabe, entrou no país a 10 de junho. Ou seja, partiu no dia seguinte a ter sido cremado o Furtado. Está lá há doze dias, portanto, e não há uma semana, como ele pensava. Ele acha que isso é importante, mas não percebi por quê, a princípio. Mas depois percebi. Porque ela disse que levou o patrão dela ao aeroporto uns dias antes. Dois dias antes. A sete.

— O Corsário.

— Ele mesmo.

— Isaltino. Quando eu chegar aí quero ter o Portocarrero já debaixo de olho. Escritório, casa, tudo. Nem uma palavra com ele. À distância. A qualquer momento gostava de tê-lo aí, connosco.

— E quando vem o chefe?

— Daqui a pouco, a meio da tarde. E quero as listas de passageiros de dia 7. Para todos os destinos. Vê em que voo está o nome de Portocarrero. Pede aos Estrangeiros. Eles devem-nos favores, diz-lhes.

— E quais?

— Logo inventamos, logo inventamos, Isaltino. Neste caso, então, tem sido a nossa especialidade.

70

COMO NOS ROMANCES DE CAMILO CASTELO BRANCO, como nas novelas antigas, como nos folhetins passados nos conventos. A filha de um homem rico engravida de um homem pobre, um criado apaixonado. O pai envia-a para um convento onde ela dá à luz. A morte vem castigá-la mais tarde, por intervenção divina, e o criado é enviado para o degredo ou foge para o Brasil. Para que não fale, o pai da jovem entrega-lhe algum dinheiro, na condição de que não volte àquela casa nem suje o nome da família desonrada com a ameaça da denúncia. Ele, sem dignidade nem honra, aceita o dinheiro e desaparece para sempre.

— A história é essa — disse Jaime Ramos. Ramiro concordou, com um aceno.

— A Ritinha — disse ele. — Eu via-a em Luanda. Mas parece-me haver aí um caso, uma espécie de distracção, qualquer coisa que não entendo. Mas há coisas que ainda não tens assentes, arrumadas.

— Eu sei. Não posso. E estou farto, é preciso arrumar a história toda.

— Foi tudo muito depressa — Ramiro olhando pela janela, com o seu cálice de Blue Curaçao gelado na mão, equilibrado entre dois dedos:

— Chuva de junho, é a primeira chuva de verão. Sinto-lhe o cheiro. Para onde vais amanhã?

— Vila Praia de Âncora. Não é uma homenagem, mas há umas casas de madeira ao pé do rio. Serra d'Arga. Pinhais. Jantar. Charuto. Cama.

— Sexo?

— Finalmente. E sábado para dormir até tarde.

Ramiro resmungou, ainda tinha vestido o fato de advogado, sem gravata. Jaime Ramos estava sentado, segurando entre os dedos o segundo charuto do dia, olhando para ele como se observasse sombras de cana-de-açúcar, árvores frondosas que se agitam com um vento do sul. Terra seca, castanha, cheiro de nuvens, aquele ruído de autocarros arrancando, lá em baixo, na rua.

— Quando o Furtado se apresentou no escritório dele, há uns anos, queria fazer aquele testamento. Portocarrero mandou-o para um assistente, mas sabia quanto dinheiro havia ali. A herança do Furtado era confortável, quatrocentos e cinquenta mil contos, ali acessíveis. Alguma coisa se passou entretanto com Portocarrero, não sei. Também não sei como conseguiu ele essa fortuna.

— Poupança, amigo inspector, parcimónia. Não como nós, que gastamos tudo em comida, vinhos, viagens à Galiza, televisão por cabo. Investimentos e poupança.

Isaltino de Jesus terminara o dia às nove da noite, entregando a Jaime Ramos aquele embrulho de papel castanho, enrugado, atado por um fio vermelho. Ele sabia do que se tratava e guardou-o no armário, entre dossiers e resumos de legislação, direito penal, instruções, coisas avulsas. Fechou a porta do armário à chave e mandou Isaltino para casa. Ramiro elefonara para saber se Jaime Ramos jantava ou não.

— Às onze, no Bonaparte.

Tudo acontecera depressa. A lista de passageiros de dia 7 de junho confirmava a presença de Portocarrero num voo Portugália para Madrid. À uma da tarde, voo Air Europa de Madrid para São Paulo. Regresso marcado para dia 12 junho, mesmo percurso. A desculpa fora simples, não era preciso grande esforço para inventar quatro ou cinco dias de trabalho em Madrid. A 9 de junho, Cláudia Ventura da Costa partiria para Cabo Verde, em férias oferecidas pelo patrão. Ela deixara as cinzas de Álvaro Severiano Furtado na casa do advogado logo no dia em que as recebera. Por algum motivo, Portocarrero vai levantar um milhão e meio de reais ao banco de Furtado, munido da identificação bancária, CPF, carteira de residente no Brasil provavelmente, códigos de acesso às contas do homem que dormira, havia muitos anos, com a sua mulher de então. Provavelmente, sabe que Álvaro Severiano Furtado foi o vigilante e carcereiro imposto por Raul Gomes a uma mulher que a doença condenaria. Raul Gomes castiga Furtado, impondo-lhe um contrato de fidelidade. Castiga Rita, impondo-lhe uma vida limitada aos muros da Quinta das Almas durante alguns meses. E castiga Portocarrero com a presença de Álvaro junto de Rita, a mulher de quem se separara fazia muitos anos. Até que Furtado se apresenta no escritório de Portocarrero, mostrando-lhe uma herança, uma vida inteira que ultrapassara a sua, sem sogros nem uma Lurdinhas que regressa a casa ao fim da tarde, nem a vida que escolheu para si.

Homens solitários, Ramiro, homens solitários. Homens sem vida e sem esperança. Gente que se inveja e que inveja a própria vida que leva. Mata-se com facilidade. Com ganância e com remorso, mas isso tem uma recompensa, tem sempre uma recompensa. Nos papéis encontrados no escritório de Henrique Praia Portocarrero, durante a busca realizada nesse fim de tarde, foi encontrada a escritura de compra de uma fazenda em Vila de Abrantes, estado da Bahia, Brasil. E havia fotografias de muros altos, mangueiras escuras, vales profundos e verdes, uma piscina, estradas de pó e rodeadas de mais muros — uma casa onde Portocarrero podia viver. Os ricos desesperam com mais facilidade, têm mais insónias, sentem mais o frio e a humidade, não se impressionam com a primeira chuva de verão. Na agenda de telefones foram encontrados os números de Álvaro Severiano Furtado em Manaus, o de Raul Gomes, o da Quinta das Almas, que entretanto já mudara.

Lurdes Portocarrero, Nogueira de Castro em solteira, não atendeu o telefonema de Jaime Ramos, que queria saber onde podia encontrar o marido da gestora. Ele informara-se antes, mas a sua galeria de mulheres estava completa, não aceitava mais dados. Às cinco e meia da tarde, o polícia conseguiu ser recebido.

— Ele esteve uns dias em Madrid. Não sei mais nada. Tem de perguntar essas coisas?

Não tinha, não. Mas Jaime Ramos disparava em todas as direcções, provocando pequenos abalos até que os edifícios ruíssem e ele tivesse apenas de andar pelas ruas, recolhendo destroços, confissões esporádicas, distracções, pistas, sinais equívocos.

— Já ouviu falar de Álvaro Severiano Furtado?

— Já.

— Conhece-o?

— Não. Creio que morreu há um mês, não foi?

— Menos.

— O meu marido falou-me disso.

Lurdinhas Nogueira de Castro vigiada pela tia que vestia Yves Saint-Laurent. Lurdinhas de cabelo despenteado saindo da avioneta que a levara sobre os telhados de Luanda muitos anos atrás, quando Henrique Praia Portocarrero lhe aparecera como o homem da sua vida. Como é o homem da vida de uma mulher passados esses anos de existência em conjunto? Trinta anos. Respeitabilidade. Aquele rosto magro onde meia-dúzia de rugas tinham crescido e sido combatidas por cremes, loções, jantares de cerimónia, negócios, Lurdinhas Nogueira de Castro muitos anos depois, à frente dos negócios da família — duas fábricas de conservas de peixe em Vila do Conde e Matosinhos, imobiliário, dois hotéis, bens avulsos e dispersos, aplicações financeiras, uma empresa de têxteis, casas cheias de retratos e álbuns de família, registo de gerações que levavam, no rosto, em cima, em letras discretas, o nome Nogueira de Castro. Respeitabilidade, senhor inspector Jaime Ramos, respeitabilidade. Coisas discretas, um poder exercido em silêncio, em bicos de pés, sem fazer um ruído que fosse através dos corredores daquela casa na Foz. O casamento com Henrique Praia Portocarrero em 1975, numa igreja de Vila Praia de Âncora, a família reunida, um homem que se separara, em Luanda, de uma aventureira africana, filha de um africanista que enriquecera com armazéns, cimentos, estradas e construção civil. Henrique Praia Portocarrero prometia fidelidade a Lurdinhas Nogueira de Castro, mas também àquela família inteira cheia de participações financeiras, uma casa em Ponte de Lima e disponibilidade para aceitar o intruso. O que lá vai, lá vai. O que aconteceu já não interessa. Vida nova, doutor.

Jaime Ramos tinha necessidade de incluir Lurdes Portocarrero na sua galeria de loucos. A nave dos loucos. Pessoas normais com vidas solitárias, Ramiro. Pessoas solitárias com vidas desconhecidas. Pessoas solitárias resistindo à violação de privacidade, ou entregando a vida de portas abertas, festiva, incondicional. E ele vira-a: o rosto magro, as mãos cuidadas, o colar de pérolas, a blusa creme, o tailleur que devia imitar o mesmo tailleur da tia angolana. Os olhos que não perderam um gesto de Jaime Ramos, um gesto que fosse, pequeno, grande, insuspeito, suspeito, casual como levantar-se, despedir-se com um aceno de cabeça, muito ligeiro, depois de perguntar tudo o que tinha a perguntar.

— Eu sei que não quer dar-me o telemóvel do seu marido. Mas aconselho-a a telefonar-lhe. De uma maneira ou de outra, vai ser acusado de triplo homicídio. Não sei se cometeu os três crimes, mas a acusação pode ser feita com base nessa suspeita.

— Ele é o meu marido. Não vou acreditar em si.

— Eu sei. Fico a admirá-la ainda mais por isso.

— O senhor não me admirava antes de me conhecer.

— Claro que admirava — Jaime Ramos imaginava Lurdes Nogueira de Castro arrastando a sua malinha pela pista do aeroporto de Luanda. Ela era amnésica, em Luanda, em 1973.

— Posso saber por quê?

— Ah, porque sei o suficiente de si.

— Não acho. Ouviu falar de mim, mas não me conhece.

— Fiz um desenho.

Sou bom nisso, pensou Jaime Ramos. Às vezes sou capaz de imaginar, fecho os olhos e vejo Lurdes, ainda e apenas Nogueira de Castro, despedindo-se de Luanda pela janela do avião, vejo-a visitando amigas da tia Laura numa cidade cheia de sol, respirando cheiros desconhecidos, imagino-a — pálida e tímida — respondendo em silêncio a uma pergunta de Henrique Praia Portocarrero, ele de pé, no meio de uma sala, a música de baile, "eu não o conheço", mas conhecia, sim, ela conhecia-o, lembrava-se dele de há umas noites, capitão Portocarrero. Ela lembrava-se.

— Dra. Lurdes, temos razões para pensar que o seu marido não vai atender esse telefone mesmo que a senhora só lhe ligue depois de eu ter saído desta sala. Mas eu gostava que tentasse agora.

— Não me parece — Lurdes Portocarrero, aliás Nogueira de Castro, os olhos nos olhos de Jaime Ramos. — Não me parece que eu vá tentar agora. Compreenda. Sejam quais forem as minhas razões, ele é o meu marido, inspector. Em trinta anos de casamento aprendi a desconfiar dele, sei que tinha uma outra vida, outra vida qualquer, mas era assunto meu, assunto dele. Não me parece que eu vá tentar agora esse telefonema. E, mesmo que eu tente depois, não conte com a minha colaboração.

— Não conseguimos falar com ele durante todo o dia. São já cinco da tarde.

— A vida não é simples, inspector. Temos perspectivas diferentes sobre este caso.

Jaime Ramos levantara-se durante a última frase. Devagar, para não interromper a tranquilidade daquele escritório, os tons amarelos dos sofás, a suavidade dos tapetes. Ela não se levantou senão quando Jaime Ramos abria a porta para sair.

— Não conte com a minha ajuda, inspector. Talvez devesse ajudá-lo, mas não me parece que isso vá acontecer.

— Eu contava com isso — disse Jaime Ramos com uma mão na porta. — Mas precisava de perguntar-lhe.

Já no carro, Jaime Ramos ligou para Isaltino perguntando se tinham encontrado algum sinal de Portocarrero: o carro abandonado, um bilhete de avião comprado em algum lugar, mas a única novidade era que os porteiros da boîte de Matosinhos não reconheceram Henrique Praia Portocarrero como seu cliente. Isaltino de Jesus enviou a fotografia para Cabo Verde e Corsário mostrou-a a Fátima. Ela confirmou que Portocarrero não era nenhum dos homens que estivera com Shirlei naquela noite.

71

TALVEZ AS PESSOAS QUEIRAM, ISALTINO, UM POUCO DE ordem na vida. Por isso casam, têm filhos e, mesmo quando se divorciam, escolhem dias para ficarem com os filhos, para passarem férias juntos ou simplesmente para telefonarem em dias certos. As pessoas têm necessidade de rituais. Rituais de acasalamento, de encontro, de fuga. É um pouco de disciplina, de ordem — no meio da paixão e da própria vida. Eu nunca te falei dos meus sonhos. Sonho muitas vezes com pessoas da minha família, já desaparecidos, e com um tio que foi para o Brasil e nunca mais foi visto. Não sei o que o afastou de nós, ou da sua terra, da sua casa. Só sei que partiu. Há muita gente que parte. Muita gente que desaparece.

Por isso, Isaltino, as pessoas precisam de alguma ordem na vida. Um pouco de ordem, uma casa onde estão fechadas durante uma parte da vida e onde se sentem seguras e onde os amigos chegam e são recebidos, e há cobertores e água fresca e cerveja. Os homens duros não são sempre duros. Há um momento de repouso tal como existe a melancolia a meio da batalha. Um momento de perdição tal como existe a crueldade do tempo que passa por nós e nos deixa velhos, cada vez mais velhos.

Passei muitos dias fechado em casa. Não era preciso mais ninguém saber. Durante esses dias não li um livro, não vi televisão, não ouvi um disco, não atendi os telefonemas durante o dia nem a meio da noite, não fiz a barba, não dormi, não tive pena de mim próprio. Eu não gosto de ter pena de mim próprio. Compreendo, sem ser preciso mais ninguém saber, a vida desses homens solitários. Também compreendo a vida dos que nunca foram solitários. E a dos que destruíram a sua vida porque pisaram um risco desnecessário. A dos que se perderam por causa de uma inutilidade. A dos que deixaram para trás amores quase perfeitos, imagens de felicidade. E compreendo a vida dos que não cabem no mundo dos solitários nem no dos que estão sempre acompanhados, e têm família, filhos, bibliotecas, aparelhos de ar condicionado, abre-latas eléctricos, colecções de automóveis em miniatura. Eu não gosto de ter pena de mim próprio. Tenho saudades das mulheres que amei, especialmente de quem me empurrou para fora da sua vida. Pensei voltar atrás muitas vezes, bater-lhes à porta e recomeçar a viver nesse idílio de que os adolescentes gostam muito. É por isso que os adolescentes querem sempre regressar aos lugares em que foram felizes. Nós, os velhos, temos uma amargura qualquer presa à pele, e gostamos dela, como se gosta do amargo de um charuto, de uma ida ao barbeiro, de uma viagem de comboio. Tenho saudades dessas mulheres, e tenho saudades daquelas que não amei suficientemente e que se sentiram traídas. E tenho saudades de coisas que não conheço. Muitas vezes essas mulheres são uma só. Rita Pereira Gomes guardando os seus segredos, eu imagino-a muitas vezes sentada numa cadeira, em pleno verão, diante do vale e das montanhas, esperando a morte, vadiando no Porto, dormindo com rapazes que eram estudantes da faculdade, ou com jovens actrizes que conheceu por acaso, ou alunas de Belas-Artes que lhe bateram à porta porque ela foi famosa algum dia, alguma vez. De toda a gente que se perdeu pelo mundo quando perdemos o Império, o Brasil, Angola, Moçambique, Timor, São Tomé, Guiné, Cabo Verde, eu admiro as mulheres que se perderam também com essa terra toda, terra imensa, terra vermelha, alaranjada como a da Guiné, pálida como a de Angola, vermelha como a de Moçambique. As mulheres que voltaram atrás, perseguidas por uma poeira, como Mara Salimah. As que nunca encontraram uma casa, como Rita Pereira Gomes. A falar verdade, Isaltino, eu não tenho saudades de nada. Se eu pensar bem, não tenho saudades de nada. Não tenho saudades da adolescência, não tenho saudades das mulheres. Faço um esforço. Devemos todos fazer um esforço.

As pessoas querem uma ordem na sua vida. Quando começam a envelhecer, querem que essa ordem desça sobre elas como a primeira chuva de verão. Mas as coisas não são assim. Tu queres que a morte de Shirlei tenha um sentido nesta história. Não tem. Há coisas que têm um sentido e coisas que não têm sentido nenhum, são apenas um ruído, uma espécie de desvio. Uma vaga de calor. Uma coisa muito breve, muito parecida com a sensação de haver pessoas solitárias que desperdiçaram oportunidades ou que não têm saída. Vê tu o que temos: pessoas solitárias. Julgamos sempre que não existem. Julgámos que não existiam. Elas vêm ter connosco. Vivem sozinhas ou não. Vivem numa casa que ninguém conhece e um dia aparecem mortas. Vivem com uma família perfeita e um dia o passado aparece para devorá-las e pedir satisfações. Uma desgraça nunca vem só, Isaltino. Aqui ou no Brasil, aqui ou em qualquer outro lado.

As pessoas falam da solidão mas julgam que é um problema delas. Apenas delas. Os escritores inventam uma história e acham que a literatura é obra da solidão. E os músicos, os cineastas, os detectives privados que investigam adultérios nos subúrbios, os industriais de cerâmica, os contabilistas. Mas não é verdade. Aqui ou em qualquer outro lugar. Também somos gente solitária. Gente assim.

72

O CORPO TINHA SIDO ENCONTRADO AO FIM DA MANHÃ de dia 11 de junho, e o Laudo de Exame Cadavérico, registado sob o n.º 336 do Instituto Médico-Legal Nina Rodrigues, fora entregue antes dos prazos habituais, dez dias. O exame foi requerido pela 3.ª DP de São José de Macapá, e as folhas brancas do relatório, escurecidas pela transmissão por fax, estavam sobre a secretária de Jaime Ramos. O homem teria morrido depois da meia-noite, encontrado em decúbito ventral, escondido numa pequena duna, o corpo voltado para baixo, descalço. Junto do corpo foi encontrado um par de sapatos alinhados, voltados para o mar. Uns óculos escuros semi-enterrados na areia. O exame detectou coisas comuns, dentes bem conservados, embora registando a ausência de um molar superior, à direita. Íris castanha, escura. Tórax: simétrico, normal. Abdómen: plano, simétrico. "Ferida perfuro-contusa de formato circular, de bordos enegrecidos e medindo 1,2 centímetro de diâmetro na região lombar direita com orla de escoriação. Com halo de enxugo, halo de tatuagem e orla de esfumaçamento compatível com a entrada de um projétil de arma de fogo. Este projétil foi retirado do interior da cápsula renal no bordo superior do rim direito.

Ferida perfuro-contusa de bordos enegrecidos e invertidos de formato circular, medindo 1,1 centímetro de diâmetro em hemitórax esquerdo, paralelamente a cinco centímetros do mamilo, com orla de escoriação, com halo de enxugo, halo de tatuagem e orla de esfumaçamento atribuída a entrada de projétil de arma de fogo que, após transfixar o lobo superior do pulmão esquerdo e coração (ventrículo esquerdo e pericárdio) foi retirado do interior da cavidade torácica. Ainda uma ferida corto-perfurante em dobra do cotovelo direito, medindo 2,5 centímetros de comprimento com secção total da artéria braquial. E ainda uma ferida corto-perfurante em região carotideana, terço médio à direita, medindo três centímetros de extensão, com lesão parcial da artéria carótida."

As folhas manuscritas não informavam que aquele homem tinha sido visto, dois dias antes de o seu corpo ter sido encontrado, numa esplanada de um restaurante de São José de Macapá. Depois de ter caído no chão de areia, suspeitava Osmar Santos, golpeado por uma faca na garganta e no braço, à altura do cotovelo (artéria braquial, menciona o relatório), foi alvejado por duas vezes no dorso, à altura dos rins e do peito. De lado. Rolou na areia, em declive, e ficou voltado para baixo, exactamente como foi encontrado umas horas depois. Durante doze dias permanecera incógnito numa gaveta do Instituto Médico-Legal, até que um hotel comunicara à polícia o desaparecimento de um hóspede registado como Salim Furtado.

— Isso eu posso lhe dizer, e você recebeu meu fax. O resto não. O resto ainda não, Ramos. Demora alguns dias. Mas consigo saber.

Jaime Ramos queria saber se havia um passageiro chamado Álvaro Furtado, ou Henrique Portocarrero, a bordo de qualquer avião de Belém, onde param todos os voos que seguem para São José de Macapá.

— O Amapá é no fim do mundo, Ramos. Fica para lá do Brasil, encostado à Guiana e ao Suriname. Eles demoram em tudo. Às vezes se esquecem muito. E têm seus crimes, seus seqüestros, seus cadáveres. Este não lhes pertencia, por isso as coisas são mais demoradas ainda — Osmar estava sempre prestes a rir ou a fazer rir alguém. Tinha explicações simples, fórmulas simples. — Eles nem sabem que Portugal existe.

— Nós também não sabemos que o Amapá existe.

— É verdade. Tudo está muito longe de Manaus, que, como sabe, é o centro do mundo.

— Osmar — chamou Jaime Ramos. — Alguma vez viu Salim Furtado?

— Não, nunca vi. Não vi senão em fotografia.

— Como sabe que era ele?

— Porque estava num registro escolar. E porque havia o nome dele nas costas daquelas fotografias, na casa da Ponta Negra. As pessoas acabam deixando sinais por aí.

73

HAVIA UM PONTO QUALQUER QUE SE DESFAZIA EM POEIra, no meio do céu. Recordou essa imagem, vinda de um filme que vira na televisão. Uma explosão no céu escuro, luzes de estrelas. Qualquer coisa que se desfazia antes de ter havido tempo para dar uma explicação. Só poeira no meio do céu.

Talvez existissem explicações para quase tudo, mas um resto de bom senso pedia que fossem feitas algumas perguntas. Portocarrero desaparecera e só o tempo diria se seria encontrado. Shirlei fora assassinada. A sua morte fora um desvio na investigação, apenas um pormenor na biografia de Álvaro Severiano Furtado, e ele supunha que o encontro entre os dois fora casual, uma mulher com quem dormiu num hotel perto de casa e que protegeu enquanto pôde. Uma prostituta brasileira que um homem com dinheiro pode ajudar a libertar-se de uma rede de tráfico. Muitas vezes as explicações mais simples são as mais acertadas. Ele conhece-a num bar, dormem juntos, ele pede-lhe para ir até a casa dele. Ela recusa. Conta a sua história. Passaporte apreendido, dívidas de dinheiro ao casal que a tinha contratado. Ele promete ajudá-la. Vive numa casa vazia, uma casa onde vive alguém que não tem vida. Shirlei é uma poeira que flutua no céu, frágil e ameaçada. Alguém que fala com o sotaque que lhe lembra Manaus, provavelmente.

A morte de Furtado seria esclarecida no meio de rastos que se iam apagando à medida que outros personagens saíam de cena. Furtado arrastou a morte consigo: Mara, Rita, Shirlei. Como um ponto desconhecido no meio do céu, incandescente, que vai devorando matéria solta, desconhecida, incendiando corpos que flutuam no meio do vazio, e que nunca teriam existido se ele não lhes tocasse. Mas, tocando, condena-os a desaparecerem para sempre. Assim com Shirlei. Assim com Mara, que regressa a Luanda e de quem nunca mais há notícias.

— Chefe, há pormenores a mais — lembrou Isaltino. — Coincidências. A brasileira é morta numa casa em Amarante. Amarante é onde está a Quinta das Almas, onde viveram a ex-mulher de Portocarrero e o Furtado. E essa Mara. O caseiro da quinta, o dessa altura, já morreu. O que temos são pessoas que se lembram disso, sim, mas de longe, dizendo que a Rita Pereira Gomes viveu lá, que o Furtado viveu lá. Tudo isso aconteceu há muito tempo. Eu não sou um arqueólogo.

Isaltino de Jesus indignava-se pelo menos uma vez por mês, e este era o seu dia. Desapertara mesmo mais um botão da camisa, o que lhe dava um aspecto mais normal, menos engomado e prisioneiro de um colarinho cheio de pudor e do recato de um homem de Valongo.

— Isaltino, hoje não. Temos muitos problemas para resolver.

— Eu sei, chefe. Mas este é um deles. O das coincidências.

— A morte de Shirlei não tem a ver com a do Álvaro Furtado. Não há uma ligação. Serve para te mostrar que o que acontece é só uma possibilidade. É um atrevimento diante das leis da física.

— Da física?

— Atracção dos corpos. Numa investigação, reúnes todos os dados que são relevantes. Juntas tudo o que acontece. E tentas provar que há uma ligação entre esses factos, o que acaba por ser normal. É o problema das caganitas dos pombos: se há uma caganita de um pombo, é porque um pombo passou por ali, apesar de não veres nenhum no céu. Mas passou lá. Eu sou pela eliminação dos pombos, em geral.

— É o símbolo da paz, chefe.

— Isso é a pomba. Mas eu sou contra. Não gosto de pombos.

— E então o que se passou com Shirlei?

— Vamos investigar depois. Enquanto não encontrarmos aqueles homens que estiveram no bar de Matosinhos, não avançamos nessa direcção. Isaltino. O destino, como sabes, não existe. É uma invenção para nos provar que as coisas acontecem como aconteceram. Se a morte de Shirlei tivesse alguma coisa a ver com este caso, isso era o destino. Mas não tem, acho que não tem. É só uma mulher sozinha, morta, ligada a uma casa de putas de Viana do Castelo, e é outra investigação diferente.

— E a atracção dos corpos?

— Esquece. Às vezes há coisas que acontecem para desviar a nossa atenção, como se fossem pistas falsas que alguém espalha para nos atrapalhar a vida.

— Quem?

— O destino.

— Mas se o chefe diz que o destino não existe.

— São coisas que se dizem, Isaltino, só coisas que se dizem.

— Então, o que é que o preocupa?

— A luta de classes, meu amigo. A luta de classes preocupa-me. É uma coisa de geração, eu sei, fora de moda, mas quando encontro um homem rico que dá dez mil contos a um que quase não tem onde cair, é porque há qualquer coisa ali. Pela cartilha, isso não podia acontecer. É uma recompensa muito alta para sete anos de serviço na quinta de Amarante.

— Mas o depósito que o Furtado fez foi de oitenta mil contos.

— Eu sei. Se tivesse tempo explicava-te o que era a mais-valia, o lucro, tudo isso, mas também acho que setenta mil contos a mais, em 81, é um facto que precisa de uma explicação sobrenatural. E aí, sim, o destino é uma coisa a ter em conta. Ainda não compreendeste o que se passou?

— Não estou a ver.

— Eu explico-te, Isaltino. Isto já não tem a ver com a luta de classes.

— Imagino.

— Quem me lembrou essa hipótese foi um polícia brasileiro, Osmar. Ele não precisa de saber, mas foi ele que me deu a ideia, que sugeriu esta explicação. Portocarrero separa-se de Rita em 1972, apenas uns meses depois de ela ter chegado a São Salvador do Congo. O acordo, como sabemos, foi obtido pelo pai de Rita, que se dispôs a sacrificar a filha em nome dos negócios que o genro lhe conseguia para as empresas. Sacrificar é uma maneira de dizer. Mas ambos, Rita e Portocarrero, tinham muitas coisas para resolver. Há sempre qualquer coisa que fica entre os dois, Luanda é um mundo extraordinário.

74

LUANDA É UM MUNDO EXTRAORDINÁRIO. AS COISAS QUE estão perto do fim, o risco de azul sobre a baía de Luanda, os rumores, as chuvas, os aviões. Sobretudo o ruído dos aviões, de madrugada. A primeira imagem é a de Luanda ao amanhecer. Baía, mar, luzes da cidade; a primeira luz do dia filtrada pelos coqueiros; um carro que passa a restinga e se aproxima da ponte que liga a cidade à sua ilha transformada em península. A luz rente à estrada, exactamente a da transição da noite para o dia, o voo de um flamingo na praia. Cinco da manhã, diz o homem no rádio.

Jaime Ramos equilibra-se mal, ao sair do escritório de Lurdes Portocarrero, e imagina uma mulher chamada Lurdes Nogueira de Castro. As tonturas devem ser um problema da idade, também. Colesterol alto, tensão alta, talvez assim se expliquem as dores, de alguma forma elas teriam de ter uma explicação que o poupasse à tortura da idade. Puta que pariu. A mulher olhara para ele quando puxara a porta, antes de sair. Ele voltou-se para trás um instante depois e o olhar da gestora estava ainda suspenso dessa porta, não como se esperasse que ele voltasse atrás e lhe dissesse que se tratava apenas de uma brincadeira, ou de um pesadelo, ou de um engano puro e simples, há tantos enganos numa investigação, tantos rostos, confundem-se uns com os outros. Mas Jaime Ramos volta as costas àquele olhar triste, desiludido, ele não era capaz de explicar aquele olhar triste, desiludido, conformado com a história que acabam de lhe contar, com uma espécie de revelação desnecessária. A vida podia continuar sem que Lurdes Nogueira de Castro enfrentasse de novo os dias de Luanda. Ela recordava o voo do pequeno Cessna no céu azul de Luanda, subindo devagar, flutuando, descendo sobre o mar. Imagens tão banais, passados esses anos. Mas aquela era a primeira vez que um homem lhe emprestava asas daquele tamanho, Jaime Ramos compreendia. E ela apaixonara-se. Tinha amnésias repentinas. Ficava muito parada, magra, hirta, passava uma mão pelo cabelo negro, penteado em ondas, forte, e abria muito os olhos, em frente. Ora via o céu de Luanda ora o rosto de dona Laura, a tia, vestida de Yves Saint-Laurent no meio dos pretinhos do mercado, das lojas, das ruas, como se fosse uma imagem arrancada a um filme.

Jaime Ramos equilibrava-se mal quando desceu as escadas para o passeio da rua, de costas voltadas para o prédio de vidro e de granito negro. Um filme qualquer dentro da sua cabeça, rodopiando entre colunas de prédios da avenida Júlio Dinis, as árvores do Palácio de Cristal, o ruído dos autocarros subindo na direcção da rotunda da Boavista, gente rodopiando, a luz rodopiando. Teria de ir ao médico, sim.

E havia aquele negro dentro da sua cabeça, como o ecrã onde se projectava um filme. Suspense, música, ritmos surdos e inquietos, ventanias subindo de tom, rodopiando também. Luz do amanhecer. Neblina. A câmara, como se fosse uma câmara, vai abrindo o plano. Do carro que atravessa a ponte na direcção de Luanda, a câmara passa para um avião militar que poisa na pista e se imobiliza. Movimentos à volta do avião, jipes militares, um camião. A câmara aproxima-se muito rapidamente, num zoom muito rápido — até à porta do avião, que se abre naquele instante. Suspense, música, ritmos, aquele som cada vez mais alto. Descem alguns militares do avião, em corrida. Só se vêem os rostos. A câmara está fixa nos rostos, não se move. Os rostos dos soldados, que vestem camuflado, movem-se no ecrã, em passo de corrida. Andam à volta do avião. Aproximam-se dois camiões de transporte militar. A câmara repete o movimento de zoom muito rápido em direcção aos camiões, de onde descem soldados com equipamento de combate. Mesmo trabalho de câmara. Os rostos dos homens estão tensos. Nenhuma expressão nos rostos. Tudo é muito rápido. O único som que se ouve, além da música de fundo (suspense, música, ritmos) é o das botas, o das armas, o de alguém que grita — muito lá ao fundo — qualquer coisa que ninguém ouve. Depois, a pista vai ficando completamente deserta, o silêncio desce sobre essa Luanda vazia, madrugadora. Close-up nos olhos da mulher, close-up nos olhos do homem, Luanda em 1972, o ruído dos aviões que partem para o Norte, o ruído dos musseques, o ruído que vem dos barrancos de terra alaranjada, o ruído que vem das ruas. Luanda é um mundo extraordinário onde Henrique Praia Portocarrero adormece de madrugada, com a primeira luz do dia. Rita Pereira Gomes vive não muito longe. Há pequenos-almoços nos cafés, nas varandas das casas, o mundo dos brancos está perto do fim, desmoronando-se devagar, longe da guerra, mas entre tiros e explosões à beira das estradas, fazendas de algodão, minas para lá das montanhas, ravinas abertas em planaltos gigantescos, desconhecidos. Nenhum deles esquece São Salvador do Congo, a poeira levantando-se na estrada, o vestido que Rita leva sobre o corpo, nem as malas que arrasta quando sai do Nordatlas ruidoso, ela atada à cama, ela aparecendo no meio do mato. No mapa, São Salvador do Congo é um ponto preciso na aridez do vale, mas na verdade é um lugar mais distante do que o fim do mundo. Lurdes Nogueira de Castro nunca estivera em São Salvador do Congo, nem iria a São Salvador do Congo.

Jaime Ramos tem dessas obsessões, ao olhar para uma fotografia. Há as linhas do rosto de Rita Pereira Gomes, os seus pulsos, o riso, os óculos escuros, as calças que veste em Luanda, a blusa branca, o cabelo quase loiro, a pele morena, escura, o peito, o volume das ancas, a palavra "quadris", ele gosta da palavra "quadris", os ombros morenos.

Por isso, quando compara datas e estabelece hierarquias na investigação, esse plano invisível de qualquer filme, e que depende apenas das obsessões do polícia, um perseguidor sem presa definida, um caçador ainda sem arma, ele ouve Raul Pereira Gomes. "Eu acho, inspector, que o sonho da minha filha era ter sido prostituta. Eu acho que ela gostava daquele filho da puta. Acho que, até ao fim da vida, em Amarante e no Porto, no Instituto de Oncologia, mesmo agonizante, mesmo com dores, ela gostava daquele filho da puta e teria gostado de ser amante dele, como qualquer uma das mulheres que andaram com ele, lá em Angola. Ela gostaria de ter sido amante do ex-marido, inspector." Ah, o pai negociante, aquele que se pode ludibriar com facilidade e que não entende dos negócios da vida, dos seus segredos mais fundos. A luta de classes é assim. Idealmente, as burguesias ficam afastadas do conhecimento das coisas do mundo. Uma espécie de tacanhez, de debilidade do cérebro. Mas a luta de classes tem dois sentidos, há uma intuição cruel na gente sem sensibilidade para a literatura, para os romances de Camilo ou para o desvario de Luanda. A burguesia já não fazia revoluções nos anos 70, mas entendia muito dessa poeira nos bairros de Luanda, conhecia aqueles apartamentos onde havia encontros secretos, vidas secretas. Muito se fodia em Luanda. Muito se esquecia em Luanda. Por isso, Salim Furtado não viajou para Lisboa, nem para o Porto, nem para Amarante. O nome de Salim foi-lhe dado por Mara e por Álvaro Severiano Furtado, mas a mãe, de facto, era Rita Pereira Gomes. E o pai era Henrique Praia Portocarrero. "Eu acho que ela gostava daquele filho da puta. Acho que, até ao fim da vida, ela gostava daquele filho da puta."

— Por que é que ele deu aquele dinheiro todo ao Furtado?

— Não era para ele, Isaltino. Era para o filho de Rita, para o neto. O Furtado era uma espécie de pai adoptivo. E o contrato era esse. Rita não podia voltar a ver o Furtado depois de ele ter recebido aquele dinheiro, e Salim não podia ver a mãe.

— Por quê?

— Ele não conhecia o pai verdadeiro. Não ia conhecer uma mãe que estava a morrer. Para todos os efeitos, ele tinha aquele nome, Salim, um nome árabe, era filho de Mara Salimah e de Álvaro Severiano Furtado, o homem que tinha oitenta mil contos no banco, desde que fugisse para longe e inventasse uma vida para Salim. Ele passou a ter avós árabes, um pai português e uma vida brasileira. Não me parece mau destino. É preferível a uma história banal, desgraçada, uma história sem história.

— Havia uma novela assim, chefe. Na televisão.

— A vida imita muito as novelas, Isaltino. A vida é muito pouco original.

— E Portocarrero sabia?

— Acho que soube quando o Furtado o visitou. Portocarrero sabia que Mara não tinha filho nenhum quando estava em Luanda. E sabia que o Furtado não tinha dinheiro nenhum. Juntou dois e dois. O resultado foi quatro. A vida imita muito as novelas.

75

JAIME RAMOS ENTROU NA VARANDA. ROSA PARECIA ADORmecida e ele pensara que, de novo, chegara tarde. Sentou-se, devagar, sem fazer ruído. As duas cadeiras estavam alinhadas, lado a lado. A de Rosa ligeiramente desviada para a direita. Tinham saído do Porto ao fim do dia, com o trânsito de fim-de-semana, Rosa anunciara que tinha sono e que talvez dormisse durante a viagem. Isso acontecia quase sempre que viajavam de carro, mas Jaime Ramos não se importava a menos que lhe apetecesse falar sobre a paisagem, o que acontecia raramente. Depois de passar Viana do Castelo cujas luzes diante do crepúsculo, ao longe, lhe pareciam sempre as de um navio encalhado na foz do rio, a estrada seguia entre pinhais, florestas escuras, silenciosas. Vila Praia de Âncora ficava ainda a alguns quilómetros e ele conduziu depressa para que tivessem mais tempo para um jantar que aguardava desde há semanas. Jantar, vinho, sobremesa, uma aguardente. Tudo isso apesar de o calendário já ter entrado no verão. Primeiro teriam de passar pelo hotel, uns bungalows de madeira à beira do rio Âncora, entre pinhais. Depois, iriam ao restaurante. Depois sentar-se-iam na varanda do bungalow, diante do rio. Ritual de fim-de-semana.

— O jantar foi bom — ela disse, afinal não estava a dormir.

— Tu dás aulas de quê? — perguntou Jaime Ramos.

Ela riu. Ele riu também. Conheciam-se havia quinze anos e ele não sabia. Tinham passado juntos alguns momentos bons, outros como estranhos. Indiferentes à sorte ou ao azar, destruindo silêncios que as suas vidas tinham criado a partir do nada, ou apenas passado fins-de-semana em hotéis como aquele, ou melhores, ou piores. Não eram uma novidade, um para o outro. Não eram estranhos, mas eram estranhos. Conheciam-se bem mas Jaime Ramos não sabia de que disciplina Rosa era professora num liceu do Porto. Talvez soubesse e não se lembrasse ou talvez se tivesse, apenas, esquecido. Muitas vezes ela chegava a casa e arrumava os livros que trazia na mochila — ele nunca vira de que livros se tratava. Era um mau polícia, um homem desatento e distraído.

Mesmo assim, ela riu e estendeu a mão. Ele estendeu a sua. A mão de Rosa era fina, os dedos eram finos. A sua era diferente, ele não sabia explicar, e ainda cheirava ligeiramente ao charuto que fumara depois de jantar. Rosa fumara uma cigarrilha pequena com o café. Ao longo desses anos chovera bastante nas colinas atrás deles, em Cerveira, Moledo, Vila Praia de Âncora, e havia zonas onde os pinhais arderam durante o verão, deixando à vista rochedos enegrecidos no alto da serra. Havia florestas. Árvores em que nunca reparara. E, se havia uma sensação de plenitude, ou ele não a conhecia ou sempre a vivera e não se dera conta da sua existência. Esteve ocupado com outras coisas. Havia um caso, outro caso, uma investigação. Era um mau polícia, era um homem distraído.

— Dás aulas de quê?

— Matemática e Física.

— Sempre pensei que era de História ou de Inglês.

— Podia ser. Mas duvido muito.

— Por que é que nunca perguntei?

Devia existir uma explicação. Ele raramente falava das suas investigações, ela não mencionava o teorema de Pitágoras, a raiz quadrada, equações de segundo grau, a refracção da luz.

— Tu já perguntaste antes, e eu já respondi. Não te lembras. Eu queria ser astrónoma.

— És uma boa professora de Física?

— Acho que sim.

— O que é uma estrela cadente, como aquela?

— Aquilo não foi uma estrela cadente.

— Eu sei, era um avião. Mas parecia uma estrela cadente. O que é uma estrela cadente?

— Poeira. Poeira que atravessa o céu, cheia de luz.

Este livro foi composto na tipologia Arrus BT, em corpo 10,5/15, e impresso em papel off-white 80g/m^2 no Sistema Cameron da Divisão Gráfica da Distribuidora Record.